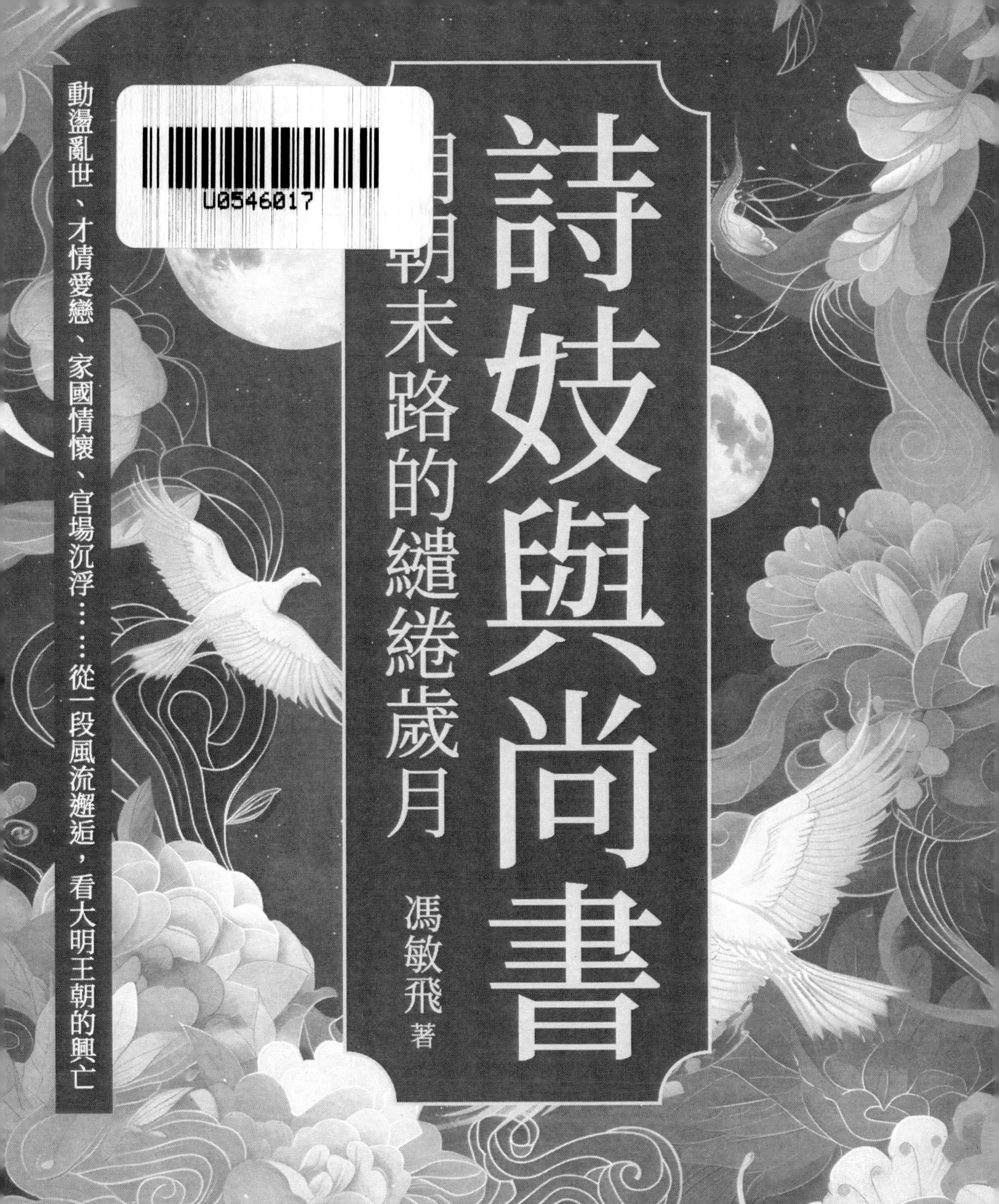

詩妓與尚書

明朝末路的繾綣歲月

馮敏飛　著

動盪亂世、才情愛戀、家國情懷、官場沉浮……從一段風流邂逅，看大明王朝的興亡

他宦海浮沉，卻珍藏《散花詞》夜夜思念；

她顛沛流離，卻沒忘記火海中的相救之恩；

當朝重用的尚書大人邂逅人間難得的詩妓才女，

卻不想造化弄人，再相見已是不可逾禮的弟媳……

目錄

卷一　何以度瀟湘

卷二　風雨滯殘春

目錄

卷一 何以度瀟湘

1、逃離京城

北京的深秋，本來就滿目凋零，寒氣襲人，何況這是大明王朝之暮。

快到午時，一輛大馬車箭一般飛出城東的朝陽門。這天是京城填倉之日，往來糧車絡繹不絕。急著進城的馬車和行人嚇了一跳，連忙避閃。有一個行動不便的老人被一個挑夫撞著，趔趄到城門上，疼得破口大罵：「趕死啊！」更多人則犯睏：車裡是逃犯，還是追拿逃犯的錦衣衛？

車裡坐的不是逃犯也不是錦衣衛，是李春燁和他的家人。通往通州運河碼頭的官道很好，三匹馬的大車也不顛簸，只是隨著馬蹄很有節奏地輕跳著，而這跳動彷彿只是為了不讓客官睡著。李春燁閉目養神，妾卓氏抱著女兒佯睡，兒子李自樞趴在車窗，撩起一角布簾看窗外，看那一棵棵沒剩幾片葉子的樹。管家老邢坐在車伕身邊，生怕他偷懶或是跑錯道。

太陽晒得李春燁兩腿發熱。他想，太陽快直晒——快正午了。好在快正午，不然那酒不知要灌到什麼時候。

京城待十餘年了，總有些好友。聖旨一下，好友紛紛道賀，要設宴餞行，李春燁都謝絕。皇命如山，又歸心似箭。當然，江日彩那裡少不了。他們自幼同窗，兒女親家，如今同在京城，江日彩又抱病，人家袁崇煥特地從遼東進京探望，他怎能不告而別？他自備酒餚上門，含淚與老友話別。除此，就不安排了。可是，沈猶龍不依。想當年，來自江西南昌的萬燝、松江華亭的沈猶龍和福建泰寧的李春燁三人殊途同歸一場科舉考試，在那九千多間號舍中又剛好左、中、右相鄰。試畢，三人同出共飲。他們以「酒」作對，萬燝首先稱聖（聖）：「耳口王，耳口王，壺中有酒我先嘗。」說著，倒出酒就要喝。沈猶龍一把搶過，稱賢（賢）：「臣又貝，臣又貝，壺中有酒我先醉。」李春燁連忙道：「聖賢才，聖賢才，壺中有酒我先來。」三人大笑，開懷暢飲。後來揭榜，三人又巧列三甲第十一、十二、十三名，同入朝廷。如此有緣，結為「聖賢才」三兄弟。如今，為兄的萬燝剛死於非命，為弟的李春燁又要出京，沈猶龍悵然若失，硬要在城門口餞行。還有好友錢龍錫、傅冠等人。這本來只是象徵性一杯兩杯，不料魏忠賢不邀而至。

李春燁今年五十四，魏忠賢比他大三歲，兩個人更是難兄難弟。李春燁金榜題名，留在朝廷，在區區行人位子上一待就是五年，萬曆皇上的面都沒見過。聽說萬曆皇上很胖，走路時要太監幫他抬著肚子慢慢走，不知道是不是真的，李春燁只見過他的棺材。泰昌皇上即位，實行新政，發內帑犒勞九邊將士，礦稅盡行停止，廢除「丐戶」等賤民政策，並考選官員填補空缺，起用新人。在這種情況下，李春燁才被挪到工科當給事中，但品級沒變。才個把月，泰昌皇上又駕崩，現在皇上是天啟。說難聽點，天啟皇上即朱由校是撿了個皇上當。以前，朱由校老爹即泰昌皇上連個太子的身分也朝不保夕，他只好和李春燁、魏忠賢這些小人物玩得如魚與水。魏忠賢本來在鄉里吃喝嫖賭，賭輸了把褲襠裡那命根子一割，混進宮裡，幫朱由校一家人刷馬桶，能得到李春燁這樣的小人物看得起就心滿意足，哪敢奢望看到朱由校登基的一天。現在，魏忠賢成了天啟皇上身邊最紅的人，官銜有一大串。皇上敕諭中，對他的稱呼是

「總督東廠官旗辦事、提督禮儀房兼管惜薪司內府治用庫印務、司禮監秉筆太監」。這稱呼太煩人，人們口頭都不這樣稱呼。明初廢丞相，各類聖旨全靠司禮監秉筆太監。更要命的是，明朝特有的錦衣衛和東廠除了服從皇上，就聽命於總督東廠。錦衣衛和東廠是專門監督官員和百姓的。誰要是觸犯什麼，不需要透過監察官或者刑部，錦衣衛和東廠可以直接逮了懲處。所以，連皇上都經常當眾稱「朕與廠臣」。文武百官稱皇上「萬歲」，稱魏忠賢則「九千九百歲」，就像最高最高的山離太陽只差那麼丁點。相比起來，李春燁仍然寒磣。但魏忠賢這人很講義氣，熱情奔放。一出轎子，他拱手笑道：「我還想請你到寒舍一敘呢，哪想老弟你鞋底抹油——想溜，罰酒！罰酒！」

「實在抱歉！實在抱歉！我是想廠臣日理萬機，留個信就行了，不敢打擾。沒想還是驚動你，麻煩老兄跑這麼老遠……」

早有人讓座給魏忠賢。他一屁股坐下，一個勁嚷道：「廢話少說！快罰酒！罰酒！」

「小弟該罰！小弟該罰！」說著，李春燁自飲三杯。

「老弟連升七級，老兄我連敬七杯！」魏忠賢除了褲襠裡少那「寶貝兒」，樣樣都像條漢子。旁人討好地特意為他杯杯少倒些，他發現了自個兒端起酒壺杯杯添滿。

魏忠賢不期而至，卻很快被擁為主賓，一桌人喝得昏天暗地。好在主人沈猶龍還清醒，說時辰不早，讓李春燁先起程，其餘人留下喝個盡興。這提議得到大家贊同。出遠門要擇吉日吉時，要上午而不能午後，這是大家都明瞭的。魏忠賢附和道：「再不走，說不準皇上都要來了！」

「那不敢當！那不敢當！那是真不敢當！」李春燁真當一回事。

「那說不定哦！」魏忠賢一臉正經說。「昨天皇上還跟我說，朕怎麼讓二白說走就走了？朕還想……」

「哈哈哈，罰酒！罰酒！」李春燁忽然大笑起來。

「怎麼啦？」

「皇上從來沒叫我二白……」

「哦，該罰！該罰！開玩笑，開玩笑！這裡都是兄弟，你們可不要告訴皇上啊！」

瞧——，魏忠賢還是把自己當兄弟呢！李春燁感到欣慰，覺得自己太小心眼……突然，李春燁又想：在這裡餞行是臨時定的，魏忠賢怎麼知道？這老兄真是變得神出鬼沒，變得有點可怕了！

魏忠賢儀表堂堂，性情豪爽，能說會道，本來人緣挺好。可是地位一變，他整個人就變了，變得越來越讓人感到可恨。李春燁感到不可理解，跟他直接聊過。可是他說，不是他跟別人過不去，是別人要跟他過不去。有些事可能確實過分了些，可是他為了什麼呢？還不都是為皇上？李春燁聽了，想想也是。魏忠賢名聲越來越不好，同鄉、同科及好友私下裡都勸李春燁：少跟那樣的人來往。李春燁覺得這忠告不無道理，便對他敬而遠之。

魏忠賢本來住宮中，這兩年應酬多了，才在外面置一幢私宅。他邀皇上到他宮外府上看看，皇上答應，可是說了上百次也沒動一腳。今年五月底的一天晚上，皇上忽然心血來潮，微服出宮溜達，到魏忠賢府上串門。魏忠賢喜出望外，好酒好菜，君臣盡歡。魏忠賢喝多了，忘乎所以，以為像以前一樣什麼話都可以說，倚老賣老，竟然勸皇上不可過於迷戀工匠，而應當以江山社稷為重。皇上笑著笑著，陡然變臉，酒杯一砸，怒道：「什麼時候輪到你教訓朕啦！什麼事都要朕，還要你們這班人幹什麼！沒本事就直說，三條腿的找不到，兩條腿的還怕找不到啊！」罵完不算，又命魏忠賢回老家，閉門思過。這事傳開，大臣都誇皇上聖明，咒魏忠賢拍馬屁拍錯了部位活該。御史楊漣趁機上書，指控魏忠賢「狐假虎威，專權亂政，無日無天，大負聖恩，大違祖制」，詳列二十四條罪狀，建議將魏忠賢正法。朝廷百官紛紛跟著奏，認為讓魏忠賢這樣回家太便宜，要求拿他問罪。哪知道，皇上耍小孩脾氣，沒幾天又懷念魏忠賢，召他回宮，反而切責楊漣捕風捉影，愛出風頭。內閣首輔葉向高為人光明忠厚，德高望眾，眾人便請他出面率大家繼續進諫。他為難地說：「你們不要開玩笑！要知道，魏忠賢雖然有些罪過，可是他對皇上忠心耿耿。如果懲處了他，恐怕再也找不到那麼忠心的人。我老了，不惜以身報國。我擔心的是，如果皇上不採納，又得罪了魏忠賢，你們以後怎麼辦？」

葉向高來個折中，建議讓魏忠賢體面地辭官。這建議得到更多官員支持，連撫寧侯朱國弼也上疏說魏忠賢宜罪，希望皇上命其閒住奪祿三年。李春燁於公於私權衡一番，覺得這建議最妥，也站出來寫一疏，表示理解「皇上誠念魏忠賢，當求所以保全之」，認為「而今保全忠賢之計，莫如聽其所請，且歸私第，遠勢避嫌，以安中外之心」，強調「中外之心安，則忠賢亦安」。但皇上還是一一駁回。

在這種情況下，工部屯田郎中萬燝還想彈劾魏忠賢。他冒雨到李春燁府上商議，說：「皇上真會容忍一個太監禍國殃民啊？我才不信！」

「唉，怎麼說呢？」李春燁真不知道怎麼說。

「我來寫個疏——我們一起寫，我才不信我們這麼多人會鬥不過一個閹人……」

「算了吧……」

「不能算！」萬熼義憤填膺。「太祖有訓：『太監不得干預政事，預者斬』！王振、劉謹那類大閹，沒讓我們受夠嗎？難道又要出個魏忠賢？」

「說得也是……可是，可是……我看，不至於吧？」

「不至於？你還沒看出來？還要等他胡作非為夠了，才……才、才馬後砲，說是懲治他多英明？夠了！太監禍害，早讓國人受夠了！」

李春燁的心被說得夠沉了，但他仍然不相信魏忠賢會成禍國殃民的王振或者劉謹。他缺乏想像力。何況對於他來說，魏忠賢與萬熼是手心手背。他一時不知說什麼為好，只是舉杯請萬熼喝酒。

「喝個屁！」萬熼揮手將李春燁的杯子擋開，不意用力過猛，將那杯給擋到幾尺開外，響亮地砸到地上。

「火那麼大幹什麼哩？再怎麼樣，酒是要喝啊！」李春燁邊小心勸道，邊起身去拾撿那銀杯子。

萬熼霍地站立起來，直問：「你寫不寫？」

「坐下！」李春燁回到桌邊，拉萬熼一起坐下。「坐下來，慢慢說……」

萬熼不肯坐下，追問：「你寫不寫？」

李春燁抬頭望了望萬熼的臉，鬆了手，不再拉他，低下頭說：「說實話，我不想再寫。你想想……」

「土——狗仔！」萬熼咬牙切齒罵道，揚長而去。

「土狗仔」這話比什麼罵都更讓李春燁傷心。這罵有來由，得追溯泰寧第一個狀元葉祖洽。當時，江西人王安石當宰相，實行新政，起用一批新人，有很多江西和福建人及第，包括泰寧的葉祖洽，泉州的蔡確等人，被稱為「南來一路人」。王安石的新政受到強烈反對，甚至連華山山崩，慧星出現，以及天旱天雨，都說成是推行新政的結果。最後說王安石有欺君之罪，硬把他拉下馬。這些反對者包括蔡確，當他看到神宗皇上有疏遠王安石之意時，竟不顧知遇之恩，上書參劾王安石，製造了多起冤案。王安石氣得吐血，臨死之時大罵「福建仔」忘恩負義。後來，人們諧音成「土狗仔」。面對江西人，福建人反唇相譏，罵江西人（王安石）為「下馬仔」——後來諧音成「蛤蟆仔」。現在，李春燁被這樣一罵，覺得很委屈。他跟萬燝，誰也不欠誰，怎麼扯得上忘恩負義呢？當然，這種時候沒什麼好解釋。他起身追，萬燝卻頭也不回。天還下著大雨，也沒撐傘，任雨去淋……萬燝的疏文寫得很尖銳，說天子權力，不可委以臣下，何況閹人！魏忠賢性狡而貪，膽粗而大，口銜天憲，一切生殺予奪之權盡為他所竊，導致內廷外朝只知有魏忠賢，而不知有陛下，陛下你難道不知道嗎？

聽手下唸完萬燝這疏文，魏忠賢大怒。楊漣那種顧命大臣我得讓一讓，沒想到萬燝你一個小小郎中也敢出手，再不顯顯威，還不騎到我頭上來？

第二天，一群錦衣衛和小太監直衝萬燝寓所，將他拿了，押到午門。文武百官站在西墀下。墀上，左邊太監，右邊錦衣衛，中間坐著司禮監太監王體乾。下面還有校尉一百多人，手執木棍，殺氣騰騰。王體乾宣讀聖旨，對萬燝定罪「訕君賣直」——意思是說他把正直當作商品，甚至不惜誹謗訕議人君，招搖販賣他正直的聲望。校尉把矮矮胖胖的萬燝拉過來，按到地上，掀起上衣，褪下褲子，露出白得耀眼的屁股和大腿。行刑者走出佇列，把杖擱在他的大腿上。校尉們齊聲大喝「打」，行刑者把杖高高舉起來，狠狠打下去。打三下後，校尉大喝「著實打」，行刑者更加用力。每打五輪，換一個行刑者。每次喝令時，一人發令，百名校尉附和，震天動地，將萬燝那殺豬般的哭叫淹沒得一乾二淨……那天太陽很大，朗朗乾坤。在墀下觀看的百官，沒幾個不心驚膽顫，兩腿發軟。李春燁也在其中，一眼不忍心看，可那陣陣喊聲像木棍一樣打在他的心上。如此毒打，他心裡受不了。本來，他心裡就充滿內疚。那是因為有人彈劾山東登萊巡撫陶朗先、巡按游士任和招練副使劉國縉，說他們侵吞軍餉和救濟銀兩，去年委派他去查。他拿著皇上的手諭，追回贓銀幾十萬兩，追究陶朗先等三人的罪。處死他們不算，還要把他們的皮剝下，做成稻草人，放在府衙裡示眾。他覺得恐怖極了，事後常後悔沒有手下留情。那麼，對於這樁正進行著的慘案呢？此時此刻，他身為刑科都給事中，負責整肅綱紀，防止權臣擅越職守，專橫跋扈。如此廷杖，有損皇仁。以前，廷杖只是偶然打打，像父母打自己的親生骨肉那般，舉得重落得輕。小時候，母親打他，總是用竹子細枝，疼一陣子，不傷皮肉。可是到了大明，廷杖成家常便飯，而且當眾脫下褲子，越來越狠，往往要人性命。今天被打這人又是他的「聖賢才」兄弟，廷杖的緣由可以說是公報私仇，他真受不了。然而，他能怎麼樣？他能喝令他們住手嗎？他能請魏忠賢收回成命嗎？他能向皇上求情嗎？都不能！他只能站在這裡聽著，只能在心裡抱怨著，恐懼著……杖畢，校尉把萬燝扔到長安門外。李春燁幫著家屬把他抬回家裡。請來最好的郎中，將被打爛的肉割下，割了幾十塊，腿上的肉幾乎給掏空，露出白骨，然後活著剜取羊腿上的好肉，塞到他的傷口裡，用針縫起來，敷上藥。郎中說，萬燝的傷太重，已經淤到膝下，九死一生。經過這樣搶救，如果能熬過七天，就有希望了。然而，他當天都沒能熬過。他妻子哭得死去活來，將那些割下來的爛肉用鹽醃起來，製成肉乾，以儆子孫，永遠別再當官。

血肉模糊的萬燝死了，一大批官員忐忑不安的心也死了，不再彈劾魏忠賢。葉向高建議廢止廷杖，可是沒幾天，又傳旨廷杖巡城御史林汝翥。林汝翥與葉向高同是福建福清人。為什麼突然要廷杖他？聖旨說，他前幾天杖責過兩個太監，有違條律。林汝翥怕了，聞風而逃。錦衣衛和太監到處緝拿，公然衝到葉向高府內亂翻一通。葉向高明白了：廷杖林汝翥本來就是衝著他來的。身為堂堂的首輔，居然讓閹人上門騷擾，這是大明二百多年沒有過的事，臉面丟哪兒去啊！他上疏辭職，皇上挽留。他連上二十三次，佯稱病勢愈增，皇上只好恩准。

李春燁也心寒了。剛好，江日彩南巡，順便回泰寧一趟，把妻妾兒女全留在家裡，獨自回京覆命。江日彩坦誠說，有明以來，秀才做官，吃多少苦，受多少驚，為朝廷出多少力，到頭來小有過犯，輕則充軍，重則刑戮，善終者十之二三。士大夫無負朝廷，朝廷負天下士大夫多矣！我能是那十之二三嗎？我恐怕沒那麼好的命，也沒有那樣好的本事，還是好自為之吧！他準備辭職回家。只因他的風溼病一到南方又復發，得回京城找那個郎中再看一下，希望治癒斷了病根。他年少時在金溪河邊的巖穴隱居讀書，溼氣太重，患下風溼，吃了無數的藥不大見效。去年碰上那個郎中，用的是針灸，效果挺好。要是沒回南方，也許斷根了。現在要讓他多治一段時間。沒想到，回到京城，風溼沒好，肺癆病又發，辭職的事只能等病好以後再說。

現在，李春燁比江日彩更急於逃離京城，連夜提筆寫辭呈。然而，提起筆卻久久落不下。李春燁不僅與魏忠賢，與皇上也可以說是情同手足。想起過去，諸多留戀。再說，這時候辭職，明顯是對時政不滿。那時都附和彈劾了，他跟魏忠賢解釋這麼做是為了他好。魏忠賢也表示理解，說是好朋友才會這樣做，可是他心裡怎麼想呢？現在的魏忠賢不是過去的魏忠賢了。再表示不滿，他能饒過你嗎？此外李春燁還顧慮為官沒幾年，沒多少積蓄，而又想在家鄉蓋一幢房子，皇上木樣都賜了，該再任幾年。那麼，怎樣才能三全其美呢？

李春燁裝病，一連十天半個月不出門。魏忠賢得悉，到府上來探望。他臥床不起，連連咳血。其實，他在指縫間暗藏了牙籤，刺齒齦出血，騙過魏忠賢。魏忠賢要幫他請御醫。他說已經請郎中看過，現在好多了，但郎中說這病忌乾燥氣候，在北方很難斷根。魏忠賢便建議說：不如回南方，先把病治好。這正中下懷。皇上一聽，當即恩准，委他出任湖廣大參。

刑科都給事中正七品，湖廣布政司右參政從三品，一下跳了七級。聽完聖旨，李春燁嚇了一跳，第一個閃念是：有沒有搞錯啊？他生怕誰來說一聲錯了要糾正。直到此時此刻，出了城門，潛意識還怕有人追來。

夠了！混到這個份上，李春燁覺得足夠了。他不像魏忠賢，不小心贏一把就夠，不再賭下去，別把老本都蝕了。他做了一去不復還的準備，將京城的住宅變賣，換了銀票揣在身。京城一幢小房子，夠換泰寧那偏僻山鄉一大幢。他到湖廣只想任個兩三年，再積些銀兩，等房子蓋好，就告老返鄉，頤養天年。

李春燁探起頭，越過車伕和奔馬遠遠地望去，恨不能望見數千里之遙的老家：年近九旬的老母鄒氏在虔誠地拜觀音，妻子江氏深夜在織布機上織「熱布」，兒孫們清晨在窗下讀書……家裡苦日子該到頭了！等他回家，福堂蓋起來，多風光啊！想到這，他不由看一眼身邊的黃布包。這包裹裡，正是福堂木樣。木樣長二尺五，寬一尺一五，高一尺，當中又分三廳，每廳大堂、天井、廂房，一目了然。屆時，只要按一比二十的尺寸施工便是。他忽然想，這迢迢之路，什麼不測都可能發生。萬一遇上劫匪，看見黃布包裹，知道是貴重之物，凶多吉少，不如揭去。土匪貪的是財，不知這木樣的來歷，以為不值錢，就會放過。於是，他馬上將福堂木樣上的黃布收起，對管家老邢說：「你讓馬跑快些！」

這福堂木樣，可來之不易。

治國平天下的事做不了，修身齊家應該沒問題。那麼，在這兩者之間還能做些什麼呢？李春燁很想為自己家族乃至家鄉做一兩件像樣的事，一直苦於不知道做什麼。家鄉在宋時出過兩個狀元，李春燁曾經很想當第三個。為此吃了多少苦啊！命運還是沒成全他。狀元葉祖洽為家鄉做了一件具體事，就是請皇上詔改縣名。當時，縣名叫「歸化」，有蠻夷之嫌。他利用職便向皇上請奏，說家鄉山川之氣特為奇秀，又習俗文儒，應當有個文雅的縣名。哲宗皇上聽了，特將孔子闕裡府號「泰寧」賜為縣名。李春燁雖然沒當狀元，可是如今也到皇上身邊了，他能為家鄉做點什麼呢？

有一天，李春燁跟皇上談到家鄉，說到葉祖洽，說到甘露寺。泰寧這甘露寺與劉備招親的北固山甘露寺同名，但風韻完全不同。北固山甘露寺雄峙江濱，水天開闊，風景壯美。泰寧甘露寺則隱藏在楓林映掩的巖穴之中。這巖穴又在懸崖之上，其頂部有條黑色的頁岩，如龍鳳交頸，口吐清泉，甘甜如醴，經年不絕，因名。傳說那裡本來只是個小廟，但很靈驗。葉祖洽的母親久無身孕，特地從城裡到這裡來燒香許願：如果能生個男孩，就重建這座寺廟。回家果真懷上，而且生下男孩。葉母還願，請來建築大師。那大師看這巖穴地勢，如品字倒立，地梁都難擱，不知如何著手。眼看著木材一根根運來，心急如焚。突然，他看到兩個扛木漢子停下來休息，把巨大的木頭支在兩根小小的木叉上，深受啟發，馬上設計一柱落地，上築四閣。這位大師解釋說，一木四橫，就是「葉」字；倒立品字，四世一品高官。葉家人聽了十分歡喜。葉祖洽刻苦攻讀，成為泰寧歷史上第一個狀元。四百年前，東瀛名僧重源入宋，也曾慕名到泰寧甘露巖寺考察，學得「大佛樣」，回國重建了奈良東大殿。天啟皇上聽了大感意外，沒想到在京城之外，在那偏遠山鄉還有如此美妙建築。他說：「哪天方便，朕也要到你們泰寧看看，也找個洞替你建個房子。」

「謝皇上！」李春燁立即跪下磕首。「啟稟皇上，我家裡的房子太舊，老母正想建一幢新房，請皇上賜名。」

皇上當即賜名「五福堂」。五福一日壽，二日富，三日康寧，四日攸好德，五日考終命。攸好德，所好者德；考終命，善終不橫夭。人活一輩子，所謂幸福，此五者也。至於功名，倒在其次。李春燁聽了由衷稱好，當即磕謝皇恩浩蕩。他感到喜出望外，沒想到沒怎麼讀書的皇上會想出這麼好的名字來。

又一日，李春燁與皇上、客氏、魏忠賢在一起喝酒閒聊。皇上做一天木工活做累了，像小時候一樣偎在客氏肩頭休息。忽然說：「以前，多虧你們三位陪伴朕。現在，朕擁有天下，應有盡有，想恩賜你們一點什麼。一人只能要一樣。要什麼，你們自己挑吧！」

首先挑的是魏忠賢。他為難了半天，還是斗膽說：「皇上知道微臣最缺什麼！」

「哈，朕當然知道！」皇上笑了。「沒問題，朕用上好的銅，親手為廠臣做一個！」

客氏也明白魏忠賢指的是什麼，不覺紅了臉。按規矩，太監割下的「寶貝兒」不可扔掉，而要妥貼藏好。逢有晉升機會，須拿出來呈驗。臨死之際，得取來安回原處，以免屍首不全，下輩子變母驢。可是魏忠賢當年是一氣之下請人閹的，「寶貝兒」被隨手扔了。現在，他請皇上賜一個。皇上賜的，該比父母生的更寶貝吧！

輪到客氏，臉更紅了，埋下頭說：「那⋯⋯那就把、把他賜給我吧！」

客氏指的是魏忠賢這個男人。她本來是鄉村婦女，進宮當朱由校的奶媽。朱由校長大成人，又當皇上了，她該出宮去，可是他離不開她，才出去兩三天又把她請回來。看樣子，她這輩子出不了宮。她是個典型的北方女人，高高大大，白白淨淨，大白菜樣的。她現在是寡婦，但還不到三十歲，臉蛋總是紅撲撲的，算是漂亮，不能沒有男人。可是在宮中，男人除了皇上，只有太監。太監與宮女結為「對食」，跟宮外人結婚一樣正常。她的「對食」本來是魏忠賢的上司魏朝，可是現在她更喜歡魏忠賢。怕魏朝胡攪蠻纏，她便請皇上做主。

在皇上來說，這大白菜客氏是奶媽又不是嬪妃，當然樂意。

「皇上多才多藝，匠心獨具。」李春燁磕拜說。「請皇上恩賜五福堂木樣！」

外人可能不知道，在宮內，誰都知道朱由校從小迷戀工匠工作，技藝水準並不亞於那些建築宮殿的大師。對於他來說，做這麼個木樣只不過是一件好玩的小遊戲。但對李春燁來說，能用皇上親手製作的木樣蓋房子，價值就非同小可了。

皇上也隨口答應李春燁的請求，但是拖到前一陣子才做好。皇上還說，等五福堂蓋好，要親自到泰寧看看。李春燁想，皇上這人隨意得很，想做什麼馬上就做什麼，說不定哪天心血來潮，真會到我那偏遠的家鄉逛逛呢！那就堪與葉祖洽之功媲美了！可是，如今內憂外患，日甚一日，哪敢想太遠的事？但不管怎麼說，得抓緊時間把福堂蓋起來。到時候，皇上要是真能去自然歡天喜地，不去也罷。

「能不能讓馬再跑快些！」李春燁又催老邢說。

2、「閩中有女最能詩」

對於京城抵達全國各地的旅途時間，朝廷作了統一規定。但將在外軍令有所不受，實際上可以寬鬆些。而到南方，水路堵得很，旱路多山，又可以更寬鬆些。李春燁為了多擠點時間在家，水陸兼備。

南北方水路是京杭大運河。在元代，它不過是海運的輔助性交通，無關緊要。到明代，它成了京城和江南之間唯一的交通幹線。京城的胃口太大，太貪婪，而江南又太富有，太順從，除了穀物，還有新鮮蔬菜和水果、茶葉、家禽、紡織品、木料、文具、瓷器、漆，還有箭桿和制服之類的軍需品，幾乎所有各種物品都需要從南方運送進京，大運河不堪重負。偏偏北方水也少。由於運河的水位高於長江水位，入口處得用石塊築為斜坡。進入運河，船隻要先把貨物卸到岸上，用絞盤把空船吊起來，拖過斜坡。絞盤有時又不好用，等上十天半個月是常有的事。僅山東濟寧到浙江杭州，就有三十多座閘門。除了過閘，碼頭也常常要久等。還有，在一些山區，水流太激，逆行的話，一隻小船也要很多苦力用纜繩拉。在一些地方，等候通過的船隻多達上千艘，需要總督河道本人親自前去處理，等上個把月也不奇怪。因此，李春燁輕車簡從，一到碼頭和過閘之處，就上岸僱快馬。一過碼頭和閘門，又下河僱快船，日夜兼程。這樣，才一個多月就抵杭州。然後乘馬車，繼續南下。

在浙南，過仙霞嶺入福建，經浦城、崇安抵建安（今福建建甌）。建安是閩北重鎮，有著一府兩縣——即建寧府和建安縣、甌寧縣，在全國絕無僅有。沿著這條官道再往前——往東到延平，在那裡通過閩江到福州。泰寧在建安之南，全是山道，馬車也不通，得換轎子。

到建安才申時。這樣的光景要是在浙江，李春燁會叫馬車再趕一程。趕到天黑，隨便找個客棧過夜，天一亮又上路。可是今天，他早早歇腳。這裡到泰寧還要走整整兩天山路，坐在轎子上也累。妾和兒女都是頭次回來，今天得讓他們好好休息一下。要不然，一到家就累得有氣無力多不好。

如果說李春燁在建安歇腳並無他意，那麼他既不見建寧知府，也不見甌寧知縣，而獨獨見建安知縣林匡傑則不是毫無理由。林匡傑是四川人，進士及第後遲遲沒有著落。透過七拐八拐找到當時在吏科任都給事中的李春燁，幫他疏通，這才當上建安知縣。他非常感激，時常寫信請他回鄉時一定要來坐坐。如今路過，不看看說不過去。

林匡傑聞訊而出，熱情洋溢。他精瘦的個兒，留長鬚，一副道骨仙風的樣子。

「恩公請用茶！」林匡傑說。「窮鄉僻壤，沒什麼好茶，請多包涵！請多包涵！」

「不客氣不客氣！」李春燁笑笑說。建安北苑所產的茶很早就是「龍茶」。在宋時，也是貢品。尤其是「密雲龍茶」和「龍鳳勝雪」，名滿京華。可惜北苑茶是團茶。元時茶俗變化，開始時興蒸青散茶。明太祖又下詔罷貢團茶，改貢散茶，受寵四百餘年的北苑茶也就如貴妃入冷宮。林匡傑只道現實窘況，不吹祖上榮光，讓李春燁覺得這人說話太實在，倒不知說什麼為好。

一時找不著話，林匡傑瞥見博古架上的「寒雀爭梅戲」木雕，連忙取下來，向李春燁炫耀：「這是當今皇上的傑作……」

「哦？」李春燁大感意外，沒想到皇上的木樣已經流傳到這麼偏遠的地方。他將那「寒雀爭梅戲」端起來，如數家珍般看了看，看得直搖頭。「贗品……絕對是贗品！」

「何以見得？」林匡傑更覺得意外。「請恩公多多賜教！」

「外觀傳神，足以亂真。可是你看——你摸摸這裡，這些凹槽裡頭，粗糙得要死。皇上可是個非常細心的人，連你看不見的各個角落裡頭都要磨得光光溜溜，又漆得光光亮亮。」

「恩公怎知？」

「我在過工科啊，經常看皇上做！」

「哦……」林匡傑不知道該不該相信。

「皇上恩賜我一尊木樣，就帶在身邊，待會兒你去看看，看看那做工。」李春燁將「寒雀爭梅戲」放回博古架，拍了拍手上的塵埃，坐回椅子喝茶。「這樣粗糙的做工，簡直丟皇上的臉！」

「那可花了我八萬兩銀子啊！我純粹是看在御製的份上……」林匡傑不能不信了，火冒三丈，端起那「寒雀爭梅戲」就要摔，又覺得不妥，便叫人來。「給我拿下去！劈了！燒飯！」

李春燁差點笑出來。他還差點說，皇上是雕過「寒雀爭梅戲」，也確實跟那差不多，還是叫他拿到宮外賣的。皇上做的木樣常委託他去賣。對此，他覺得沒必要多說。但這已經夠了，林匡傑對他更加敬重起來。

晚上，林匡傑在館驛宴請李春燁和他的家人，並叫了主簿、縣丞、典史和教諭若干官員陪坐。之後，單獨送李春燁到客房。

李春燁知道林匡傑的來意，請他小坐，轉身捧出五福堂木樣，並用本來已經收起來的黃布覆上。林匡傑一見兩眼就圓了，立即跪下磕拜，山呼萬歲。李春燁引導他摸那裡頭的做工，讓他見識皇上的真功夫。他讚嘆不已，執意要請李春燁到青芷樓喝晚茶，要再表示點心意。

青芷樓就在館驛背面。那樓四面橫掛著一排燈籠，大門上兩盞特別大，正好照亮兩邊對聯，上聯「此地有佳山佳水，佳風佳月，更兼有佳人佳事，添千秋佳話」，下聯「世間多痴男痴女，痴心痴夢，況復多痴情痴意，是幾輩痴人」。會上這種地方的人無不知曉，傳說這聯是明太祖的傑作。太祖窮苦出生，沒讀什麼書，但他打完天下後，加緊用功，很懂得營造國泰民安的氣氛，要求家家戶戶用大紅紙貼對聯，還微服私訪親自檢查。屠戶都不能例外，青樓豈可例外？

青芷樓裡面亭臺樓閣，或長廊，或荷池，或虹橋，或花木，峰迴路轉，曲徑通幽。說靜吧，處處鶯歌燕舞；說鬧吧，風清月明。林匡傑將李春燁帶到一間大廳，卻空空如也，靜得令人不安。林匡傑只顧勸茶，李春燁思索不透他到底怎麼安排。

突然，一曲仙樂徐徐而飄，一片彩煙滾滾而出，一群仙女款款而至，歌舞自如。頃刻，雲煙蔽覆，只聞其樂。煙消雲散，香消玉殞，令人扼腕。不一會兒，又一群身著霓裳的仙女在樂聲中徜徉而出，步履輕盈。她們一會兒獨唱獨舞，一會兒群唱群舞，聲情並茂；一會兒成一字形，一會兒成方形，歌舞蹁躚，如在萬頃琉璃之上，蕩一葉蘭舟，採摘蓮花，姿態渺約，漸離漸去。然後，才出一俊俏女子自彈自唱。這時，林匡傑頻頻向李春燁敬酒。

「想不到，這偏遠處也如此美妙！」李春燁由衷讚嘆。

「也就這些年，太平盛世，全託皇上的福！」林匡傑又敬一杯。「回京城，還望恩公向皇上多多美言！」

「那是那是！」

「今天來遲了，要不然請恩公見個大美人！」

「哦，還有大美人？」

「有！年初，從建昌（今江西南城）來一個女子，叫景翩翩，才貌雙全，聽她唱幾句，那可真是……真是人間難得幾回聞啊！哎，聽一下……這一邊……」林匡傑引導李春燁到窗臺，眺望對面一幢樓，那也是燈紅酒綠，清歌曼舞。「不像……不像！不像是她唱的！她唱的肯定比這好得多！」

「你還聽得出她的歌，看來真是不錯！」

「她寫的詩更不錯！王伯谷，恩公知道吧！」

「嗯。江南大才子，聽說過。」

「連他都羡慕景翩翩，羡慕得不得了。他一首詩：『閨中有女最能詩，寄我一部《散花詞》；雖然未見天女面，快語堪當食荔枝。』寫的就是景翩翩，她的詩集名為《散花詞》。」

「這麼說，景翩翩可以跟秦淮河畔的柳如是、董小宛、顧眉她們媲美囉？」

「那當然！當然！不過，她沒有她們放得開。黃道周，算是朱熹的真傳弟子，恩公知道吧？」

「嗯。」黃道周是福建漳州人，李春燁怎麼不知道！可是他不喜歡理學，也不喜歡拉幫結派，因此並無多往來。在他人面前，他不喜歡論人長短。

「他也信奉『革盡人欲，復盡天理』，說是『目中有妓，心中無妓』。東林那群子弟不信，到秦淮河時，把他灌醉，然後請顧眉跟他同床，試試他是不是真有柳下惠的本事。那女人真的敢去！」

這倒有趣。李春燁追問：「結果……」

「結果不知道，我只是聽說她真的去了。可是我們這邊的——景翩翩是真的賣藝不賣身，只能跟她喝喝酒啊，唱唱歌，論論詩啊畫啊什麼的。其他的，給再多錢她都不幹。還有，她有個壞脾氣，不跟官場人物往來……」

「哦，這是為何？」

「不知道。反正有點身分的人要想見她，只能騙她，自稱先生或是公子。還得小心露餡，她會當場趕你，一點都不給面子。」

「那怎麼行？」

「不行也得行啊！再大的官上這種地方也有點那個，只好大人不記小人過。」

「那是那是。」李春燁理解。據說明太祖勸過嫖，目的顯然是鼓勵商賈往官妓身上多扔點錢，多收點稅，可是他很快發現不對頭，官員文人比商賈去更多，便又下旨，規定「凡官吏宿娼者，杖六十，媒合人減一等；若官員子孫宿娼者，亦如此」。當然，二百多年後的今天，執行並不一定很嚴，只要不太倒楣。

「跟這種人喝酒，聽這種人唱歌，那味道就完全不一樣了，恩公您說是不是？」林匡傑似乎興趣很濃。

李春燁發笑：「那自然。要不然，誰去花那個錢？」

「可惜我們今天來遲了，要不然請她露一手。」

李春燁哧然一笑，未予置評。

「要不要請一個……請……另一個好一點的來？」

「不用了。今天，已經大開眼界。」

「沒關係！聽聽歌什麼的，也沒什麼！這裡沒外人！」

「真的不用，謝謝！這麼多天在路上，真的很累，早點回去休息吧！」

3、「二白」與「三昧」

卓氏累了，抱了女兒早早睡去。李春燁輕輕叫門，叫好久。她迷迷糊糊起來開門，回頭又睡去。他輕手輕腳寬衣解帶，悄然躺到另一頭，將兒子輕輕攬到懷裡。

蚊帳是用苧麻織的，一絲風都透不進，悶得要死。李春燁不由想到自己家的「熱布」。母親不知從哪裡學來絕活，織的「熱布」不僅用來做蚊帳，還用來製衣。「熱布」是指在熱天穿的布，會有絲絲涼意，在泰寧小有名氣。睡在「熱布」蚊帳裡，也很涼。哪像這蚊帳，樹皮樣的。

李春燁毫無睡意。兩眼一閉，一個美妙的女子就閃現：她唱著，舞著，吟著，那紅酥之手還向他遞上一杯美酒。他抗拒地睜開眼，心裡又想那是他從未見過的女子，肯定是林匡傑所說的景翩翩。她怎麼會在他心裡留下來呢？什麼「目中有妓，心中無妓」，對那種純粹出賣肉體的妓女也許是對的，可是對於景翩翩這樣的藝妓，也許恰恰相反——目中無妓，心中有妓！

景翩翩像揮之不去的蚊子一樣折磨得李春燁無法入眠。他索性起來，到後花園散步。

月光如水，花草樹木都披上銀輝。隱約之中，圍牆之外還有琴聲歌聲傳來。李春燁斷定這琴聲和歌聲來自青樓。不論哪裡，青樓總是選擇靠近官府和學宮的地方。他還斷定這婀娜之音來自景翩翩。他想：景翩翩啊景翩翩，難道前世注定妳我非要一見？也罷，見一面吧，見一面就「目中有妓，心中無妓」了，就可以安然入睡了……李春燁回房間，將大額銀票從鞋裡取出藏入草蓆底，帶上幾錠紋銀。臨出門，又折回喚醒卓氏，說有事出去一會兒，讓她將門閂上。

李春燁出門輕手輕腳，跟門衛只說出去散散心。沒想到，還是驚動隔壁房裡一個人。那人當即尾隨而出，手腳更為輕便。他沒跟出正門，敏捷地翻牆而出。李春燁根本沒想到會有這等事，何況心中只有景翩翩，一葉障目，一點兒也沒覺察後頭有人……月兒雖然偏西，青芷樓依然燈紅酒綠。李春燁直接找老鴇：「找妳們景姑娘！」

「景姑娘？我們這有兩個姓景的姑娘，你要哪個景姑娘？」老鴇問。

「叫景翩翩的。」

「哦——，長長的美人啊！」

「什麼長長的短短的，我要那個會寫詩的……」

「沒錯啦，就是那個長長的美人！苗條身子，瓜子臉，長長的……」

「好了好了，天都快亮了，快帶我去見人！」

「唉喲，客官——，」

「噓——」李春燁立刻糾正道。「這裡沒有客官，只有老闆！」

「哦，我說老闆！你真是哪壺不開提哪壺！見我們景姑娘，哪有想見就見的？你得先預約啊！」

對風月場，李春燁不是沒見識。想當初，為科舉，流浪京城幾年。寂寥難耐之時，只好尋章臺柳。偶然逛逛妓院並不是什麼丟臉的事，只是他沒那麼多錢，不忍心把母親和妻子一絲絲織布辛辛苦苦賺來的錢丟那無底洞去。功成名就又納妾之後，他幾乎再不沾那邊。今天到青芷樓，只不過是為了驅走心中之妓。他對老鴇笑了笑，從懷裡摸出一錠紋銀擱在臺面上。

老鴇的笑臉瞬時燦爛了許多：「心急吃不了熱豆腐呀，老闆！既然這麼心誠，下一個就請你罷！」

李春燁又摸出一錠紋銀擱在臺上，又笑了笑。

「我這就去跟景姑娘說！這就去！」老鴇一把抓起那兩錠紋銀，邊塞懷裡邊走。

景翩翩正與一位年輕學子端坐在天然几邊閒聊，談笑風生。老鴇突然進來，說：「實在不好意思！我們姑娘有客來了，這位公子是不是……」

「我不是客嗎？」那學子詫異道。

老鴇笑容可掬：「喲——，說哪兒話呀！來的都是客，都是客啊！只是……只是這位公子，已經兩個時辰吧……」

那學子明白了，邊掏銀子邊說：「我加錢。」

「唉呀——，怎麼不早說？現在我已經答應人家，人家還是我們姑娘的老顧客……」

「那你就以後再來吧！」景翩翩一聽是老顧客，心想也許是她心中正期待著的，連忙也勸那學子。

那學子看了看景翩翩的笑靨，更捨不得走，可是又怕惹她不高興，後悔沒早多掏銀子，只好離開。

他一出門，就碰上李春燁進門，兩個人差點撞上。老鴇笑道：「看你急成什麼樣！」

景翩翩聞聲注視過來，發現是個陌生人，柳眉隨即緊鎖，轉而對老鴇瞪一眼，又狠跺一腳。

李春燁發現景翩翩果然是個「長長的美人」，二八佳人的樣子，但是一臉冰雕。她雙唇撅著，一邊上唇有點像個小浪花，像調皮地微笑著，惹人憐愛。他明白原委，並不計較，笑著一口雪白的牙說：「景姑娘，我是慕名而來啊！」說著，掏出兩錠紋銀擺在天然几上。

景翩翩淡淡地笑了笑：「大人在何方為官啊？」

「本人不曾為官，只與詩書為伍。」

「真不為官？」

李春燁信誓旦旦回答：「真不為官！」

「偽君子！」景翩翩睥睨一眼，頭歪另一邊去。

李春燁難堪極了，但還是硬著頭皮辯解：「真的……妳怎麼……妳怎麼……怎麼能說我……」

景翩翩像判官問案：「你還想騙我？」

「我……哪敢騙妳啊！」李春燁嘴上還硬，心裡快撐不下去了。

「你看不見自己的額頭，我可看得見！額頭都磕平了，還不為官？」

李春燁大吃一驚，只能說：「景姑娘真是厲害！名不虛傳，真厲害啊！」

「找我做什麼？直接說吧！」

「想討姑娘一杯茶喝。」

「哦，茶有！」景翩翩立即命侍兒收拾茶具，泡上新茶。

景翩翩在天然几一邊落座。她一襲長裙，裙襬拖地，可一坐下，露出一隻腳。李春燁不意瞥見，暗暗吃驚：她怎麼會是大腳？她意識到什麼，有點尷尬，連忙起身，進裡面房間，嘟囔說上茶怎麼這樣慢。

李春燁在天然几邊坐下，看几邊上的古觚，裡面插著幾枝花。几的另一邊擺著銅爐，焚著香。再過去是書櫃，櫃上擺些古玩，櫃下則疊著幾部古書。挨著書櫃，是一床古琴。再過去是竹簾，竹簾一邊掛著個鳥籠，裡面兩隻小鳥相擁而眠。簾內該是臥室。竹簾另一邊牆上掛一幅蘭花圖，題曰：

欲歌春望詞，誰是知音者。
門口木蘭舟，常繫垂楊下。

落款「三昧」。李春燁看了，覺得這詩簡直是街頭叫賣，不過這買主須是「知音者」這等千古難遇之人，這買賣可不容易成交啊！這麼想著，轉而看另一邊一幅字，題為〈觀翩翩挾彈歌〉，曰：「酒酣請為挾彈戲，結束單衫聊一試。微纏紅袖袒半韝，側度雲鬟引雙臂。侍兒拈丸著袖端，轉身中之丸並墜。言遲更疾卻應手，欲發未停偏有致。」落款為馬正昆。景翩翩琴藝真是絕佳，還是這馬氏情人眼裡出西施？李春燁正這樣想時，景翩翩從裡面出來，在天然几另一邊落坐。他問道：「馬正昆何許人？」

景翩翩略偏起鵝蛋臉，反問：「大人想知道？」

「不，隨便問問。」李春燁有點尷尬。「那麼，三昧呢？」

「本女子便是。」

「這可巧了!」李春燁擊節叫好。「你猜我的字叫什麼?二白!三昧——二白……」

景翩翩聽了大笑。獻殷勤的男人她見多了,利用字號做文章的還是頭一個。

李春燁明白景翩翩大笑的意思,有些難堪。她沒領情,挺冤枉。一聽她叫「三昧」,他立刻想到江日彩與袁崇煥。一個福建,一個廣東,他們字號卻差不多。江日彩的號是「完素」,袁崇煥的字則叫「元素」,你說巧不巧?偏偏,袁崇煥一中進士就到邵武當知縣。而江日彩,本來一直在江西金溪當知縣,不要路過邵武;後來升任監察御史,到京城了,回家必經邵武。這樣路過,一般只拜訪邵武知府,而不會去看邵武知縣。可是那天,偏偏驛館邊民房失火,袁崇煥趕來撲救。袁崇煥個子小小,卻第一個爬上高牆,一邊接過傳遞上來的水桶往火裡潑,一邊躲避著火焰,像猴子一樣靈巧。圍觀的人讚嘆不已,越來越多人行動起來。他不好意思袖手旁觀,跟著上。這樣他們才認識。火滅之後,「完素」與「元素」一談,兩人直嘆前世有緣。現在「二白」與「三昧」這麼相識,不也前世有緣嗎?

茶上來,景翩翩親手端一杯遞給李春燁。他嗅了嗅,連聲稱道好茶。可是小吸一口,品了品,覺得有問題。他推測說:「這茶是好,可惜……」

「可惜水次了些。」景翩翩搶過話,不無挑戰。「昔日,徐達左曾使童子入山擔七寶泉,以前桶煎茶,以後桶濯足。人不解其意,有人問之,答曰:『前者無觸,故用煮茶,後者或為泄氣所穢,故以為濯足之用。』莫非,大人也嫌這水不潔?」

「姑娘果然不凡,博學多聞,才思敏捷!」李春燁這才真正對景翩翩刮目相看起來。「不過,我剛才並不是說水，而是說這茶。這茶中不光是小團茶，必定還有大團茶夾雜其中，故而略有異味。」

還有這等異人？景翩翩大驚失色，連忙呼侍兒前來詢問。侍兒說本來以為今晚沒客了，只碾了兩人用的茶。現在又有客來，碾造不及，只好取大團茶來湊。聽這麼一說，輪到景翩翩對李春燁高看一眼：「大人火眼金睛，小女子欽佩之至！」

「不敢當，不敢當！我只是喝多了罷，偶有所得而已。只聽聞姑娘琴棋詩畫出類拔萃，不曾想姑娘對茶道也有造詣。」

「造詣不敢！小女子只是羡慕李清照與趙明誠，每飯罷，坐歸來堂，烹茶，談論史書，言某事在某書某卷第幾頁第幾行，以中否角勝負，為飲茶先後，中即舉杯大笑，以至茶傾覆懷中，反不得飲……」

李春燁與景翩翩談得正歡，沒發現那尾隨者也進了青芷樓，像壁虎一樣正在外面攀援壁板。他手腳像利爪一樣，稍有點縫隙就給摳住，步步逼近二樓外窗。不想好馬也有失蹄時，他不小心勾下一個燈籠。那燈籠掉下，油燈從裡面掉出，落進一樓房間，立時火焰衝騰。這房子全用木料建造，時值秋冬，乾柴烈火，燒得非常快。很快有人發現，大叫起來：「救火啊——！」

李春燁慌忙跑出觀望，發現樓上的人紛紛從房間跑出來，有的隨便抓點衣物遮羞，有的遮羞都顧不上。可是，當人們跑到樓梯口時，發現火龍正從下往上竄，斷了逃路，哭叫著乾著急。李春燁往外看了看，發現離地只有丈餘。他把景翩翩拉回臥室，命令道：「快，剪刀！」說著，就扯蚊帳。「快，隨便帶點！只能小包！」

李春燁將厚厚的蚊帳布三下五除二裁成條，又麻利地結成簡便繩索，二話不說，一把攬起景翩翩。

藉著光亮，他發現她那上唇好像還在調皮地微笑著，忍不住猛親它一口，但腳步沒停，直送到美人靠：「快，抓緊點！別怕！」

在一片哭爹叫娘聲中，景翩翩爬到美人靠欄外，攀上布繩，問：「你呢？」

景翩翩兩眼淚光閃爍，充滿感激。李春燁倒不好意思了，迴避目光，乾淨俐落道：「別管我！妳先下，快！」

李春燁緊緊拽住布繩，讓景翩翩一步步攀下。快到地面時，火舌突然捲來。她一慌，跌落地面。而這時，他發現很多人並沒有救火，只是看熱鬧。有些男人女人還肆無忌憚地罵那些妓女傷風敗俗，老天終於長眼，就讓燒死好了。他連忙叫道：「快救救她！她是景翩翩！」

李春燁不能再從這裡下，跑到另一邊。那邊火不大，下面有個水池，已經有人往那裡跳。他轉身回房，竄進景翩翩睡房抱被子。正要出門，發現梳妝檯邊砌著一堆新書，無意中掃一眼，發現是《散花詞》，馬上想起那句「閩中有女最能詩，寄我一部《散花詞》」，隨手抓了一本塞衣襟，才跑出往那池子裡跳……

4、「不能稱她為妓」

那池子畢竟淺，李春燁被摔得不省人事。等他醒來，已是第二天晚上，家裡人和林匡傑都守在床邊。他說昨晚睡不著，出去散步，路過那裡，慌亂中失足。人們慶幸他命大，因為有些人沒跳好，落到石上，沒當場摔死也摔得半死，他才摔暈，腳有點扭傷而已。

李春燁命中與火有緣。母親懷他的時候，夢見一團火球從天上擦著五魁亭的邊沿飛落他家。父親李純行說，他命裡就缺火，一輩子在水路上，朝不保夕。兒子不能再缺水，一定要帶火。於是為他取名「春燁」，春字排行，燁日光，從火。乳名「赤仂」，赤為紅日，更是從火；仂，泰寧方言，語氣助詞。字「二白」，白也指日光，二白表示無以復加。李春燁，一定會像春花一樣紅火！火得讓人眩目！李純行相信這兒子將來一定會像李丞相那樣出名，赤心報國，光顯門楣，不惜散財消災，多積陰德，一趟趟在鬼門關上出生入死。鄒氏相信這兒子將來一定會像鄒狀元那樣出色，不懼年紀輕輕守寡，年復一年捻那一絲絲苧麻線。李春燁相信自己將來一定會像李丞相、鄒狀元那樣成功，不畏獨居巖穴，借月苦讀，一次次步入考場。果然，他進士及第，運勢不凡。今日火災，他又逢凶化吉！

李春燁還慶幸《散花詞》沒丟。現在他已經睡夠，取來溼漉漉的書，拆成一頁頁，晾了一床，邊晾邊讀。說來慚愧，說是讀書人，囿於求功名，多讀四書五經，很少涉獵詩詞歌賦。現實中女人的詩文，還是頭一回讀。不看而已，一看怦然心跳。他破天荒看到一顆女人的心。

情竇初開——

飛飛雙蛺蝶，底事過鄰家。
鄰家海棠樹，春來已見花。

真切地看到這樣一個多情女人的全部生活。

白天——

晏起茶香解宿醺，欄杆花氣午氤氳。
侍兒指點湘簾外，若個春山多白雲。

入夜——

夜靜還未眠，蛩吟遽難歇。
無那一片心，說向雲間月。

她賞蘭——

道是深林種，還憐出谷香。
不因風力緊，何以度瀟湘。

她赴約——

徐語向郎，郎意毋亟。

驅車終日，留儂喘息。

她呀，整個人兒是情做的！她每一滴熱血是情，每一絲心緒是情，為情入眠，為情醒來，每一個日子都為情而活！

李春燁讀著想著，心兒和景翩翩的韻律一起跳動。王伯谷說得沒錯，這詩真是堪比荔枝，甘軟滑脆，清甜香鬱，沁人心脾，難怪「一騎紅塵妃子笑」，我也讀得神魂顛倒，老夫聊發少年狂啦！何況，他眼前還老是幻現她那調皮地微笑著的上唇，恨不能再吻一下。可是，蒼天無眼，竟然從中作梗……

景翩翩啊景翩翩，此時此刻妳在哪裡？

如今，景翩翩是死是活都不知道，這讓李春燁非常揪心。一發現天亮，即起床。頭似乎更暈，腿一邁就疼，邁兩步就瘸。卓氏醒了，勸他躺著休息。他說要上街找郎中看看傷，她說請郎中到驛館來。他說試走走，活絡活絡血脈。

開門一看，細雨濛濛。李春燁想到家鄉，夏天常有人用雷公藤毒魚，從小河到大河，從小魚到大魚，難有倖免。有時看去，白白一片，慘不忍睹。可是當天下午或者第二天，往往會下一場雨，讓河裡有些新鮮的水，讓那些半死的魚復活。這麼說，今天這場雨也是觀音慈悲，特地趕來拯救那些青芷樓的女子？

冒著風雨，李春燁讓老邢攙著，直往青芷樓。

青芷樓有兩幢，其中一幢已被火噬盡，些許梁柱還在焚，冒著淡淡的白煙。這樣，廢墟比其他地方更溫暖，但是瀰漫著焚布、焚屍之類刺鼻的氣味。儘管如此，密密麻麻的男女老少還是擠在那裡，有的用鋤頭翻什麼，有的用木棍撥什麼，還有好多人直接用手在摸著什麼。李春燁又聯想到家鄉，秋天到了，黃豆成熟，田埂上、山坡上到處是。貪吃的人偷拔人家的豆子，一把把直接用茅草燒，燒差不多了滅火，一夥人便到尚有火星的灰裡頭找豆子吃，一個個滿手、滿嘴黑不溜秋。眼前這些人就像那些貪吃鬼，可是他們找什麼呢？不時地，有人驚跳開來，那是因為扒出一具焦屍；突然有人撲到一堆爭搶起來，甚至大打出手，有人搶了就往外跑，又有人追，那是因為撿到金子。妓女沒個百寶箱，也少不了一些金釵金鈿、金耳環、金戒指之類。骨肉經不起燒，真金可不怕火煉。這些人都是在找金子，找得非常仔細。妓女們的屍骨是沒人找的，因為她們在這裡舉目無親而又遭人唾棄……李春燁特地來找景翩翩。他相信她一定被救，一定不在這裡，可是他還是到她房間的位置尋了尋。那地方早已被人翻遍，像被人捉過泥鰍的爛泥田一樣。那裡除了灰炭，只有一些未能焚盡的紙──《散花詞》殘紙。

「請問，知道那個景翩翩現在情況嗎？」李春燁開口詢問。

人們大都搖頭。其中有些人是表示連誰叫景翩翩也不知道，有的知道那是青芷樓妓女但不知道她現在的下落，有的還對這尋她的老頭表示鄙視。好不容易有個年紀與李春燁相仿的男人答出：「聽說，她被救了。」

「我知道她被救。」李春燁追問。「我想知道她現在在哪裡？」

「你還想找她？」

「是啊，我要找她！」

「你是她什麼人？」

「嗯……老鄉！家裡……家鄉人。」

「我看——，你不是吧？」

「你怎麼說我不是？」

「她是建昌人。可是你……聽你口音，邵武那邊吧！」

「她真是建昌？」

「你真是她家鄉？」

李春燁不敢吭聲了。就昨晚讀過，景翩翩自己說：「日乘芙蓉車，七貴相爾汝。妾本吳中人，好就吳儂語。」她應該是蘇杭吧？可是王伯谷說「閩中有女最能詩」，現在又有人說她是江西建昌，到底怎麼回事？李春燁轉而問其他人，也得不到一個滿意的答案。

實在尋不到景翩翩的音訊，李春燁只好如實告訴林匡傑，委託他繼續尋。李春燁再三吩咐說：「一有消息，請你馬上捎信給我！」

「莫非……恩公看上她了？」

「胡扯！我是掛念……她那樣一摔，生死不明，我……我是想，要是沒能救她，豈不是我的罪過？」

「哦——，恩公現在是『目中無妓，心中有妓』啊！」

「其實，不能稱她為妓。你知道……」

「那就稱女詩人吧！」

「就是！好端端的稱呼，早為她留好的！」

5、「新人仔」與原配

全國一千零四十個驛站，名義上由兵部掌管，實際上過境官員本人及其隨從所需的食物、馬匹和船轎挑夫等費用，全部由當地負擔。邵武地處閩北要道，卻不夠富裕，地方官員對接待之事感到十分頭痛，吃飯能兩桌併一桌的盡量併，能省一碗盡量省一碗。這天，李春燁到來，一行五人，和遼東三人併一桌。這是一張八仙桌，只有八個位置，主人搬張短凳塞在一角自己坐，迭聲抱歉擠了點。李春燁笑了笑，嘴上說沒關係，心裡頭有點不快，覺得不夠面子。卓氏善解人意，將女兒抱在懷裡說她要餵飯，騰出一個坐位。

桌上也備了酒，邊喝酒邊閒聊，這才知道遼東來這人叫羅立，就是邵武人，以前在這裡當班軍，袁崇煥調遼東時帶了去，現在委派他回邵武四縣來募兵。為什麼要跑這麼老遠來募兵呢？原來，袁崇煥上疏奏說：兵統於將，唯將識兵。募兵者未必盡識兵律。何況募者一人，統者一人，出關而用者又一人，兵既與將不相熟，危急之時怎麼不鼓噪而逃？而由於將不識兵，又怎麼按軍紀處之？只有求良將，使之分路而募。良將胸富甲兵，既足懾服眾志，且平日或有本約之豪傑，臨時亦有情義相投。以此將募，即以此將統，仍以此將用之出關破敵，首尾始終合於一人，耳目手足聯於一氣，才富有戰鬥力。皇上准奏，於是袁崇煥命若干親信分赴各自家鄉募兵。李春燁聽了，覺得很有道理，覺得袁崇煥這人確實有些真知灼見。

晚上話比酒多。主人並不想讓客人喝過了頭，羅立公務在身不敢多喝，李春燁想著明天一早趕路也不敢多喝。一到邵武下榻驛站，李春燁就託鋪兵連夜送信給家裡，說明天清晨上路，天黑前趕到家。屆時，家裡人會等，不敢耽誤。

李春燁早早就寢，但失眠更厲害。如今，景翩翩在他心裡安營紮寨了，揮之不去。他索性坐燈下讀《散花詞》，讀著那個「回川逆折聲潺潺，枕邊環淚摧朱顏」的女人，自己也「哀猿一聲夜未半，峽峽柔腸寸寸斷」了。

景翩翩的詩大都言情，或閨情，或怨情，或誓情，有些詩好懂，有些詩不好懂。字裡行間究竟藏著她什麼樣的心情？他一遍遍咀嚼……第二天一早趕路。出和平鎮，邵武與泰寧交界處的路邊有座水口山，叫天符山。這山巒不高，山上新築起一座寶塔，呈六角形，磚木石混構，別具一格。路過時，卓氏直嚷要上去看看。李春燁拗不過她，嘟噥一聲「要趕路啊」，還是要求停了轎。

那塔離路只有一兩百步。李自樞跟著走，女兒由李春燁抱著。女兒快三歲了，對這個滿目碧綠的山野好奇得很，圓睜了兩眼四處看。李春燁被女兒感染了，興奮起來，讓女兒騎到肩上，讓她看得更遠更多。卓氏瞟了他一眼，嗔道：「等下撒泡尿，你就慘啦！」

「沒關係！」李春燁笑道。「我寶貝女兒撒的，勝似甘霖！」

這塔底門額上陰刻著行楷字：「天啟元年秋月吉旦　聚奎塔　賜進士第知邵武縣事袁崇煥立」。原來還是袁鑾子的傑作啊！李春燁如逢故友，把六層塔每層門楣上的字辨認個究竟，看那些未署名的字是否也出自袁氏之手。倒是讓卓氏等得不耐煩，一連三次催他快些趕路，他才戀戀不捨下山。

越往南，卓氏和李自樞就越興奮。他們都生在北京，幾乎沒出過京城，沒想到冬天了，南方還滿山青翠，野花野果一叢叢一簇簇，爭奇鬥妍。卓氏最喜歡的是萱草。那草還有一個更美麗的名字叫「忘憂草」，有一個動聽的故事，說是從前有個賢良的女人以欣賞此花來消解等候丈夫長久未歸之憂，令人過耳不忘。她在京城家中就有栽種這種花，沒想到這是長在懸崖上，金燦燦一片又一片。懸崖峭壁本身就好看，多姿多彩。從崇安、邵武到泰寧，有一條長龍樣的赤石群靜靜地臥在那裡，像碩大的宮牆，但比宮牆更絢麗，更鮮活。卓氏直嚷道：「要是帶了筆墨就好，我要畫下來！」

巖洞大大小小，星羅棋布，深淺不一，但一個個都像隱藏著什麼驚人的祕密。一落轎歇息，他們母子就要指指點點。李自樞問：石頭怎麼會是紅的？是誰染的？怎麼會有那麼多洞洞？是誰挖的？挖那麼多洞做什麼？問個沒完。李春燁只是簡單作答，說那洞用處很多，比如建廟宇，避戰亂，讀書等等。進而問：為什麼要跑那樣的洞裡頭去讀書呢？這就一言難盡了，李春燁說「以後慢慢講給你聽吧，現在要趕路」。李自樞興猶未盡，不肯走。李春燁只好說：「那洞中有『石伯公』，會把人藏走呢，我們快跑！」

「什麼石伯公？」李自樞問。

「一種……嗯……跟……跟神仙差不多吧！不過，它跟神仙不一樣，跟我們普通人一樣，愛跟人開玩笑。」

「爸爸騙人！」

「真的！它還愛跟著人說話呢，你聽——」李春燁大聲一吼，那巖洞隨即迴響一聲，吼兩聲便迴響兩聲。

李自樞信了，怕了，慌忙拉上李春燁的手。卓氏急了，搶過李自樞的手：「你別嚇他！」

「真的呢！我們這邊的山裡，真有石伯公會藏人，我真見過，敲鑼打鼓去找……」李春燁差點說，小時候，他媽說他爸也是被石伯公藏了，很快會回來，可是至今沒找到。其實，石伯公只是愛惡作劇，不會害死人，藏的人總找得到。他爸失蹤幾十年，肯定不是石伯公藏的。「孩子，我講個石伯公的故事給你聽……」

李自樞本來和小妹妹一起跟卓氏同轎，為了聽故事，現在上父親的轎。李春燁講述：從前，幾個石伯公經常半夜到泰寧弋口一戶窮人家的廚房煮泥鰍。石伯公心地好，借了人家的鍋，燒了人家的柴，有些過意不去，每次都會留下一碗泥鰍給這戶人家，並且留下一些銀子算柴水油鹽錢。這戶人家很快富裕起來，銀子多得要用蓆子晒。可是，這戶人家富了之後，對石伯公不敬重。媳婦發牢騷說：「煮泥鰍，腥死了腥！」婆婆也討厭，還出個歪主意。她們用烏金紙糊一個鍋，換掉鐵鍋。這天晚上，四個白髮蒼蒼的石伯公又來，他們不知道換了鍋，照常生火。火還沒燒旺，那紙糊的鍋就燒掉了。石伯公不知道這鍋是假的，嚇壞了，連忙商量怎麼賠，賠個金鍋還是銀鍋。躲在隔壁的婆媳兩人聽了，覺得石伯公太傻，大笑起來。石伯公發覺被捉弄了，馬上走掉，再也不到這戶人家煮點心。從此，這戶人家又慢慢窮下來。泰寧有句民謠：「石伯公，煎泥鰍，燒掉了灶神公。」聽到這，李自樞說：「石伯公要是會到我們家煮點心是好哦，我們讓他們用真鍋！」

「是啊！做人，要厚道！」李春燁適時教導說。

進泰寧城時天已全黑。早有幾個族人在城外三里亭等候，一見李春燁三乘轎子到，立即命一小廝火速跑回家稟報。等李春燁到家時，親朋老友一大群從南谷口排到家門口，中間留出一條道，讓幾盞燈籠照亮那條鵝卵石路面。

母親鄒氏年老，又雙目失明，行動不便，坐在廳上等候。李春燁左腳邁進大門，一眼瞥見，立刻奔了過去，雙腿跪到母親膝邊，呼喊隨之而出：「媽——！」

「赤伢！」母親老淚縱橫，雙手婆娑著撫摸兒子。

李春燁熱淚盈眶，抬高腦袋讓母親撫摸。他的手乖乖地放在母親的膝上。那衣裳硬挺，用米湯漿過，今天換上的。儘管老了，眼睛看不見，母親還是愛清爽。何況，家裡人把今天當成隆重的節日。他忍不住又盡情地喚一聲：「媽！」

「天都黑啦？」

「嗯。」

「你這蠢仔，怎麼不知道在龍湖、朱口住一夜，明天上午回來？」

「我一心想著早點回來見您，就顧不得那麼多規矩了！」李春燁說著站起來，拉過卓氏的手讓母親撫摸，說這就是他在京城娶的妾。然後拉過李自樞，告訴這是為她在京城添的孫子。

家裡的兒子，依序帶孫子孫女見李春燁。家裡本來有四個兒子，只剩兩個在家。長子李自根，廩生，屢試不第，急得要瘋。今年春天，又名落孫山，說是遭仇家排擠，考官不公，抱憤夭亡。次子李自樹，恩貢，今年也落第，遭人嘲弄，便學父親當年，隻身躲到深山無名巖穴去苦讀，每月只回家取點吃的。前些天通知他回來見父親，他說金榜無名無顏相見。三子李自槐，也是廩生，江日彩女婿，還沒生子，帶著兩個女兒來見，不大敢正視父親。兩個孫女不認得爺爺，怕生得很，畏首畏尾，不敢上前。李春燁只好起身，塞給她們一人一個小紅包。只有四子李自雲，剛剛補稟，一副春風得意、前程無量的樣子，讓李春燁精神一振。見沒兒孫再上前，李春燁泛泛地追問：「還有呢？」

李自樹妻陳氏，帶著兩個兒子上前，也不敢正視李春燁。一則一個兒子出痧痘處置不當，眇一目，跛一足，成了廢子，是她失職；二則丈夫不孝，似乎有她一份責任。李春燁安慰說：「自樹有志氣啊，家裡就辛苦妳了！」

兩個孫子都穿了新衣裳。發育正常的孫子畢恭畢敬喊爺爺，廢子笑嘻嘻的只顧自己吃花生——如果沒有花生激勵著，他還不願見爺爺呢！李春燁心裡一陣難受，將廢子攬到腿上，塞給他一個紅包，要他喊一聲爺爺。旁人幫腔，教著催著他快喊。廢子旁若無人，專心玩李春燁的鬍鬚，當著一叢小草用力拔，拔得李春燁受不了……李春燁正要起身，李自根遺孀呂氏、妾謝氏一起來拜見，更是不敢抬頭。這也難怪，她們不僅沒伺候好丈夫，而且連個女兒也沒養大，簡直是罪過！李春燁嘆了口氣，想了想，不知怎麼安慰，只好說：「吃飯吧！」

在京城，收到長子夭亡的消息，李春燁傷心得很，但很快就想開了。想想天啟皇上，三個兒子兩個女兒全都夭折，而且死得很窩囊。天啟皇上喜歡貓，經常有幾隻貓在身邊嬉鬧，隨時分享他的美食，可是貓兒並不懂得報恩，經常在夜裡爭風吃醋，亂嘶亂叫，嚇得龍子龍女抽搐成疾，以至夭亡。生死有命，富貴在天。皇上都難以避免的事，我們有什麼好傷心？李春燁不傷心了，也不希望家裡人傷心過度。但這些話不便直說，他要用行動展現，高高興興團圓一回。

家裡像辦喜事一樣，擺了幾桌酒宴。因為李春燁連升七級，在京城出發時捎了信給家裡，弟弟李春儀前兩天就從建寧趕來。大舅鄒德海八十出頭，身體還硬朗，還好酒。還有最小的姑丈江亨龍、族長等人，同坐一張八仙桌。上方只坐老母親，邊上擺著碗筷，那是留給父親的。這是幾十年的老規矩，父親不論在哪裡，如有得悉，一定會趕回來。大舅坐母親身邊，李春燁攜妻妾坐在大舅身邊，李春儀坐父親空位邊上，兄弟一左一右時而奉母，時而敬舅。這一桌都是至親，眾星拱月，讓李春燁說些京城的新鮮事。

李春燁的心思則著重在母親，時不時替她挾菜，報上菜名，還要送到她嘴裡。有一碗墩形滷肉，是他們一家最愛吃的。現在，他一見肥肉就產生可怕的聯想。那是矮矮胖胖的萬爆那又白又肥的大屁股，被杖得皮開肉綻，又讓郎中一塊塊割下，大大小小，有的也成方形……他從此再也不敢吃肉！可是今天，他不能說那些。他不敢吃，不等於母親也不吃。母親仍然愛吃，只是怕麻煩兒子，勸道：「好啦，我自己來！哪裡天天要人喂啊，你陪客人喝酒！」

「這是三層肉。我把瘦肉挾掉。」李春燁知道母親的牙早掉光了。

「是墩肉吧？」

「是。我們叫墩肉，外面叫『東坡肉』，因為宋朝大文人蘇東坡愛吃這種肉，名字給他占去。其實，愛吃這種肉的人很多。秦淮河那邊，最近流行一種『董肉』，跟這肉差不多，因為一個姓董的名人愛吃，就讓她占去了。」李春燁盡量讓心思從萬爆那血肉模糊的屁股上跳開，但不敢說那姓董的是指名妓董小宛。

李春儀笑道：「我們家這麼愛吃墩肉，哪天改叫『李家肉』。」

「這有何難！」江亨龍插話。「外甥仔以前讀書的天臺巖，現在人家已經叫『李家巖』了……」

「哦——，會有這等事？」李春燁不敢相信。

「是喲！」大舅作證。「我也聽過人這麼叫。」

老朽的族長這時舉杯說：「赤仂真是榮宗耀祖啊！」

「我算什麼呀！」李春燁嚷道。這不是謙虛。跟葉祖洽、鄒應龍他們比起來……不比也罷。

一桌人共飲了一杯，分享李春燁為親人們帶來的榮耀。

「赤仂啊，你記得嗎？」母親沉浸在喜悅之中。「小時候窮，難得吃一回肉，豬腳上的毛弄不乾淨，也捨不得扔掉。你吃得津津有味，還說吃到喉嚨像巷子裡面拖枝柴樣的：唰，唰唰，唰唰唰……」

一桌人大笑。

「是唄！」李春燁有點不好意思。「我在京城還說過，可是他們聽不懂。他們北方不燒柴，燒煤。有些同事以前在老家也砍過柴，可是他們那裡沒有我們這種兩邊高高磚牆、中間小小長長的巷子，不懂得在那當中拖著枝柴唰唰唰多有意思。不過，當今皇上也愛吃豬腳……」

「皇上也吃豬腳？」李春儀問，似乎很失望。「我還以為皇帝吃什麼山珍海味呢！」

「當然不是我們這樣煮的豬腳。」李春燁說。「皇上愛吃的是豬腳的筋，和海參、鰒魚、鯊魚筋、肥雞一起燉，名叫『三事』。」

人們嘆那些魚聞所未聞。

李春燁這次回來，帶了兩樣貢品，一樣是寧波裹腳布，上至老母親下至孫女每人一條；另一樣是「建蓮」，在晚餐作為甜湯最後上，讓男女老少都嘗嘗。

「建蓮」是指鄰縣建寧所產之蓮，粒大圓滿，潔白清香，經煮易爛，久煮不散，入口即散，湯色清澄，韻郁馥香，特別受人喜愛，早就是貢品。可並不是建寧所產蓮子都這麼好，只限城西那百畝。就像武夷山大紅袍茶，僅有那麼一株。這樣，身價倍漲。為了保證入貢，每年夏天蓮花一開，知縣就派兵將那百畝蓮田守護起來。採蓮剝殼，要選一批父母雙全的黃花閨女，讓她們用櫻桃小嘴將殼輕巧地咬開，所以建蓮又叫「口蓮」。直到晒乾、打包、運送，全都有兵把守，咬殼的閨女也休想嘗一粒。然而，皇宮裡東西太多了，並不稀罕什麼。李春燁常跟皇上在一起，皇上常常送他一兩樣。李春燁得了貢品，捨不得自己吃，又千里迢迢帶回來孝敬老母親。當然，母親吃不了多少，也捨不得多吃。煮一碗建蓮，母親只嘗幾粒，其餘分三兩粒給每個人。李春儀也沒吃過正宗的建蓮，今天一吃，直嘆：「我白做建寧人了！」

女人一般不上客桌。可是卓氏是第一次遠道入家門，就顧不得規矩了。為了公平，叫江氏也上。有了她們兩個，平添許多氣氛。卓氏只會講官話，那官話也跟大家平時聽的不一樣，彆彆扭扭。一桌人除了李春燁，誰也不認識。他們叫卓氏，用俚語稱「新人仔」。李春燁翻譯給她聽，她聽了大笑：「我們都老夫老妻了，還新人！」

「這是我們的規矩！」李春燁說，哪怕妳七老八十當奶奶當外婆了，輩分大的還是叫妳「新人仔」。

敬酒該稱長輩了，卓氏老出錯。剛教了這位該稱叔公，等會兒叫成外公。李春儀，按規矩得跟自己兒女叫大叔，可是她老叫成大伯，惹人大笑。李春儀倒無所謂，笑笑回應：「看上去，我絕對比我老哥大！別說嫂子，別人也常認錯，小時候就有。」

這是實情。雖然李春燁小時候也放過牛吃過苦，至今膚色偏黑偏粗，但是身材較高，不大像矮小的當地人。李春儀自小做粗活更多，這些年又常在灘溪——金溪——閩江等地漂泊，風吹雨打，鬼門關上出生入死，臉面也就顯得特別滄桑。看上去比李春燁老十來歲，其實小三歲。好在都年過半百，不在乎年齡大小，也不在乎相貌俊醜。

賓主有說有笑，席散了還在廳堂上坐著一大群，把李春燁圍在當中。女人則圍了卓氏，小孩圍了李自樞，各有各的話題。妻江氏笑盈盈的，親自忙著添擂茶，還有瓜子。好些人不會啃瓜子，手忙腳亂。難怪俚語說：「鄉下人愛發火，吃起瓜子雙手剝。」

李春燁邊應酬著說笑邊啃瓜子，啃得很流暢，一個個扔進嘴裡，然後吐出瓜子皮。有片瓜子皮吐出來掛在鬍鬚上，他自己沒發現。江亨龍見了，連忙上前俯身幫他拈掉瓜子皮，趁機說：「赤伪，我們自己人，我是講直話！我現在是秀才了，你得替我弄口皇糧吃哦！」

大舅緊追一句：「那是——，那還少得了啊！」

「盡力盡力！姑丈的事唄，我怎麼也得盡力！」李春燁畢恭畢敬說。

江亨龍其實只是表姑丈，比李春燁還小幾歲，但因輩分大，以前就喜歡擺譜，常常讓李春燁窩氣。李春燁發跡了，他黏李家、鄒家黏很緊。現在終於考上秀才，今天又喝了點酒，更是忘乎所以。李春燁心裡罵道：睜開你狗眼看清楚點，老子是進士，堂堂的從三品大官！要不是親戚，你替老子提鞋都不夠格！可是，偏偏是親戚，而且大一輩，於是生來就欠了他的，就得低著頭，就得還債。幫林匡傑那種人，多少有點好處，還會一輩子感激你。可是江亨龍這種人呢？幫他費口舌不算，還得貼銀子，純粹是還債！還債！還他媽前輩子的冤枉債！

好在這債不難還。當今，除了科舉制，還有保舉制。皇上命京官文職以上，外官至縣令，可各舉所知一人，量才擢用。後來以貪汙聞者，舉主連坐。不過，皇上也感到一言之薦難保終身，實行連坐並不太嚴。這個姑丈，考了幾十年才考個秀才，顯然不是可舉之才。但如果推薦去教個書什麼的，於公於私也說得過去。無債一身輕啊！

家裡終於安靜下來。李春燁安頓好卓氏，進妻子江氏的房間。兩人相擁了一會，他取出銀票給她。

「哪來這麼多錢！」

「我把京城的房子賣了，準備在家裡蓋一大幢，不能讓妳老住這麼舊的房子！」

「我是沒什麼，住慣了。倒是孩子，一天比一天大，一年比一年多……」

「我自有考慮。明天再說，先歇息吧！」李春燁要替江氏寬衣。

江氏卻迴避：「你去陪她吧！乍到初來，人生地不熟。我把你的睡衣已經放到她房間。」

「沒關係，她不會見怪的。」李春燁擁緊江氏。「我常年在外，辛苦妳了！」

江氏也已知天命，早已心平氣順。可是李春燁總有些內疚，堅持要盡人道。

6、「十個女兒九個賊」

一早，李春燁到母親房間幫助伺候她起床，親自為她洗臉。老人的臉像枯朽的松樹皮一樣，沒丁點光華，令人生厭，令人恐懼。可她是他的生身之母，他不僅不能厭惡不能害怕，還得小小心心清洗那些溝溝坎坎。

「媽，我想為您老蓋一幢房子。」

「省了吧！我這麼老了，住不了幾天。這房子舊是舊，可是住得好好的……」

「您看孫子重孫都大了。他們一成家，就不夠住了。」

「那也是。」

「新房子叫『五福堂』，皇上恩賜了木樣。」

「皇上恩賜木樣？噯唷——，觀音菩薩保佑，爺爺奶奶積德喲！」

李春燁立即去把木樣端來，引導母親的手指撫摸：「妳看，這是大門……這是天井……這是廳堂……這又是天井……這又是廳堂……這是第三進天井……這是第三進廳堂……這兩邊是廂房……」

鄒氏突然叫道：「那要好多錢啊！」

「要蓋好一點……我想蓋成泰寧最好的房子，是要花些錢。」李春燁如實說。

「哪來那麼多錢啊？」鄒氏嘆道。她知道，現在當官薪俸很低，只是榮宗耀祖而已，並不能發財。家裡生活，主要還得靠學田和賣「熱布」。省著點，日子是過得去，蓋不了大房子。如果不走正道，可以發財，可是那後果嚇人。明太祖時候就規定，官員貪汙銀子六十兩以上要處以死刑，梟首示眾，並且剝下他的皮，皮裡填上楦草，掛在衙門的官坐旁邊，以儆後效。她不知道山東登萊陶朗先等人去年也被剝了皮，而且是在她兒子監督下進行，只是知道當今有這麼一種酷刑。這種事，想像起來都覺得可怕。「赤仂，自小我教過你，寧肯自己吃些苦，不要吃人家的冤枉錢……」

「我記著呢，媽！為官這些年，我從沒吃過冤枉錢。我積的錢，除了自己省吃儉用，皇上還給了賞錢。」

「皇上給你賞錢？」

「是啊！皇上愛做木樣，做了木樣叫我拿到宮外來賣，還要賣高價錢，賣低了價錢不高興。其實，皇上哪會缺錢呢？皇上有『內帑』，用我們話說是『私房錢』。像我們泰寧寨下金礦，稅是皇上直接派太監來收，收了直接進皇上的帳。皇上的私房錢，多得跟稻米一樣！他只是圖個高興，賣了木樣的錢全都賞我。」

「阿彌陀佛，菩薩保佑皇上！」

李春燁說，要把福堂蓋進城裡。他之所以要蓋新房，更是想逃開現在住的這個地方。這地方在城郊倒是次要，主要是這房屋緊挨著小山，小山上蓋有高大的五魁亭。每天日出，就把五魁亭的影子斜照到對面山坡，慢慢地移動，久久久久地把他家籠罩在陰氣裡。當然，更可怕的是那陰影籠罩在他心上。從小開始，至今依然，很可能至死也揮之不去。在進這個家的路邊還有鄒應龍的墓。這鬼地方，早該搬掉！然而，這些心思無處訴說。今天跟母親說搬進城裡的理由，靈機一動，他說：「『城東三澗』那裡，不是說『河潭流斗角，此地狀元生』嗎？那裡風水好，我們搬那裡去，讓子子孫孫在那裡發達！」

鄒氏聽樂了，連聲叫好。

「城東三澗」是指城東北溪、朱溪與杉溪匯合處，杉陽八景之一。其城牆內側，有一小塊荒地，只有幾棵大松樹，可惜地盤太小，蓋不了像樣的房子。再過去是三賢祠，動不得。三賢，指的是宋時大儒楊時、朱熹和李綱，德高望眾，他們都曾經在泰寧隱居過，後人特地建祠祭祀，誰敢打它的主意？邊上是江日彩家，李春燁也不敢打他什麼主意。之所以想把房子蓋到這裡，還有一大原因正是江日彩家在這兒，將來老了，兩個人可以像一家人朝夕相處。再北向是「雷半街」，有兩大片破舊的房子，分別屬於鄒家、雷家。李春燁思索了好長時間，覺得雷家那邊沒什麼機會，鄒家也就是舅舅家這邊倒是有些努力的餘地。

娘舅那大幢房子叫「世德堂」，有一兩百年的歷史。到大舅這一代，本來還興旺。他長年跑福州做米生意，一家三十餘口住在世德堂，算得上泰寧城裡屈指可數的大戶。可是傳說前些年，他在福州迷上一個妓女，那妓女有心從良，帶上全部積蓄跟他回泰寧。臨上船時，妓女想起還有個金臉盆沒帶，回去取。沒想到，等她再到碼頭時，船已經開走，大舅帶著她那滿箱金銀財寶不見了。她一氣之下投河，成為女鬼。這女鬼念念不忘生前事，常常在那河邊哭泣，越哭越傷心，越哭越氣憤。有一次，她碰上泰寧一個到福州做紙生意的人，了解到大舅家裡的情況，就隨船跟到泰寧。且說大舅得悉那妓女投河死了，心上總覺得恐懼，便在家裡為她設靈堂，焚香奠祭。女鬼到來，不領他這份虛情假意，變出一陣陰風，把那香火吹滅，又把他家的金銀財寶慢慢捲到那做紙生意的人家裡。大舅家境很快敗落下來，子女有的夭折，有的逃了出去。這傳說顯然荒謬，但大舅家一年比一年糟，這是有目共睹的。那麼幢大房子，牆坍了，柱歪了，瓦吹了，都沒人修，花園變成菜地、豬欄，讓人看了心痛，不如索性賣了，到城外蓋一幢小的，重起爐灶。母親聽了覺得有道理，只是為難說：「那是祖屋啊！」

「祖屋跟祖宗不一樣！」李春燁說。「福建早沒幾個土生土長的人了，鄒姓也是客家人。狀元公當年，因為汀州寇作亂，全家人逃到江西避難。等到平定，一家人失散，狀元公只帶回一個兒子。其他幾個兒子飄泊到汀州四堡，以為狀元公遇難，葬了衣冠塚，就地安身立命。結果怎麼樣？個個發家！他們雕版印書到處去賣，還飄洋過海到臺灣到南洋……」

「好了好了，我知曉了！」母親打斷李春燁的話，馬上命人去請大舅來吃早飯。

空腹幾杯酒下肚，馬上飄飄然起來，李春燁這才說起要蓋房的事。大舅一聽，說你早也該蓋了。他進而問：有沒有聽說誰家要出讓地基。大舅想了想，說沒聽聞。他繼續繞著彎彎說：「親兄弟明算帳。如果有自己人肯出讓，我可以出高一些價錢。」

「多錢是不要哦，問題是要有人肯讓。」大舅說。

李春燁耐心引導說：「沒有房屋厝基，如果有倉房、豬欄、菜地讓一讓也好。倉房唄，哪裡也一樣；豬欄、菜地，更沒什麼講究……」

「問題是要有哩！」真不知大舅是不是裝糊塗。

李春燁請母親跟大舅直說，問世德堂能不能轉讓。大舅一聽，陡然變臉：「鄒家生了妳這樣的女兒，真是倒了灶！我們家還沒被妳害夠啊？只剩那幾間破房子，還要來謀算！」

母親十個指頭塞一嘴，讓大舅去罵。想當年，鄒家在泰寧不是首富也不下二三，而李家雖然經商但根本不入流，門不當戶不對。命中有緣的是，廣東潮州作亂，席捲福建，才及建寧，泰寧的大戶人家就紛紛捲了金銀財寶早早躲進山裡，鄒家老少更是聞風喪膽，躲在飛鳥絕徑的巖穴當中還不停地乞求石伯公保佑。潮州寇進泰寧，入山搜捕鄉紳商賈，抓到李春燁的父親李純行。問其他人躲在哪裡，李純行明知鄒家人躲在頭頂巖穴卻死不肯講，掏出身上僅有的十錠銀子，讓他們滿意地離開。鄒家人躲過大難，對李純行感恩不盡，將小女許配。這小女嬌生慣養，一百個不願意。她父親百般勸說，說忠義二字勝過萬貫財產，強行把她嫁李家。她嚎啕大哭著上花轎。泰寧風俗，女兒出嫁時，要像出殯一樣隨手關上大門，否則福氣要被帶走。她聽到身後關門聲，更傷心了，突然從舅舅背上蹦下來，撲進大門，吶喊道：「你們要是關上門，不讓我回來，我就死在這裡！」父親慈心大發，依了她，破天荒不關大門。沒想到，事也有巧。她一嫁到李家就變了，心靈手巧，勤儉持家，李純行生意也日漸興隆，而鄒家日漸衰落。有一年，春節十五過後，她回娘家，不經意間順手在大舅家灶裡添了些火炭到火籠裡，隨即烤著火籠回李家。事後，大舅知道了，追過來大罵：十個女兒九個賊，連娘家的火種也扒走了。多年來，大舅耿耿於懷。如今，又要來買房子，要把娘家的祖屋都扒走，他怎能不發火？

李春燁連忙賠不是，說只是問問——像街上買東西一樣，見到就隨便問問，請舅舅大人千萬別記心裡去。

正尷尬著，忽報社壇主持丁開伍求見。社壇的職責是勸善懲惡，興禮恤患，以厚風俗。丁開伍是個老秀才，比李春燁還大幾歲，平素並無來往。今日上門，實屬意外。李春燁知道，社壇主持德高望眾，立刻起身迎入，添杯添酒，一來表示對主持的敬意，二來沖淡大舅的火氣。

丁開伍肥頭大耳。因為飲酒過度，他的手顫抖得厲害，酒杯都端不穩，不停地溢出，但他喝酒的態度很乾脆。三杯酒下肚，說明來意：「老朽不才，特來討教！」

「不敢不敢！」李春燁謙遜說。「晚輩才疏學淺，向前輩討教才是！」

丁開伍不客氣了，邊飲邊說：大儒朱熹主張「革盡人欲，復盡天理」，那麼何謂「人欲」？何謂「天理」？朱子只打了個比方：「飲食者，天理也。要求美味，人欲也。」以此類推，是不是可以說：男人娶妻是「天理」，而納妾之類是「人欲」？最近，泰寧社壇諸公在討論這個問題，爭論不休。李春燁身為進士，學富五車，才高八斗，又身居京城，多交鴻儒，該有一番真知灼見。

李春燁聽了直皺眉頭。他本來就對理學反感。他覺得理學家是那種指點別人披荊斬棘上天堂，自己卻留戀於花街柳巷的人。現在，在家裡討論這樣的問題，多難堪啊！這老頭，太迂腐了！李春燁打著哈哈說：「這……這可是大學問啊，晚輩還不曾思考！來來來，先喝杯酒！」

正說著，又報知縣求見。李春燁連忙吩咐新炒幾個菜，重溫一壺酒。

知縣王可宗邊進廳堂邊拱手，迭聲說久仰，有失遠迎。他是北方人，塊頭特別大，一上天井好像整個廳上都暗了些，讓李春燁感到像一堵牆壓過來。李春燁也道久仰，並說上年曾接家書，說汀州寇犯建寧，泰寧只是受驚擾，全賴王知縣防衛有方；官兵討賊，所過多有剽掠，獨畏王知縣，無一卒進城為害，百姓感激不盡。

王知縣笑道：「下官不才。也有鄉親告我狀吧？還請多海涵啊！」

「告狀還沒有吧，至少是我這裡沒有，到今天為止沒有！」

兩人說著，挺投機的。但王知縣沒久留，送上禮物若干，請李春燁明日撥冗到縣衙坐坐，匆匆告辭。

送走客人，李春燁請出李春儀。

李春儀苦命。他才一歲，經常在外做生意的父親就失蹤，家境每況愈下。及成人，為了讓李春燁求學，只好把他過繼給建寧丁姓大戶，改名丁長發。沒想到，他經商很有天賦，很快超過父輩。丁家父親跟李純行同做生意多年，只不過把當地土特產販出來，一個從濉溪一個從杉溪運出，在梅口匯合，然後一起經金溪下閩江到福州。丁家運氣雖比李純行好些，但也沒賺太多。到李春儀就大不一樣，他的生意不僅做到福州，還透過福州做到南洋，現在成了建寧首富。

說起來，李春燁和李春儀早年有些不和。因為父母認為李春燁是天上文曲星下凡，書讓他一直讀，考不上也讀，幹活、過繼給別人就叫弟弟。小時候都體弱多病，兄弟兩個都偏涼，早上出鼻血，得吃點荔枝乾、炒雞蛋之類溫的補補身子，哥哥每次有三四粒，弟弟最多兩粒。當然這都是過去的事，小時候的事。如今，哥哥是朝廷命官，弟弟是一地首富，還能計較那些陳年芝麻事嗎？這不，聽說哥哥要回來，弟弟前幾天就趕來恭候。現在聽說哥哥要建新房，弟弟馬上說：「我也蓋一幢！我們兄弟蓋在一起，長一下我們李家人的風光！」

李春燁喜出望外，連聲叫好。不過，喜顏未消，愁上眉梢：蓋一幢房子的地基還沒著落，哪來蓋兩幢的？

7、五魁亭長長的陰影

人老了，原來是這樣子！晚上客人還不少，多喝了幾杯，早早想睡。可是半夜就醒來，一醒來再也無法入睡。心緒天馬行空，很自然想到景翩翩。此時此刻想來，男女之情倒是次要，要緊的是她是死是活。在那樣的時候，是死是活都有可能。可是，是死又如何？是活又如何？他們素昧平生，有一面之交也是金錢交易，吻她一下那只是本能的突襲。可以算是他救了她，沒有對不起她。火燒成那個樣子，死了屍都難尋，傷了被救到哪個角落動彈不得，而他在那裡是過客，她想找他也無從尋覓。世上很多事本來就這樣，偶然，極其偶然，然後再也沒有重逢。過去了！別讓過去纏著，安心睡吧！

李春燁又想到房子，夢寐以求多年的房子！如今，可以說萬事俱備，只欠東風。原以為最關鍵是錢，有了錢其他都不在話下，沒想地基這樁小事比錢還難。如果三五天解決不了，那麼我這回在家就開不了工，兩三年竣不了工……人算不如天算啊！也罷，不到城裡擠了！退一步海闊天空。就在這老房子上翻新，誰也不用求！可是……唉——！

李春燁輾轉反側，信馬游韁，什麼都想，可是又什麼都不想再想了。這時，雞又鳴，記不清第幾遍。窗上望去，天已微明。他想，還是起來走走吧！

首先，李春燁要解個手。家裡茅坑跟豬欄在一起，緊靠山坡。解手之時，不意看到山邊溝裡有幾段木頭，長滿了香菇。那香菇大大小小肥肥的，油光發亮，讓人垂涎欲滴。他好久沒吃新鮮香菇了，一下就回味起那種清香，禁不住誘惑。解完手，馬上去摘了一大把，雙手捧到廚房，想早餐就吃。

媳婦已經在廚房做飯。李春燁放下香菇，順便在灶前坐下，拿起竹筒往灶裡吹了吹，一群火星飛出，差點飛到他額頭上。媳婦見狀，連忙說：「我來，爸到廳上坐吧！」

李春燁感到媳婦的關愛，但又感到她把自己當客人了。他起身步出，趴在水缸邊的大黃狗馬上跟出，嚇得他連忙躲閃。可是那狗沒有欺負他，只是跟在他腳邊搖頭晃尾，邀寵似的。他有些感動，在大門檻上坐下，衝著牠笑。牠歡叫著上前，要吻他的手。好久沒回家，狗還跟他這麼親熱。他有些感動，伸出一巴掌讓牠舔。

一個十來歲的孫女開啟大門邊上的雞舍，十幾隻雞咯咯飛奔而出，有的奔往屋前坪子，有的奔往廳上，奔到哪裡就在哪兒拉屎。孫女急了，拿起掃把趕廳上的雞，可是雞拉屎很快，逃著逃著就拋下一團。

李春燁皺了皺眉，到神龕後面取掃把。掃把還是老傳統，用蘆葦花編的，但即使嶄新，也被剪掉了細軟的尾巴，只留小小的核心。這樣，掃起來更費力，但是更乾淨，塵埃也不易留。這房屋是老舊的，廳上地板的磚塊大都已經破碎或者變形，縫隙中的泥土變黑變硬，但是油光發亮，一塵不染，得歸功於這樣的掃把。當然，更重要的是母親似乎有潔癖，可以窮但不能不乾淨。還因為家裡要織布，捻線有一道工序要從口中拉過。難怪李家的「熱布」特別受人喜愛。既然如此，為什麼又要養雞呢？

掃雞屎挺麻煩。因為剛拉的較稀，得先用灰蓋一下，掃起來才乾淨。李春燁沒掃幾下，孫女趕完雞回廳上，慌忙請求要過他手中掃把自己掃。他又無所事事，起身往外踱步。

老邢也早起來，正在坪子邊上清理垃圾。李春燁走到他身邊，真摯地說：「叫你休息幾天！在這裡，有人會做！」

「哎！」老邢說。「沒點事做，更難受唄！」

李春燁感謝地笑了笑，隨他去。老邢是「無名白」，當李春燁管家一年多了。「無名白」是指沒能混進宮的太監，多達十萬之眾，流浪在京城當乞丐、小偷。老邢能當李春燁的管家算幸運，所以主僕都滿意。他言語不多，整天默默地做家務。他曾經在街頭混過，身手挺好。傳說用豆子擲他，他能用筷子接住。擲了半升豆子，無一粒掉地。李春燁問是不是真的，他說那太誇張，可是抵擋兩三個人一般沒問題。這次回來錢物帶了多，所以請他一路護送。休息幾天，還要請他跟到湖廣。

李春燁突然想母親該起床了，便回頭往她那裡去。孫女已經端了水給母親洗臉。母親聽李春燁來，忙說：「我這裡不用你操心。今天是十五，你要去神龕點一下燈，多拜幾下爺爺奶奶，保佑你們大大小小平平安安！」

李春燁聽了，當即退出。這種事他多年沒做，因為在家難得剛好逢初一十五，但步驟一想就想起來。他先到廚房盛一碗新鮮飯擺到神龕上，再點上香和燈，拜了幾拜爺爺奶奶的牌位。他想到一個老問題：該替父親做個神位。可是母親總不讓，說他會回來，每餐飯還要擺他一個位子，全家人只好附和著。其實，李春燁心裡根本不信。小時候，她總是說：「你爸啊，被石伯公藏去了。等你長大了，敲鑼打鼓去找，你爸就會回來。」當時他很相信，天天盼著長大去找爸爸。鄰里有人被石伯公藏了，敲鑼打鼓，滿山遍野去找，他跟著去看熱鬧。找到人，他呆呆坐在一個巖洞裡，人好好的，身邊有一堆松葉和松籽。事後問他怎麼回事，他不知道，只記得石伯公煮了粉乾和蛋給他吃（即松葉和松籽）。聽起來有點恐怖，好在石伯公不會傷人，只是和人開開玩笑。父親如果真是被石伯公藏了，肯定早回來。問題沒那麼簡單。父親是做生意的，把泰寧產的上好木材販到福州，從那裡轉賣其他地方。泰寧到福州，要經過蘆庵灘。金溪十八灘，灘灘鬼門關，其中蘆庵灘最凶險，一歲中幾無完舟，這是閩西北一帶誰都知道的。父親在這條水路上失蹤，哪還有回？他如果還活著，怎麼可能五十多年不回來，也不寄個信？但母親很執著，李春燁只能在心裡一併祈禱父親在天之靈。

祭完祖，李春燁重新邁出大門，坪子上踱了踱，佇立在小橋邊。這橋其實只是兩塊小石板，橫跨的只是條一兩步寬的小水圳，但邊上做了個石埠，可以洗衣洗菜。跨著水圳還有冬瓜、南瓜架，架邊有一排木槿花，再過去就是鄰居。正面是幾丘水田，對面是小山坡，以及通往城裡的小路。

霧茫茫，天地渾然一色，三五步之外什麼也看不見。可是對於李春燁來說，用不著看，濃霧之中的一切都在他心裡。

與李春燁家相鄰是蕭家。四十來年前，蕭家兒子在結婚那天晚上暴死，新媳婦「赤坑婆」送完葬，開始在蕭家小樓獨居，置未婚夫的像，三餐飯用繩子從窗戶吊上去，每食必奠。每天除了祭夫，就是幫李春燁家捻苧麻線，賺些小錢，也是從窗戶吊上吊下。當時，李春燁還年輕，還沒結婚，見「赤坑婆」頗有姿色，額上有一顆大大的黑痣，還曾想入非非。清楚地記得，她結婚那天，他不僅去看了，還參與捉弄新郎新娘和媒婆。按規矩，新郎和媒婆可以抹紅臉也可以抹黑臉，新娘只能抹紅臉，可是他只貪摸一下新娘那漂亮的臉，居然對她抹墨。當然，她不敢生氣。晚上鬧洞房，更是沒大沒小。那房間很小，擠了七八個人，有的坐到新婚的床上，說是坐了新婚床不會腰疼。人們要新郎新娘親嘴，拉拉扯扯。他也積極參與，拉新郎的時候，不知怎麼一肘碰到後面她身上一處特別柔軟的部位，立刻感到那是她的乳房，一陣快意襲來……不想，鬧完洞房回家，興奮的他還沒睡著，就從洞房傳來一片哭聲。送葬結束後，他再沒見過她。聽說她自毀容顏了，令人惋惜。她如果沒死，肯定還在那小樓上。想到這，他不由望了望那霧中的小樓，只見自己一個守寡的媳婦拿了一籃苧麻皮到那樓下，往吊籃裡放。他不忍心看，轉身往外走。他想到自己兩個年紀輕輕守寡的媳婦，她們比「赤坑婆」好，生活基本正常。可是，她們能像母親像「赤坑婆」一樣守下去嗎？母親有兒子，而且是他這樣有出息的兒子。可是她們呢？她們連個女兒也沒有，怎麼守？

李春燁不想想那些煩人的事，轉而想鄒狀元。從某種意義上說，這個山谷屬於他。

鄒應龍官至簽書樞密院事兼參政知事，相當於丞相。六十六歲的時候，致仕回鄉，在這山谷百步深處築蓮池書院，留連山水，晨出而夕忘還。理宗皇上得悉，書「南谷」二字相贈。從此，這山谷就叫南谷。七年後，鄒應龍在蓮池書院無疾而終，葬這谷口左邊小山岡。右邊小山岡是五魁亭，那供著本縣狀元葉祖洽、鄒應龍，解元黃應南、江廷賓和會元蕭舜諮，是泰寧文明的象徵。李春燁的家，在這三者之間。泰寧八景，一日堂北雙松，二日城東三澗，三日旗峰曉雪，四日爐阜晴煙，五日魁亭懷古，六日南谷尋春，七日金鐃晚翠，八日寶閣晴雲，八者此占有二。一代又一代，年年歲歲，多少人到他家兩邊山岡來賞景，憑弔，勵志。前輩的詩文，早已銘刻在他心裡：「槎牙老樹懸斜日，獨客憑高長太息。昔年文士五魁聯，今日空亭鎖荊棘。四面山水畫圖開，文明景運還重來。寄語芹宮諸俊彥，青春事業莫徘徊。」李春燁注定要記這些詩文，要效仿這些狀元，甚至想過將來要有鄒狀元那麼大的墓。在少年青春之時，給他以極大的動力。在他一再名落孫山之時，仍然給他以激勵。然而，終於盼到金榜題名那一瞬間，他卻感到絕望：這輩子再也當不上狀元了！

近十來年，李春燁都生活在這陰霾之中。他想逃避，帶母親進京，徹底逃離，可是母親不願遠離家門，他還得回這個出過兩個狀元的小地方。何況，這陰霾是籠罩在他心上，走到哪裡也揮之不去。於是，他又想抗爭：我要比你們兩個狀元更多留點什麼在人間！

說實在話，葉祖洽、鄒應龍除了狀元之名，並沒有為後人留下什麼。青史上，他們沒留大善大惡，對了，《宋史》上有葉祖洽的傳，長達四百九十九個字，把他寫得很壞，但現在一般人沒幾個人知道他壞，可見他壞也壞不到哪裡去。鄒應龍很多人說好，可是《宋史》中他的傳只有二百一十三個字，只是一些乾巴巴的官名地名，並沒有多少事蹟，可見他好也好不到哪裡去。大地上，沒留這兩個狀元的一磚片瓦，他們的故居早已灰飛煙滅。文化上，沒留這兩個狀元的隻言片語。葉祖洽在殿試中斗膽寫道：「祖宗多因循苟簡之政，陛下即位，謀而新之」，曾引起雄心勃勃想做一番事業的神宗皇上的共鳴，為他在與上官均的競爭中最終奪得狀元榜，但是過眼煙雲。鄒應龍有幾首詠蓮的詩，可只是在族譜上、縣志上，那算什麼？宋朝不比現在，那可是詩詞鼎盛時期啊！又是理學大興之時，他們居然沒一句詩詞留下也沒有做一點學問。除了個狀元名分，葉祖洽、鄒應龍什麼也沒有。我李春燁雖然不才，官運不濟，沒什麼建樹，至少可以留點磚磚瓦瓦。正是出於這種想法，他才節衣縮食，才向皇上討福堂木樣。如果把皇上的傑作蓋在這荒郊野嶺，錦衣夜行，那有什麼意義？

太陽像團蛋黃一樣冉冉升起，濃霧漸漸消散。五魁亭又長長地投下陰影，不偏不倚映在李春燁和那條彎彎的小路上。他心裡一沉，很是無奈，嘆了嘆快步離去。

8、一刀四面光

吃過早飯，李春燁換了官服，乘轎子去見知縣。

剛過利涉橋，李春燁撩開簾子吐口痰，一時太快，差點吐到一個人身上。朝著人吐口水是表示輕蔑，往人身上吐痰更不得了。他定睛看那人的背影，年紀與他相仿，頭戴棉帽，卻光著腳，背個大竹籃，籃子裡裝滿青菜，看樣子是從菜地回家，正站在路邊撒尿。真沒修養！李春燁心裡訓道，正要收回目光，那人覺察動靜，忙回首，四目剛好相對。他兩眼一亮，本能地呼道「禹門兄」。他立即叫停，下轎又呼道：「禹門兄！」

雷一聲怔了怔，認出眼前的李春燁，但只是冷冷地笑了笑：「是你啊！」

「我前天晚邊才回來，昨天還叫人去請你，待會兒還想去看你！」

「不敢當！這麼大的官，不敢高攀！」說著，雷一聲邁步離去。

「禹門兄，你聽我說！」李春燁追上雷一聲。「我好像沒得罪你吧？」

「我沒說你得罪我。」雷一聲邊說邊走。

李春燁跟在雷一聲身邊：「可是你為何總不理我！為什麼？為什麼啊！」

「沒為什麼。」雷一聲繞開李春燁而走。「你去吧，別誤了你的前程。」

李春燁呆立一旁，眼睜睜看雷一聲離去，眼淚奪眶而出。

要知道，小時候，直到李春燁進士及第以前，他們多好啊！連李春儀都嫉妒，說李春燁跟江日彩、雷一聲是親兄弟，跟他不是。他們三個一起師從邱秉忠。恩師曾開玩笑說，他們像三頭小豬一樣賽著吃、賽著長。後來，李春燁隱居到天臺巖讀書，江日彩隱居到黃石寨讀書，雷一聲留在城裡。那年冬天，下著大雪，雷一聲帶恩師到外面觀賞雪景，先到天臺巖看李春燁，從那裡到甘露巖寺，然後乘竹筏到黃石寨看江日彩。那天多美啊，這輩子都忘不了！

碧水丹山，本來就多姿多彩，現在銀裝素裹，平添幾分妖嬈。金溪蜿蜒在林邊石邊，浪花與雪花飛舞，讓冰天雪地充滿生氣。恩師帶著李春燁、江日彩、雷一聲三個得意門生泛舟溪流，感慨萬千。

「大雪紛飛何所似？」恩師要求靠自己最近的李春燁先對。「二白，你先來吧！」

李春燁望了望漫天飛雪，清了清嗓子，即對曰：「烽煙滾滾征塵起，粉裝玉砌繡前程。」

「完素，你呢？」恩師指江日彩。

江日彩隨口而出：「無須如此飛棉絮，政簡刑嚴保萬民。」

恩師最後指手拿竹篙幫助撐筏的雷一聲：「該你了，禹門！」

雷一聲胸有成竹：「鐵骨衝寒凌霄志，刀尖箭簇意泰然。」

「嗯，人各有志，各有千秋，都不錯啊！」恩師讚賞完，自己也吟兩句。「如鹽落水影無蹤，是鹹是淡總分明。」

此情此景，此聲此息，彷彿就在昨天。可是轉眼間，怎麼形同路人？為此，李春燁自省了許多個夜晚，至今不明白。當年他和雷一聲一次又一次名落孫山，窮途末路，曾經議論過科場作弊的事，兩個都憤慨，以為可恥，表示寧願一輩子不及第也不作弊。李春燁終於進士及第，雷一聲仍然沒中，而這一年的京師會試發生大明有史以來最嚴重的沈同和舞弊案。雷一聲會不會認為李春燁也作了弊只是沒被發現，因此再也看不起他？可惜恩師已作古，他只能跟江日彩談此事。江日彩說雷一聲看破紅塵了，自號無懷居士，性情日益孤傲。李春燁想：你看破紅塵，你再孤傲，再怎麼也不能這樣冷落老同學老朋友啊！他又傷心又氣憤，真想再追上雷一聲討個說法。這時，一個小吏路過，見一個從三品大官在這裡抹淚，慌忙上前詢問：「大人，怎麼啦？」

「沒……沒……沒事。」李春燁這才想起自己著了官服，失態了，連忙走向停在幾步外的轎子。

縣衙在城北，座北朝南，八字牆像兩扇門向兩邊長長地伸延，分別醒目地寫著「大明千秋千秋千千秋」、「吾皇萬歲萬歲萬萬歲」。一早，知縣王可宗便安排衙役在城門探望。一見李春燁的轎子來，飛快稟報。李春燁轎子進入衙前街，衙樂便熱熱鬧鬧地吹打起來，王可宗到大門口恭迎。

穿過大堂，有個大大的院子，當中兩棵高大的古松。這就是杉陽八景之一的「堂北雙松」，夏可以在樹蔭下納涼，冬可以在樹邊晒太陽，現在只能坐在廳上望松骨聽松風，偶然有幾根松針飄落懷中，發發「歲寒挺挺霜雪姿，長與英賢勵高節」的感慨。

寒暄，落座，上茶。王可宗關切地詢問：「皇上龍體可好？」

王可宗這麼問並不唐突。四年前，五十八歲的萬曆皇上駕崩，三十二歲的泰昌皇上繼位，誰料即位十幾天就得病，僅一個來月就歸西。李春燁不便對外人議論皇上，只能笑笑說：「好啊！皇上血氣方剛，風華正茂吶！」

「遼東可好？」王可宗又小心詢問。

「好啊！」李春燁隨口即答。王可宗問這話也不是空穴來風。東北一隅，區區後金不安分，不自量力，屢屢犯我大明。時運也有不濟，虎落平陽被犬欺。就說前年吧，好好的年沒過完，後金可汗努爾哈赤就率他的「無敵雄師」進攻廣寧。遼東巡撫王化貞對皇上說，給他六萬兵，就可一舉蕩平韃虜。結果，給了他十四萬，還是全軍覆沒，廣寧失陷，喪失四十餘座城。但這兩年，相對平靜。李春燁不屑一顧說：「那韃虜，總共才幾丁幾口啊，不過四十餘萬。我大明，一億三千多萬百姓，每人吐一口唾沫都能把它淹個精光！」

「是啊是啊！哪天多派些兵，索性把他們滅了，根除後患！」王可宗咬牙切齒說。

「哎——，我大明是禮儀之邦，仁義之師。我們不要人家的土地，人家也休想耐我何！你說是嗎？」

「那是那是！」王可宗傾身往李春燁一側靠了靠。「聽說——，現在守遼之將袁崇煥，還是江御史舉薦的？」

「是啊，你也聽說了？」

「前些日子，江御史回鄉，我拜訪過他，談及此事。」

確有此事。袁崇煥進士及第後，到邵武做知縣。江日彩回泰寧探親，來回必在邵武過夜。江日彩任太僕寺少卿，督餉遼東、兼管兩京十三省軍務糧餉，而袁崇煥自幼非常關注國家安危，關心遼東局勢，頗有見地。談及遼東，兩人投機得很。廣寧失守，國人震驚，急尋棟梁之材。江日彩便擬一份奏摺〈議兵將疏〉，直陳明軍在武備上的不足，並力薦袁崇煥，請求朝廷破格重用。江日彩畢竟身輕，特地請李春燁參謀，又請同僚御史侯恂一起署名。他們漏夜推敲疏文，斟字酌句。李春燁記憶猶新：

今邵武令袁崇煥，夙攻兵略，精武藝，善騎射。臣向過府城，扣其胸藏，雖曰清廉之令，實具登壇之才，且厚自期許，非涉漫談。其交結可當一臂者，聞尚多人。今覲見於輦轂下。樞部召而試之，倘臣言不虛，即破格議用，委以招納豪傑，募兵練之寄，當必有以國家用者。

皇上得悉，當即採納。江日彩正月上疏，袁崇煥二月就調任兵部職方主事。上任當天，他單騎離京出關，實地考察，與老兵研討方略。回朝，袁崇煥說：「給我兵馬錢糧，我一人足矣！」皇上大喜，馬上又提升袁崇煥為山東按察司事山海監軍，撥付二十萬兩白銀供其募兵。

王可宗感慨道：「我發現，泰寧人如其山川，外質而內文，不習聲華，其實地靈人傑，人才濟濟啊！」

「過獎！」李春燁呷了口茶。他感到這茶欠佳，茶藝更次，但有些渴，還是又喝了一口。「袁崇煥是廣東人。我們泰寧人，只是動動嘴……」

其實，李春燁對袁崇煥有些自己的感覺。掛帥遼東，你以為肥缺是嗎？滿朝官員，哪個不知道「關門為死地，總兵為死官」？兵部連選兩個遼東經略沒一個敢上任，最後由重臣填選票，才弄去兵部侍郎王在晉。明令不准他辭職，他還是動不動就說讓我回去吧，我寧肯不當這官。人家是要去都躲著，你袁崇煥卻爭著要去，想當官想瘋了！真是個「蠻子」！再說，你以為你袁崇煥真是中流砥柱、國之棟梁嗎？未必吧！雖然也是進士，可是你授知縣而沒留京城進翰林院，可見你考的名次並不高。我雖然也不太高，還留在京城而沒被派到小地方！你生在南方長在南方，跟遼東相差十萬八千里，對那裡了解多少？即使了解，也是書本，而且也主要是四書五經，並沒有專門攻讀兵書，更沒有打過一天仗，就想去領兵？太瘋了！皇上年幼，又剛登基，急病亂投醫，也是瘋了！一個朝廷落到這樣用人的地步，全都瘋了……這麼想著，李春燁不停地笑著重複「只能動動嘴」，忍住想說的是「袁崇煥也只能是動動嘴啊」！

「動嘴也不容易啊！要有一顆報國之赤心，還要有一雙識才之慧眼。哪天，大人幫我美言美言，說不定我也一舉進京！」

原來如此！李春燁心裡陡生反感，但還是應承道：「好啊！哪天有機會，我保證跟皇上面薦！」

王可宗卻笑道：「開玩笑！開玩笑！好了，時候不早，請大人吃個便飯！」

李春燁隨之立起，隨即又坐下：「我倒是有一事，想麻煩知縣。」

「用得著小弟的，大人儘管吩咐！」王可宗跟著坐下。

「是這樣，你知道，我家那房子是老祖宗留下的，早不成樣子了。兒孫又多，不夠住。我想新蓋一下，皇上還賜了木樣……」

「哦——」王可宗驚呆了好一會兒。「好啊！好啊！有這等好事，我等臉上也光彩，全縣百姓臉上都光彩！真是皇恩浩蕩，皇恩浩蕩啊！」

「我想蓋在城裡，可是一時不知哪裡騰得出地基。你縣太爺眼觀六路，耳聽八方，不知有沒有聽說……」

「嗯……讓我想想，讓我想想！先吃飯吧，先吃飯！」

剛上桌，酒還沒添杯，才從堂上到餐廳這麼一點時間，王可宗就想到一個主意。這些天正好有個棘手的案子。「雷半街」的雷家，有三兄弟，陸續分家，但除了大哥，他們仍然與父母住同一幢房子。母親什麼事都偏著小弟，二哥很不滿。大哥自己建了新房搬出去，二哥將大哥留下的豬欄買下。豬欄旁邊還有一塊空地，堆滿石頭。二哥心想，乾脆與弟弟兩人將空地平分，自己再建一個豬欄。二嫂謝氏，趁閒著將空地的石頭搬開。母親發現，出面阻止。從外面回來的小弟幫著母親罵謝氏，謝氏哭成淚人兒。二哥回家見妻子眼淚不斷，問明原委，火冒三丈，衝去找小弟評理。小弟認為這塊地二哥不能再分，因為他已經得到大哥的豬欄，占走一塊地；而二哥認為大哥的豬欄是他花一百兩銀子買的，另當別論，兩人大吵，互不相讓。爭吵中，一個操鋤頭一個操柴刀，打得你死我活，幸虧鄰居及時勸開，鬧到公堂。清官難斷家務案。王可宗也為難，只能勸他們以和為貴，互禮互讓，協商解決。可是他們根本不讓，根本不想協商，異口同聲要求知縣公斷。他怕斷不公反而惹出人命案來，因此採取拖的策略，請他們先回家，擇日公斷。他想英雄氣短，時過境遷，相逢一笑泯恩仇，他們自然會重歸於好。哪知他們仇怨日深，非要斷個一清二楚不可。隔不了幾日，他們就吵到縣衙。而他，絞盡腦汁也想不出個一刀切下三面光的斷法。李春燁進門之前，他還跟縣丞商量，要盡快想出個妥善法子，不然明後天他們又要來鬧，不知會鬧出什麼事來。現在一急，他突然想出一條妙計：何不建議他們索性將此地賣了平分銀兩？把從大哥那裡買的豬欄也退出來，兄弟三人平分。這樣既調解了雷家三兄弟火燒屁股的糾紛，又解決了李春燁的燃眉之急，一刀四面光。

福建以前是閩越族的地方，客家人後來陸續從中原遷來。泰寧以前本地人藍、雷、鍾姓很多，「雷半街」就是說雷姓占那條街的一半。如今，全縣雷姓總共也沒幾家，他們兄弟怎麼還不和睦呢？要是平時，李春燁肯定要感慨一番，自己不出面也會建議合適的人出面勸和。可是現在他急於要地基，忙於叫好。王可宗馬上叫人通知雷家三兄弟下午到縣衙來聽公斷。

雷家三兄弟個個願意接受這一公斷。不僅如此，其母又生一計：索性將整個院子一起賣了，分頭到別處新蓋，幾個冤家不再聚首。對此，三兄弟居然也紛紛表示贊同。

9、鄉賢

上午，雨下得淅淅瀝瀝，李春燁還是打算到江日彩家走走。回來幾天了，天天忙著福堂的事，親朋好友都沒去走走。有些人找上門，也沒空多坐坐。其他人也罷，江日彩家不去說不過去。今天剛好沒要緊事，要趕緊走。不然，說不定又冒出個什麼事來，走都走不開。吃了飯，拿了傘，正要撐開的時候，卻有兩個後生擠一把傘連奔帶跑直往他家大門衝來。他收了傘，閃了閃，讓兩個後生跳上屋簷臺階。

「爺爺……爺爺！」後生收了傘，發現李春燁，先後叫道。李春燁愣了，認不出是誰。「我們是英仂的弟仂！」

英仂是江英，江日彩的四女兒，李春燁的三媳婦。李春燁連忙陪笑：「舅仂啊，大親喲！廳上坐！廳上坐！」

按規矩，雙方得跟小孩稱呼，也就是江英的兩個弟弟跟她兒子稱李春燁為爺爺，李春燁得跟她兒子稱他們為舅舅。說「大親」，那是陪罪。李春燁進而說：「孩兒長得快。後生認老的易，老的認後生難啊！我又很少在家，莫怪！莫怪喲！外婆身子可好？」

「好哩！」其中一個後生答道。他們兩個像雙胞胎樣難分仲伯。「她說，等爺爺安閒下來，請爺爺過去吃餐飯。」

「好哩好哩！我剛剛正想過去你家哩！」李春燁說著說著發覺這話真的跟假的一樣了，索性不說，改而泡茶，並教導兩位後生。「茶葉要好，燒水也非常講究。蘇軾說，水剛開時泛起蟹眼大的氣泡，再過一會兒就有魚眼那麼大，發出松濤一般的聲音。水開到這種時候最好。茶葉要在水中浮懸轉動，像輕飄的雪花一樣……」

「我們是粗人，哪有那麼多講究。口渴起來，乞丐摸到銀子樣的……」

「你們兩個，認真看來還是有區別啊！」

聲音更亮的搶先說：「我更小，小一歲多，叫江復，更貪玩，晒更黑。他是我哥，叫江豫。」豈止更黑！滿臉痘痘，跟丹霞巖一樣沒點兒光滑。江豫點了點頭，表示對江復的說法認同。他急切說：「爺爺，我們找您有事。」

「哦——，快說！」李春燁忙著聽，忘了斟茶。

江豫、江復兄弟找上門來，是為著修鬲嶺路的事。這事說來話長，但李春燁一經點題就明瞭。福建開發很遲，唐以前乏善可陳。泰寧也一樣，到五代時王審之入閩，還「榛蕪坦野，煙火僅百家」，到北宋迅速變為「民戶三萬，歲出賦萬緡」。宋時人文也昌盛，出了葉祖洽、鄒應龍兩個狀元，還有二十多名進士，令人刮目相看。然而，這以後一蹶不振。整個元代，沒一個進士，只出幾個舉人。進入大明，仍然沒什麼改觀。究竟為什麼呢？如何才能重振泰寧科舉？泰寧人，包括來泰寧做官的都傷透了腦筋。原來，縣學明倫堂建在禮殿之東。洪武年間，知縣覺得它太破爛，重建於禮殿之北。而這受地勢限制，殿堂呈相壓之象，簷宇相蔽，顯得昏冥鬱塞。正統年間，教諭認為學宮位置不行，壞了泰寧科舉考試的風水。於是，號召全縣集資，在舊址重建明倫堂。可是這並不濟事，此後八十年仍無進士，僅四名舉人。嘉靖年間，知府也為泰寧著急，找出問題在於學宮位置不對，該遷個好地方。哪個地方好呢？城裡城外尋一遍，他相中秀峰連迭、綠水環繞的鸞湖坳。有人異議，說那附近是亂墳場。知府斥責道：「我們都是孔聖人的弟子，道義在肩，正氣堂堂，還怕鬼嗎？鬼怕我們才是！」學宮堅持遷鸞湖坳。哪料鸞湖坳也不爭氣，此後十年連舉人都沒一個。有位監察御史到泰寧視察，縣教諭訴苦：「鸞湖坳那鬼地方，宮牆頹蕪，四處叢塚厲窟，夜半鬼哭，哪是讀書之地！」御史深有同感，說：「墳墓妖氣，難以攘卻。孟母教子，尚迴避陵塚。如今育才之地，聖賢之宮，怎麼能擠在穢毒之間呢？」於是，召集全縣富戶出資，將學宮遷至城北天王寺，還增建文廟、尊經閣、啟聖堂、敬一亭、射圃和講堂齋舍，應有盡有。可惜，此招也不靈，此後十餘年仍然無人中舉。諸生眾人上書，請求將學宮遷回爐峰山舊址，知縣不敢耽誤全縣子弟的前程，自己帶頭捐了俸祿，一應遷回。但此舉也不奏效，此後五六十年仍然舉人也不見。

轉眼到李春燁這一代，面對萎靡不振的科舉，急得垂胸頓足。江日彩比李春燁長一歲，似乎比他懂事得多。他研究《易經》，認為泰寧縣城尚缺巽位。他說，巽見辛脈，文章最美。泰寧學宮的山勢，來龍正好是辛脈。當然，並不是說宋時有這山頂，現在沒這山頂，而是說宋時那山頂古木參天，能夠望見辛脈，如今山禿望不見辛脈，縣裡生員也就寫不出好文章。於是，江日彩撰寫〈題募巽峰疏〉，說我們泰寧歷史上人才輩出，有山川之靈的因素。現在地形無改，只是破壞太多。我們生活於此，修補所缺，捨我與誰？何況這些年來，合全縣上下之力，學宮遷於正位，華表也扶正，星環秀聚，水拱山迎，所缺者唯獨巽方一峰。女媧可以補天，愚公尚能移山，如果我們全縣士大夫團結一心，怎麼不能添山頭一捧土呢？我縣儘管剛遭水災，物力凋蔽，但是百廢俱興，單單一峰未豎，實在可惜！所謂功成九仞，而虧僅一簣啊！如今眾議只是架木為峰，約百餘金就夠。望諸君募義若赴，共成勝事。

事也真奇。就在木架巽位的當年，江日彩和李春燁雙雙中舉，一掃百餘年之恥。翌年江日彩即中進士，九年後李春燁也中進士，其間還有舉人數名，形成一個小高潮。只遺憾這風水也不久長，此後十餘年又未出人才，江日彩和李春燁幾個兒子沒一個中舉。

人們又開始從風水上找原因，勘得問題在於城南的鬲嶺。鬲嶺雖然不高，但是像鎖一樣鎖住縣治的水口。以前，人們繞道而行，保護了嶺上樹木，也就涵養住了泰寧的靈氣。前些年，洪水沖了嶺下的路，人們要翻山越嶺，樹木被破壞，屏障也就有了缺口，因此人文也衰敗下來。現在，江豫、江復等學子自發倡修鬲嶺原路。

「爺爺，我們特地來請您撰寫〈題募鬲嶺路疏〉。」江復說。

江豫連忙補充：「爺爺德高望眾，一呼百應，只有煩勞您了！」

李春燁有些為難。江日彩從小喜歡裝神弄鬼，現在傳到他兒子。李春燁信佛不通道，沒能與江日彩一同及第進士也許是報應。然而，李春燁認為科舉之事更重要在於老師，而不是什麼風水。想當年，江日彩比李春燁還貪玩，恩師出了絕招，才把他們馴服。恩師自己出錢，買大紅布，替每個學子做一套紅衫紅褲，讓他們穿得像女童一樣，羞澀起來，文靜下來，專心讀書。後來，他們還避開鬧市，躲在巖穴，專心苦讀，這才及第。自己不專心讀書，求風水何用？李春燁至今不信。

何況，還得有運氣。運氣不好，讀再多書也枉然。我們出生都太遲了，世上的書早就多得你幾輩子也讀不完。你讀了九千九百九十九部，考試出題偏偏在第一萬部，你讀那麼多有何用？而運氣好，只讀一部，考題就在這一部，不是你讀一部書就夠了？不能沒有運氣啊！想當年，考官呂惠卿等人定葉祖洽第一，上官均第二，陸佃第三。復考的考官是宋敏求和劉放，他們列上官均第一。然後考官吳衝卿等人又反過來，按呂惠卿的名單上奏。考官蘇軾等人反對，於是另行編排一份上官均第一、葉祖洽第二、陸佃第三的名單上報。考官們意見不一，只好由皇上定奪。神宗皇上令丞相當廷朗讀上官均和葉祖洽兩人的卷子，才定葉祖洽第一。鄒應龍也是，本來名列第二，只因第一的莫子純已經有官，才把鄒應龍提為第一人，榜眼轉眼變成狀元。狀元跟進士，名氣天差地別，可是學問真會有太大差別嗎？我不信！進士跟舉人學問也真差十萬八千里嗎？我同樣不信！說句老實話，雷一聲就不比我差，我也不一定真比葉祖洽、鄒應龍差哪裡去，差只差在運氣！李春燁經常這樣想。他不相信風水，但相信運氣。

此時此刻，李春燁也想，如果能像當年，一修鬲嶺很快出幾個舉人進士，自然是善事，何樂不為？不過，他又想：如果無濟於事，豈不貽笑千古？

見李春燁猶豫，江豫又說：「十幾年前，爺爺倡修了北壩，縣城不再遭洪災，百姓迄今稱頌。要是扶正了風水，蔭庇後代學子，世世代代感恩不盡！」

話已至此，李春燁根本沒有退路。他笑道：「這〈題募鬲嶺路疏〉我寫，不過有三個條件。」

「莫說三個，十個也行！」

「第一，你們兄弟金榜題名時，得請我喝喜酒。」

「這好說，只怕請了爺爺不來呢！」

「第二，入仕後，要勵精圖治，報效國家，造福百姓。」

「這是自然。我們江家世受國恩，萬死不辭。」

「這第三嘛，要你們馬上就辦。」李春燁笑了笑，賣個關子。

兄弟急了，搶著說：「辦什麼？我們馬上就辦！」

「請外婆，還有你們姨媽出城來吃午飯。」

「爺爺這麼客氣！」

「我本來要出門自己去請，你們來了，要我寫〈題募鬲嶺路疏〉，我走不開，你姐夫他又到鄉下收田租去了，只好麻煩你們。」

「好吧，我這就去！」江復搶先說，起身就跑。

「等等！」李春燁喝住江復。「年輕人啊，就是性子急！你沒看在下雨嗎？怎麼能不用傘？淋溼了，生病了，怎麼讀書？不讀好書，光修鬲嶺路有什麼用？」

「知道了，爺爺！」江復從門邊拿起傘，撐開才啟步。

「等等，回來一下！」李春燁又喝道。他從身上摸出些碎銀，塞給江復。「僱兩頂轎子，可不能讓你媽和姨媽累了。」

「轎子我僱，錢我有！」江復不肯收銀子。

李春燁執意要江復收下：「你是你的，我是我的。我離開京城的時候，你爸特地交代……記住，請她們一定要來！」

說起江日彩，李春燁心裡一陣涼。離開京城已經兩個來月，不知他的病是否好了。他特地交代，不要將病情告訴他家裡，免得家裡人掛念。李春燁想，得告訴他們他身體很好，再送些什麼東西說是他委託的……晚上，李春燁將李春儀和自己兩個兒子召集在一起，商議福堂事宜。

李春燁說，地基現在不能說缺，但也不能說多。雷家那片地基，已經談妥畫押，一個月內騰出。現在要調整規劃，那片地索性建成一列五幢。但這仍只是五福堂一半，還要爭取在對面建一個園子，內設亭臺樓閣，植花草樹木，養蝶鳥魚蟲，名為「春草園」。何意？一則，取「誰言寸草心，報得三春暉」之意，我和春儀還要孝敬我們的老母，你們兄弟也要孝敬你們的父母；二則，取「池塘生春草」之意，傳說這句子是謝靈運夢見他弟弟時所得，說是「此語有神助」，這就告誡我們兩個兄弟、你們幾個兄弟都要和睦相處。只有兩者結合，才是完美的福堂。現在，另一邊地基是娘舅家的房屋，而大舅還不肯，得從長計議，反正這麼大的房子不是一年兩年能蓋完，先建五福堂再說。房子樣式，就照皇上恩賜的木樣建，其他四幢可以稍做變化，風格一致，而又不單調。

關於資金，遠遠超出當初的設想。想想也沒什麼，有幾家蓋房子娶媳婦準備得充充分分？還不都是東挪西湊？你們幾兄弟尚不能出大力，得靠我們兩個老兄弟。我想好了，木料到大杉嶺去買，可以省好多錢；不夠的錢，我找京城一些同僚借。這些我都有辦法，就是沒辦法多在家。家裡的事，工地的事，就得靠你們兄弟了。春儀也不能在這邊多待，畢竟他那邊還有個家，他的生意還要想辦法做得更好。

一番話，各方面，條條是道，說得其他幾個人插不上嘴，唯有連連點頭。

回房，李春燁吩咐卓氏：「明早，我要到湖廣上任，妳就留在家裡。一則，再兩個來月就過年，到時我還要回來，妳沒必要跟著去顛簸去受苦。妳看完素兄，也沒帶妻妾回京城。二則，家裡蓋五福堂，需要很多人幫忙。妳一個女人家，重活不能做，做做飯、送送茶是可以的，辛苦妳一下。等我回來，等房子蓋好，再補償妳，好好享清福。」

這又把卓氏說得無言以對。

李春燁突然又想起一件事，蓋房是百年大計，地理先生、泥水師傅和木工師傅是關鍵人物，一定要禮待周全，千萬不敢得罪。要是得罪了，他們在暗中稍微做點法，比如地理先生故意看偏一點方位，泥水師傅在牆基偷偷塞個什麼木樁，木工師傅在大梁暗暗加個什麼鐵釘，那都會敗壞風水。李春燁不信風水，可是一代又一代人都這麼說，姑且信其有。他特地交代卓氏，一方面要好酒好菜好茶伺候地理先生、泥水師傅和木工師傅，另一方面要悄悄盯著，嚴防他們暗中做手腳。他追著她表態：「好嗎？」

卓氏撲進李春燁懷裡：「要我留下，要我像伺候老爺一樣伺候那些師傅，都可以，但你要依我一件事？」

「什麼事？」

「帶我到天臺巖——現在叫李家巖去玩一趟。」

「這……」李春燁有些為難。「去那裡不難，那又不遠，以後可以叫自槐他們帶妳去……」

「不！我要你帶，要你牽著我去！」

「嗳——，這是小地方，比不得京城，一個男人帶一個女人出去，大庭廣眾，招遙過市，會讓人笑話！」

「我不怕！」

「妳不怕我怕！」

「你不能怕！」

「妳怎麼……怎麼、怎麼又不講理了？」

「哦，你不講理還是我不講理？你把我騙到這鬼地方來，甩下我就不管了？你走了，你家裡人欺負我怎麼辦？我就是要你帶我出去走一走，讓全城老少都知道我是你的人，誰都不敢欺負我。」

李春燁哭笑不得：「妳不要多心！我們這裡地方雖然小，但是禮儀之邦，我不在也沒人會欺負妳。我不敢帶妳出去，不是不管妳，只是說沒這規矩……」

「你會講規矩？你如果會講規矩就不會娶我囉！你想當初……」

「好了好了，別拖泥帶水！我推遲一天，明天先帶妳去不就得了嗎？」

李春燁有點懼內。卓氏是典型的北方性格，說不了幾句話，說不通就要發脾氣，而李春燁自小怕吵吵嚷嚷。他曾笑她是「三句半」，就是那種「瘸腿詩」，也稱「無賴體」，即前頭三句有板有眼，第四句只剩半句。這最後半句，往往出人意料，滑稽可笑，令人忍俊不禁。她最後那半句則是發火，或者大罵，或者摔東西，讓他受不了。他只好讓著她，息事寧人，一般只到兩句半就妥協，頂多三句，絕不等那半句。

10、天臺巖改姓李

李春燁僱了一乘雙人大轎，但他們雙雙步出家門，走過城郊，故意讓全家甚至城外所有人都看到他們驚世駭俗之舉。

李春燁著便服，特地繫一條紫色的頭巾，迎風招展。卓氏本來就頗有風姿，今天又加了一條京城才流行的桃紅綢霞披，鮮鮮豔豔。她不適應鵝卵石路，走一步來搖一搖，特別引人注目。

李春燁放慢腳步，保持在卓氏身邊。急了，想牽攜她走，她甩開他的手：「光天化日，你們泰寧有這規矩？」

「我如果囿於規矩，還敢帶妳出門？」李春燁突然想起恩師的話。恩師自己不事科舉，雖熱心教導子弟，不要太熱衷名分。他常說：「你看那個鄒狀元當那麼大的官，做了些什麼事？」他還常說：「做官慎勿聽常規二字。此乃一人作倆，相沿之陋規也。」其實，李春燁覺得做人也不能太聽「常規」二字。這麼想著，他用眼角餘光四面掃去，發現果然有些人駐足觀望，指指點點，竊竊私語。他想，卓氏要的不正是這個嗎？他們送上了，她滿足了！他轉過身，招呼轎子跟上，在眾目睽睽之下強行牽攜卓氏入轎。「還是上轎吧，真讓妳走，天黑也到不了！」

在轎中坐下，簾布一放，卓氏便吻了李春燁一把：「你真行！」

「滿意了吧！」

「滿意……滿意一半。」

「才一半？」

「哪有這麼便宜啊！」

「那還有一半是什麼？」

「暫時保密。」

城郊，路邊破房旁停著一副棺材，幾個穿著不俗的人在那裡號哭。卓氏見了，覺得晦氣，把頭扭另一邊。李春燁笑道：「大吉大利啊！」

「一上路碰上……還吉利？」卓氏有些生氣。

「這妳不知道。我們這邊說，碰上出殯，棺材裡有人，象徵官到財到。碰到空棺材，才不吉利。所以，做棺材只能清明和七月十五，這兩天讓人碰到才不算不吉利。」

「什麼亂七八糟的規矩！」

「規矩還多吶！妳說，這靈怎麼不停在家裡廳上，要停在這外面，也沒什麼人送葬？」

「他沒有家？」

「不！這人肯定是死在家外，不能再回家。如果是短命仔（婆），不僅沒人哭，還要詛咒呢！只能在太陽下山後出葬，有的還要撒上芝麻，讓他（她）數不清，也就是讓他（她）沒有數完再投胎的時候……」

「什麼亂七八糟的，我不聽！」

出城不遠，右邊是村子，左邊是多姿多彩的丹霞地貌。卓氏掀著布簾，看那一個個神密兮兮的巖穴。一不小心，看到一個巖穴當中停放著好多棺材。她甩下布簾，氣得直瞪眼。李春燁見狀，連忙討好：「又怎麼啦？」

「你看那——，又是官到財到？那麼多官，那麼多財？」

「這妳有所不知！」李春燁往外一看，明白了原委。「那些棺材是空的，可這不一樣。這邊有個風俗，男人一到三十就要做棺材，做了存放在巖穴，天增歲月人增壽。我們這邊叫棺材就叫『壽堂』，所以讓我們碰上……」

「也是大吉大利，你不說我也知道！」卓氏擰了一把李春燁。「你們讀書人這張嘴啊，左說是理右說也是理，說得天下沒個理！」

天臺巖離縣城不遠，全是平路，半個時辰即到。

卓氏見這裡高崖逼人，迫不急待問：「你怎麼會跑這荒山野嶺來讀書？真不可思議！」

「這有什麼不可思議？古有榜樣啊！我們兩個狀元都是躲洞裡頭讀書讀出來的。」李春燁說城北上清溪邊有個巖，巖頂有三個內陷的圓形窟窿，人稱狀元帽。相傳，這狀元帽意指泰寧會出三個狀元。葉祖洽中狀元，摘走一頂狀元帽。還剩兩個，鄒應龍想摘那第二個，就躲那裡去讀書。有天夜裡他做一個夢，見錢撒滿地，很多人去撿。他也去了，只撿得二十五文，很掃興。同窗說：「邵武軍入解人數總共才二十六名，你得二十五，第二名啊！」兩個月後鄉試，他果然得第二名。後來，又中狀元。那個同窗進而解釋說：「夢中撿錢，錢上有『元』字，就是說你會中狀元。你撿二十五文，你中狀元剛好二十五歲，你看那夢多靈驗啊！」鄒應龍把這事跟一位朋友說了，傳為佳話，被當時大文人洪邁寫進他的《夷堅志》，不過略有不同，但這無妨一代又一代學人士子前往憑弔，前往聽夢，前往求取那第三頂狀元帽……「你也想摘那第三頂狀元帽！」卓氏說。

李春燁坦率說：「是啊！我父親失蹤後，母親與我形影相弔。她在一邊織布，我在一邊讀書，每天都要一起熬到深更半夜。長大了，我有些貪玩，讀書讀累了還常和朋友出去喝酒，耽誤學業。母親很生氣，特地帶我去狀元巖聽夢。她也是一個小腳女人，爬那樣的懸崖，沒到狀元巖我就感動了，發誓一定要潛心讀書。我也想留那裡讀，母親不肯，一則那裡荒無人煙，母親不放心；二則每年冬春時節很多學子到那裡去聽夢，並不安靜，便找了這裡。這裡條件比那裡好多了，妳看這前後不遠的地方都有村子，那巖裡頭還有寺廟，萬一有個什麼事好照應，跟城裡家裡又若即若離……」

「難怪你那麼孝順母親！」

「是啊！我們俚語說『寧肯死當官的爸，不肯死當乞丐的媽』。如果換一下，母親不在，我今天會成什麼樣？」

「說不定成狀元。」

「有那可能，但是太小，更可能是進士都中不了，甚至舉都中不了！」

「那也是。不過，你也要感謝你母親那位老祖宗，他激勵了你！」

「何止我母親的老祖宗！我自己的老祖宗也不差啊！走，我先帶妳去看另一個巖。」

又上轎往前行兩三里，到一個巨大的山岩。這山岩可以分成相連的三個，巖中有寺廟。先到的丹霞巖又稱豐巖，李春燁引導卓氏看摩崖石刻「李忠定公讀書處」幾個大字。卓氏粗通文墨，似懂非懂。

「李忠定公，就是李綱，邵武人，距我二十來代五百來年，是我的老祖宗，比我有出息多了——當過宋朝丞相。但他仕途坎坷，被罷相後隱居到這裡，與當地名士結蓮友社。」李春燁說。

「他怎麼偏偏跑這兒來？」

「當時，這裡有個宗本禪師，也是邵武人，他們早有交情。忠定公被重新起用，到不遠的沙縣去當小小稅官，他不想去，宗本禪師便送他一偈：『青共立，米兼皮。此時節，甚光輝。』過了幾年，到靖康年間，果然又被召入朝廷，妳說神不？」

「瞎編的吧？」

「那我就不知道了！來，坐一下。」李春燁拉卓氏在一段很大的木頭上坐下，那木頭已經被坐得油光發亮。「沒關係，出外沒那麼多講究……很乾淨的，妳看手都不髒……妳猜李綱怎麼說這巖？李綱在這裡還寫了一篇〈丹霞禪院記〉。」

李春燁立起，步到巖口，舉目四望，文思泉湧：「邵武軍泰寧縣山水之勝，冠於諸邑……謂造物者融結無意，吾不信也。」

卓氏見李春燁誦畢，久不轉睛，自我陶醉，旁若無人，只好迎上：「你記性真好！」

「不是我記性好，是這文章寫得好，銘刻在我心上，歲月也不能磨滅。」李春燁引導卓氏到羅漢巖。「想當年，年輕氣盛，胸有大志，我不僅效仿前輩，還想超越他們。看，這行小字，就是我當年在五魁亭寫的，也大言不慚刻在這裡。」

那行小字已經被風化，但還可以辨認：「翰藻存遺跡，文光抗列星。古人欲見我，慷慨一登亭。」

卓氏報以燦爛一笑，未置評說。

天臺巖跟丹霞巖不一樣，位於懸崖絕壁半中間，得攀雲梯而上。卓氏兩腿發軟，蹲了下來，看都不敢多看。

「不要怕！上面還有寺廟，那些尼姑比妳年紀大多了，照樣上下。」李春燁說。「妳如果實在怕，我們只好回去。」

「我不怕……你牽我！」卓氏經不起激，咬了咬牙站起來。

雲梯是古藤編的，緊貼在巖面上，人一踩，上下左右都搖晃。李春燁在前，本身得抓住雲梯，只能騰出一隻手來拉卓氏。卓氏腳小，踩踏雲梯困難。李春燁只好叫四名轎伕在下面幫忙，有的緊緊拽住雲梯，不讓它晃動；有的抓著卓氏的腳，讓它踩穩雲梯。這樣，他們仍然要攀一階休整一會兒，鼓足了勁再攀上一階。終於攀上兩丈來高的小平臺，她一屁股坐下，怨道：「你怎麼找這樣的鬼地方來啊！」

「我那時候只想著苦其心智，勞其筋骨，遠離塵囂，懸梁刺股，哪想日後要帶個女人來憑弔？」李春燁將卓氏攬到懷裡。「如果想得到……」

「哎——，蟲——，你看——，你看！」卓氏叫道。

屁股邊的沙土裡，有個甲殼蟲樣的在爬往李春燁腳上。他抓起牠，讓牠在巴掌裡爬：「我們叫牠『沙母雞』。以前，讀書讀累了，就蹲下來找牠玩。妳看，這麼多小旋窩，每一個裡頭都有一隻沙母雞。用小棍子把牠撩出來，看著牠扒呀扒呀，那些沙子扒上去又滾下來扒上去又滾下來，要扒老半天才能扒出個窩來，可我又把牠拎出來……」

「哇呀，你真壞！人家扒那麼辛苦。」

「也不是壞，是太無聊！妳看看這四周，除了下面那四個轎伕和裡頭的僧尼，只有樹，只有石頭，可是它們千百年動也不動。當然，有時候會有老鷹，會有鳥，有蝴蝶，有蜻蜓，可是牠們都會飛，都不願意跟你玩，只有這些沙母雞會跟你玩，而且不會生氣。」

「牠為什麼日復一日、年復一年傻傻地在那裡扒呀扒呢？」

「那是牠的生活。」

「那牠吃什麼？」

「牠吃……我也不知道，我沒看過牠吃什麼，也沒想過牠吃什麼。我想……唔……吃沙子，不可能吧！可是這沙子比不得河裡的沙子，全是岩石風化成的，裡頭什麼也沒有……哦，對了！來，我帶妳找一樣東西！」

這是一條裂隙，橫切過去，長達幾十丈，深不盈丈，高不足三四尺，人得彎腰而行。李春燁攜著卓氏匍伏到內側，很快在岩石上找到一粒螺殼。那螺殼發白，跟粗大沙粒一起凝結在岩石裡，只因為風化石表才顯露出來。

「這種岩石裡頭很多這樣的螺殼，像是河底沙石結成的。很久很久以前，這些岩石很可能在大河、大海裡！既然殼都還在，說不定殼裡的肉也還有些在……」

「以前，你天天就這樣躺著？拿本書，一邊讀『子在川上日』，一邊想像這大山怎麼從海上生出來？」

「哪能呢！那時候，我天天想的是：彼葉祖洽、鄒應龍之科第，豈能專美於宋哉？那時候，我的雄心壯志多大啊！走，我帶妳進去看！」

一不注意，李春燁的頭磕到頂上岩石，好在綰結擋了一下，沒有碰疼，但他卻怨綰結，一把解散了它：「這本來就矮，還束這麼高幹嘛！」

「還是我們女人家好，束在兩鬢。」卓氏特別小心起來。

行至盡頭，豁然開朗，有佛堂樓閣，還有些菜地，彷若世外桃源。卓氏說：「在這樣的地方讀書，簡直是當神仙！」

這話讓李春燁心裡一陣難受。是的，後來他才發現這是個問題。在這裡讀書，只是稍離紅塵遠點罷了，離苦其心智、勞其筋骨還遠著。還有，這是半山腰，遠望而去，層巒迭嶂，一道道阻隔。鄒應龍讀書那巖就不一樣，地處高山之巔，千巖萬壑若浮雲，皆在目下。那一帶是真正荒無人煙，連廟宇都沒有，與之為伴的，除了樹木花草，飛禽走獸，流嵐霧靄，唯有天地之靈氣。難怪啊！江日彩隱居的黃石寨，也是巖上而非巖半，梅妻鶴子，難怪！我不如，乃目不如，心不如也！

當然，李春燁當年還是想得高遠。殿堂邊緊貼著巖面有個小閣樓，門楣對聯紅紙早已發白，但墨跡力透紙背，依然清晰可辨。上聯「俱懷逸興壯思飛」，下聯「可上九天攬明月」，橫披「吞吐天地」，因名

「天臺巖」，——又因為李春燁在此讀書有成，現被改為「李家巖」。

「這氣勢夠大吧？」李春燁問。

卓氏感嘆道：「我們女人家年輕時，心地也大，但不是這麼吞天吐地的。」

「妳們是想怎麼成為天下第一大美人，三千寵愛在一身，六宮粉黛無顏色，從此君王不早朝……」

「胡說，我才沒那樣想呢！」卓氏氣了，捏他一把。

李春燁趁勢拉了卓氏一把，進閣樓房間：「瞧，這就是我當年住的雪屋！」

雪屋只能容一張小床和一張小桌，現在空空如也。卓氏卻說：「現在宣布另一半要求，我們在此住一宿。」

「這……這怎麼行呢？」

「為什麼不行？」

「如果我不同意呢？」

「我也沒辦法，只能隨你，誰叫我是女人呢？」

「好吧，我同意！」

李春燁到巖口，委託轎伕回家稟報他老母，並請他們明日清晨來接，然後央求僧尼在雪屋鋪一床。

僧尼鋪床的時候，太陽正斜斜地照進巖裡，充滿著柔和的光芒。李春燁領了卓氏出來，到菜地邊，爬上小梯子，到一個稍緩的懸崖。這裡長滿了萱草，一朵朵正怒放著。李春燁說：「摘一些花，等下要祭石伯公。」

「石伯公也要祭？」

「要啊！哪路神仙不要祭？」

「神仙喜歡花？我沒聽說過。」

「其他神仙不喜歡花，石伯公喜歡。他比我更好色呢，就喜歡這種豔豔麗麗的萱草！」

「他才跟你不一樣哩！那是他善於忘憂，不像你患得患失……」

「哎——，這倒是真的！想像過去，石伯公就是那麼一種人……」

「你採乾草幹嘛？」

「這是乾草？」李春燁大笑。

卓氏在摘萱草時，李春燁走開幾步，手伸到絕壁處採卷柏。卷柏非常耐旱，看似乾枯，一遇水便又鮮活起來，因此俗稱「還魂草」。傳說，石伯公本來也享受廟祭。村裡有戶人家丟了大公雞，懷疑鄰居偷了，告到石伯公那裡。石伯公問了問，又到那鄰居家查了查，發現有雞毛，就判定鄰居偷了。鄰居冤枉得很，請先生寫狀子，告到閻王爺那裡。閻王爺親自出馬，查了更多地方，結果在村口草叢裡發現那隻大公雞，證明鄰居是清白的。石伯公枉了好人，引咎辭職，閻王爺改派他到村外守巖穴。石伯公非常喜歡萱草，就變成「還魂草」，把好地方讓給萱草，自己待在更貧瘠的絕壁上，終生相守，默默相望，不論秋冬，不畏酷暑……入夜，萬籟俱靜，唯有風聲陣陣。星光燦爛，群山綽約。偶然，有蝙蝠從窗前飛過。李春燁與卓氏緊緊相擁著，誰也沒有睡意。物是人非，李春燁早已不是十幾年前那個他了。那時，他一心想將來如何治國平天下；如今，他想的只是修身齊家。

卓氏到泰寧才發現李春燁身上竟然隱藏著好些傳奇故事，苦於分不清哪些是真哪些是假。她好奇，決心解開一個個謎，不能稀裡糊塗愛一個人。她忽然發問：「你怕嗎？」

「怕？我怕什麼？這話該男人問女人！」

「現在我問你。」

「我怕什麼？」

「石伯公。」

「像我這種年紀，還怕鬼嗎？」

「當年呢？」

「當年也不怕！當然，本來我也怕，恩師教過，我才不怕。七月十五鬼節，說是老鬼新鬼都會出來，還沒到七月半，天還沒黑，人們就不敢出門。可是我恩師偏偏帶我們出門，藉著月光，到人家菜園裡摘菜，然後到巖穴裡燒篝火，邊講課邊吃點心，直到天明。家長有意見，菜園主人找上門，恩師說：『我不是教他們當小偷，我是教他們不怕鬼。你看，證明世上沒有鬼吧？石伯公也是假的！還是靠自己好好讀書吧！』聽這麼一說，家長沒意見了，被摘了菜的主人也覺得行善積德。鬼節摸青，變成一個新的習俗。經過幾次，我也真的不怕什麼鬼了。如果會怕，在這裡待了一個晚上第二天就會跑回去。」

「難怪！」

「難怪什麼？」

「鬼怕你！」

「鬼怕我？笑話……難道我比鬼還可怕？」

「你自己不知道？」

「知道什麼？」

「他們說，說你在這裡讀書，晚上有石伯公，變出長長的、血紅的舌頭，從窗戶上伸進來嚇你。你不怕，提起筆來在他舌頭上飛快寫一個『山』字。石伯公被你的『山』字壓住，痛得嗷嗷叫，求你饒了他。你提一個要求，要他趕走這裡的蚊子，讓你安靜讀書。石伯公答應了，你就在那個『山』字上加個『山』字，變成『出』字，讓他縮回舌頭。石伯公也講信用，真的替你趕走了蚊子。可惜現在是冬天，不能證明這裡到底有沒有蚊子。」

「這裡夏天也沒有蚊子，是真的，可是那故事是瞎編的！有些人吃飽飯沒事幹，喜歡把人神化鬼化。我們那個狀元鄒應龍，他死後不久，元軍直逼江南。傳說，元軍圍攻四川合州釣魚城，危在旦夕，可是就在這時候，天上一陣陣悶雷炸響，鄒狀元端立雲頭，手中令旗一揮，霎時狂風大作，飛砂走石，砸得元軍抱頭鼠竄，倉惶撤回。事後，大宋將領向朝廷上表鄒應龍顯聖破敵之功，理宗皇上大喜，追授他『昭仁顯烈威濟護國廣佑聖王』的封號。從此，福建、廣東等等，還有海外，凡是有鄒姓後裔聚住的地方，大都建有鄒狀元的廟，春秋祭祀。這些廟宇有大有小，有豪華有簡陋，在名稱叫法上也不盡相同，但一律把鄒應龍稱為『廣佑聖王』。妳說可笑不可笑？」

「這不奇怪嘛！如果他是凡人，別人都不能中狀元，怎麼只有他能？」

「那他當狀元，我沒當狀元啊！我是凡人啊！我還沒死啊……」

「你也不簡單啊！進士雖然不止一個，但普天下能有幾個？你還活著，你就還有前途！沒蓋棺之前，誰能說你沒有大作為？他們還說，你媽懷你的時候，天上有一道紅光飛下來，擦著五魁亭，直接落到你家……」

「妳怎麼到處打聽我？」

「不是我打聽。你整天跑這跑那，我一個人待在家沒事幹，他們就跟我講你的故事。有的是你老媽講的，有的是你孫子講的，他們又說是聽街上什麼人講的，聽得我頭暈腦脹。」

「有沒有聽說我不好的？」

「有啊！」

「快說來聽聽！」

「你媽說你小時候很壞，老欺負弟弟。經常晚上故意講鬼故事給他聽，害得他半夜不敢起床小便，尿了褲子，捱打……」

「那我們今天也講了鬼的故事，妳半夜要起來怎麼辦？」

「你陪啊！」

「我才不陪哩！」

「你不陪我就尿褲子！」

「這麼大還尿褲子，我休了妳！」

「好啊，你送我回京城！」

「那是不肯哩！」李春燁雙手緊抱了卓氏，盡情地往懷裡摟。他好感動。江氏也是愛他的，稱得上賢妻良母，然而她頂多只關心他的功名，而不關心他的靈魂，從沒過問他的過去。他覺得卓氏更溫暖，暖到了心坎上……

卷二 風雨滯殘春

11、夜宿大杉嶺

在李春燁到縣衙走訪，飯飽酒足，上轎告別之時，王可宗便說：「哪天返京，下官相送出縣界！」

李春燁笑道：「我不回京了，直接到湖廣，那縣界可不比將樂！」

這話另有一番意思。將樂與泰寧相鄰，在東南方，交界處距泰寧縣城僅十來里地。傳說當年劃縣界之時，兩個知縣約定，你從將樂出發，我從泰寧出發，在哪裡相逢哪兒就作縣界。哪料，將樂知縣騎大馬，一口氣跑一百多里地；泰寧知縣坐轎子，才走十來里就相逢，恥辱地把縣界幾乎劃到家門口。吃一塹長一智，到西南劃縣界時，同樣約定，泰寧知縣改騎大馬，把縣界幾乎劃到建寧城門，出了一口惡氣。這掌故，每一任知縣都最先聽說。王可宗笑道：「沒關係！不就六七十里嗎？」

王可宗指的是泰寧跟邵武的縣界，那公平地劃在兩縣當中。不想，李春燁說：「沒那麼輕鬆，我要走黎川。」

這出乎王可宗的意料。黎川是泰寧的西北鄰，屬江西，交界處遠不了多少，可是高山峻嶺。這樣的天氣，上面很可能還下著雪呢！王可宗說：「那是不好走喲！」

李春燁說：「還是免了吧，心意我領了！」

「走那條道，更少不了我相陪。大人知道，那路艱險得很，人煙稀少，凶獸出沒，強盜剪徑，非三五成群不可。好在這幾年那裡伐皇木，閩贛兩頭徵人，縣裡班軍給抽走十之七八……」王可宗忽然跟李春燁耳語。「城裡都快唱空城計啦！」

「哦，是嗎？」

「噯，好在囚犯也被徵到那裡去了！當然，不是全部，還有到寨下金場。去黎川，要在路上過一夜。要麼在這邊的寶石，要麼在那邊的德勝關。泰寧的班軍，駐紮在茶花隘，監工伐木。我送你去，到軍營過一夜，如何？」

「那——我就不客氣了！」

一早上路，李春燁、老邢和王可宗一人一乘轎子，跟的四個兵丁年輕體壯。

泰寧跟黎川分界，不比跟將樂、建寧，依據山脈走向，以山脊為界。這是一條大山，出縣城不遠即開始登嶺，接連幾十里沒幾尺平坦。

逶逶迤迤的山嶺，在林立的赤石群中間繞著。天寒地凍，滿目白霜。路邊那凹凸不平的懸崖上，本來流著巖泉。現在，巖泉結成冰。那懸著滴著的泉流，則成一根根晶晶瑩瑩的冰柱，長短不一，大小不一，像一排排編鐘。等太陽出來，冰柱消融，冰水滴滴答答，那一定像奏樂吧？李春燁孩提時玩過冰柱，那是掰了吃，不曾想過它像鐘。現在忽發奇想，可惜沒閒停下來聽它消融……過赤石群，到峨眉峰山麓，古木參天，猴子不時出沒，與過往行人戲耍。王可宗安慰說：「這些猴子其實不會傷人。」

「沒事！在山裡，我沒什麼好怕的！」李春燁說。

在寶石村吃午飯，飯還沒嘸完就繼續趕路。

山越來越陡峭，轎伕越走越慢。李春燁坐在轎子裡也累了，睏了，不禁打起盹來，可是睡不著。早上啟程，雙目失明的老母親非要送出大門不可。他攙著她，一顫一顛的，讓他感到恐懼，生怕一鬆手她就要像一段朽木樣的碎散，再也扶不起來。他出了大門還不敢鬆手，倒是老母止步：「赤仂，你現在自己上轎，早點走，早點歸！」

「媽——」李春燁熱淚滾滾。

「你自己走，莫顧我！我現在這樣老，顧不得。要是到了那一天，你要歸來替我送終……」

「媽——，妳別說了！」李春燁兩腿一軟，跪下來抱著母親大哭。

「好好的日子，哭什麼哩？赤仂，你真格蠢啊！」老母推著李春燁。「你有今朝，皇上看重你，我心裡比吃什麼都甜！」

旁人紛紛上前，個個眼珠紅紅淚水汪汪，勸著拉著推著李春燁快上路。一路上，李春燁的心思還在母親身上，默默地祈禱她老人家平安……李春燁覺得越來越冷。睜眼一看，白雪皚皚，鳥獸絕跡。

這是武夷山脈大杉嶺的南面。泰寧別號「杉陽」，就緣於此。山上以杉木為主，參天大樹林立，彷彿自從盤古開天地就開始長在那裡。以前也有人砍去賣。由於樹太大，只能鋸成小段，又鋸成小片，人工肩馱過大杉嶺，入江西，經黎川水運至南昌，然後轉運南京、揚州、蘇州、上海等地。儘管大杉嶺的杉木被鋸短鋸成片，行家裡手還是認得出那樹原來有多大，譽之為「蓋江木」——蓋過長江！

大杉嶺太大了，「蓋江木」太多了，當地人一年年砍也只砍了路兩邊附近一些，稍離路邊遠點就如處子般天然無犯。然而，皇宮太需要木材了！遙想老祖宗的時候，黃土高原也是深山密林，可是西安、洛陽和開封都建過都，改朝換代又多，從西周、秦、西漢、前趙、前秦、後秦、西魏、北周、隋、唐十個朝代，還有王莽新朝、漢更始帝劉玄、赤眉劉盆子、東漢獻帝、西晉愍帝、大齊黃巢也要過過皇上癮，而很多新皇上又要把舊皇上的豪華宮殿燒了重建，皇宮蓋了燒，燒了蓋，什麼樹木也砍光，砍得連草都難長。現在帝都東移，輪到東部、南部山林遭殃了。北京皇宮三大殿一再失火，朝廷只好組織大批人馬南下，在老遠的福建、江西、湖廣、貴州一帶採伐。由於李春燁在工科任職，大杉嶺「蓋江木」也就有幸或者不幸成為皇木……突然，轎停，一個轎伕趴到布簾邊上悄聲說：「大人，莫吭聲！」

李春燁意識到遇上什麼不測，不敢吭一聲，可是他忍不住偷偷撩開簾布一角往外逡巡，很快發現數百步外的山谷邊，一隻老虎正悠然悠然往山裡走去。牠嘴上叼著一個人的肋部，像狗啃一根骨頭樣的輕鬆。那人穿著軍服，顯然死了，但還是鮮血淋淋，在晶亮的雪地上留下一條殷紅的痕跡……過一會兒，一個轎伕說：「好了，可以走了！」

「再等一會兒！」另一個轎伕說。「萬一牠回頭，看見我們……」

「沒關係啦！老虎其實不用怕，只要不去惹牠。我們這裡還有四個兵，還有傢伙，是吃素的啊？」

李春燁隨即想起縣誌上關於老虎的故事：老虎敬畏孝子。某父子到江西做生意，夜宿偏僻旅店。第二天早早趕路，父親走在前，被老虎叼入山，兒子緊追。老虎將父親放下，坐在他兒子身邊。他兒子根本不把老虎放在眼裡，抱住父親放聲大哭。老虎眈眈而視，斂爪不能動，久之，自行離去，父子得救。然而，老虎卻不怕獵人。如某人傍晚到地裡做事，突然被老虎叼走。有人看到，馬上告訴他家裡，眾鄰奮起勇追。老虎見人多勢眾，只得丟下那人。兒子見父親已被咬死，請一大群獵手進山打虎，不想老虎也出來一大群，眾獵手嚇得倉惶而逃。現在，李春燁看了看趴在一邊動都不敢動的兵卒，嗤了嗤鼻，說：「等就等一會兒吧，不急！」

偏偏這時，一隻老鷹從對面飛到人們頭頂，發出啊啊嗚叫。老虎聞聲也一驚，丟下嘴上的屍首，回頭，高眺——很容易發現李春燁一行……他們的心都提到喉嚨口。老虎斷定那天上的鷹對牠不構成威脅，才重新叨起屍首繼續前行。那屍體的一條大腿被咬斷，沒走幾步就掉下。老虎止步，看了看那掉下的大腿，猶豫一會兒，決定放棄，帶著剩餘的戰利品回老窩。

猜想那老虎肯定走出一兩里地，李春燁一行才繼續前行。他突然想起上午說過「在山裡，我沒什麼好怕的」，有點難堪，不知道王可宗他們是否記著。

太平已久，關隘早廢。這是大山最高處，也是閩贛交界處。隘裡隘外，有些山谷，駐紮採伐、運輸皇木的班軍、民夫、囚犯，還有監督採運的朝廷命官。儘管大雪封山，他們還沒有撤退。這裡山高，可是皇上更高。皇上要這裡的「蓋江木」蓋宮殿，再高的山再大的雪也阻擋不了。

一行人進入泰寧班軍的營地，天還沒黑下來。把總辛其偉一見貴賓到，馬上吩咐手下準備好酒好菜。李春燁問：「這裡的監督，還是工科給事中郝亮嗎？」

「是啊！大人認得？」

「快請他過來，你就說李春燁來了！」

辛其偉立刻出門，親自到另一個山谷去請郝亮。王可宗困惑：「大人熟悉這裡？」

「可以說，比你熟些。」李春燁曖昧地笑了笑。

「大人來過？」

「來過。」

「也是路過？」

「不，專程。」

「大人也來當過監督？」

「你真聰明！」

「不，太愚鈍了，怎麼沒想到！」

天氣太冷，郝亮一路搓著手。一見李春燁，他撲過來擁抱：「真是你啊！怎麼事先也不捎個信！」

「捎信又怎麼樣，你還能鋪紅地毯不成？」

「紅地毯不鋪，準備兩個下酒的好菜是要。」

「在這裡，海味沒有，山珍是不愁，夠好了！」

以前，這裡人跡罕至，鳥獸不避人。初來砍皇木時，一棵大樹倒下可以壓到幾頭山獐、山麂、山兔之類。成千上萬人一久待，飛禽走獸陸續避開。現在又大雪封山，更不知躲哪裡去。能拿出來的，只是些醃製的山貨。

晚上，辛其偉騰不出多床，要把李春燁或者王可宗安排一個到郝亮那邊去睡。李春燁說還要走那麼一段路，很麻煩，兩人睡一屋好了。王可宗過意不去，說讓他去那邊。李春燁明白王可宗這是想保持大小貴賤的距離，堅持說：「沒關係啦！以前，我家很窮，十來歲還跟弟弟擠一床。」

「那是沒辦法。」王可宗說。「現在這裡不是沒辦法，大人就讓我走幾步吧！再說，我睡相不好，累了打呼嚕……」

「那好啊，我們來個打呼嚕比賽！」

入夜，風更大。而那門窗，像老人的牙不密實。屋裡生了火，但沒有木炭，直接燒柴，不時冒出青煙，燻得很。怎麼住這麼差呢？深山老林，條件本來就差。人員流動頻繁，誰也不想花一年兩年時間蓋一幢像樣的房子。當然，如果想到會有現在李春燁這樣的大官到來，臨時也會蓋幾間像樣的。

多少年沒兩個男人擠一床，何況又這麼簡陋，李春燁和王可宗遲遲沒有睡意。冷倒是不太冷，也不用怕什麼猛獸——門口有兵卒站崗放哨。他們坐在火盆邊，邊喝酒邊聊天。

「如果叫你來……當然是當監督，你願意嗎？」李春燁忽然問。

王可宗想了想才回答：「說實話，不願意。可是聖旨要下，就由不得願意不願意了。」

「如果到這裡當監督，雖然是荒山野嶺，卻離皇上更近！」

「這……這倒也是！」

「你不是想叫我保舉嗎？」

「大人的意思……」

一下把你保舉到京城，好像找不出什麼理由。如果讓你到這裡過渡一下，理由好像挺好說。」

王可宗立即跪下磕頭，感恩不盡。

皇木要求苛刻，直徑一尺以上為四等材，二尺以上為三等材，三尺以上為二等材，四尺以上為頭等，五尺以上才算神木。神木橫臥，站在這頭望對面的人不成樣子，真像要蓋過江面一樣。這種巨木，只有大杉嶺這種深山老林才會有。然而，十個手指也有長短，哪個山的木材也有大有小。採一棵皇木，要毀一片等外材。有的是因為開路砍倒，有的是被神木壓倒。等外材倒了，就地遺棄。要等朝廷解禁，才讓當地百姓撿去蓋民房。現在，經過這一路觀察，李春燁覺得王可宗這人可靠，想讓他幫著「撿」這些等外材去蓋福堂，那可以節省好多錢。把這意思稍微一提，他就明瞭，立即表示將竭盡全力辦好。

12、「巍」就是以「山」壓「魏」

湖廣與福建，橫隔著江西。從泰寧過黎川，經建昌、南昌至武昌，倒也順暢。這條路，李春燁從來沒有走過，本來還擔心一路枯燥乏味。可是現在，他想著建昌說是景翩翩的家鄉，武昌她顯然待過——她詩中寫過宜城、襄陽等地，巧得很！我怎麼偏偏到湖廣來呢？而一路上，先是碰上她，再到她家鄉，再抵她到過的地方，一路是她！那場火災，看似天公不作美，其實也是機緣。如果沒有火災，江日彩會和袁崇煥相遇相識嗎？如果沒有火災，我會牽掛她嗎？她那麼憎恨官——嘲笑我磕平了額頭，沒有那樣個英雄救美的俗事，她會正眼瞧我嗎？我那位老祖宗說丹霞巖：「謂造物者融結無意，吾不信也」。我說，謂我與她相逢而無緣，我不信也！這麼想著，又讀著《散花詞》，一路充滿詩意。只遺憾，路過建昌時，他特地停下來尋了尋，連景姓人家的也沒找到幾戶。

李春燁現任湖廣布政司右參政，分守荊西道，兼兵備，駐安陸。他原以為在這裡無親無故，到了才發現那裡有好幾位同僚，其中一位是眼下的風雲人物楊漣。離開京城這兩三個月，李春燁一心想著自己的福堂，還有景翩翩，沒去關心朝廷的事，沒想到僵持的倒魏風潮在他離京不久有了結果：楊漣被削職為民，魏忠賢毫髮無損。

楊漣的家在安陸的應山，要不要去看望他？這讓李春燁很為難。去吧，他明顯是魏忠賢的對頭，很容易傳到魏忠賢耳朵去，誤以為我在這裡跟他勾勾搭搭，什麼時候倒楣都不知道。不去吧，畢竟同僚過，而且他的官職比我高，雖然談不上交情人還是挺熟，如今人家落難，我在他家鄉為官，裝作素不相識，過意不去。再說，宦海沉浮無定，說不定哪天又召他回京，位居魏忠賢之上，也不是沒有可能。他可以算是天啟皇上的恩人。想當初，泰昌皇上駕崩，李選侍要將朱由校扣留乾清宮，以便垂簾聽政。楊漣第一個站出來反對，奮然責問：「天下怎麼能託給婦人呢？」他率領眾臣擁到乾清宮，藉口哭泰昌皇上，要湧進去。守門的太監攔住，不讓進。又是楊漣厲聲斥責：「皇上駕崩，嗣主幼小，你們攔住宮門不讓進，搞什麼名堂！」太監理虧，只好讓他們擁出朱由校。為了搶占時機，楊漣還親自抬轎子，把朱由校抬到文華殿，祈請即日登基，讓李選侍的陰謀破滅。也許正因為如此，楊漣這次帶頭衝撞魏忠賢，皇上只是讓他回家賦閒，而沒像萬熛一樣被治罪，很可能只是避避風頭，不幾日官復原職。這樣說來，還是得去看一下。

如今不比以前，也算一地父母官，首先得弄懂這裡的山水人文。李春燁這樣想，命人找來府志、縣志，細細研讀。應山那一帶可謂人傑地靈，大貴山、寶林寺、龍興溝都是引人入勝之地。那還有個壽山，李白曾經在那裡隱居過。李春燁兩眼一亮，覺得這是個好題目。

上任沒幾日，李春燁便到應山巡視。

應山知縣徐鳳鳴到任多年，對這裡的山山水水瞭如指掌，哪處有一棵古木，哪處有一泓異泉，哪處有一條稍大的飛瀑都知道，細細數來，恨不能讓李春燁看個遍。可李春燁是有備而來，發現他隻字未提楊漣那個地方，只好提醒說：「那天我看縣志，這縣北不是有個叫照壁灣的地方嗎？看上去，名字挺漂亮！」

「哦，是是是，是有！」徐鳳鳴連忙笑道。「那風光也不錯，離這裡又不遠，大人要不要去看看？」

「聽說，楊漣家就在那裡？」

「是啊是啊！不過……嘿嘿，大人知道……」

「其實沒什麼。」李春燁故意輕描淡寫。「當時我在朝。他對廠臣有些誤會，讓皇上生氣，僅此而已。現在他不是官，可還是個良民吧？既然到他家門口，我想順便去看看。」

「那是那是！」徐鳳鳴態度轉變很快。「人之常情，人之常情嘛！」

管家老邢，這幾天左手拇指長無名腫毒，疼痛難忍，泰寧俚語叫「爛蛇頭」，難有特效藥。聽說李春燁要去巡視，便說想跟去山裡採草藥。李春燁一聽，覺得這樣可以突顯此行純屬私人性質，一口答應。

照壁灣真是個好地方。村後峰巒疊嶂，起伏多姿。左右二崖，雄峙挺立，如雙獅守門。前臨河水，碧波粼粼。岸邊杉林，凝蒼滴翠。石堤蜿蜒，垂柳依依。如此奇山異水，難怪會出楊漣這等人物。

老遠就有人指明楊漣家住哪裡。單門獨戶，深宅大院，顯然是當地首戶。李春燁想：難怪他一身烏脾氣！往往家境好的人，做官只圖名聲；家境不好的，急於圖錢財。兩種出身，兩種為官之道。江日彩家境比我好，他做起事來也放得開；像我……李春燁不想多想了。

見幾乘轎子進村，又跟了些兵勇，村裡人知道又有大官人到楊家，紛紛湧到村口看熱鬧。楊家人聞訊，遠遠眺望，向楊漣報喜。楊漣正在教孫女習字，聽夫人報訊，立即往窗外望去，沒望見什麼，嘟噥聲「不管他」，埋頭繼續把著小孫女的手描紅。

轎子直接到楊家大門口停下，僕人領客人進門。楊漣在書房聽到動靜，這才匆匆出迎。

「楊先生！」李春燁老遠叫開口。

楊漣一怔，欣喜道：「哎喲——，李大人！」

喝著茶，賓主雙方避免談及不愉快的事，回憶往事也只說些有趣的，談笑風生。老邢覺得不便介入主人談話，端了杯茶，去看廳邊懸掛的字畫。徐鳳鳴有些受冷落的感覺，索性立起來，也去看字畫。不一會兒，他一邊踱回茶几椅子，一邊眉飛色舞賣弄說：「先生堪稱書法大師啊！你看這一幅幅，真是『神清骨竦意真率，醉來為我揮健筆。始以破體變風姿，一一花開春景遲』。好字！好字！真是一手好字啊！」

楊漣聽了大笑：「錯矣！錯矣！知縣大人啊，請看清楚些，有的署名可不是我！」

「哦——？」徐鳳鳴挺難堪。

李春燁也有些尷尬，心想楊漣這人就是大砲，含糊些領受下來又怎麼樣？就是要當場讓人下不來臺。

中午雖然是家常便飯，可是地方風味，酒也是家釀老酒，賓主喝得盡興。席間閒聊，很自然談到李白。

「李白是『斗酒詩百篇』，喝酒像韓信將兵，多多益善！」李春燁打趣說。「哪像我們，喝多了就吐，浪費！」

「其實啊，李白以前也不會喝酒。」楊漣說。「我考證過，李白二十五歲前在四川江油，寫的數十首詩及有關他的傳聞軼事，未見一個酒字，也未見與酒有關的話題。奉詔進京的十八年，他絕大部分詩是詠物言志，即使個別詩文有飲酒的記述，比如『酒隱安陸，蹉跎十年』，即使飲酒較多，也是因為報國無門，無奈之中臨時排遣。真正與酒結緣，是在他到京城長安以後……」

楊漣只顧自己侃侃而談，根本沒在意客人。徐鳳鳴插話說：「李白在我們安陸十年，是隱居，梅妻鶴子……」

「差矣！差矣！」楊漣急忙打斷徐鳳鳴的話，自己囫圇吞棗喝了杯酒，又開始長篇大論。「很多人以為李白輕蔑達官貴人，說是『天子呼來不上船，自稱臣是酒中仙』，其實是天大的誤會！李白並非像他自己宣稱或者別人頌揚的那樣遠離權貴，恰恰相反，他一生都應酬周旋、奔走於朱門顯宦之間。年少之時，他就遍訪京城在蜀的官僚……」

好端端一餐飯吃得不愉快，李春燁後悔來這一趟，心想：這鳥人還沒學乖啊！又想：這鳥人可能學乖嗎？湖廣人，就這麼個德性。前輩風雲人物張居正，就是湖廣的。民諺曰：「天上九頭鳥，地下湖北佬。」說的就是時任首輔張居正，雖然輔佐皇上有力，政績顯赫，但與人結怨也多，最終不得好死。九頭鳥，聰明，精神，但是狂燥，好鬥，沒好下場。你楊漣再不改，能就此善終嗎？

果不其然。不出十天，徐鳳鳴就起草了一本疏奏，請李春燁聯名，請求皇上治楊漣的罪。原來，壁照灣附近有道三潭飛瀑。那裡兩峰對峙，萬仞突巍，不可逼視。石峽中開，斷崖千尺，水流懸瀉，從高赴下，聲如雷，遠望如練。楊漣少時就到那裡遊覽過，不以為然。現在，大江南北闖蕩一番，回頭再看，覺得不尋常起來，大鳴不平。他想，這飛瀑處在萬峰之間，石峰峻插，比比皆是，人們便覺得平常。它要是處在曠遠的中原，或者蘇州、杭州那樣的坦陸之地，表奇誌異，遊人眾趨，名氣該多大啊！何況現在他卜居，日禮峰顏，傾聽瀑聲，心靈深受砥礪洗濯。感慨之餘，他寫了一首長詩，高懸在自家的大廳上：

白水巖頭兩片山，巍峨冠弁峙尊顏。
斷崖千尺開深峽，中夾懸源白水湍。
……
籲嗟，山亦貴乎能自貞，砥柱狂瀾借巨靈。
風吹雨洗無窮卻，石面嶙峥磨不平。

有人從這詩的頭尾，看出兩大問題：首句那個「巍」字，將「山」壓在「魏」上，就是發誓要壓倒魏忠賢。末尾則懷才不遇，不滿皇上處置，誓言要「借巨靈」來「砥柱狂瀾」。有人夜裡潛入楊家，偷了這字畫。當時，楊家人馬上發現，大喊捉賊，鄰人也趕來，當場抓住那賊。可是那賊太厲害，打倒四五個人，跑得無影無蹤。隔日，這字畫又趁黑出現在縣衙，並留一張字條：「舉報反詩，立功受獎。膽敢不報，同罪下場。」徐鳳鳴看了，覺得不敢瞞而不報，寫了疏奏，請李春燁聯名上呈。

李春燁心想：楊漣啊楊漣，這回你死定了！誰都知道你想把魏忠賢置之於死地，一旦有藉口他不會置你於死地嗎？其一，說你不滿皇上的處置，無可爭辯；其二有些牽強，可是，我家鄉人不是杜撰我用「山」字加「山」字的方式對付石伯公嗎？按照這種思路，誰會不信你想用「山」字壓「魏」字來對抗魏忠賢？不過，這畢竟是文字遊戲，魏忠賢未必會計較，皇上更不大可能採信。再說，以瀑石自喻，詠物言志，只不過表現「自貞」，難道一個官吏、一個百姓不需要忠貞嗎？也許皇上會理解成：儘管削職為民，也消磨不了他對皇上的忠貞。如果能這樣，還是樁好事。冷靜再一想，又覺得這種可能雖然不能說沒有，但是很小，更可能還是前者。那麼，該如何答覆徐鳳鳴呢？同意吧，於心不忍；不同意吧，怕他誤會，連繫跑上門看楊漣一事，順帶告上一筆，那也是吃不消的。李春燁尋思片刻，對徐鳳鳴說：事關重大，容他想想再定奪。

夜深人靜之時，李春燁思之再三，還是覺得不能做這種事。他指望徐鳳鳴也冷靜想想，自行打消這念頭。不想，第三天徐鳳鳴專程來追問。

「楊漣這詩，可能真有那種意思。」李春燁只得表態。「按理說，我也責無旁貸。只是……只是我與楊漣素有間隙，這事皇上和廠臣都知道。我上門去看他，只是為了彌補過去的間隙，你看他還不肯賞臉，連你都受委屈。如今奏他的不是，皇上和廠臣知道了，以為我公報私仇，反而誤事。你說呢？」

徐鳳鳴想了想，只得說：「那也是。那我就自己奏吧！」

李春燁當然不敢阻攔。阻攔別人往井裡扔石頭，也可能惹禍，他同樣不願意。自己不扔，於心無愧就行了。

13、「文死諫」

快過年的時候，李春燁收到兩封信，一封是建安知縣林匡傑寫來的，一封是家裡寫來的。家裡來信說，雷家的地基已經騰出來了，王可宗在幫忙安排從大杉嶺拾撿等外材，鬲嶺路也快修好了，但大舅家那邊的地皮還不肯讓，希望他跟知縣說說看能不能也幫幫忙。他已經準備回家過春節，到時候再說吧！

林匡傑信上說，訪到景翩翩下落。有人說，她那天受點輕傷，養了些天，北上秦淮參加花魁大賽去了；也有人說，她被汀州一個名士娶走。李春燁又喜又悲，喜的是證實她還活著，但不知為什麼又為她出嫁而失望。他並沒有要娶她的念頭，吃什麼醋？儘管這樣，他還是希望哪天能再見到她。汀州離泰寧不遠，哪天專門去尋尋也不難。只是林匡傑信上沒說清楚，到底是汀州城，還是汀州哪縣。不過，汀州不大，不難尋找。對了，記得那天在青芷樓，她房間掛一幅詩，好像是個叫馬什麼寫的。那麼，就是嫁給他了是嗎？等春節回家，要順便南下汀州一趟。

就在李春燁動身回家過年的時候，從京城來幾個錦衣衛官校，專程捉拿楊漣回去問罪。原來，看了徐鳳鳴的奏疏，魏忠賢肺都氣炸了，要看看他這塊石頭到底磨得平磨不平。當然，直接以他不滿皇上和魏忠賢治罪，怕人非議。換個罪名，說他受賄若干，不能不懲吧？李春燁心裡一驚，暗咒楊漣道：你真是老糊塗！你知道在〈二十四罪疏〉中白紙黑字寫「皇上之怒易解，忠賢之怒難饒」，卻怎麼不知道小心慎謹，還要惹是生非呢？休怪我李某不能保你了！

武昌四周通衢，八面來風，很容易聽聞朝廷種種祕事。百姓中諸多痛恨魏閹而擁戴楊漣的，本來就為他被削職抱不平，現在又見要押解他回京治罪，一個個義憤填膺，把楊家宅院圍個水洩不通，不讓錦衣衛進去。幾個血性的小夥子還將錦衣衛官校手中的刑具奪了，扔進池塘。錦衣衛官校只得跑，回縣裡搬救兵。縣裡兵太少，又到安陸搬，雙方損了幾條人命才將楊漣弄到手。

李春燁本該隨錦衣衛官校到應山捉拿楊漣，可是他覺得面子上過意不去，裝病不起，躲過一場麻煩。跟那群刁民秋後算帳，有很多事要做，李春燁脫不開身，只好回信給家裡，說公務太忙無法回家過年了。關於大舅那邊的地基，他勸家裡莫急，千萬不要動輒請縣官出面，以免搞壞親戚關係和李家在鄉親心目中的形象。

楊漣被送進京城去，李春燁的心並不能安寧。他斷定楊漣這一去必定無回，而且將死得很慘。明朝的酷刑之多，集有史以來之大全，且還層出不窮。李春燁目睹最慘的，要數剝皮。剝皮有兩種，一種是先處死再剝，一種是活活地剝。那次剝陶朗先等人是活剝，其情其景迄今歷歷在目。把陶朗先押進府衙附近的「皮場廟」，祭了祭土地神，扒光他的衣服褲子，按倒地上，用剝刀割開他脊背的皮膚，直到臀部，鮮血亂噴。他痛得破口大罵。剝到四肢時，將他的手腳全部砍斷，再翻過來剝前胸的皮。這時，他只能發出微弱的聲音，但仍聽得出是在罵。劊子手斥道：「再罵，多剝你兩個時辰！說皇恩浩蕩，讓你痛快些走。」他順從了，掙扎著說：「皇……恩……」後面的字等了許久也沒聽到。在旁監督的李春燁一直緊閉著兩眼，這時聽不過意，連忙下令：「好了，讓他閉嘴！」劊子手聽命，一刀刺他的心臟，才接著剝。剝完，將他的皮用石灰漬乾，用線縫好，中間塞滿稻草，然後送到衙府，懸著示眾。李春燁吃魚還會怕魚眼，以往做的事雖然不起眼，可是都溫文爾雅，哪會這般鮮血淋淋？目睹一場下來，李春燁彷彿自己被剝了皮，奄奄一息。一回京城，他就請求調離刑科……不想，楊漣死得比陶朗先還慘。魏忠賢跟大白菜客氏、刑部尚書崔呈秀等人專門商量：楊漣不是列我二十四條罪嗎？現在還他二十四道刑！光要個命那是太便宜，要好好折磨他，二十四個時辰來一次，來它二十四次——對了，就以一年二十四節氣起名吧！別看魏忠賢大字不識，他記性很好，腦子又特別靈活，不然那司禮監秉筆太監的大烏紗送給他也戴不了幾天。為了系統地把東林黨人一網打盡，他指示人編了《東林點將錄》。為了便於記憶，又利用《水滸傳》一百零八將命名，為首的是開山元帥托塔天王南京戶部尚書李三才，天勇星大刀手楊漣名列第十，後面排滿一百零八個。現在找楊漣報一箭之仇，以其人之道反治其人之身，計劃施以二十四道刑：

——第一道刑叫立春，為皇上報仇，因為楊漣老是弗皇上的旨意。當然不能請皇上出面，只是利用皇上親手製造的水車，在這滴水成冰的時節，用冷水淋他二十四遍。

——第二道刑叫雨水，為客氏雪恨，因為楊漣在疏文中也告了她，說她庇護魏忠賢，建議皇上將她驅逐出宮。現在她出一題：用木板製成手掌，雨點般甩打楊漣的臉，這樣只痛他的臉而不痛行凶的手。

——第三道刑叫驚蟄，為魏忠賢討債，像驚雷一樣敲下他二十四顆牙……如此排下去，道道花樣新，直到最後一道大寒才能置之以死地。然而，到實施的時候，又經常臨時增添花樣，好像大明的智慧全都要展現在酷刑上。魏忠賢太恨太恨，而且恨太久太久，現在為了解恨，抽著空帶客氏到北鎮撫司來欣賞仇人怎麼受難。他一邊喝酒，一邊評點，還不時要嘲諷：「楊大人，要不要敬你喝一杯呀？」

「呸——！」四肢都被吊住受刑的楊漣強打起精神，直朝魏忠賢吐血水。「你這閹人，褲襠裡……」

「我褲襠裡是沒有，你褲襠裡有是嗎？」魏忠賢冷笑道。「拿把剪子來，讓我看看他的褲襠！」

立即有人送上剪刀，又有人將楊漣的褲襠剪開。魏忠賢上前，接過剪刀，正要剪，聞到一陣臭味，連忙命人提水潑洗。再下剪時，又發現楊漣那陰莖死死縮在裡頭不便下剪。於是，他又命人提來一個年輕的女犯。那女犯赤裸著，體無完膚，兩個乳頭潰爛著。他親口說：「妳把他那玩意吸硬來，我馬上叫御醫來替妳治傷。」

那女犯神情痴呆，可這話聽明白了。儘管楊漣大罵著，她還是上前。魏忠賢站在一旁觀看著，淫蕩地笑著。看時候差不多，一腳踢開那女犯，剪刀一伸，楊漣那陰莖隨之掉到地上，圓圓地滾了幾滾……在楊漣和那女犯的尖叫聲中，魏忠賢一邊洗手，一邊不慌不忙對手下說：「你們給我聽著：往後，凡是侮罵內臣的，一律先剪了他再說！」

魏忠賢怕夜長夢多，怕皇上忽發善心，要求立即處死，在楊漣頭頂釘進二十四根鐵釘，然後向皇上報告說他在獄中「病故」。

楊漣在獄中遭受的折磨，陸續傳出，令人髮指，但人們以為有所誇張。不久，又傳出楊漣在獄中寫的絕筆書，詳說遭北鎮撫司「仇我者立追我性命」，長達兩千餘言。另有一篇二百八十字的血書，表示無愧於在天先帝，無懼刀砍東風，大笑、大笑還大笑。

一方面是北鎮撫司慘無人道，一方面是楊漣凜然高節，激起人們更加憤慨與崇敬之情。於是，人們悄悄發起義舉：懲處惡人。有天，有人在菜市場認出那天潛入楊府盜畫的人是李春燁的管家老邢。那些人知道老邢身手不凡，採取偷襲。老邢突然中暗器，傷得不輕，知道東窗事發，凶多吉少，便自行了結。那些人不甘善罷，將他的屍首倒吊在應山城門，赤身裸體，讓人一看就知道他是個閹人。消息傳開，徐鳳鳴怕了，連夜棄官而逃。李春燁不敢去認屍，不敢相信那真是老邢……

李春燁後悔當時沒攔下徐鳳鳴的疏奏。如果攔下，也許沒有後面這一系列慘事發生。不過又想，當初他即使堅決反對，徐鳳鳴照樣可以上奏，而且可以附帶上他，那麼他今天名列東林黨黑名單第一百零九位了。其實，在楊漣案中他沒什麼責任，在魏忠賢所有孽行中他都沒什麼牽扯，可是人們會聽你解釋嗎？人們傳說，他連升七級到湖廣，目的就是來監督楊漣等人。如此，人們會饒過他嗎？

面對官場只有兩類人，一類是依賴官場謀生的人，包括學子；一類是仇視官場的人，包括青樓女子景翩翩。李春燁不願像徐鳳鳴一樣棄官而逃。如果那樣，朝廷追究起來，會連累家人。再說，他並沒有做什麼見不得人的事，用不著那樣倉惶而逃。可是，他覺得在湖廣待不下去，在整個官場都待不下去了。不是官場不讓他待，是他真的厭倦了，還從骨子裡恐懼。大明二百多年，十幾個皇帝，除了泰昌皇上在位僅一個來月沒來得及殺人，哪個沒有濫殺忠臣？說是皇上的天下，可是有幾個皇上真正把天下當成自己私產一樣珍愛？瞧那個朱由校，當皇上了還像小孩一樣貪玩木匠活，而把天下交給魏忠賢那樣一幫閹人去玩……太可怕了！他自嘲曰：少年不知官滋味，愛上科舉，為求一職十年讀；而今識盡官滋味，欲任還休，卻要上書求回溜。

好在沒帶家眷，李春燁獨自住到兵營，倍加戒防。李春燁漏夜寫疏奏，說身體仍然不適，請求退職回籍。順便，保舉泰寧知縣王可宗任工科駐大杉嶺皇木採伐監督，說是「以杉陽之官督大杉嶺之伐皇木」。

14、《散花詞》一路隨行

春天到了，本來就不曾冬眠的大杉嶺沸騰起來。

大杉嶺碩長的皇木，只能通過西側，大地平坦，經黎灘河、盱江、鄱陽湖、長江、運河抵京。這樣，在東側伐木的時候就得採取相應措施，先派高手攀上參天大樹，在近樹梢之處繫上粗大的繩索，砍倒樹木之時派一大群人用力往山坡拉，讓樹往上倒。搬運之時，首先往山上拉，越過山脊，然後往山下拖。皇木太大了，又不能鋸成段，得把樹幹完整地運到京城。拉上山不必說，拖下山也不容易。坡緩的地方要死命往下拉，坡陡的地方又得死命拖著，以免滑溜太快損傷木材。到了山底，有幾十里地因為溪小水淺，得人工抬，一寸一寸地移動。稍微平坦的地方可以用幾十輛車聯起來運，可是也不容易。車輪用木轂容易摩擦生火，改用鐵轂。走一兩里地，鐵轂也會磨壞，於是又要另外人運載鐵轂以備隨時更換。這樣，一天最多走二三十里。即使到大河大江，皇木也漂得很慢。一根皇木從山上採伐到運送抵京，需要幾十萬個勞力，往往要花三四年時間。冬天，大雪封山，只能安排伐樹、開路。到了春天，江河水漲，得抓緊時間運。一到建昌，河邊就人山人海，號聲震天⋯⋯

河邊路滑要小心呀！咳嗬，嗨嗬！
大家腳步要生根喲！咳嗬，嗨嗬！
頭帶尾拉慢過腰呀！咳嗬，嗨嗬！
同吃同住同槓木喲！咳嗬，嗨嗬！
金腳銀肩齊出力呀！咳嗬，嗨嗬！
莫開玩笑莫心急喲！咳嗬，嗨嗬！
多吃苦力快收工呀！咳嗬，嗨嗬！
多賺銀子寄家裡喲！咳嗬，嗨嗬！

遠遠望去，每根「蓋江木」的兩邊都擠滿了人，像蜈蚣全身長滿了腳，又像螞蟻搬骨頭一樣密密麻麻，蔚為壯觀。

這天下著大雨，運木的役工們也不能休息。對這種情形，李春燁太熟悉了。在轎子裡，他閉上兩眼，不想看那些苦命的螞蟻。

因為楊漣枉死黑獄，李春燁怕當地人報復，向皇上連上三疏，請求退職回籍。沒想到，接到的聖旨卻是調回京城，任太僕寺少卿，加官一級。他受寵若驚，不敢再言辭職，而想好好報效皇上。接旨當天，同僚們為他舉行盛大的酒宴。第二天一早，他便悄然起程，讓幾個士兵送出湖廣。他又借道泰寧，要看看五福堂工程的進展。同時，他也想盡量早點趕回京城，多為皇上效力。因此，他又日夜兼程，風雨無阻。然而，一路碰上運皇木，三番五次被擋。士卒三年一換，並不認識他，不會為他破禁。他不敢輕易衝撞運皇木這樣的頂天大事，只得一忍再忍。去年來湖廣經過建昌、南昌到武昌，只花二十多天，現在往回走這條路卻花一個多月，還不知前頭要堵多久。

最糟的是被堵在前不著村後不著店的地方。好在那根「蓋江木」十之七八已經被橫抬過了路，不用等多久。要不然，起碼得等上一天兩天，得回頭找驛棧住下。現在只剩十之二三，再個把時辰夠吧？李春燁決定就地等候。

大雨乍停，雲朵像受驚的馬一樣亂奔亂跑。遠處的大杉嶺高處罩在雲裡，山腰則飄浮著流嵐。有的雲乾淨俐落地遮掉山頂，像戴了一頂帽子。有道線瀑掛在那裡，像從天堂直掛人間。雨水從山上流下來，從上一丘田流進下一丘田，嘩嘩嘩響著，泛著白亮。李春燁想起景翩翩的詩：

曉雨泉爭響，春山鶯亂啼。
流雲兩三片，移過石橋西。

這是初春。田地經過一冬的乾涸，硬朗得很，幾場雨還沖不起多少泥土。再過一段時間，表土鬆了，田裡耕作，流下的水就會渾濁，就沒這般清秀。而且，那時候花開花落，流水中漂著花瓣，會惹景翩翩傷感：

三月春無味，楊花惹曉風。
莫行流水岸，片片是殘紅。

春天帶給她的，更多是愁：

九十春光已暗過，雕闌花信竟如何。
應知雨意和愁約，雨到床頭愁亦多。

甚至是恨：

風雨滯殘春，豈但梨花悶。
夢裡萬重山，疊起江南恨。

如此聰慧的長長的美人，嘴唇總是調皮地微笑著，卻為什麼不能像春天的陽光一樣明媚呢？

李春燁走開一段路，到小山丘邊解手。常綠灌木，現在開始吐新葉。一片葉子上有隻蝸牛，並不為他所驚，專心走自己的路。牠走路是頭伸出殼，一晃一晃地挪動，挺可愛的。他小時候常到灌木叢中捉金龜子玩，對這種「田螺」怎麼爬到枝葉上感到奇怪過，但好像沒看過牠怎麼爬，今天算是開眼界了。解完手，他佇立在原地靜靜地看那隻蝸牛。這麼費力，又這麼慢，從這片葉子爬到那片葉子要花多少時間啊！恐怕等我到泰寧牠還沒爬過兩片葉子呢！

蝸牛爬到葉子的邊沿，居然想直接爬到另一片葉子上去。兩片葉子相距有兩指頭寬，有牠三個身子大，怎麼可能呢？難道牠會飛、會跳？真傻啊！李春燁笑了，想伸出兩指頭幫牠拎過去。可是這時，牠突然伸出一根長長的「手」，直接伸向另一片葉子。怪了，牠居然有「手」！可這不管用，因為牠的「手」摸不到另一片葉子。他替牠惋惜，又想伸手幫牠……

「老爺，可以走了！」轎伕在三五步外叫喊。「皇木過去了！」

「等一下！」李春燁應一聲，繼續看那蝸牛。牠好像知道有觀眾，而這觀眾等不及，便亮出絕招：伸出又一隻「手」來。這樣，牠一「手」伸前去抓另一片葉子，一「手」撐著所在這一片葉子，身子懸空而過，然後收起兩「手」。他不禁為之感嘆：蝸牛也知道找捷徑啊！

過黎川到德勝關，已是下午，李春燁不敢再走。再走，天黑趕不到茶花隘，沒地方過夜。

這是大杉嶺山麓的鎮子，因為有成千上萬名運皇木的軍民駐紮，突然變得十分繁榮。李春燁只想隨便過一夜，明天一早趕路，不想打攪官方，自行找一家當地最好的客棧，悄然入住。不想，才邁進大門檻就碰上王可宗。他正從裡面出來，身後擁著一些人，一見李春燁愣了：「我沒眼花吧！」

「眼花的是我啊！」李春燁伸手扶直連連作揖的王可宗。

原來，王可宗如願當上工科駐大杉嶺總督，前幾天到任，臨時住這客棧。他說：「接聖旨當天，我就寫信給大人了，感謝知遇之恩，大人沒收到嗎？」

「我出來……你看這一路……唉，一個多月了！」

王可宗對李春燁感恩不盡，當晚設宴盛情款待。王可宗叫了幾位手下來陪，讓李春燁喝個七八分醉。酒宴一散，緊接轉到茶樓。

在茶樓，就他們兩個，一邊聽藝妓彈唱，一邊敘談茶花隘別後。李春燁只說向皇上推薦王可宗的事，沒提及楊漣。王可宗有點憨，居然問及楊漣的事，李春燁說不大知情，三兩句搪塞過去。王可宗細說為李春燁買地基和撿等外材之事，李春燁再三道謝，當即掏出銀票算買等外材的資費。王可宗死活不肯收，說：「大人的提攜之恩我三輩子也報達不完呢，辦這麼點小事還敢收大人的錢！」

正事談完，注意力轉到女人身上。這藝妓也是苗條身材瓜子臉，李春燁發現她有幾分像景翩翩，不由多看了幾眼，越看越像。說實話，他看景翩翩總共沒幾眼，話也沒幾句，只有個大致印象。要認清楚，只有叫過來問：「妳有沒有姊姊，或者妹妹？」

「只有一個姊姊，沒有妹妹。」

「妳姊姊芳齡多大？」

「三十出頭。」

交談中，李春燁刻意看她的上唇，沒發現一點調皮的微笑，年齡也不對頭，可以肯定她不是景翩翩，感到好失望。王可宗將此情形看在眼裡，聽完三五曲便安排歇息。

在這裡自然不用兩個人擠一床。可是，李春燁一進房門，發現剛才那藝妓坐在房內。原來，王可宗安排她陪他過夜。

接受呢，還是不接受？李春燁第一感覺是想接受。湖廣這幾個月，他幾乎沒接觸女人。現在見這麼個尤物，真想馬上將她攬到懷裡。何況這是為王可宗感恩的，用不著擔什麼後顧之憂。可是，這女人讓他想到景翩翩，心裡一顫，簡直陽痿！究竟為什麼？他自己也莫名其妙。他心裡老轉著景翩翩，一會兒想把眼前這姑娘當作她來消受，一會兒又想不敢褻瀆了她。這麼躊躇著，他走近那姑娘，拉起她的雙手，攬進懷裡擁了擁，然後取出一些碎銀給她，說：「妳可以走了。」

「那老爺叫我來陪大人過夜。」姑娘不肯接銀子。「老爺已經給了錢。」

李春燁收回碎銀，但堅持要她走：「那就算妳陪過我了。」

「大人是嫌我……」

「哦，請別多心！」李春燁連忙又擁了擁她。「看妳這玲玲瓏瓏的樣兒，要是十年前，我早抱上床了！可現在……你看我這鬍鬚……來，到燭邊好好看看，是不是有好些白了？」

那姑娘沒話說了，掏出銀票來：「那我把錢還給老爺。」

李春燁一把接過銀票，折了折，一手塞進她胸溝，一手撫著她的背往外推：「不必再找那老爺。」

那姑娘出門，還是驚動了王可宗。他正開始擁女人上床，一聽隔壁開房門和腳步聲，不知發生了什麼事，連忙披衣追出。姑娘說是李春燁要她走的。他以為她伺候不周，正要發火，李春燁卻跟他耳語說已經完事，現在只想自己一個人好好休息。

李春燁上床，久久無法入睡。他細細品味景翩翩的詩：

飛蓬羞倚合歡床，明月如冰夜欲霜。

夢裡新翻雲髻樣，暗塵鋪滿鳳凰箱。

那麼，此時此刻，她夢裡又新翻了什麼樣兒呢……別想她了，她已經在合歡床邊……不，那只是一張合歡床，那床上跟我此時此刻一樣，並無合歡之人。要不然，明月怎會如冰？鳳凰箱裡怎麼會鋪滿暗塵？還有，她明明自嘲：

閨中自昔論紅線，俠氣縱橫頻掣電。

來作處女君未知，去矣脫兔容誰見。

世上徒誇屋是金，明珠換骨不換心。

一自臨邛罷綠綺，只今千載無知音。

千載至今無知音啊！可惜，我至今尋覓不到她！景翩翩啊景翩翩，妳可知道：我是見妳最少的人，卻是讀妳最多的人！

第二天一早上路，王可宗跟了一乘轎子相送。送過茶花隘，在東側路邊一個山壟停下。

這山壟挺大，平平展展，山邊孤兀著一塊巨石。這一帶不是丹霞地貌，幾乎都是林木，這石連同它中間一條大大的裂隙也就特別醒目。傳說，以前裂隙很小，不論誰路過此地，它都會吐出一枚銅錢來，因此名叫寶石。後來，有個人太貪心，得了一枚不知足，還想要，它不吐就用棍子撬。裂隙是撬大了，可是它連一枚錢也不吐了，因此人們又叫它破石。不過，附近村子還是叫寶石村。今天，王可宗帶李春燁到這裡來，可不是為了講述這個故事。這個山壟，現在被整平了，堆滿杉木，有大有小，有長有短。遠遠一見，李春燁就明白了幾分，但王可宗還是把話挑明：「這都是等外材。」

其實，也有些等內材，只是傷了點皮，但完全可以用做蓋福堂柱梁。李春燁看了很高興，連聲道謝。「對了，差點忘了！」王可宗突然說。「接任的泰寧知縣伍維屏，廣西全州舉人，人挺爽快。我向他說了大人，請他幫忙把這些木材運下山。他應承了，準備再等幾場雨，河水滿些，就下水。」

李春燁又迭聲道謝。

王可宗要繼續送，送到前方幾里地的寶石村為李春燁餞行。李春燁謝絕，說要趕回泰寧，趕回京城。

15、卓氏雕梁畫棟

從大杉嶺下來，中午在寶石村匆匆吃個便飯，天黑前趕回泰寧。從城北過朝京橋進朝京門，經縣衙邊上，過十字街、大井街，到城東的雷半街，李春燁的五福堂就蓋在這裡。顧不上先回家，他迫不急待在此落轎。

五福堂的地基寬寬闊闊一大片，按五幢房屋的樣式挖好了地基，只是由於接連下幾天雨，沒來得及砌基石的溝裡積滿了水。有些雇工在清積水，有的在砌基，有的用獨輪車運土，有的抬基石，幾十人在那裡忙得井然有序。李春燁看了，欣喜得很，覺得老弟和自己的兒子們很能幹，但他們此時此刻都在別處忙。雇工大都不認得這位真正的主人，埋頭幹自己的活。有幾個認識他的，立即圍過來，熱情洋溢。一個近親小夥子說小嬸婆也在這裡，並帶他到邊上一個工棚。

工棚裡忙的是石活。卓氏在一張桌子上埋頭畫什麼，邊上擠著幾個無所事事的男人，而那些男人不知是真在看她畫什麼，還是貪婪地偷看她脖頸什麼的，讓李春燁第一個反應是不快。人們迅速發現這位不速之客，立刻把注意力轉移到他身上。

卓氏驚喜不已，顧不得什麼忌諱，上前拉著李春燁到桌前看。原來，她在畫圖，要浮雕或者鏤刻在牆基、礎柱、門楣等部位，桌上、地上擺了一大堆。他看了紙上尚未畫好的，又看了邊上已經雕完和尚在雕刻中的，內容非常豐富。有的表現吉祥兆瑞，如天馬行空、寶相花、麒麟、鯉魚、如意、綬帶、祥雲；有的表現鴻福相傳，如五穀豐登、富貴有餘、蓮花；有的表現長壽康寧，如松鹿園、福壽雙全、卍字圖和壽字紋；有的表現世代相傳，如獅子滾繡球；有的表現喜上眉梢，如喜鵲登梅。最動人的是設計在門樓上的一組人物塑像，右邊一衙役昂首吹號角，另一少年身著官服，頭戴紗帽，下跨駿馬，手捧錦秀文章，其後二人同樣身穿官服頭戴紗帽，身後各有侍者支撐萬民傘跟隨其後。左邊人物與右邊大致相同。正中部分的中央立一個長方形如意鼎爐，爐頂上臥一獅，上方有一小塊匾額，楷書「五福堂」三字；其右立一老者，頭戴烏紗身著官服雙手捧著書卷，身後一人執日月掌扇；左立一少年頭戴金冠，身著錦袍，其後立小侍童。顯然，這組圖是表現李春燁仕途顯達、榮宗耀祖。他驚異地問：「都是妳畫的？」

「當然！」卓氏不無得意地回答。「皇上只顧房梁屋基什麼的大處，顧不上這些邊邊角角的雕蟲小技，只好我來做！」

李春燁心裡一陣熱，千言萬語堵塞在喉嚨，恨不能當即把她擁到懷裡。他知道她識文斷字，琴棋什麼的也粗通一二，但不知道她還真畫得出手。

晚上吃飯，李春燁要請泥水師傅和木工師傅兩人一起吃。江氏說，開工之日，已經專門請過他們兩個。他要求再請，說做人不怕禮多。

李春燁在家鄉生活了幾十年，家裡會有什麼菜，不用上桌也猜得出來。眼下是春天，最好的菜是新筍。春筍最好的是兜，切成墩肉一樣大，用酸菜辣椒煮，特別清甜，又像吃水果一樣清脆，妙不可言。

李春燁意味深長地向卓氏敬了一杯酒，隨即夾一塊筍給她，說：「妳要多吃點筍！」

「你沒回來——我昨天、前天就吃啦！」卓氏說。

「哦？」李春燁笑了。「我以為今天才開始出筍呢！妳們北方人……我講個故事給妳聽：從前，有個漢人——就是妳們北方人，到吳國——就是我們南方做客，吳人盛情煮上美味的筍。漢人問這是什麼東西，吳人回答說是竹子。漢人覺得很好吃，回家便把竹床墊拿出來煮，煮老半天不熟，生氣地罵道：『吳人轆轆，欺我如此！』」

一桌人都笑了。

「哼，我露一手，讓你瞧瞧我北方人笨不笨！」卓氏說著就奔廚房。她早準備了一手，因為前面喝酒，要等稍後上。

很快，卓氏端出一碗熱騰騰、香噴噴的食物，讓李春燁兩眼一亮：「哎喲——，這麼漂亮！這是什麼？」

眾人笑而不答。卓氏說：「你先吃吃，看好不好吃？」

「好吃！」李春燁夾一根，咬一口，馬上知道裡頭是筍、香菇、豆腐乾和肉絲。「這皮是什麼？」

卓氏見李春燁滿意了，挺高興，但是說：「我也不知道叫什麼。」

「叫卓氏菜！」江氏笑道。

前天是「觀音九」，即二月十九，觀音菩薩生日。泰寧風俗，用暖菇草做包子。暖菇是田野中一種小草，一開春就長，綠綠嫩嫩。人們採了，揉出汁，滲到米漿裡，做的包子綠綠的，挺漂亮，卓氏好喜歡。可是一蒸，包子變褚色，一點也不美，她覺得挺可惜。於是，她改用韭菜做料，摻入米漿，煎成薄餅，熟後變得更綠，像祖母綠一樣晶瑩，漂亮極了。用這綠綠的薄餅捲上菜餚，切成一小段一小段，直接食用。聽完介紹，李春燁欣然說：「那就叫『碧玉卷』吧！」

「碧玉卷？怎麼說？」江氏問。

「嗨——，她叫卓碧玉啊！」李春燁說。

女人只知其姓，有幾個知其名？卓碧玉在李家這麼久了，江氏也不知道她的名字，只是大姐小妹相稱。卓碧玉是京城大戶人家出來的，言行舉止比江氏更有規有矩，一家老少本來就尊重。她不會織「熱布」，但是為福堂畫了那麼漂亮的畫，又會做這麼漂亮而且好吃的東西，越發讓人敬重。

席間，杯觥交錯，歡聲笑語。卓碧玉喝了幾杯，臉紅頭暈，便悄然離席，進房休息。李春燁看在眼裡，急在心裡，只因老母親鄒氏在席不敢離開。他耐心地陪著，等著老母親吃完。她那麼大年紀，吃不了幾口，可是聽這裡子說話再聽也不夠。她問東問西，似乎沒完沒了。他儘管不時分心到卓碧玉那兒，還是有問必答，盡量滿足她的好奇心。不久孫子孫女離席，又不久泥水師傅和木工師傅及兒子們離席，妻子江氏也離席。母親的興致還濃，忽然覺得廳上安安靜靜：「他們都走了啦？」

「是喲，他們都吃飽了，先走，去洗面洗腳。」李春燁恭恭敬敬說。

「好了，我回房間去，好給他們洗碗。」鄒氏顫顫起身，李春燁連忙伸了兩手去扶，一路扶進房間。他挪過椅子坐下，想再陪她一會兒，她不讓。「你也走！走了一天路，累了，早點睡。」

李春燁從母親房間出來，直接到卓碧玉房裡，倍覺恩愛。

原來只想南方的冬天比北方漂亮，比北方暖和，不想比北方難過。北方的天氣更冷，但是有炕，整個房間很暖和。南方的房間沒炕，雖然有火籠、火盆，可是暖不了整個身子。而且，南方空氣溼潤，侵入房間，侵入衣服被子，更難禦寒。夜裡還好，李春燁不在，卓碧玉可以摟著女兒睡。白天可受不了，又不能整天待在房間，還得去五福堂工地送送茶水、畫畫浮雕什麼的，手腳長凍瘡，又紅又腫，三寸金蓮快變成大腳婆。現在李春燁進房來，迫不急待，二話不說就親熱了好一陣子。一閒下來，她去抓癢。他心疼不已，撥開她的手，俯身去吻，又不停地用鬍鬚去搔，酥得她呵呵直笑。如此一來，他慾火中燒，就要寬衣解帶。她掙脫起床：「等等，女兒要回來睡覺了！」

「沒關係，讓她等會兒！」李春燁堅持說。

「我要洗澡。」

「沒關係，我也沒洗。」

「不行……」

「我們一起……」李春燁想提議跟卓碧玉一起洗，馬上又意識到這是在老家，上有老母，下有兒孫，不敢造次，只得出來。

李春燁很快洗完，卓碧玉卻遲遲沒出來。他在廳上站一會兒，發現兩邊柱子上還點著燈籠，便取下一盞，省一盞的油。這時，女兒玩耍回來，發現屋門關著，用力打門：「媽——，我要睡覺！媽——！」

「妳媽在洗澡！」李春燁將女兒抱過來。「爸抱著妳睡，爸好久沒抱妳！」

「我要你講個故事。」女兒在父親懷裡撒起嬌來，逗弄他的鬍鬚。

「哦，好好好！」李春燁覺得十分開心。「我說，我說——，說兩個都可以。先說一個……說一個什麼故事呢？」

「說那個……你給我說過。」

「哪個？」

「有個人家裡很窮，死要面子，買了指甲大那麼一塊肉，每天出門時候抹一下，抹得嘴唇油油的，跟人說家裡又吃肉了。有一天，他正在吹牛的時候，兒子跑來說：『爸爸爸爸，不好啦，你天天抹嘴的肉被貓叼走啦！』他爸爸一聽嚇壞了，說：『還不快叫你媽媽去追那隻該死的貓？』」

「哦，有這故事，有這故事！可是妳都會講了，還要聽？」

「你沒說完。你說叫他媽媽去追那隻貓，有客人來了，後來也沒講。我一直想：他們追上那隻貓了嗎？那塊肉要回了嗎？有沒有被貓吃掉？」

「唔……是這樣。那人叫他媽媽去追那隻貓，可是他兒子說：『你把我媽媽的褲子穿來了，她沒穿褲子，沒法下床。』」

「沒褲子穿，羞死人了！」

「是啊！他家窮成那樣，還要吹牛皮說大話。」

說著故事的時候，廂房門開了，卓碧玉洗完澡出來倒水。她搬不動一大盆水，用小盆勺出來，倒入天井，一小盆一小盆進進出出好幾趟還沒完。開始，李春燁對這司空見慣的事視而不見，等她最後吃力地端出幾乎是空的腳盆時，他突然想到：如果能就在房間裡倒水多好！

李春燁抱女兒進房間，馬上對卓碧玉說自己的靈感。她一聽叫好，建議在福堂房間地板上開個小門，在地表留一條小溝，流到天井。這樣多花不了幾個錢，可是很方便，特別是對於女人家。他們決定明天直接到工地畫溝。

等女兒睡著，李春燁和卓碧玉才開始親熱，然後像蚊子一樣嗡個沒完。他說這回不能像上次一樣多待，要早點回京城早點上任以不負皇上的恩寵，準備明天待一天，後天一早就啟程。對此，她沒有異議，她只在乎這回帶不帶她走。

這可是個棘手的問題，但此前李春燁忽略了。現在想來，這問題取決於另一個問題，這就是：此去又能多久？從自己來說，現在的心願當然希望盡可能多報答皇上，可是官場現實不取決於個人願望。禍兮福之所依，福兮禍之所伏，禍福變幻旦夕間，誰也難料啊！女人家，還是避遠點好啊！

可是不帶卓碧玉去也成問題。想當年，李春燁還是流浪京城的學子，她就是達官貴人的寵妾，只因為那妻妾太多，而那官人又不會生兒育女，便默許妻妾們變通，不想他跟她一發不可收拾。有回，那官人請李春燁喝酒，猜拳，那官人輸紅了眼，竟然把最寵的妾卓氏押出。李春燁那天手氣特別好，把卓氏給贏來了。卓氏無奈，對李春燁只提一個條件：他不可以再娶妾。李春燁承諾了，這麼多年不曾違約。他隻身赴湖廣，說是很快回家過年甚至退職返鄉，把她一個人丟在泰寧這冷死了的鬼地方。現在回京城，而且沒有歸期，又為什麼不帶她走呢？

「我先回去看看吧！」李春燁想了許久才找到遁詞。「妳知道，我們京城的房子賣了，我總得先去安頓安頓吧！等安頓好，春節回來再接妳。」

卓碧玉想了想，沒什麼話說，只是噘起嘴。

16、骨、肉與靈

半夜下起雨，天亮還沒停。雨不是很大，細細密密，隨著風兒一陣一陣，像天女澆花，一遍遍灑過。

李春燁一起床，照例去伺候老母親鄒氏。她起床後就在房間唸經。他為火盆加了木炭，退出，到大門口看天氣。

長子遺孀謝氏在大門口的架子上洗衣，挺吃力，累得兩個臉面紅撲撲，活力四射，讓李春燁心裡不由突然感到一種燥熱。他不敢多看。他想她還不到三十歲，今後的日子還長，又沒像「赤坑婆」自閉起來，這寡如何守下去？守不好，鬧出緋聞來，於李家於她本人都不好，不如放她一條生路……稍遠處就雨濛濛一片，但可以看到對面山丘上有個人在挖地。他頭戴斗笠身穿蓑衣，辨不清是誰。李春燁知道，那是自己家的苧麻地。苧麻一年四收，像韭菜一樣割了又長，越割越多，但如果太多，麻桿會變細，剝麻的工夫就要多花，因此每兩三年得挖蔸重新種。以前，種麻織布是家裡的經濟支柱。如今，他吃皇糧，次子自樹、三子自槐和四子自雲也有官府的廩膳，還有族裡撥的學田，生活在泰寧算是中上，可是這項傳統還不肯丟。但不至於要冒雨啊！淋壞身子怎麼辦？

「誰個在挖呀？」李春燁大叫。沒名沒姓，又當著風雨，對面的人根本沒有聽到。他放不下心，從壁板上取下一個大斗笠，走向那山丘。

門前到城裡一段路還好，鋪鵝卵石。山口上山，要走泥路，現在下著雨，滿是泥漿。李春燁猶豫一下，尋了尋，發現側向另一邊的草叢中有一條鋪著碎石的小路，便想試試能不能從那裡繞上去。沒走幾步，到一個墓地。

這墓特別大，四周築以圍牆，墓坪上下六級，全部用花崗岩石板鋪陳，生鐵澆封。墓壙前側立華表及石人、石馬、石獅和石像，並建有更衣石亭及神道碑。墓的主體部分跟當地其他墓沒多少區別，但跟平原地帶的墓區別就大了。平原的墓在平地，堆起一個土包，難怪說「縱有千年鐵門檻，終須一個土饅頭」。這一帶的墓都在山坡，除了護著棺木凸起一塊長方形土堆，又護著這土堆形成一圈弧形坡，酷似年輕女子的下身，象徵人的宿命：我們從那樣的地方來，最後又得回那樣的地方去，誰也不例外。棺材也大不到哪裡去，想例外只能把那弧坡做大些，做成石砌。根本的區別，只有墓碑上的文字。眼前這墓碑刻，當中一行文字非常醒目：「宋狀元封開國公崇祀鄉賢諱應龍文靖鄒公之墓」。

李春燁很小就到過這墓地，後來還常常來，只是近些年沒來，似乎忘了。他對葉祖洽、鄒應龍兩大狀元，年少時崇拜得很。終於得進士，他不是狂喜，而是沮喪到極點：這輩子當狀元的夢徹底破滅！這樣，他變得恨起兩個狀元來。不過，他又想：不能跟你比科舉，可以跟你比官職。高官不一定要高文憑，你看葉向高還不只是進士？我哪天要是也當個首輔，不比你狀元榮耀？可是他仕途萎靡不舉，在區區七品位置上七八年沒動靜，看來這理想也幻滅。於是，他心裡又暗暗恨起這兩個狀元來，簡直想把那五魁亭砸了。這兩年時來運轉，職位一升再升，可是要到鄒應龍那樣的級別還似乎高不可攀。因此，今天不意到這墓地來，他馬上湧起氣怨，朝著墓碑冷冷笑道：「死了躺好算什麼？我活著就要住比你好的房子！」

李春燁發洩完一腔怨氣，轉身就走，卻逢扛著鋤頭下來的三子自槐。李自槐突然發現父親：「爸，你怎麼在這裡？」

「哦，我想去看你，走錯路，走到狀元公這裡！」

「下雨呢，別淋著！下去吧，早飯該熟了！」

李春燁對家裡人說，他吃完早飯先到工地劃房間下水道的線，然後去看大舅，在大舅那裡吃午飯。下午先去江日彩家，然後順路拐到縣衙走走。晚上請幾位至親到家裡來聚聚，明天一早起程進京。接著，安排誰陪到工地，誰陪到大舅家，誰請客之類具體事。還沒安排妥，新知縣伍維屏登門。

伍維屏高大粗壯，兩隻眼睛卻特別小，嘴很能說，硬要請李春燁到縣衙一敘，連轎子都備好了。推辭不得，他只好把計畫倒過來。

轎子在大堂邊上落下，穿過東房、三堂到內衙。

幾個月不見，物是人非。內衙陳設沒什麼變化，好像唯有壁上換了新畫。認真一看，博古架上最醒目之處也擺了一樣新東西——「寒雀爭梅戲」，只不過對李春燁來說根本談不上新意。趁著叫茶的工夫，他刻意往那博古架多看了幾眼。還沒看出究竟，伍維屏發覺，連忙上前取，邊取邊相告：「實不相瞞，這是當今皇上的傑作。」

「哦——」李春燁不由發笑。「真的嗎？」

「皇上的傑作誰還敢作假？」

李春燁認真看了看，摸了摸裡面，隨口說：「聖上之物，可不簡單啊！」

「那可不！」伍維屏神祕兮兮伸出五個指頭，正反翻了兩翻。「我花了這個數——整整十萬，一兩不少！」

「這麼貴？」

「哎，不算貴！你想啊，這可是當今皇上親手雕製的，又親手上漆。林匡傑還說……」

「林匡傑……建安那個知縣？」

「對對對，大人認識？」

「見過……見過！你這『寒雀爭梅戲』，是從他手上買過來的？」

「不是買，是他讓給我。」伍維屏像得意又像是不好意思。「皇上的傑作，無價之寶，到誰手上也不肯賣哩！」

李春燁聽了大笑。看伍維屏那麼認真，他不忍心當場揭穿，反而說：「剛才我還想請你轉賣給我哩！這麼說來，我不敢奪人所愛了！」

「真抱歉！請多海涵！請多海涵！除了這『寒雀爭梅戲』和老爹、老娘不能賣，什麼都可以，只要大人肯開口！」

「除了這『寒雀爭梅戲』，我什麼都不想買！」

「這……這……這倒是真讓我為難！這樣吧，大人實在……實在想要的話，能不能過一段時間……過一段，讓我再把玩把玩……把玩把玩一些日子！」

看伍維屏當真了，急得額頭出汗，李春燁連忙說：「別當真！我只是開開玩笑。」

轉入正題，無非是伍維屏想請李春燁在皇上面前多美言幾句，而李春燁則想請伍維屏在他蓋五福堂方面幫些忙，一拍即合。

李春燁在外忙碌一整天，午飯晚飯都在外面吃。回來，母親已經睡著，卓碧玉還在燈下畫描五福堂裝飾圖案。

「時辰不早了，早點歇息吧！」李春燁邊說邊出門。

卓碧玉追問：「你去哪裡？」

「我去上房。」

「不回來？」

「不回來，在那裡過一夜。」

卓碧玉習慣地噘了噘嘴，撒嬌說：「先吻我一下。」

李春燁笑了笑，輕輕吻了她兩下。

「不行，偷工減料！」卓碧玉拉住李春燁的衣襟。「重來，十下！」

江氏也睡了，李春燁把她敲醒。乍暖還寒，夜裡很冷。她一開門就躺回被窩。他進門，隨手反鎖。

她聽到閂門聲，忙問：「不走了？」

「走？」李春燁一時反應不過來。「去哪裡？」

「下房啊！」

「不去了，我陪妳。」

「你去陪她吧，我無所謂。」江氏平靜地說。

李春燁有些感動，顧不得脫衣，顧不得點燈，先坐到床上擁住江氏：「妳辛苦了！」

「那就快脫了進來睡吧！」江氏說。「外面冷。」

「嗯。」李春燁立即摸索著解頭巾。突然，他想起要兩個媳婦改嫁的事，馬上跟江氏商量。

江氏聽了，覺得在理，馬上命人將她們叫來，當面商議。不想，謝氏立即跪下，哭著求公公、婆婆不要趕她。她說：「李家能養一個廢子，難道就不能養一個廢媳嗎？」

另一個媳婦呂氏跟著跪下，也請求讓她留在李家守寡。

李春燁聽了，大為感動。他說：「廢子、廢媳，我都養！何況妳們不要我養，我們老了，倒是要妳們養！我只是怕誤妳們的青春，過意不去。」

「命裡注定的，我們無怨無悔！」呂氏說。

李春燁夫妻對視一眼，覺得無奈。江氏說：「往後，妳們就當是我們的女兒吧！」

把兩個媳婦打發走，李春燁把心思轉到妻子身上。老夫老妻，早沒了激情，越來越多的是「相敬如賓」。江氏敬畏李春燁這不難理解，難得的是他也敬重她，由衷地，簡直像敬重母親。她比他小三歲，年輕時長相也過得去，又把他母親織布手藝發揚光大，和母親一起支撐這個家。他終於入仕，要報答這兩個女人。可是，母親不肯跟他進京。俚語「六十不過夜，七十不過餐」，意思說六十歲的老人不宜在外過夜，七十歲的老人則在外面吃一餐飯都不宜，以免在外發生意外。她不敢到京城那麼遙遠的地方，只能怪他。等他中進士，她已經八十來歲。如果死在外頭，魂魄回不了家，坐不上神龕。母親不肯跟去京城，江氏留在家裡伺候，代他盡孝。江氏扮演這樣一個角色，無怨無悔，連這樣過一夜還想讓給妾。如此女人，能不肅然起敬嗎？

下房，李春燁還有一個女人，就是卓碧玉。她跟江氏不一樣，來歷就不同。江氏是母親為他娶的，目的是傳宗接代。卓碧玉是他自己勾引的，目的是滿足肉慾。從這方面來說，她也是卓越的。當時，他已經結婚二十來年，但性慾還很擾人。長年流浪在京城的學子，常常被性慾騷擾得不能安心讀聖賢書，很是苦惱。逛妓院，自古是學子自我獎賞的方式之一。古人進士及第後的慶賀方式，要麼去妓院，要麼在家中召妓。為了省錢，窮學子總是尋找物美價廉的青樓。為了找這樣的青樓，他們把分散京城各個角落的衚衕編成歌兒牢記。李春燁偶然發現，那全是浪費。這偶然是逢上卓碧玉。他這才知道，有些大戶人家妻妾多得很，應付不過來，她們也會找學子，根本不用花錢。而卓碧玉，是那樣可人，真是「金風玉露一相逢，便勝卻人間無數」。他感嘆說：「如果沒有碰上妳，我這輩子算是白結婚，枉做男人了！」

有道是「娶妻娶德，娶妾娶色」，李春燁做到了。如果把江氏比做骨骼，沒有她這個家就難以支撐的話，那麼卓碧玉就是血肉——沒有她他沒有生機。然而，一個人有骨骼有血肉不夠，還得有點什麼。

以前那四十六年，李春燁雖然窮困，雖然不得志，但是活得充實。生來，他就帶著一個夢。為了這個夢，母親幾十年如一日孤燈青影下紡績；為了這個夢，江氏寧守活寡；為了這個夢，卓碧玉粗茶淡飯省著每一點碎銀，而他自己更是懸梁刺股。為了擺脫性慾的干擾，他也差點自宮。那一次次名落孫山，他黑摸摸站在泰寧北郊的朝京橋上，真想一跳了之。朝京橋又叫延橋。俚語「延橋上等黑」，就是說進京趕考失利的學子返鄉，覺得無顏見鄉親，要在那橋上等天黑再進城。等天黑不用多少時間，可是他的心度日如年，翻江倒海。他下決心一了百了，再也不用為功名煩惱。好在這時，老母親顫悠悠找來。她猜想他該回來了，每天天黑都要到這橋上來找一找，等一等。她不責怪他落第，只怪他不回家。她說：「做人麼，要吃得下三堆狗屎！吃不下三堆狗屎，還做得人下去？」這話促使他加倍努力，更加堅定要奪金榜。按常例，舉人考進士接連兩科落第的，可選為小官吏。但他不滿足於小官吏，堅持再考，矢志要當泰寧第三個狀元！

金榜終於題名，李春燁首先感到不是欣喜，而是失落：狀元夢徹底破滅！不過，這沒讓他沮喪多久。幸運的是他不像江日彩，入仕先到窮鄉僻壤當縣令，而身居朝廷。朝廷是個富有魔力的地方。從永定門直進，經過左側的先農壇，右側的天壇，穿過箭樓來到正陽門下，千步廊左右是一大排總領全國的各部衙署，還有對稱排列的社稷壇和太廟。自天安門進皇城，穿過端門，沿著狹長的磚道，來到一座高大的城門下面，高聳的城牆向內凹進去，壓得你喘不過氣來。自午門到紫禁城，再直直向前，才到太和殿——皇帝召見大臣的地方。這一程走過來，讓你的心不斷地沉下，而愈發覺得莊嚴。雖然只是個行人小吏，他還是洋溢起治國平天下的熱情。

然而，年復一年，萬曆皇上的影子都見不著。李春燁所能看到的，是小人好權者馳鶩追逐，與名節之士為仇讎，門戶紛然角立，邪黨滋漫，交相攻訐。他驚訝極了，失望極了。什麼禮義廉恥，越往上越稀罕。原來只知人們拚命往朝裡擠，沒想到在朝的人卻一個個一次次找藉口離職返鄉，移情山水，獨善其身。他也產生了這樣的想法，心想：人家皇上自己都不在乎，你還在乎什麼呢？

李春燁一夜又一夜地想，怎麼也不明白自己在乎什麼。景翩翩的出現，讓他突然發現自己還夢想點什麼。如果說江氏是骨，卓碧玉是血肉，那麼景翩翩就是靈魂！

一個人能夠沒有靈魂嗎？

此時此刻，李春燁擁著江氏，心卻想到景翩翩。他忽然想：要想辦法納景翩翩為妾！再納個妾，江氏這裡好說，只是卓碧玉那裡麻煩。他們有言在先，不許他再納妾，他不敢輕舉妄動。可是納景翩翩這樣的妾，想必她不會太反對。問題是：景翩翩連官員客都不願見，我還可能娶她嗎？

「上午，我在金鋪街肉店碰上德龍嬸。」江氏忽然說。「她剛到建寧回來，說春儀他家裡又吵架了。」

「他們怎麼經常吵！」李春燁嘟囔一句，想睡。

「聽說，他娶了個妾……」

「不會吧，這麼大的事怎麼沒聽他說過？」

「誰都沒說。從外面娶來的，藏在另一條街上……」

「不可能吧！是人，又不是東西，怎麼藏得住？」

「就是呢！家裡知道了，大吵大鬧。我說他這麼長久怎麼不來，是不是出什麼事了。如果能遲兩天走，你是不是去看他一下？」

「我……我哪有空！」

「我是怕他們吵翻了，出什麼事……」

倒是真該擔心。丁家本來是旺族，丁家巷是建寧最大的巷子，住的都是丁姓人家。後來不知怎麼發不開，只剩最後一家。這一家有三個兒子，可是接連出事：長子讀書後在江西為官，民眾造反，他被怒殺；次子經商，在蘆庵灘船毀人亡；三子做木匠，有次蓋起一幢大屋，收工的時候發現一把斧子忘在屋頂，叫徒弟上去取，不小心讓斧子掉下來，正好砸到他頭上，當即殞命。又不巧的是，三兄弟只有一個兒子，卻又只會賺錢不會生兒子。他跟李春燁的父親李純行一起在外經商相處很好。李純行失蹤後，鄒氏養育兩個兒子，經濟拮据，便讓李春儀過繼，改姓丁叫長髮。兩家說好：長子姓丁，次子姓李，三子又姓丁，以此類推。他們還寫好契約：不許他納妾，否則財產分文不給。因此，丁氏把房產、田產契文全部自己鎖著，做生意的錢也由父親或者自己過手。李春儀在她家跟當長工一樣，只不過衣食無憂。可是，好像命中注定，他生一個兒子後，只會生女兒。好在自己家時來運轉，兄長進士及第拜官朝廷。日子一久，日積月累他也攢了些私房錢，便偷偷娶妾，盼望有朝一日能榮歸故里。錢挪出去不聲不響，可是這人娶進來藏頭露尾。才兩個來月，就被捉了雙。丁家要求：要麼馬上把妾趕走，要麼空手離開丁家。尚不知他作了何種選擇。

「你說，該怎麼辦啊？」江氏追問。

「唉——」李春燁也為難。「這種事……這種事……」

「要不，把錢退給他，省得他們……」

「不可！這不行！退不得！妳一退，讓他覺得我們也不要他，退路都沒有，這怎麼行呢？」

「那怎麼辦？」

「我看……順其自然吧，船到橋頭自然直。我們就當不知道，反正他也沒說。」

17、袁崇煥進京

北京的殿堂宏偉，民房及其圍牆大都低矮，衚衕和院子充滿陽光。李春燁進京，直接到江日彩府上。到大門口，撩開簾子，步下轎子，他不由望了望偏西的太陽。正在這時，大門開一隙，江日彩的管家張媽往外倒藥渣，濺到轎伕身上。轎伕大怒，罵她怎麼把藥渣亂倒。李春燁連忙勸解，說這是他老家規矩，藥渣要倒路上讓千人踩萬人踏，病才會好。

江日彩在迴廊的躺椅上邊晒太陽邊看書，睡著了，書掉地上，太陽移走多時還沒覺察。李春燁一進門就看到江日彩，連忙喚道：「完素兄！」

「別叫他！讓他再睡一會兒！」張媽對李春燁說，直把他引入客廳。「昨天，他還唸叨你哩，今天就來了！」

正說著，江日彩卻醒來：「二白，真是你嗎？我剛做夢，夢見我們小時候摸青……」

李春燁請轎伕把行囊擱廳上，三步兩步奔到江日彩身邊，不讓他起身。他剛說兩句，馬上猛咳起來。李春燁一邊幫他捶背，一邊問：「藥吃了嗎？」

江日彩只顧咳，張媽作答：「中午吃過。下午，我看他……溫在爐子上，我這就倒來！」

咳完一陣，又吃了藥，江日彩馬上好起來，臉色紅潤，精神煥發，親自替李春燁泡茶。江日彩略說朝廷近來的情況及自己的病情，李春燁略說到湖廣任職及回泰寧特別是他家的近況。江日彩問：「聽說，楊漣的事，是你上了疏奏？」

「怎麼可能呢？我跟楊大人雖然無親無故，可也沒仇吧？到湖廣沒多久，我還特地登門拜訪他。當地知縣告他，我還制止過，只是勢單力薄，沒能制止住。」怕說不清楚，李春燁沒提及管家老邢的嫌疑。

「我相信你不會做那種落井下石的事。可是……可是人家說……唉——，這世道！」

「嘴長在人家那裡，我也沒辦法！」

「我一直在想……我是想，是不是人家看你這兩年比較順一些，就以為……唉，你知道，魏忠賢現在是……現在是……怎麼說呢？以前要彈劾他的人，差不多全都被他整下去，重用起他的一班人。人家很自然以為你……你升遷也因為他……」

「一個人跟誰親跟誰疏，總有自己的分寸。為什麼一定要人家跟他過意不去，我也要跟著過意不去呢？我沒跟他過意不去，不等於一定跟他……跟他怎麼……怎麼啊！」

「那是，那是哩！只是……只是……我們唄，說句實話：那種人還是遠著點好，不要只看眼前。當官一陣子，做人一輩子。」

太陽不知什麼時候全走了，錢龍錫、袁崇煥等人帶著酒肉和藥進門，馬上熱鬧起來。

江日彩妻妾留在老家，現在全靠張媽一個人照顧，一有客就忙不過來。再說，她是北京人，做不來南方菜。北方人吃得簡單，而且不喝湯，讓福建的江日彩和李春燁、松江的錢龍錫、廣東的袁崇煥這些南方人至今吃不習慣。今天，袁崇煥把他妻子鮑氏帶來，讓她下廚。她也是廣東人。廣東人的吃在南方人當中又是最講究的。

錢龍錫是江日彩同科進士，一直在朝中，上年升為禮部右侍郎，跟李春燁挺熟。袁崇煥，李春燁早見過，過目不忘。朝廷面選人才，原則是「同田貫日身甲氣由」。「同」指長方臉，「田」指四方臉，「貫」指頭大身直體長，「日」指長短肥瘦適中又站得直，凡適合這四字者為優等；「身」指體斜不正，「甲」指大頭體小，「氣」指單肩高聳，「由」指頭小體大，凡屬這四字者歸次等。以此來看，李春燁適「貫」，錢龍錫適「田」、「貫」，江日彩適「日」，而袁崇煥雖然可以勉強適「日」，總體卻給人感覺像小猿猴，讓人不敢相信會選這樣的人去領兵打仗。可是，人不可貌相。既然皇上都破格看重他，李春燁有什麼道理小視呢？李春燁一見，先袁崇煥後錢龍錫，連連拱手，然後又對袁崇煥笑道：「將軍大名現在是如雷貫耳啊！你題字的聚奎塔，我去年回家路上……」

「還聚奎塔，聚個屁！」袁崇煥性格暴躁，馬上露出一肚子委屈。「現在朝廷都聚了些什麼人，大人不知道嗎？」

「哦——，又怎麼啦？」江日彩也吃一驚。

袁崇煥這次進京是受皇上傳喚前來商討遼東之事，但他請求呼叫紅衣大砲，大臣們卻紛紛反對。左都御史劉宗周慷慨激昂說：「國之大事以官德為本。紅衣大砲來自國外邪教，乃雕蟲小技。堂堂中國，若用小技以禦敵，豈不貽笑大方？」

皇上聽了不大高興，當即反駁：「火器乃中國長技！」

「長技又若何？」劉宗周堅持說。「要緊的是慎選督撫。若文官不要錢，武官不怕死，何愁不太平？」

這話有一定道理。將士忠誠固然重要，但是不夠，還必須有好的策略和好的武器。可是這些文人士大夫，道德文章名滿天下，對兵律見識卻如此迂腐！

在這樣一件關乎江山存亡的大事上，皇上顯示出極大的雅量，讓大家爭個夠，耐心尋求最佳方案。然而，大臣們爭論整整一個上午，沒個結論。中午，在宮中宴請。皇上向大臣們一個個敬酒，禮賢下士，鼓勵說：「多喝點！人家詩人喝了酒會作詩，你們喝了也有靈感，下午一定能出個周全之策！」

下午，在皇上鼓勵和酒精刺激下，大臣們暢所欲言。有理學家之譽的瞿九思竟然獻計說：「韃虜之所以輕離邦土，遠來侵掠，是因為他們沒有美女。要想制馭他們，只有讓他們那裡也多美女，讓他們的男人沉緬於女色。我們最好的策略是教他們的女人纏足，教她們穿我們的服裝，柳腰蓮步，嬌弱可憐。他們如果沉緬於美女，必然消失悍性，肯定不想來侵犯我們！」

堂堂的金鑾殿，簡直跟開玩笑一樣！一個下午，還沒有共識。晚上，又在宮中用餐，之後秉燭繼續討論。高燭換了一根又一根，直到夜半，工部尚書陳貴書突然想出一條妙計，說：「後金之猖獗，與其祖墳風水有關。如將房山金人陵寢搗毀，洩其王氣，明軍定然轉為勝矣！」

皇上聽了大喜，好幾位大臣表示贊同，袁崇煥一時也找不出反駁的理由。皇上終於下旨：「命京營明日出兩萬兵馬，直搗金人祖墳。掘地三尺，徹底斷它龍脈！」

兵馬浩浩蕩蕩掘墳去，紅衣大砲的事被擱下了，不再商議。

「風水個屁！這些烏鴉，只會講大話空話！」袁崇煥氣得咬呀切齒。「把我好端端的事給攪了，真是成事不足敗事有餘！」

袁崇煥這人就是大大咧咧。「烏鴉」是時下對諫官的蔑稱。可是，身為朝廷命官，幾人沒進過諫？所以這話在其他三位聽來也覺得刺耳。當然，誰也不便說不能這麼罵。還有，江日彩是很重風水的，他難道不知道？李春燁連忙轉移話題，試著問：「我們王恭廠不是造了很多神機火器嗎？」

「神個屁！太監褲襠樣的沒個有用！」

袁崇煥這話又讓其他三個聽得不由皺了皺眉。這要是讓魏忠賢或者是他的小嘍囉聽到，能不記恨你？你以為守一下遼東，皇上看重一下，就可以把公公們都不放眼裡？袁崇煥啊袁崇煥，這年頭可不能不多長兩個心眼啊！他們想這樣提醒他，但誰也沒說，因為他們又想這裡沒有外人，說直率些無妨。他的嘴在外面肯定會有所遮攔，又不是三歲小孩。

袁崇煥見他們沒接嘴，以為他們不信，接著具體分析：「神機火器」名字好聽，在實戰中問題不少，射程短，再裝填火藥不便，威力不夠，稍多發幾砲就容易發燙，甚至在再裝火藥時爆炸，容易炸膛，有時對自己的威脅比對敵人更大。而紅衣大砲原來是英國海軍的，落到葡萄牙人手裡，大明從葡萄牙人那裡買來，共有三十門，全都部署在京師。這種火砲射程遠，威力大，使用安全，不易發熱不易炸膛，各種瞄準器又比本國造的好得多。因此，他希望別讓這麼好的傢伙閒著，調到前線去發揮作用。哪想那些「烏鴉」拚命做道德文章，讓皇上當斷不斷。聽這麼一說，其他三人也傻眼，不敢相信真有其事，不免替前方將士替整個大明江山揪心起來。可是有什麼辦法呢？

「要糧餉，我給你保障；要紅衣大砲，我是無能為力啦！」江日彩說。「不過，我可以幫你寫個疏！」

袁崇煥追問：「會有用嗎？」

這倒是真成問題。皇上的脾氣，別人不知道，李春燁還是清楚的，但是不便對外說。他只能說：「寫，我看是不必再寫，反正皇上已經知道。什麼時候，我跟皇上當面提一提。」

「我一定努力早日康復，早日上朝……」江日彩興沖沖說。

「我是無能為力啦！」錢龍錫有氣無力。見李春燁一臉狐疑，他又說：「你不知道吧？本官無能，已經貶出京城，朝中要交給你，完素兄也要交給你啦！」

「真有此事？」李春燁不大相信。

江日彩說：「這年頭，會奇怪嗎？」

正尷尬時，鮑氏端菜上桌。那碗盛很滿，又燙，她碎步頻奔，一路嚷著：「菜來啦——！我的任務完成啦，該你們出手啦！」

鮑氏煮的是「老火靚湯」。這是東莞名菜：夏天用冬瓜煲排骨加扁豆、赤小豆降火，冬天用花旗參煲雞袪寒，不僅可口好下飯，還滋補。

接下來，其他人煮出自己家鄉的拿手好菜。錢龍錫煮的是「炒鱔糊」。這是松江名菜。有人說炒鱔糊是因為鱔不夠大做不成鱔絲，只好出此下策。其實這糊鹹中帶甜，油而不膩，味道挺好，足見松江人之精明。

輪到李春燁，他煮的不是閩菜——福州菜太甜他不喜歡，他煮的是泰寧菜：魚煮粉絲，放了辣椒，味道卻特別清甜。李春燁說，泰寧口味跟京城差不多，喜歡稍辣偏鹹。泰寧人還喜歡將辣椒磨成粉，燜蛋都要放些，不僅美味，而且色彩漂亮。可惜京城的辣椒粉太不像樣了。

這樣東拼西湊一桌菜，讓他們個個胃口大開。

當然，男人更在乎的是酒。酒逢知己，文武並舉，敬酒敬差不多了開始猜拳。袁崇煥的拳本來很好，可是今天很糟，老猜不贏。他嘆了嘆，說今天很晦氣，一出門就碰上尷尬事。那皮島守將毛文龍，是袁崇煥的部下。可是，今天一早卻突然在京城碰到。沒有透過他，怎麼能擅離職守，而且進京呢？他很惱火，但毛文龍說魏忠賢急需一些海貨，來不及通報他。不看僧面看佛面，他不便大罵，窩了一肚子火。本來也忍了，可是紅衣大砲調不成，這裡又輸拳，很自然想起這樁窩囊事。

提起毛文龍，也勾起江日彩的鬱氣。毛文龍不是個善良之輩，好大喜功，濫用職權，從老家杭州買了違禁物資，以「帥府毛」封皮，公然運上皮島，一倍兩倍高價出售。然後在島上買人蔘、貂皮等物販到杭州，一路勢焰滔天。更不可容忍的是，他居然仿效巡方官例，考舉地方官員。為此，江日彩曾經大怒，上疏說他大違祖宗法度，要求彈劾。只是那皮島位於遼東、朝鮮和山東之間，毛文龍「滅奴雖不足，但牽奴則有餘」，不可輕易變動。因此，江日彩的疏奏沒被採納。現在，他出一口氣：「你要找個機會好好修理他！不然，他遲早有一天會壞你大事！」

「是啊，我也這樣想！」袁崇煥點了點頭。

18、魏忠賢接風

李春燁早早出門，去太僕寺報到。剛出大門，就碰上魏忠賢的僕人，送上帖子，中午要在家裡替他接風。他想推辭。讓他背那麼大黑鍋，想起太監都惱火。他說長途奔波非常累，改日不遲。來人卻說：「我們老爺說，離京沒好好為大人餞行，回來一定要好好接個風。」李春燁又想去去也好，可以當面問他：老邢到底是什麼人？

魏忠賢今天很客氣，還請了他的大白菜客氏及他的乾兒子刑部尚書崔呈秀等人作陪。崔呈秀年紀比魏忠賢還大一歲，天生不長鬍鬚，白白嫩嫩，外號「光板子」。有天，魏忠賢開玩笑問他何故不長鬚。崔呈秀乖巧說：「您老無鬚，兒子豈敢有鬚？」魏忠賢不敢領情，說：「你比我還大，怎麼能稱父子呢？」崔呈秀居然說：「我比您大，我孫子稱您爺總可以吧！」魏忠賢看這人如此忠耿，很快提拔他為刑部尚書，心腹事都託付他。人們聽聞，紛紛以「光板子」為榮，把鬍鬚剃去，爭著認魏忠賢為爹為爺。今天，他們都比李春燁早到。

魏忠賢府上的酒是有名的。本來宮中有御酒房，釀造的荷花酒、寒潭香、秋露白、竹葉青、金莖露、太禧白等等，都是上等好酒，可是他不滿意，又在自己府上釀造金盤露、荷花蕊、佛手湯、君子湯、瓊酥、天乳等等，透過御茶房進獻皇上，勝過御酒房的酒。

離京不到一年，魏忠賢家中陳設沒什麼變化。上桌剛落座，突然冒出一人，立在席前，吸十數口煙不吐，慢慢地像線一樣漸引漸出，似乎出現樓臺城池，人物橋梁，像是蓬萊的海市蜃樓，忽兒好像還有奇花瑤草，異鳥珍禽，魚龍鮫鱷，忽兒又炮焰怒發，千軍萬馬，刀光劍影，奇妙極了，看得李春燁目瞪口呆。

「這叫煙戲，剛從西洋引進的。怎麼樣，沒見過吧？」魏忠賢問。

李春燁如實說：「沒見過。」

「土包子吧？」

「怎麼能跟你京城人比呢？」

「後悔了吧？」

「後悔什麼？」

「小孩樣的鬧回家啊！」

「那談不上什麼後悔不後悔。我是身體不適。這不，回南方調養一段，現在好多了，何悔之有？」

「李大人氣色確實好多了！」大白菜客氏插話。「看來，還是原配伺候好啊！」

眾人大笑。酒宴在笑聲中開始，同時有藝妓在一邊彈唱。

按魏忠賢和李春燁以前私下喝酒的規矩，三巡酒一過要開始猜拳。魏忠賢酒量好拳差，李春燁則拳好酒量差，兩個人棋逢對手，每回都要鬥得天昏地暗，魚死網破。醉了，稱兄道弟，也吹牛打罵。李春燁罵魏忠賢「還想猜過我，等你褲襠裡重新長出來吧」，魏忠賢則罵李春燁「總有一天我要把你送廠子裡去」。魏忠賢這裡說的「廠子」，不是東廠西廠的廠子，而是紫禁城西華門外的一間小屋子，那裡專門閹人。魏忠賢被閹過，該享的福享不了，恨不能把全天下的男人都送那裡去閹。他們赤裸裸地進行人身攻擊，卻不傷和氣。因為他們以前的地位差不多，雖然都在朝廷，但都是下人，沒什麼好計較。這幾年不一樣，魏忠賢像早上的太陽一時辰比一時辰高，僅次於皇上，令人眩目，再那樣喝那樣鬧就有失身分。可是在三五人的小圈子裡，有時還會那樣喝，還那樣鬧。今天，人不算多，該怎麼喝呢？

「來啊——」魏忠賢高聲叫道。「換杯！」

隨即上來一人，將桌上的酒杯逐個收起。這些杯都是純銀精製的，漂亮是漂亮，可是太小，櫻桃小口斯斯文文喝差不多，給這些大男人，不如索性用碗。李春燁正想著，見又上來一人，為每個人擺上的竟然是一隻隻三寸金蓮繡花鞋，立時傻了眼。

「這鞋你肯定見過。」魏忠賢笑道。「可是用來當酒杯，你肯定沒見過。」

「太荒唐了吧？」李春燁坦率說。

魏忠賢說：「這是京中最新流行的！」

「這……這……這怎麼……怎麼可能……」李春燁難以接受。

其餘人大笑。

「這是新的，你聞聞看！」魏忠賢拎起一隻鞋塞到李春燁鼻子上，他閃開了，便自己聞，又吻了吻。

「這鞋是宮中的，宮女們一針一線做出來。哪怕是穿爛了，外人想看一眼都看不到！」

鞋酒遊戲分文武兩輪。第一輪文的，每人要誦一句吟詠三寸金蓮的詩，唸錯一句罰一鞋，一句不會罰兩鞋。魏忠賢臉已經喝紅，拎著那隻滲著酒的鞋，搖頭晃腦帶頭吟道：「朱絲宛轉垂銀蒜，今宵低事拋針線。怪煞大風流，頻頻撼玉鉤……」

秉筆太監要有相當的教育程度。宮中要選那些天資聰穎的小太監入「內書堂」就讀。那裡的教師都是翰林院的翰林。太監從那裡逐步升遷，所要求跟宮外文官相似。誰也知道，魏忠賢從沒讀書，大字不識。居然會讓他當神聖的司禮監秉筆太監一職，實在是陰陽倒錯，太陽從西邊出來。可是他竟然敢當，面不改色心不跳，絲毫不謙讓。他不識字，可是他有他的辦法：讓手下替他講解奏摺，把艱深的古文翻譯成淺顯的口語，然後發號施令，再讓手下把他的命令翻譯成文言，用硃筆書寫在奏摺上。這方法笨得很，但他至少是沒鬧什麼笑話，令人欽佩。現在他鸚鵡學舌，背人家的詩詞又誦得有聲有調。

魏忠賢是不是唸錯了，沒人指正。這詩李春燁根本沒印象，不知道對錯。

接下來，大白菜客氏誦「蓮中花更好，雲裡月更圓」。崔呈秀誦「新羅繡行纏，足趺如春妍。他人不言好，我獨知可憐」。一個個都唸得出一句，或完整一首。

輪到李春燁，絞盡腦汁想不出一句。他覺得挺慚愧，自認倒楣，一聲不吭，端起兩鞋酒，閉起兩眼一飲而盡。

第二輪武的，將一湯匙放在碗中旋轉，匙柄指向誰誰就得喝一鞋。公平公正，只看運氣。那鞋酒少說有半斤，再會喝也喝不了幾鞋。沒多久，一個個飄飄然起來。

魏忠賢一把將客氏抱到大腿上，有樣東西隨之沉沉掉到地上。大家一看，發現是魏忠賢那「寶貝兒」，一個個大笑不已。客氏羞得只顧捂臉面。魏忠賢略為難堪，放下客氏，索性大大方方撿起來，豎在桌上，又從懷裡掏出一根，一併豎著。人們這才發現一根是銅的，一根是木的。他斥責眾人：「笑什麼笑！這都是皇上恩賜的吶，還不跪下？」

眾人只當是說笑，笑而不動。

「見皇上你們敢不跪？」魏忠賢怒目圓睜，青筋暴跳。

眾人一看不對頭，一個個向那兩根「寶貝兒」跪下，異口同聲山呼：「吾皇萬歲！萬歲！萬萬歲！」

趁眾人在那裡磕拜，魏忠賢將那木「寶貝兒」收進自己懷裡，銅的塞進客氏懷裡。客氏不肯要，他硬要塞，又一把將她抱起，宣布說：「現在開始，我們兩人算一個，只要喝一杯！」

「不行耍賴！一個人一杯！」李春燁一半仗著酒，一半仗著老交情，立即表示反對。

客氏連忙說：「你們誰有一對，也可以兩個算一個！」

眾人沒話說了。

「吳姑娘，你出來！」魏忠賢突然叫道。不一會兒，出來一個非常美麗的姑娘，光彩照人，無可挑剔。「妳坐到這位大人腿上！」

魏忠賢指的是李春燁，令他驚慌失措，那姑娘無所適從。魏忠賢變了臉，問吳氏「妳坐不坐」，再問李春燁「你要不要」，緊接又對崔呈秀說：「他不要，就送給你！」

李春燁只好站起來，召呼吳氏：「來吧來吧，恭敬不如從命！」

接下來，李春燁的酒主要由吳氏喝。喝到天黑時分，只有魏忠賢和李春燁兩個沒醉。其餘人送走了，兩個人留下來喝茶。

李春燁迫不急待問：「我家以前那個管家老邢，還記得吧？」

「記得，記得啊！」魏忠賢爽朗應道。「我到你府上喝過酒，還不記得他？」

「他是個『無名白』。」

「什麼意思？」

「他好像對楊漣特別感興趣，不是跟你有關係吧？」

「這怎麼可能？我手下多少人啊，要幹什麼的人也有啦，還差他一個？」

「那倒是！不過，我也懷疑人家認錯了。」

「認錯什麼？」

「有人到楊府偷畫，又偷偷送縣衙，有人懷疑是我那老邢幹的，把他給殺了。」

「這些刁民！」

「楊大人死太慘了，你也太過分了！」

「我有什麼辦法呢？那些人啊，我管得了嗎？十年前一百年前他們就那個鬼樣，大明律法放一邊，他們愛怎麼整就怎麼整，皇上也管不過來。」

「那也是！」李春燁深有同感。這世道，惡人不是一兩個，一兩個人心善沒用。

「皇上很唸叨你啊！」魏忠賢說。「我只好安排你回來。」

「多謝老兄！」

「我們之間，誰跟誰啊，謝什麼！」

「說得也是，大恩不言謝！」

「別跟我說酸不溜秋的話！」

「你不是也會念詩誦詞了嗎？」

「那是跟著玩！什麼鳥意思也不懂，傻乎乎背的！」

19、「反正我留著也沒用」

回江日彩住宅，李春燁一夜難眠。一則酒茶喝多了，二則床鋪生，三就是魏忠賢讓他太感動。

李春燁從魏忠賢家裡告別出來，正要上轎，他突然說：「哦，差點忘了，酒真是誤事！」

「什麼事？」李春燁止步轉身。

「那個姑娘送給你……」

「開玩笑！君子不奪人所愛！」

「哎——，君子更要說話算數嘛！說實話，我還捨不得呢，可我這人嘴太快，說出去了捨不得也要捨得。」魏忠賢又跟李春燁耳語。「反正我留著也沒用！」

魏忠賢命人去叫醒那姑娘，然後說這姑娘的來歷：去年末選妃子，派人到各地選了五千個姑娘。到京城，由太監複選，每百人一批，誰稍高了些，誰稍矮了些，誰稍胖了些，誰稍瘦了些，一下就篩掉一千。第二關，看她們的耳、目、口、鼻、髮、膚、腰、肩、背，有一處稍不如意的又淘汰一千。第三關，讓她們自報籍貫、姓名、年齡，凡是聲音太響、太細，或是口齒不清，再減一千。第四關，量她們的手足，叫她們走幾十步，看她們的風度，腕稍短、趾稍矩的，或者步態輕躁的，又減一千。這樣下來，只剩一千人進宮。再由老宮女探其乳、嗅其腋、扣其肌膚，僅剩三百。這三百人留在宮中一個月，由專人對其性情言行仔細觀察比較，從中挑出秀色奪人、聰慧壓眾的五十人，才被封為宮妃。其餘二百五十個，分賞給高官大臣。魏忠賢也留了一個，是這二百五十個中最好的，現在割愛給李春燁。

李春燁雖然喜歡得不得了，當眾抱著的時候就忍不住又盯又看，還暗暗捏了幾捏，但真要她卻沒心理準備。帶回來，他把她安排到另一個房間，仍然自己獨宿。

李春燁不為那美貌出眾的姑娘，而為魏忠賢轉輾反側。魏忠賢入宮，開始時負責刷馬桶之類，後來也只不過負責典膳。那時候，李春燁是行人，職責是在朝廷頒行詔赦、冊封宗室、撫諭諸蕃以及賞賜、慰問、賑濟之時充當使節，拋頭露面，地位雖然不高，但比他好得多。偶然在一起喝酒，覺得兩個人都沒什麼心計，挺合得來。魏忠賢覺得沒什麼人看得起他，能有一個行人官看得起覺得夠榮幸了，反正自己管膳食弄些酒菜是小事一樁。而李春燁地位優越不多，家裡又窮，得多節約些銀兩，能白吃白喝好酒好菜自然不拒。那一個又一個無聊之夜，那一年又一年，就是這樣打發的。

魏忠賢發跡，實在僥倖。太監是一個龐大的隊伍。宮中太監，分十二監、四司、八局，總共有四五千人，把皇上的政事、生活雜事包攬無遺。魏忠賢伺候的東宮太子朱常洛，在當時看來沒前途。朱常洛的生母王才人，是個相貌平常的僕人，只是萬曆皇上偶然碰到，一時起性，不小心生下這個兒子。萬曆皇上一直不喜歡這個女人也不喜歡這個長子，可是那群「烏鴉」嘰嘰呱一直叫，要按慣例冊封為太子，他拖了十五年才答應，事後又常後悔。皇太子都沒人理，皇長孫朱由校就更沒人管。不喜歡讀書而喜歡玩泥巴、磚塊、木頭之類也隨他，長大就讓他當個木匠好了！面對這種形勢，勢利的太監也狗眼看人低，經常藉故離開，弄得太子東宮像妃子冷宮一樣。魏忠賢這點倒是不錯，不計前程，盡心盡責伺候這太子、皇長孫，深得太子特別是皇長孫喜歡。這樣不是一天兩天，而是整整三十一年，幾個人能夠像他這麼忠，這麼憨，這麼傻？萬曆皇上駕崩，朱常洛終於登基，但他才三十九歲。等泰昌皇上也到萬曆皇上那般不算老的年齡再輪孫子接位，魏忠賢已經七十多歲，有那個福也沒那個命。然而，誰也不敢料想，泰昌皇上才當個把月就撒手歸天，突然把這個年僅十六歲、將來更想當木匠的皇長孫朱由校擁立為天啟皇上。水漲船高，魏忠賢也就意外跟到了皇上的身邊。

在這關鍵時刻，魏忠賢偏偏犯下致命的錯誤。這話說來又有點長。皇上的妻妾也是個龐大的隊伍，分十二等，即皇后、皇貴妃、貴妃、妃、嬪、才人、婕妤、昭儀、美人、昭容、選侍和淑女。其中皇后一名，皇貴妃、貴妃根據皇上意願設一至幾名，其餘則幾名到幾十名不等。皇后王氏病逝。這時，鄭貴妃趁機住進乾清宮，得到萬曆皇上遺言：晉封鄭貴妃為皇后，並在他駕崩的第二天向內閣宣布。但廷臣們認為這樣晉封不合乎祖宗典制，予以抵制。沒多久，泰昌皇上又遇到類似的問題。朱常洛在原太子妃郭氏逝世後沒再冊封，只有才人、選侍和淑女。生育皇長子的王才人於上年死了，最受寵的李選侍很想填補這空缺。泰昌皇上在病榻前召見閣部大臣，催促速封李選侍為皇貴妃。禮部尚書孫如遊卻當即表示反對，說孝端皇后（朱常洛嫡母）、孝靖皇太后（朱常洛生母）尊謚，以及加封郭元妃、王才人為皇后的事還未辦，不能先冊封李選侍。第二天，泰昌皇上駕崩。鄭貴妃與李選侍同病相憐，聯手設法促使新皇上落實先皇遺言。為此，她們不惜將太子朱由校扣留在暖閣，想迫使他即位後馬上冊封。楊漣等大臣急了，認為朱由校年幼，託付給皇太后，豈不是再現武則天垂簾聽政？大臣們紛紛反對，逼著她搬出只有皇上和皇后才能住的乾清宮。而在這緊要關頭，魏忠賢卻偏向了李選侍。

泰昌皇上駕崩那天，閣部文武大臣進宮哭完靈，要求朝見太子朱由校。李選侍將朱由校扣於暖閣，不讓相見。楊漣等人衝進暖閣，強行請出朱由校。魏忠賢聽李選侍的指揮，要朱由校回去。如此兩三次。楊漣等官員承諾讓大臣們朝見完就讓朱由校回去，這才勉強讓他出暖閣。到乾清宮丹陛上，魏忠賢還聽李選侍的，拉住朱由校的衣服不放。好在楊漣等官員擁著朱由校從前宮門直到文華殿，否則就讓李選侍的陰謀得逞。好在朱由校大度，要求大家對移宮之事不再說三道四，否則追究李選侍，魏忠賢肯定脫不了關係。

朱由校登基大典前一日，楊漣等大臣逼迫李選侍當日移出乾清宮，魏忠賢卻建議李選侍趁機將寶物帶走，並指揮心腹太監劉朝、田詔、劉尚禮等人深夜盜寶。因為手慌腳亂，有些珠寶掉落在地。第二天一早被發現，鬧得沸沸揚揚。朱由校大怒，要求徹底調查，予以嚴懲。劉朝等人很快落網，供出主謀是魏忠賢。連繫魏忠賢前幾天的表現，大學士方從哲等人上奏，要求將魏忠賢正法。

魏忠賢大難臨頭了！一方面，他躲到大太監魏朝那裡，哀求魏朝去總管宮內事務的太監王安那裡營救自己。魏朝答應了，向王安編個謊，說劉朝等人供的那個魏忠賢，不是李選侍手下這個魏忠賢，矇混過關。另一方面，到好友李春燁及御史賈繼春、刑部尚書黃克纘等人處，哭哭啼啼，說很冤枉，請求幫助上奏申明。李春燁最見不得男人哭，一見比哭的人還難受。何況，他與魏忠賢情同手足，一見那張哭喪著的臉就心軟。可是，這關係到自己的良心，關係到對另一個人——新皇上負責的事，他不能做這種偽證。在這種時刻，葉祖洽的教訓更是迴盪在心。他勸魏忠賢冷靜點，想想還有沒有其他辦法。魏忠賢說沒有其他活路，現在小命全繫在小弟身上。這時，李春燁兒子自樞起床尿尿，魏忠賢見了，立即奔過去抱住他，跪下來說：「我跟他一起做你兒子，總可以吧！」

「老兄何至於此！何至於此啊！」李春燁慌忙將魏忠賢扶起。

李春燁突然轉念一想，落井下石是傷天害理，而我這是救人性命，行善積德。於是，答應了魏忠賢的要求。這樣，他逃過了大劫，而劉朝、田詔、劉尚禮等人則被處死。

大難不死必有後福，一點不假。朱由校在前十六年孤獨的生活中，最親的人是大白菜奶媽客氏。繼位後，客氏按規定出宮去，才兩天，朱由校就像斷奶的孩子一樣想她，不顧大臣的反對請她回來。她已經有「對食」，就是當時地位最高的太監魏朝。可是，魏忠賢跟客氏眉來眼去，感情日深。爭風吃醋要決鬥，客氏就請皇上把她賜給魏忠賢。如此，你說魏忠賢能不紅嗎？

沒紅多久，楊漣等人又掀起倒魏風潮，更多人上疏要求懲處魏忠賢。在這關頭，李春燁上一疏，只是折中。如此，魏忠賢能不視李春燁為知已嗎？

魏忠賢有仇報仇，有恩報恩。李春燁要求出京，魏忠賢建議給他連升幾級，安排到離福建很近的湖廣。皇上想到李春燁了，而朝中大臣被整掉很多，魏忠賢又建議將他調回，又晉級。今天，聽說他沒帶家眷，還當即割讓美女。

魏忠賢啊魏忠賢，我李某要報答皇上，也該報答你了！小時候開始，母親就經常用俚語教導說：「人家筷子夾了菜給你吃要記，用筷子頭戳了你不要去記。」

不止是魏忠賢，凡是幫了自己的都要報答。比如王可宗，幫忙買福堂地基，又幫忙拾撿建福堂的等外材，可不能讓他在茶花隘那荒郊野嶺多受苦！還有家鄉那個現任知縣伍維屏，幫忙把那麼多等外材從大杉嶺運下來，也要好好感謝人家。他明確說過，也希望推薦一下。如今，這種事更是舉手之勞。可是推薦到哪裡呢？能不能把王可宗調進京，讓伍維屏去頂？

不日，李春燁接到伍維屏的來信。這是他回京後收到的第一封家信，非常高興。他想，肯定是運木之事有著落了！高高興興開啟一看，果不其然。然而，信中還稟報一件大事：伍知縣倡議在縣衙左邊為李春燁建一座恩榮坊。這讓他感到十分不安。

立坊表彰，該是顯赫人物。我李春燁何恩之有？又何榮之有？他人不知，我自己還不知嗎？羞死我也！何況，我此生吃透了功名之苦，那裡五魁亭都恨不能砸了它，如今自己卻立一個，讓它的陰影籠罩後人……不可！不可！萬萬不可！

李春燁立即覆函給伍維屏，一是感謝他幫忙運了木材，二是要求他把牌坊工程馬上停掉。行文至此，感激突然變成恚恨。想起他花巨資買的那個「寒雀爭梅戲」，分明是個贗品，只是怕他面子不好過，沒當場揭穿。現在想來，李春燁馬上寫上，要讓他氣個半死。這種人，拍馬屁也太過分！將來，有機會也不能舉薦這種人！當然，人家幫了我還是要感激的。等下次回去，送些銀兩算了。

李春燁將回信差快驛寄去。他真想讓恩榮坊工程盡快停掉，以免貽笑大方，貽笑千古。

20、皇上的傑作

李春燁抽空去看皇上。

皇上不是誰想看就能看到的，但李春燁與當今這皇上有私交，想看就不太難了。早在他還只是褲子都穿不大清楚的皇長孫的時候，他們就熟了。那時候，李春燁常跟魏忠賢一起吹牛、喝酒，偶然會碰到他。他那時候沒什麼人管，讀書沒什麼心思，常跑出來找魏忠賢玩。他能玩木工，還能玩鐵銅，從簡單的木偶到流水器，他都能製作。開始時，這個十來歲的皇長孫只是叫李春燁與魏忠賢兩個四五十歲的大男人給他當當幫手。有一次，李春燁無意說到，家鄉泰寧也有人到京城建過皇宮，他一聽就來興趣，馬上追問怎麼回事。李春燁說，傳說建皇宮時，一是正殿內的主梁因為在運輸中受磨損，短了五寸；二是內海龍鳳橋，從雲南運來的漢白玉石梁短了三寸；三是御書房寶石宮燈，有一盞忘了在建築時掛上，現在房頂太高，沒辦法補掛。對這三個難題，宮中良匠束手無策，只好發皇榜，向天下求賢。榜到泰寧，掛了幾日無人敢揭。有一天，李知縣親自向過往行人解說：「本知縣李……木匠……」這時候，剛好有一個姓李的木匠從城門經過，誤以為叫喚他，連忙應聲。知縣聽有人應聲，一看又挑著鋸子、刨刀之類，便認為他揭榜。李木匠說他只會做小木，不會做大木。小木是指家具，大木是指房子。知縣以為他嚇怕了才反悔，一邊勸說一邊強行送他上路。途中到一個客棧入宿，店家見是皇命欽差，便叫兩個人側立兩邊同時用手撩起門簾，恭請進門。晚上入睡，李木匠個頭大，而床太小。店家想個辦法，在床架兩邊墊一塊短板，再擱床板，加長了床。第二天歡送皇差，店家高掛燈籠，用兩個梯子搭成「人」字架，就掛到房頂。李木匠把這三件事記在心裡，見了皇上，從容建議：主梁短的問題，只要在梁的兩頭各加一個龍頭，再用龍嘴銜住大梁；石梁短，只要在橋墩上做個雀，用以替代拱形就不怕短；掛宮燈，只要兩邊搭個「人」字架，再用土將架子逐級墊高即可。皇上聽了覺得有理，馬上命人照做，果然解決三大難題。皇上大喜，要大加獎賞。李木匠說，他一不要官二不要錢，只要放他回家就行。皇上依了，賜他號稱「李斫頭」。聽完這個故事，朱由校問這李斫頭是不是李春燁祖宗。李春燁如實說不知道，但朱由校還是開玩笑稱他「斫頭世家」。

朱由校有很多奇思妙想，工藝日臻精湛，乒乒乓乓做了七七八八的玩藝兒不滿足於自我欣賞，也不滿足於身邊諸人吹捧，還想高山流水覓知音，便命李春燁等人把他製作的木樣拿到宮外去賣。李春燁從來沒做過買賣，這木樣又不讓直說是皇上做的，不容易成交。第一次就帶著原物回來，嚇得他躲到天黑，還想不出什麼法子交差。魏忠賢腦子就靈活了，教他自己墊些錢，就說賣了。碰上這種事，墊些錢也罷，問題是讓他看穿撒謊怎麼辦？魏忠賢說應該不至於，多編幾句買主喜歡的話，肯定沒事。沒想到，朱由校只顧高興，不僅把「賣」的錢全部賞給李春燁，還另給小費。以後，每次都這樣。後來他登基，很快把李春燁調工科，要讓「斫頭世家」發揚光大。

皇上行蹤一般人捕捉不到。李春燁了解皇上，一探聽今日沒上朝，也不在三大殿工地，就直奔後海。

「『斫頭世家』快過來！」皇上一見李春燁進門，不等他開口便招呼。「朕與廠臣正頭疼吶！」

魏忠賢和皇上面對面坐在茶几邊喝茶，一隻小貓睡在他腳邊。這是皇上的工棚，四周木料，中央有一隻快要完工的小畫舫，茶几就擺在刨花邊。李春燁三步併兩步奔過去，跪到皇上面前，磕呼萬歲。皇上讓他平身，魏忠賢起身從邊上搬了一張小凳子擺在茶几另一邊。

幾個月不見，皇上像老了幾十歲，二十來歲就像個小老頭，一臉菜色，又赤裸著上身，只穿一條褲衩，一隻腳架在小椅子上。李春燁想起一則傳說：明太祖命人畫像，畫師寫實，惹得大怒，推出問斬。再進來的畫師學乖了，畫得高大魁梧，紅光滿面，龍顏大喜，加官又賞錢。宮外之人，誰能料想皇上是這副老農模樣？知道內情的，不足為怪。泰昌皇上一登基，不就送了一堆美女，害得不足一月就斃命嗎？前些日子，精挑了五十名美女進宮，不把他折騰壞了才怪呢！李春燁的心不禁顫抖起來。從老家出來的時候就開始構想好，見到皇上要如何如何敘述離開京城以來的心情，現在被這副景象一驚，腹稿亂了。好在貓一樣的魏忠賢注意到他帶來的小包，垂涎欲滴問：「老弟這回帶了什麼好吃的？」

「哦，沒什麼像樣的，還是幾個老家花生。」李春燁連忙開啟小布袋，一把把抓出花生，放到茶几上。

皇上兩隻鼠眼立刻一亮：「朱口花生！」

「皇上記性真好！」李春燁讚道。

朱口是泰寧最大的鎮，鎮子在赤石群的外沿。那赤石群當中有幾個村子，是個城堡樣的小盆地。俯瞰而去，盆地中那些山巒酷似一個個小島嶼，又像一張捕鳥的大罩子。那些小山巒，都是紅壤土，一雨成漿，一旱成石。奇妙的是，這種土壤卻可以種植農作物，而且可以從山腳直種到山頂。就因為此吧，那裡種的花生特別結實，味道也別緻。當地人加工又特別，先用鹽水煮，煮了晒，晒了焙，又香又脆。那花生個兒小小，但非常飽滿，跟別的花生明顯區別，如同南方人與北方人的個兒。吃起來，更難忘。每次回家，李春燁總要帶上一些，讓皇上嘗嘗。皇上吃高興了，也講禮尚往來，回他一些貢品。皇上還說，要把朱口花生列為貢品。可是，一則皇上常常說說就忘，二則李春燁怕那樣一來需求太大，而那個小小盆地長不出太多，如果弄得像「建蓮」一樣要派兵守那些花生，別人想吃也吃不到，未必是好事，所以不敢催。現在，李春燁想順水推舟敘敘闊別之情，皇上的心思卻轉開。他手剝花生嘴吃花生，兩隻眼睛卻死盯著壁板。

李春燁這才注意到，在茶几邊的壁板上掛有一幅絹質古畫。這畫是宋代張擇端〈金明池爭標圖〉，描繪北宋京城金明池戲水爭標的場面。池岸四周桃紅柳綠，間有涼亭、船塢、殿閣。水中龍船瓊樓高閣，人物活動於樓內外。龍船兩側各有小龍舟五艘，每艘約有十人並排划槳，船頭一人持旗。另有數艘漫遊其間。天啟皇上要親手製作這龍船，但又不想完全按圖上製作，因為小龍舟也得十人划槳，那太費事。他要改造得更簡潔，在舫頭置一小几，在舫尾設一小閣供兩人小憩即可。至於划船，兩三人就行。現在，船體已經造好，只差裝飾和油漆。因為是參考著古畫直接造，沒有木樣，也沒有圖紙，臨時變動很多。今天面臨一個新問題是，畫上大小龍船頭尾相應做了龍頭龍尾，他不想跟樣，名字都不想叫龍船，所以舫頭舫尾也不想做龍頭龍尾，那麼改為什麼好呢？

魏忠賢想到的是鳳，皇上已經做了一半還嫌太俗。那麼，李春燁你有什麼好主意嗎？

「麒麟吧！」李春燁說。

「麒麟？」魏忠賢有點不高興。「麒麟有什麼好？」

「麟、鳳、龜、龍，謂之四靈。麒麟居四靈之首！」李春燁解釋道。「古人說，麒麟『行步中規，折旋中矩，擇土而後踐，位平然後處，不群居，不旅行』，簡直是德行楷模！」

「好！」皇上首肯。

李春燁繼續說：「麒麟能辨善惡，只有在仁政的時候才出現，在太平盛世才出現。要不然，牠寧肯遊於郊野！」

「好——，好，好！」魏忠賢叫道。「現在是太平盛世，麒麟該出現了！」

「有道理！」皇上親手為李春燁倒茶。「還是讀書人聰明，朕賜你一杯茶。」

沒等李春燁道謝，皇上扔下手中沒吃完的花生，又拍了拍手，起身開步。腳一邁，他痛得尖叫起來，魏忠賢和李春燁嚇了一跳。但沒什麼大事，他不再叫痛，一拐一拐瘸去。李春燁想起身去扶，魏忠賢伸手示意他坐下：「沒關係！前一會兒，讓斧子砸了一下，流了點血，沒事！我們幫不上。」

李春燁看到，皇上左腳拇指包了一團還魂草。弄刀弄斧多了，難免見血。以前，要叫御醫陪在一邊。李春燁獻一道家鄉土方：用還魂草止血。皇上一試，果然比御醫的藥還靈，從此在工棚移栽了還魂草，不要御醫陪。現在，皇上興沖沖瘸到已經砍削成形的鳳頭旁邊，雙手操起大斧，正中狠劈下去，那二尺來高的鳳頭裂為兩半。有隻寵貓跟到身邊，可能是為皇上喝采吧，喵地叫喚了兩聲。皇上則嫌那鳳頭太不經劈，興猶未盡，順手一斧朝那貓劈去。那貓根本未料主人會來這一手，逃之不及，受了腰斬，那利斧還深深地剁在地板上。這一切太突然太可怕了，魏忠賢和李春燁嚇得粗氣都不敢出，生怕皇上順手操起那大斧朝他們的腦袋劈來……很快，皇上的心思自行移到麒麟上，轉而到木料堆逡巡。

見皇上情緒恢復正常，魏忠賢小聲告訴李春燁：皇上本來想讓這船趕在端午節下水，天天加班。可是近來身體欠佳，進度放慢，推遲到六月六。

六月初六，也是個節日。在泰寧，人們會出門採割醉魚草、蛤蟆藤、金銀花等青草，煮圓雞蛋湯給孩童洗澡，俚語稱「六月六，洗狗脯」，挺熱鬧。大人把蛋染紅，裝進小網袋，佩掛在小孩的胸前。小孩們洗了澡又掛了紅雞蛋，高興得滿街跑來跑去炫耀，比誰洗得乾淨，比誰的蛋染得更紅，還拍手唱著：「吃了六月六的蛋，一年四季平平安；洗了六月六的澡，疥瘡痱子全都跑。」李春燁想，畫舫撿這樣的日子大吉大利。但他對那一天沒去多想像，他想起袁崇煥的事，急忙起身。

魏忠賢還想拉住李春燁：「別吵皇上！」

「我有事呢！」李春燁堅持走向皇上，跪到他身邊。「啟稟皇上，遼東事急，急於呼叫京城紅衣大砲……」

「知道了，下旨吧！」皇上像條獵狗一樣嗅著那堆木料，尋找適合製作麒麟頭尾的對象，一眼也沒離開。

「謝皇上！」李春燁轉向魏忠賢。「聽到了吧？」

「聽到什麼？」魏忠賢瞪了李春燁一眼，顯然又不高興。

「皇上叫你下旨，為遼東調紅衣大砲啊！」

「皇上只是說知道，沒說不調，可也沒說要調啊！」

「你真不知道皇上說什麼意思嗎？」

「你呀——，你跟我來這一套？」

「還不是向你學的？」

「我什麼時候教你啦？」

「經常看到你趁皇上忙著時候稟報奏章，不學也會啦！」

「鬼頭鬼腦的，小心我哪天把你送廠子裡去！」

魏忠賢與李春燁討價還價一番。紅衣大砲總共只有三十門，壞了一門，留下十八門，調十一門給遼東，不日起運。

這些日子，皇上的心思全在麒麟畫舫上，到了晚上秉燭雕刻、油漆的地步。不到六月，五月中旬就完工，就急於下水。魏忠賢順著皇上的心願說：「如今太平盛世，天天都是好日子。」

五月十八日，皇上帶著文武百官到方澤壇祭祀。祭祀本身挺簡單，皇上親自跪下祈禱並上香，然後向上天叩三個頭。文武百官在皇上身後跟著，跪拜如儀。行禮畢，釋出敕文：重申大明江山乃先輩用鮮血換來的，深受天下百姓擁戴；告誡廣大官員一定要發揚光大先天下之憂而憂，後天下之樂而樂之傳統，共創新盛世；警告貪贓枉法、欺壓百姓者必須痛改前非，絕不能再無視朝廷的旨令，如有違者定然嚴懲不貸。

全部儀式結束後，皇上帶客氏、魏忠賢、李春燁若干人順路到後海。在一片震耳欲聾的鞭炮聲中，麒麟畫舫沿著新開挖的水道徐徐入湖。

陽光明媚，風兒和煦，湖面被吹起道道微波，又為大小船推出片片漣漪，與天上幾絲輕飄的雲兒爭奇鬥豔。人們看看新船，又看看風景，心情特別暢快。

皇上在龍船上與隨從飲酒。麒麟畫舫跟在邊上，只有兩個小太監在上面划著。皇上左邊坐的是客氏，右邊坐新妃子上官氏。其實上官氏來好幾個月了，只是皇上精力有限，那批五十名新妃逐一寵幸，今日才輪到她。雖然苦等了，可是有外出遊玩這種美差，她特別開心，百媚盡展，敬了一杯又一杯酒。魏忠賢坐在客氏身邊，可能也憋了些時日吧，兩個人頗黏乎，旁若無人。李春燁坐在一旁，與其他人不鹹不淡說笑幾句無關緊要的話，心裡老想著景翩翩。

李春燁經常會夢到景翩翩。昨天夜裡又夢了一回：那是在一個浩瀚的湖邊，丹巖孤兀，很像杉溪河岸的山頂，有一棵老松樹，沒有樹梢，樹枝橫七豎八向四邊伸展，李春燁和景翩翩在那樹上用青藤編製了一個寬大而精美的椅子，兩個人坐在裡面，俯瞰著碧水丹山，追視著驚飛的白鷺，那松樹和那籐椅居然會旋轉起來，像盪鞦韆一樣悠悠然，惹得她咯咯直笑……可惜這夢早醒。不過，上午一到衙署，宮裡就派人來叫陪皇上，果真到湖邊，有些應驗那個夢，只可惜不能真有景翩翩。

景翩翩如果在這龍船上，會是怎樣一種景緻呢？李春燁想起《散花詞》中的詩，她寫泛舟溪流：

十日平原酒，三秋江上船。
一經搖落後，明月幾回圓。

她也愛在船上小飲。還有嬉戲：

清溪九曲白雲鄉，溪上行舟欸乃長。

誰把金丸打野鴨，偏驚幾處睡鴛鴦。

怎麼能去驚鴛鴦呢？活脫脫的頑童！李春燁想起自己小時候，常在河邊池邊，拾一片碎瓦或者碎碗或者小而薄的鵝卵石，盡量貼著又平又寬的水面甩去，讓它在水面上一跳一跳地飄去，直到沉落。這要有技巧，甩不好馬上沉下去，或者跳不了幾下。同伴們比賽，看誰扔的在水面跳得最多……船上忽然喧譁起來。原來，麒麟畫舫試航試差不多了，皇上要親自乘。眾人相送，送他攜著上官氏的小手登畫舫，坐於舫頭小几，一邊煮茶，一邊向幽靜處駛去。

望著畫舫遠去，有的人竊笑。李春燁明白這笑是什麼意思。方澤壇祭祀雖然只是個把時辰的事，但馬虎不得。它和圜丘、宗廟、社稷一樣，從明太祖到現在一直列為大祀，皇上在前三天就要住到外城齋宮實行齋戒，不得食用葷食，不飲酒，不娛樂，不近女色，還要沐浴更衣，求得身心潔淨，以示敬畏和虔誠。現在祭祀結束，要把那三天補回來。

龍船上有的繼續飲酒，有的注目著麒麟畫舫遠去。李春燁倚欄憑眺，想到「誰把金丸打野鴨，偏驚幾處睡鴛鴦」之句，竟有拾一片小石子向麒麟畫舫甩去的衝動。怎麼敢有這種念頭呢？真是該死！他暗暗自責，轉身走向魏忠賢，想找他鬧一下酒。可是就在這時，龍船上有人高聲驚叫：「糟了！」

李春燁連忙轉身，發現麒麟畫舫傾了，正搖搖晃晃地沉落，不由大喊起來：「快救皇上！」

龍船上的人只能叫喊，只能跺腳，只能乾著急，因為距離太遠，而船一大就笨，不等調頭，那麒麟畫舫就沒頂了，人在水面掙扎。岸邊還有隨從，他們離那更近，一個個馬上跳入湖水，拚命游向皇上……

結果，那新皇妃和兩個小太監沉入湖底。皇上被救上來，赤身裸體，不省人事。他臉色本來偏黑，現在蠟黃，沒一點生氣，很多人以為他死了，嚎啕大哭起來。李春燁見過，被淹死的人就這模樣。可是有人說皇上還有救，一邊命人快叫御醫，一邊自己在那裡捏捏拿拿，把他肚子裡的湖水壓出來。

不多時，皇上真的活過來。那皇妃等第二天才被打撈上來，聽說也是一絲不掛，讓人想入非非，竊竊說笑。

第七天，李春燁才被准允隨魏忠賢去看望皇上。他躺在龍床上，臉色仍然蠟黃。李春燁真擔心他也活不了多久，年紀輕輕又得換皇上，嘴上卻安慰說：「古人說『大難不死必有後福』，皇上日後必然安安康康，萬壽無疆！」

皇上免強笑了笑說：「生死有命啊！」

剛出門，魏忠賢就與李春燁私下裡相互攻訐。發難的是魏忠賢：「麒麟畫舫出事，你是有關係的。」

「怎麼能怪我呢？」李春燁叫起來。「這種事，皇上自己做，別人插手都插不了，怎麼負得了責？」

「你起個什麼鬼名字叫麒麟，說是多好多好。可是人家說，麒麟根本不好，不好的時候才出現。古代有個什麼時候，麒麟出現五十一次，結果那朝代也滅了。你怎麼能起這樣的名字？居心何在？」

魏忠賢說這事，倒也屬實。那是東漢章帝時，中國第一次出現宦官時代，宦官與士大夫相互殘殺，慘不忍睹。沛國相王吉非常殘暴，每次殺人，要把屍體大卸八塊放在車上，開列罪名，送各地示眾，屍體腐爛了還要用繩子穿起骨骼懸掛，直到周遊一遍後才准收葬。那個孔融，小時候還懂得讓梨，長大了，當了北海國相，人性也丟光。有個人，僅僅是認為他哭他父親的墓不夠悲傷，就把他殺了。如此恐怖，哪是什麼盛世！不過，人們現在說這事，正是影射魏忠賢！他傻傻的聽不出來，倒是來怪麒麟怪我！李春燁感到憤怒，感到可怕，當即反戈一擊：「麒麟有人說壞，但更多人說好，你不能光撿壞的說！倒是你，有人說，這事要怪，全都要怪你！」

「我？你說我要對皇上出事負責？」

「當然啊！不怪你怪誰？你不負責誰負責？本來定好六月六下水，皇上想提前，你說『如今是太平盛世，天天都是好日子』。」

「說了又怎麼樣？我是烏鴉嘴，說了就會出事？」

「你想啊，你如果沒說這話，皇上仍然定六月六，那就還有十幾二十天時間，可以做得更仔細更牢靠。可是早這麼十幾二十天，就有很多地方來不及做得更仔細更牢靠……」

「你這烏鴉嘴，我真要把你送廠子裡去！」魏忠賢心虛，害怕了。「我說，要怪就怪那兩個小子，不會划船，又不懂水性，自己都保不了，——反正他們都死了，定個罪，鞭個屍。」

「聽說那天——那會兒——出事那會兒，突然起三分鐘熱風……」

「是啊是啊，我也聽說。我那會兒在喝酒，沒在意風。」

「我那時候是在看船，可是我在想……在想其他事……」

忽然，李春燁和魏忠賢都閉嘴。怪那陣風？那麼，那就是妖風！那麼，那湖裡就有冤死的鬼魂！那麼，皇上沒死，那鬼魂還會……他們毛骨竦然起來。

卷三 華月流青天

21、「寶貝兒」叭一聲立桌上

中秋節第二天下午，魏忠賢差人來請李春燁晚上到他府上吃飯。來到魏忠賢府上，李春燁才發現這晚宴只有他們賓主兩人，立刻意識到有什麼大事。不容他多想，魏忠賢笑道：「人家都說十五的月亮十六圓，你我兄弟今天好好圓一下。」

魏忠賢好酒相待，又有藝妓在一旁彈唱。沒喝幾杯，李春燁就暈乎乎起來。這時，魏忠賢提議休息一下，叫人送煙上來，說這是剛從海外進來的上等煙，請李春燁吸。李春燁試吸一口，嗆得咳彎了腰，再也不肯吸。魏忠賢已經學會吸，雖然吐不出煙戲那麼漂亮的景象，卻也吸得五臟六肺通泰，與美酒相得益彰，如痴如醉。李春燁在旁嗅著，倒覺得入腦入神。

「孫承宗還記得吧？」魏忠賢忽然問。

「當然。」李春燁應道。「以前，我們還常在一起，他教皇上讀書，怎麼不記得！」

「你覺得這個人怎麼樣？」

「嗯……不錯……人倒是不錯！就是……就是……」

「直說！這裡就我們兩個，儘管直說！」

「就是有點嗆。」

「嗆?嗆——,嗆怎麼說?」

「嗯……就是……就是有點目中無人。」

「為什麼說他目中無人?」

「他孫承宗也只是個進士,還小我幾歲,只不過早幾年入仕而已,卻看不起別人。」李春燁說。「記得我入朝不久,有一天在酒桌上碰到,我敬他酒,他說不會喝,可是沒過多久,他跟葉向高卻一連乾三大杯,無非是葉向高官大我官小罷了。我再也不想理他,他又要跟我說話,問我家在哪裡,我說在泰寧。他說『泰寧我知道。等哪天收拾了韃子,我還要親自去那個地方。』我說錯了,不是遼東那個泰寧,是福建那個泰寧。他明明不知道,卻要說剛到福建,到過泰寧,召集文武百官,出了個對子,沒一個人能對出來。我問什麼對子,他說『內方外圓,齒嶙嶙,吞多吐少』。我一聽就知道,他說的是米礱,無非是譏笑我們那窮鄉僻壤沒人才。我馬上說,我剛收到家鄉來信,說你出那麼簡單的對子,怕當場對出來讓你孫大人沒面子。他忙問,下對是什麼?我說:桿直鉤曲,星朗朗,知重識輕。」

「什麼意思?」

「我對的是稱,意思說:你孫大人內心的鉤曲,我心如星明,能夠辨識輕重。說得他很沒趣,從此再不敢小瞧我。」

「哎呀——,我的老弟,趕快乾上一杯!」魏忠賢聽了拍手叫好。「你說我們兩個怎麼這麼……這麼……那個什麼通……你們讀書人說那個心什麼通來著?」

「心有靈犀一點通。」

「對對對，就是那個通，心通！就說那個孫承宗吧，我舉雙腳贊同你的看法……」

「不會吧，難道他敢看不起你九千歲？」

「何止看不起！簡直……簡直是把我魏某人當孫子耍！」魏忠賢氣得自己喝了一鞋酒。「說起來，我跟他還算老鄉。可是他……唉——，我被他簡直……簡直氣死掉！你知道吧，他那次自告奮勇到遼東視察，回來說王在晉只重山海關而不思恢復關外，等韃子真的到山海關，莫說京師以東，就是京師也亡日無幾。皇上急了，我馬上提議撤換王在晉，讓他孫承宗以輔臣之尊經略遼東。老實說，沒我魏某人就沒他孫某人的今天。他跟袁崇煥同穿一條褲子，加大縱深防禦。經過幾年經營，現在寧遠又伸延二百里，加上寧遠到山海關二百里，遼西走廊四百里盡為大明所有，韃子不敢再犯。憑心而論，孫承宗和袁崇煥一樣功不可沒。看在是我提拔的份上，去年你走後不久，我主動命內臣劉朝等四十多人去山海關勞軍，帶去王恭廠研造的神砲、甲仗、弓矢好幾萬，還有白金十萬，蟒、麒麟、獅子、虎、豹各種幣頒獎將士，還對他本人賜了蟒服、白金。好心沒好報，你猜他怎麼樣？他竟敢說：『太監觀兵，自古有戒』，拒而不見。宰相肚裡能撐船，大人不計小人過。我又命內臣劉應坤去，帶了十萬兩銀子，另外給他自己備一大堆禮，可他還是理都不理，你說是不是太目中無人了？」

「這……確實有點過分！」李春燁舉杯與魏忠賢碰，請以息怒。

「什麼『有點』，簡直是欺人太甚！」魏忠賢氣呼呼，沒心思喝酒。「有本事你一個人把遼東守好來啊！偏偏沒那個本事！月初，他擅自命山海關總兵馬世龍突襲韃子，結果中埋伏，損失將士四百多人……」

李春燁聽了，不由皺眉，連忙問：「不是聽說……是馬世龍誤信情報，擅自出兵，孫大人並不知情嗎？」

「他當然會這樣說。」魏忠賢一口喝了一杯酒。「現在損兵折將了，他當然會推御責任。要是這一仗贏了，評功擺好，你看他會不會說不知情。分明是他求功心切，指揮無方。這樣的敗將，還能留嗎？」

李春燁終於明白這晚餐的目的，不寒而慄。不過，他堅持說：「說實話，我倒是覺得用人要看大處。這麼小小一仗，無足輕重。」

「你錯了，老弟！這麼個小仗都打不贏，還想贏大仗？現在，朝中很多大臣都這麼說，一個個上疏要求彈劾他。」

「我也聽說。」

「你也奏一本，出他一口惡氣！」

「我……」李春燁又拎起金蓮杯請魏忠賢共飲。「我看，還是要以江山社稷為重。至於個人恩怨，沒必要摻和到國事上來。」

「你說我不是一心為江山社稷為皇上？」魏忠賢霍地站起來，從懷裡掏出御製木質「寶貝兒」，叭的一聲立在桌上。每次當眾掏出「寶貝兒」，他總是特別慷慨激昂。「我連這都無私奉獻了，還圖什麼？我這輩子什麼都沒有，死了上見不到祖宗，下見不到子孫，還有什麼私心雜念？我承認，我是會得罪人，有些事也許過分了一些些，可是我為了誰呢？還不是為了皇上，還有兄弟朋友？」

「所以，皇上常說：內臣是世上最無私的人，全心全意為江山社稷。」

「就算幫我一次好嗎?」

「容我好好想想，不要逼我。」

「誰逼你啦?來——，喝酒喝酒!」

第二天，魏忠賢追到衙署，拉他到一旁問:疏奏寫好沒有?李春燁為難說:「老兄，讓我幫點別的好嗎?」

「別的我要你幫個屁啊!」魏忠賢馬上變臉。

「那……那讓我再想想，昨天喝太醉了。」

第三天，魏忠賢追到京郊軍馬場。太僕寺的職責是掌牧馬之政令，以聽兵部。如今遼東危急，兵馬乃重中之重。可是因為江日彩到任沒幾天就負責督餉遼東兼管兩京十三省軍務糧餉去了，其他人責任心不強，京都邊關軍馬事務鬆懈多時，矯枉必須過正。李春燁將王可宗從大杉嶺調來，專門負責馬場，自己在城裡還坐不住，三天兩天往馬場跑。驗收馬匹，以京軍三大營中倒失瘦損最少的為標準，他親自為合格的軍馬一一烙印，不合格的堅決退回。對千總副參遊守以下官員，包括主管牲畜的乘田小吏，分別制定了懲戒辦法。同時，他還制定了章法，嚴禁京中官員逢年過節時借用軍馬去遊玩。他對王可宗說:「你要怎麼對得起我，我要怎麼對得起皇上，只有一件事:管好軍馬!要保證我們的將士有好馬!」這天，魏忠賢追到馬場，單刀直入說:「別再跟我講想什麼。」

李春燁提一個新問題:「既然已經有那麼多人奏了，還差我一本嗎?」

「皇上更聽你的啊！」

「那不見得！」李春燁嘴上這麼說，心裡想應該有這麼回事，不然魏忠賢不會這麼求著他。

「怎麼樣？」魏忠賢不耐煩了。

「還能怎麼樣？」李春燁環視一周馬場，找到新的藉口。「總不能叫我蘸著馬尿寫吧？」

「那……你快點啊！病是越拖越重，官司是越拖越輕。」

「我知道了！」

「我可不會再找你了。」

「我知道。」李春燁明白，魏忠賢現在要他寫了送上門。

李春燁思之再三，覺得這是落井下石，堅決不能做。那麼，該怎麼應付魏忠賢呢？

傍晚正要吃飯的時候，江日彩卻睡著。讓他好好睡吧，李春燁決定自己一個人先吃。突然想起魏忠賢的事，覺得煩躁，想喝幾口，便叫吳氏陪。

吳氏美，美在於無暇。她膚如凝脂，白白淨淨，連一點小痣、小粉刺都找不到。當然，李春燁只找了她的臉面、脖頸和手腕。那麼，她衣服裡頭是不是有小痣、小粉刺之類呢？她有什麼瑕疵呢？她肯定有缺點，不然肯定是那五十個新妃之一。那麼，那天那個上官氏又完美在哪裡？一時，他想不出吳氏和上官氏的差別。他不禁為那上官氏惋惜，為此自飲了一杯，掩飾過那種心情才轉向吳氏：「瞧，忘了敬妳一杯。」

「不敢！」吳氏淺淺地笑了笑，端起酒杯來。「還是小女子敬大人吧！」

兩個人不時地互敬，不知不覺飄飄然起來。李春燁禁不住吳氏衣服裡的誘惑，在飯桌上就想寬她衣帶。對她來說，在魏忠賢將她送給他那時起就覺得是他的人了，心裡倒是納悶他這麼久怎麼對她沒一點意思，只把她當女傭使喚，今天看他終於行動，也沒多推拒，當晚就同了房。第二天，他才說要納她為妾，才告訴江日彩。

不過，這天夜裡，激情一退，李春燁就清醒。他想這是魏忠賢送的尤物，真敢收嗎？收了人家的大禮，還能拒絕人家的事嗎？想著想著，一夜難眠。

魏忠賢是個重義氣的人。可是，一旦觸犯他的利益，又可以六親不認。你看魏朝，是他第一大恩人。沒有魏朝，他魏忠賢白閹了，皇宮門都進不了，叫他淪為「無名白」。為了進宮，為了從倒馬桶的地位往上爬，他多巴結魏朝啊！可是為了一個女人，他居然和魏朝相爭，大打出手，最後逐他出宮，逼他自縊，翻臉不認人，無情無義，心狠手辣！那麼，我現在不跟他同流合汙，他會視我為敵，伺機下手嗎？

應該不至於吧？我們好歹算是難兄難弟！李春燁僥倖地想，裝病不出門，全心享受幾天美美的吳氏再說。

然而，李春燁並不能專心於美色。魏忠賢那陰鷙的目光，常常閃現在他眼前，甚至在跟吳氏親熱的時候都會出現。李春燁內心充滿恐懼，簡直要瘋了。他連夜去找魏忠賢。當然，他沒交什麼疏，只是試探著說：「孫承宗的事……」

「不管他！」魏忠賢火氣很大，不願再提。「讓他走！」

原來，孫承宗聽了那些彈劾他的摺子，惱羞成怒，憤然辭職了！

22、遼東告危

整個北京都被大雪覆蓋了，可是雪還在下，沒完沒了的樣子，好像要把雄偉的皇宮給活埋掉。

這幾個月，李春燁都在京郊馬場。馬場好遠，他常住在那裡，一住好幾天，這可苦了吳氏。她怕夜裡貓叫，怕一個人睡。偏偏京城野貓多。因為天啟皇上愛貓，下令不准捕殺貓，否則錦衣衛可以拿人問罪。李春燁安慰她：「貓多可愛啊！很少人會怕貓，只聽說武則天怕貓，那是因為有個蕭妃倍受武則天欺凌，死的時候詛咒說：『但願下輩子武則天做鼠我做貓！』武則天害怕極了，才下令六宮不准養貓。妳一個純純樸樸的女子，誰也沒得罪，怕什麼貓呢？」

「貓白天是溫柔可愛。」吳氏說。「可是一到夜裡，吵起架來，像小孩哭一樣，像鬼叫一樣，怪嚇人了。」

何況，這些日子江日彩病更重了，那嘶啞卻是抽腸刮肚的咳，半夜常把隔壁的吳氏吵醒。她很怕，怕他會發瘋，怕他會死，還怕他亂說夢話。他會在夢裡亂罵人，甚至直接罵魏忠賢罵閹人，這要是讓人聽了告去，錦衣衛深更半夜都會破門而入的，那多嚇人啊！因此，她要李春燁回來陪她過夜。

李春燁對於江日彩的病情心中有數，很體諒吳氏。於是，他練習騎馬。以前，他只坐過馬車，從來沒騎過馬。現在，他必須學會自己騎。他是有毅力的人。當年初到北京，為了學會吃大蒜，硬是閉著眼睛捏著鼻子往喉嚨裡塞，直到眼淚、鼻涕不再流。現在學騎馬，被摔下來了爬起來繼續上。手、腳和肋骨，都受過傷，今天還痛得很。可是今天雪這麼大，江日彩不病死也會給凍死，他必須回家。他忍著痛騎著馬，疾駛而回。回到城裡，天都黑了，只是滿地的雪映亮著路。

江日彩仍然昏睡著。李春燁抱自己床上一床被子，加到他身上。出門時又想不妥：那裡氣都喘不過來，再蓋得重重的，不是更喘不過氣來？他又將被子抱起，放在椅子上，將火盆的炭翻了翻，又添兩塊炭，這才抱被子回自己房間，和吳氏一起做晚飯。

吳氏小戶人家出身，臉面生得小巧而圓潤，挑不出丁點瑕疵。可是做起事情來，包括在床上，就顯得笨拙了，可能就因此在選妃最後一關落選吧！但李春燁仍然將她視為天賜寶貝，愛得不得了。如果說妻是骨妾是肉景翩翩是魂的話，那麼這個通房丫頭就是光鮮的衣裳。一個人，能沒有光鮮的衣裳嗎？他年過半百才得這麼一件衣裳，能不珍愛嗎？

吳氏不大會做事，卻勤勞肯幹，家務都要自己做。李春燁說了，另外僱個傭人，她硬是不讓。這當兒，她正在盆子裡洗大白菜，他一把將她抱到一旁：「我來洗，這麼冷！」

「我用溫水，洗好了。」吳氏舉著兩隻溼漉漉的手。

李春燁吻了吻吳氏滾燙的潤唇，又吻了吻那有點紅腫的小手：「那我來煮吧！」

李春燁又洗幾根大蒜和一根紅蘿蔔。這是向卓碧玉學的。這樣，一碗大白菜就多了綠色的大蒜葉和紅色蘿蔔絲，看上去更漂亮，更讓人有胃口。以前，他只知道俚語說「魚腥嘴尖尖，吃了沒飯剩」。娶了卓碧玉才知道，好看的青菜也會讓人吃得沒飯剩。難怪卓碧玉畫一手好圖，以後要讓吳氏學著點。

在下著大雪的日子裡，魏忠賢六十大壽的吉慶到了，傳得沸沸揚揚。這可讓李春燁為難。要不要送禮，這是不用考慮的，問題是送什麼禮。送輕了，顯然不行，因為孫承宗的事已經讓他不高興，這種時候還小裡小氣，真要被他劃到對頭一邊去。可是送大禮，送不起啊！什麼正色倭緞蟒衣、夔龍脂玉帶、祖母綠帽頂、漢如玉，金盃、金珠頭等等，那要多少錢！家裡蓋五福堂還差錢呢，總不能房子不蓋送禮給他吧！再說，送多了，顯眼得很，讓人好事壞事總往他身上扯，難免惹事生非。待官場不是一年兩年了，「木秀於林風必摧之」的道理早該懂，何況他確實做了不少昧著良心的事，總有一天會有人找他算帳，別到時候跟著倒楣。那麼，送什麼禮，既在面子上過得去，又在錢上承受得起呢？

李春燁為送禮的事專程跑魏忠賢府上一趟。魏忠賢為孫承宗的事真生李春燁的氣了，但事情過去了，把孫老頭氣走，讓自己的親信高第繼任，目的達到。再說，李春燁就那麼個人，一年到頭也沒幾個疏奏，在關鍵時候還幫過自己。在孫老頭事上沒幫我，可是也沒幫他，兄弟畢竟是兄弟吧！事後，他們見面有些尷尬，但還是友善。現在登門來了，自然親熱。

「來人啊，弄點酒來！」魏忠賢叫道。「這麼冷的天，不喝幾盅，怎麼過啊！」

李春燁開門見山說：「我是來看看送什麼禮給老兄。」

「送什麼禮？」

「老兄花甲大喜啊！」

「唉，見笑了！見笑了！我是不想大操大辦的，可是那幫兔崽子，硬要折騰，我也沒法子，只好隨他們，老弟你就甭摻和了！」

「不瞞你說，我們老家規矩，兄弟辦喜事是不送紅包的，出力幫忙，出嘴吃喝就是。」

「對對對！到時候，你力都不用出，出嘴吃喝就是！」

魏忠賢吸完一筒煙，將殘煙吹出，落在地毯上，用腳踩滅。李春燁看著那地毯上一個個密密麻麻的洞洞，心上一計。

過了兩天，李春燁帶一車嶄新的地毯到魏忠賢府第門口，自己先進門。魏忠賢像往常一樣讓座、泡茶、喊酒，自己吸著煙。李春燁說：「老兄，你這地毯……」

「怎麼啦？」魏忠賢不知所云。

「你看被煙蒂燒成這樣，明天高朋滿座……」

「嗨——，你怎麼不早提醒我！」魏忠賢明白過來，急得直跺腳。「就明天，要換也來不及啊！怎麼辦？」

「來得及。」

「來得及？哪……哪裡去找？」

「我這就去找！」李春燁到門口，叫人把地毯搬進來。

魏忠賢看傻了眼：「你……你老弟還有這一手啊！」

七手八腳把新地毯換上，各個角落恰到好處，十分貼切。大廳中央，猩紅的地毯上繡著蒼松與白鶴，讓魏忠賢心裡樂開花。酒菜上來，連敬三杯，興猶未盡，說：「老弟啊，送再大的紅包都不如你送這地毯。今天這酒不算，明天，拜完壽，我要單獨再敬你三杯！」

這天夜裡，江日彩死了，李春燁得處理他的後事，顧不上魏忠賢的壽宴，魏忠賢也體諒。

江日彩喜歡弄八卦，當年弄過縣裡的風水，果然領先一步進士及第，可是他算不好自己的最終。要不然，他會早回去。去年回去，他就將妻妾留在家裡，打算好盡快告老返鄉，沒想到一回京城就病倒。看他病得不輕，李春燁勸過他，建議他乾脆回家休養。可他說帶一身病回去多不好，還是等病好了高高興興回去。結果如何？現在客死他鄉，再也回不了家，最多只能停柩在城郊，做孤魂野鬼。你太自信啦，完素兄！

李春燁一邊寫信快郵通告江日彩家中，一面命人買一具上好的棺材，又用火蠟將棺材的縫隙封死。進不了家門，也得把江日彩的屍骨運回泰寧。李春燁父親是失蹤的，他想掃墓都沒地方掃，不能讓江日彩也落到這個地步。只是千里迢迢，這將是一樁多艱難的事啊，簡直不敢想像！好在現在是冬天，年關又快到。等江日彩的兒子一來，他也回家一趟，一起幫助送靈。

袁崇煥進京調軍馬，順便看望江日彩，沒想恩人已作古，只能對著靈柩一拜再拜三拜，嚎啕痛哭。李春燁留他吃飯，他簡直又要哭一場：「遼東危在旦夕，我肚子裡都煮得蛋熟，哪吃得下飯！」

蒙古高原自東北向西南方向延綿萬里，過了張家口——赤峰一線，突然轉為燕山山脈和由努魯爾虎山、黑山、松嶺等山組成的遼西丘陵。從這裡分別向東北方和南方，是兩大平原，再向東是碧波萬頃的渤海。在山與海之間，有一條極狹的走廊。這走廊兩端，一頭是山海關，一頭是錦州。它是從遼東進關的必經之地。大軍要想過關，不走這條走廊，就得遠繞蒙古。而寧遠，正好卡住這條走廊的咽喉。有寧遠在，就有山海關在。後金即使想繞道蒙古入塞，沒有打通這條走廊，也不敢久留。因此，孫承宗的策略是以守寧遠為主，同時分守近海的覺華島，恢復錦州等城。

現在孫承宗被氣走了，高第來。雖然高第也是個進士，可是他對兵事一點興趣也沒有。魏忠賢要他當兵部尚書經略遼東，他嚇得暈過去，像雞啄米一樣叩頭乞免。魏忠賢哪容他討價還價，不去也得去。十月初，他勉強到山海關，則變了一個人，立即著手打擊前任，大搞自己一套。他上奏說山海關只有五萬士兵，言外之意是說孫承宗吃了空餉。孫承宗順著他說：那就通知戶部以後按五萬兵發餉好了。高第聽了嚇一跳，因為真要按這數字發餉，還有六萬七千多人吃什麼？他連忙掌自己的嘴，說是統計有誤。但他又跟孫承宗的策略對著幹，下令讓幾十萬軍民撤回山海關，把錦州等城拱手讓給後金，十幾萬石糧食和無數其他物資丟棄在原地，幾年的努力毀於一旦。只有袁崇煥在寧遠城抗命：「我堅決不撤！死也要死在這裡！」

眼下，關外只剩袁崇煥死守的寧遠一座孤城。這時候，如果敵人趁虛而入，怎麼辦？

聽這麼一說，李春燁也嚇出一身冷汗。他不敢再留袁崇煥吃飯，一刻也不留。

袁崇煥躍上高大的戰馬，揚鞭而去。望著他那矯健但是個兒顯得更小的背影，李春燁心想：就憑他能勝努爾哈赤？遼東乃至整個大明江山千鈞一髮之安危，就繫在他身上？那戰馬將地上的積雪踏得飛濺，很快在李春燁的視線中消失，卻又在他心裡閃出一個問題：皇上知道這情況嗎？

李春燁馬上趕進宮，要找皇上。魏忠賢說，皇上的病還沒好，剛睡去，別吵他了，這情況由他轉告。

李春燁覺得形勢十分危急，凶多吉少。不過，在這種時候，他想更多的是如何為皇上盡忠，放棄回家過年的念頭。李春燁僱一個老頭在江日彩住宅，邊守靈邊等待他家人到來，自己帶吳氏駐到馬場，日夜加強軍馬養護。

23、努爾哈赤的戰刀

果然不出袁崇煥所料，正月十五還沒過，後金皇太極努爾哈赤就親自統兵南下，浩浩蕩蕩，如入無人之境……塘報、邸抄星夜送入京城，朝野驚慌一片。皇上被這消息一嚇，反倒病好三分，抓過魏忠賢就下旨：「快叫高第出關，增援袁蠻子！快！」

兵部尚書高第卻下令要袁崇煥連夜撤回山海關。他回稟皇上說：「韃虜的馬蹄肯定要把寧遠踏成粉齏。這時候增援，無疑是飛蛾投火。不如一起固守山海關，確保京城，確保皇上！」

高第說的不是沒有道理。然而，袁崇煥堅決不從，堅持守寧遠。他將寧遠城外的百姓全部遷入城內，城外房屋等可能被敵人利用的物資全部焚毀，準備決一死戰。人們都說袁蠻子想立功想瘋了。有的人冷靜一想，讓他去拚一拚也好，消耗敵人一些實力，確保山海關。只要山海關安然無恙，犧牲他們也值得。有的人則認為這樣一分散，山海關更不保，連京城都岌岌可危。現在，京城的大門白天也緊閉。吳氏從街上買菜回家，說好些大戶人家在打點細軟，準備隨時出逃。李春燁也覺得凶多吉少，只是不便對女人流露……正月二十三日，八旗大軍直抵寧遠城外，前後如流，號角震天。

寧遠城西為螺峰山，西為首山，兩山對峙，中間僅三十來丈寬。後金要從遼陽、瀋陽沿著河西走廊進山海關，必經此地。首山介於寧遠城與海濱之間，挺拔秀立，因酷似人首而名，距城僅四五里，是兵家必爭之地。然而，努爾哈赤不廢吹灰之力就占得。他親臨首山山頂，直望寧遠城。人影綽約可見，只是辨不清眉目。他真想能看到那個頑固的袁崇煥，並且對上兩句。

突然，努爾哈赤內急，不容多走，就在邊上草叢裡解決。這一刻兩刻當中，他想出一個主意，想不戰而屈人之兵，命部下射上一信給城頭：「本汗王率軍二十萬，寧遠必如首山易破。爾等投降，定然善待，封以高爵！」

「首山非我築，只是烽火臺罷了。寧遠城是我親手所築，守得住守不住，我心中還沒數嗎？」袁崇煥回信針鋒相對。「你分明只有十三萬，哪來二十萬，還想詐我？你如果不逃，就來試試看！」

努爾哈赤氣得咬牙切齒，拔出戰刀直朝城牆的方向狠砍一刀：「南蠻子，我叫你死無全屍！」

二十四日天一亮，後金就發起進攻。他們像一排排咆哮著的海浪，鋪天蓋地撲向那個小島礁。袁崇煥立於城頭，冷冷地笑了笑才下令：「羅仔，你立大功的時刻到了！給我準準地瞄，狠狠地轟！開砲——！」

砲手羅仔叫羅立，是袁崇煥從邵武帶來的，算是親信，曾經專門派到京營受過葡萄牙軍師的訓練，操作紅衣大砲的技能最好。十一門紅衣大砲和其他火器同時怒吼，直轟敵陣前中後……首山上的努爾哈赤大吃一驚，不覺打個趔趄，踩到一個小木樁，又趔趄幾步，顛到草叢中，踩到自己昨天拉的屎，差點滑倒。顧不得弄掉靴子上的屎，他奔回原來站的最高點。在這種時刻，他不能離開！沒想到才幾年不見，大明居然有這麼厲害的大砲！然而，自從與大明開戰以來，他哪一戰輸過？只不過多費些力而已！

看著自己的將士一片片倒下，他不為所動。他不停地揮動著戰刀，命令將士們堅持進攻。堅持，堅持，再堅持一會兒，明軍的大砲就要啞了！寧遠城就要破了！他眼前還不時地幻現山海關和紫禁城，好像寧遠城眨眼間就要破，緊接而破的是山海關和紫禁城……

突然，有一發砲彈落在努爾哈赤附近。沒來得及看清那砲彈的影子，他就倒下，又滾到自己昨天拉的那堆屎，但他消失了對一切的感覺……

後金將士抬起渾身是血的努爾哈赤，那塊包裹的白布立即被染紅。他們慌忙撤退，連那把刻著他名字的戰刀都沒顧得上撿起來。

後金敗退的捷報傳到京城，朝野不敢相信：哪會有這種事發生？直到過兩天，人們看到袁崇煥不僅活著，而且揮舞著努爾哈赤的戰刀進京，臉上堆滿了得意的笑容，這才相信奇蹟真的發生了！

論功行賞，袁崇煥自然是頭功，提升為右僉都御史。部將滿桂、趙率教、左輔等人都加官晉爵。遼東之外，魏忠賢因「予發火器，大壯軍威，功雖奏於封疆，謀實成於帷幄」而加恩三等，蔭其姪子一人為錦衣衛都指揮；李春燁因協同調發紅衣大砲，軍馬保障有力，升為兵部右侍郎，並獎賞金銀。高第因不發一騎相救，被撤職回籍。

魏忠賢專門在府第宴請李春燁和袁崇煥，又換上金蓮杯大喝。三鞋酒下肚，他坦率地說：「我是沾你們的光啊！說實話，我跟皇上一樣，被那群烏鴉吵昏了頭，拿不定主意。要不是二白兄提醒，那十一門紅衣大砲肯定還在京城裡頭睡大覺，能不能勝這一仗就很難說了……我真是……唉——，不說了！不說了！罰我一杯酒，算過去了！過去了！」

袁崇煥沒想到魏忠賢有這麼豪爽，酒興大發，開懷暢飲，喝得當場嘔吐，趴在桌上不省人事。

李春燁也沒想到魏忠賢會這麼豁達，千恩萬謝，只差跪拜磕頭。

「老弟不必客套！」魏忠賢用一鞋鞋酒回應。「我都九千九百歲了，總不可能萬歲，不如給小弟們弄個七千歲、八千歲當當！」

袁崇煥帶上刻著努爾哈赤名字的戰刀，再祭江日彩。這時，江日彩的長子江豫抵京，來迎父親，幾個人痛哭一番。李春燁勸袁崇煥節哀，說：「完素兄在天之靈知你凱旋而歸，也可以瞑目了！」

「如果恩人多活兩個月，親眼看一看，那該多好啊！」這條在疆場都沒流過淚的漢子，現在越哭越傷心。而今，他只能請江豫帶上努爾哈赤的戰刀，讓這把戰刀為恩人陪葬，並發誓總有一日要親自帶著努爾哈赤的人頭到泰寧祭恩人的墳。

是啊！一病這麼久，滿朝的人似乎都把江日彩忘了。在這舉國歡慶的日子裡，人們到處讚美「袁蠻子」，使得「蠻子」一詞有史以來第一次有了褒義。人們在稱道袁崇煥神勇之餘，也誇獎侯恂慧眼識英才，沒有人知道最早是江日彩舉薦的。袁崇煥自己也聽到這種議論，所以哭得特別傷心。李春燁安慰說：「歷史自有公論！」

李春燁這話似乎提醒了江豫。他立即說：「爺爺，家父的墓誌銘就拜託您了！」

「哎——，不妥，不妥！」李春燁說。「我和你父親什麼關係啊？老朋友，又同學，又親家，還同事，關係太密切了，反而不好，得迴避。嗯……這樣吧，我推薦一位，你請錢龍錫大人寫。」

「錢龍錫不是去南京了嗎？」袁崇煥說。

「沒關係，你回去剛好路過。」李春燁說。「你父親這一生，不止是伯樂識才，還可以說正直清廉，愛民如子。遼東戰事告急，朝廷加派遼餉，你父親冒死上疏，請求減免受災嚴重的山西、陝西、河南三省的加派，拯救了無數饑民。他還反對朝廷開礦擾民，嚴厲追繳侵冒遼餉，秉公處理複雜的刑獄案件，都博得人們好評。調離安邑的時候，士民得悉，相率赴省請留，但未獲准。人們不讓他走，搬了風車之類農具堵住他的門，高呼『老爺莫去，活我百姓』。你父親只好裝扮成巡夜人，深夜裡悄悄從小路離開。事後，人們懷念不已，為他建了生祠。最後這幾年，他督餉遼東，直接為袁崇煥守遼提供了可靠的後盾。這幾年，他……他仍然堅持堂堂正正做人，準備好疏表乞休，誰知不假天年……唉——，也是命！這些，錢大人都知道。你只要說些家裡的事，他就能寫好，——比我寫更好。」

李春燁幫江豫變賣了江日彩在北京的房產，結清所有債務，又幫他兌換銀票、僱了馬車，送出城門。

已經是年近花甲的人了，李春燁目睹過形形色色的死亡，但沒有哪一個人的死像江日彩之死在他心裡引起這麼大的震憾。江日彩跟他太親密了，情同手足，孩童時摸青之類的嬉戲彷彿就是昨天的事，可是他今天已經作古了！變成一具殭屍！永遠消失了！這種殘酷的事，也快輪到我了！

李春燁暗自跟江日彩相比。江日彩只大一歲，同是進士，還曾同是太僕寺少卿，可是他有生祠，活著就有人紀念。那麼我呢？

人比人，比死人啊！李春燁逃避著自己，更多地把自己埋進吳氏的胸懷。他覺得：只有這美妙的胴體真正屬於我……不，一旦死了，這也不屬於我！我太老了，快死了，配不上她！如果我也跟她一樣年輕，那該多好啊！如果能夠置換，我寧願不要五福堂，不要兵部侍郎這官職，不要這進士，只要她……

難道只要她嗎？不是還有景翩翩嗎？不是還有卓碧玉嗎？不是還有老母嗎？不是還有子孫嗎？

李春燁糊塗了！完素兄，你真不該這麼早死！你該多陪陪我！

24、離奇大爆炸

三月，復設遼東巡撫，由袁崇煥升任，並派太監劉應坤、紀用兩人為監軍。對前者，袁崇煥欣然接受，對後者即上疏反對。有道是「用人不疑，疑人不用」，既然委以我重任，何必又叫太監來礙手礙腳呢？可是，除了魏忠賢除了太監，皇上對誰也不放心。皇上認為，太監連後代都沒顧，是最大公無私的，除此什麼人都有可能私心發作，誤國誤民。你袁崇煥有意見？可以理解，但必須接受監督。我再升你為兵部左侍郎，賞你一堆銀幣，再獎你子孫世襲千戶，總該不抱怨吧！

現在，李春燁與袁崇煥是同事，並肩為左右手，在兵部僅次於尚書。李春燁既感到高興，又感到不安。高興的是承蒙皇上信任，重權在握，可以做一番事業。從私心來說，現在是從二品，俸祿大增，獎賞也多，正好補福堂急需，可喜可賀，可賀可喜。當夜，他跟吳氏對飲了一壺酒，喝得點滴不剩。上床後還跟她聊了很久，訴說自己的抱負，展望功成名就的未來，直說到吳氏發出鼻酣聲。一安靜下來，冷靜地想一想，他又心虛起來。憑心而論，幾十年來，他並沒有讀什麼兵書，對打打殺殺也沒什麼興趣，甚至有著「好鐵不打釘，好漢不當兵」的偏見。如此怎能當好兵部侍郎呢？他還突然想到，在這兵慌馬亂之時，兵部不是個肥缺，別說侍郎，尚書都沒人願意當，像走馬燈似的換來換去。原來，皇上賜我一根雞肋……怎麼能這樣想呢？真是該死！李春燁命令自己不要胡思亂想，只想怎麼當好這侍郎，以報浩蕩皇恩。他想，戰事也只是遼東，我偌大的大明難道真會對付不了區區韃虜？以前只是沒良將，現在良將有了——就是袁崇煥，何愁敵患不除？我不懂兵事，可是大石要有小石墊，輔佐好袁崇煥就可以！有他的功，就有我的功。寧遠大捷，功過分明，不正說明這一點嗎？這麼一想，他的心才安寧下來。

袁崇煥這人還真需要幫手。他手下的滿桂和趙率教都是一流的將領，但性格不同。滿桂是蒙古人，非常憨直。趙率教卻十分玲瓏。他們兩個本來是要好的朋友。後金大舉進攻寧遠時，趙率教堅持在前屯衛鎮守，只派一名都司、四名守備來增援，滿桂很不高興，不許他們進城。拖到袁崇煥干預，才放行。寧遠解圍了，趙率教想分功，滿桂又不高興，罵他不親自救援，太沒義氣。兩人大吵。袁崇煥袒護趙率教，滿桂對袁崇煥也開始不恭。於是，袁崇煥上奏要求將滿桂調往別處，將關外之事由趙率教統領。這時，經略王之臣出面，懇請留下滿桂，改調山海關。但王之臣在奏章中卻揭袁崇煥的短，激怒了他。他立即上書「乞休」，要告老還鄉。王之臣不甘示弱，也上書請求「引退」。朝中譁然：大敵當前，怎麼能發生這種事？

李春燁連忙寫一信，差人星夜送往遼東。袁崇煥見如此十萬火急，當即拆閱——

元素兄如晤：

想必別來無恙，是願。

近日有些傳聞，令吾想起爾尚在吾鄉邵武，不知可否聽聞廣寧之事。時任經略熊廷弼，主張「以守為戰」，以廣寧為主，重點布防，以擋努酋銳勢。熊經略請兵二十萬，皇上發給二十六萬，議餉千餘萬，僅撥給廣寧一城的火藥就二十餘萬斤，令人寬慰！不想，廣寧巡撫王化貞主張「不戰不可守」，要借察哈爾林丹汗蒙古兵四十萬，自己以六萬兵進戰，一舉蕩平遼陽。兩人意見不一，鬧得不可開交，朝廷大臣也爭執不下。就在這時，努酋統領大軍直撲廣寧，令熊經略、王巡撫措手不及。兩天後，努酋攻入廣寧。不日，遼東盡失，橫屍遍野……

不用再看下去，袁崇煥已經明白李春燁這信的意思了。信箋也不折，抓成一團往戰袍懷裡一塞，躍馬直奔王之臣戰營，開口便說：「小弟負荊請罪來了！」

王之臣一愣，很快反應過來，連忙說：「該負荊請罪的是我！」

袁崇煥當即寫了疏，讓差兵帶回兵部，奏請再用滿桂。

滿桂是個直來直去的人，說完罵完就是，肚子裡不留什麼彎彎繞繞，與袁崇煥和諧如故，皆大歡喜。

李春燁雖然不再做短期打算，但家裡蓋福堂要花很多銀子，無力在京城再置房產。前一段時間，寄居江日彩那裡，一面是為了照顧他，一面也為著自己省錢。江日彩死了，他不能再住下去，幫著變賣，銀兩悉數交給江豫。現在，他寄居在錢龍錫府上。錢龍錫調南京去了，不知道什麼時候回北京，房子閒也是閒著。他要算給租金，錢龍錫笑道：「親兄弟明算帳是不錯，可這是房子，沒人住壞得快，我謝你還來不及哩！」

端午節快到了，吳氏像小孩盼過年一樣，早早掰著指頭。她迫不及待備料包粽子，初四就包了吃。李春燁笑她是鄉下人，因為在泰寧只有鄉下人才提前到初四吃粽子，以便初五趕進城看賽龍船。京城也賽龍船，但要麼在宮中，要麼在城郊，不容易看。他的興趣也不在龍船上，而在藥上。初五午時，隨便採什麼草都可以當藥。可是京城裡頭只見房子難見草，要是怕麻煩只能買。買也要選午時正，買回一大堆艾草、菖蒲和葛藤之類，先在大門小門上掛一束，貼上對聯「艾葉如旗招百福，菖蒲似箭斬千邪」；再掛一些到菜櫥衣櫥之類上，貼小紅紙寫道：「五月五日午時書，四時海龍進寶珠。孔子筆頭千斤重，螞蟻遠走永無蹤。」然後泡艾草洗澡，保四時不長疥子痱子。還剩一堆艾草之類，便晒起來，供一年四季不適之時泡茶。今年端午天氣不好，風沙很大，遮天蔽日，到處鋪起一層沙子。他們把艾草收起來，以免葉子捲上沙子。

第二天一早，晴空萬里。李春燁和吳氏起了個早，將院子裡的沙塵掃淨，然後將艾草之類的搬出來晒。還沒有吃早飯，他沒穿官服，她穿著睡衣，兩個人邊晒艾草邊嬉鬧。他走到她身後，將幾根葛藤掛在她頭上，如花環珠佩。一會兒，她也走到他身後，將兩根艾草插到他脖頸上，如戲臺武將帽子上插的雉尾……

就在吳氏往李春燁身上插艾草的時刻，突然從遠處傳來一聲巨大的爆炸，像天崩了一樣，地則顫抖不已。瞬間，天全暗了下來，可怖極了。他緊抱了她，一動不動，靜觀其變。轉眼間，又有些雜物紛紛揚揚落下，還有些小物砸到他們身上，他連忙拉著她跑進房屋。天太黑了，他們跑散，但是感覺都跑進房屋。他叫道：「好了！別動，千萬別亂動了！」

李春燁和吳氏在廳上兩邊分別躲著。不一會兒，天覆亮。李春燁睜開眼，居然發現自己變得一絲不掛。再看吳氏，她也變得全裸，連裹腳布都沒了，可是她還雙手緊抱著頭，渾然不知。他奔過去，一把摟住她。她不僅感覺到他抱了她，還感覺到肌膚與肌膚的接觸，連忙鬆開眼，驚駭得尖叫起來……

太不可思議了！李春燁沒到房間追吳氏，隨手抓了條圍裙遮羞，走到院子，看地上亂七八糟的東西，有商舖裡頭的果點，有官宦家的器皿，有女人家的衣物首飾——顯然不是吳氏的，甚至有宮中的琉璃瓦，唯獨不見自己的衣物，而兩張凳子則四腳朝天，太離奇了！

整理完，吃了飯，李春燁匆匆趕往兵部衙署。路上，就聽到議論紛紛。原來，爆炸的是王恭廠。王恭廠是製造鉛子、火藥的軍工廠，難怪炸得這麼嚇人。到了兵部，你一言我一語一湊，發現還有更多離奇事，如工部尚書董可威雙臂折斷，御史何廷樞、潘雲翼在家中被震死，宣府楊總兵一行連人帶馬並長班七人在街上走著沒了蹤影，死傷的男女則大都丟了衣物，遭遇魔鬼一般。

為什麼會發生這次大爆炸？事後調查，查不出個原因。相反，查實當時貯存的火藥只有幾千斤，根本炸不出驚天動地的後果，這就讓人更感到離奇。這樣，人們只能解釋「天怨人怒」。欽天監周東明上奏說：「地中洶洶有聲，是謂凶象；地中有聲混混，其邑必亡。」

魏忠賢聽了大怒。他敏銳地覺察到，這類言論的矛頭直指他，言外之意是說他倒行逆施，罪比劉瑾之類觸犯天顏。這要是不加制止，讓皇上信了，那還了得？不等啟稟皇上，他立刻差人將周東明拿了，定其罪「妖言惑眾」，當即重打一百大板，將他活活打死。這樣，人們只能在心裡頭琢磨，不敢輕易言語，連平日裡的說笑也少了，朝野像這不冷不熱的天氣一樣鬱悶得很……軍火炸了，兵營也給炸了，兵部可忙壞了。李春燁負責重建兵營，整日奔波在工地。光士卒就死傷幾千人，派上萬人清理廢墟，一連忙了幾天。同時，著手重建，重新勘量，重新設計。

大型營建都由皇上直管的內官監負責，工部只是執行機構。兵營有些不同，主要由兵部負責，但太監仍要監管。有天，魏忠賢悠盪悠盪，轉到兵營工地，跟李春燁坐下喝茶。他們幾日不見，如隔數年。

「你好像瘦了！」李春燁說。

魏忠賢即使在鎮撫司對人犯施著酷刑也常掛著笑容，但他今天卻笑不出來：「出了這種事，我能不瘦嗎？」

「那有什麼辦法？」李春燁嘆了嘆，勸慰說。「這種事，天災人禍……」

「哎——哎哎，你可不能說人禍啊！」魏忠賢的臉更沉了。「說天災是可以。說人禍，你說是誰造的孽？是我——？是你——？」

「我自己都差點沒命！」

「我知道！光溜溜……」

李春燁大吃一驚：「你怎麼知道？」

「我怎麼不知道？你什麼我不知道！」

「那沒什麼！」李春燁反而不以為然。「聽說，西山的樹梢上，掛滿了女人的衣裳。」

「是啊，怪，實在是怪！」

「聽說，駟馬街的石獅，給飛出順承門……」

「這怎麼可能呢！」魏忠賢大怒。「那石獅五六千斤重，你說怎麼個飛法？」

「那……那你說，衣裳穿在人身上，好好的，怎麼個飛法？」

「這……這這這真是見鬼！」

「怪，確實是怪，太怪了……哎，皇上怎麼樣？」

「一樣啊！那時候，皇上正在乾清宮用早膳。突然發生那種驚天動地的事，皇上嚇壞了，拚命往交泰殿跑。貼身內侍趙鐵林跟著皇上跑，剛到建極殿，天上忽然掉下一塊鴛鴦瓦，砸在趙鐵林腦門上，腦漿迸裂，皇上更是嚇壞了。這兩天才好點，想到大高玄殿去燒香。」

「我也一起去吧！」

「這……這好嗎？」

「有什麼不好？我不說你說的，就說是剛好碰上，皇上哪裡會怪你！再說，即使明說是你說的，皇上也不見得會怪罪你吧？」

「那是……那是！」

大高玄殿是皇上專用的道觀，在北海與景山之間，老遠就可以看到一個黃琉璃瓦的亭子頂部，造型獨特，搶眼得很。大殿裡供奉有三清像，還有道士占卜。沒想到，道士也說是「天怨人怒」。

「妖道大膽，信口雌黃，一派胡言！」李春燁搶先發怒。「皇上乃真命天子，愛民如子，太平盛世，百姓感恩戴德，歌舞昇平，哪來天怨人怒？分明是妖言惑眾，該當何罪！」

皇上卻說：「愛卿息怒。此番爆炸，太離奇了，必有玄奧。道仙通天，言必在理。」

「微臣該死！」魏忠賢立刻跪到皇上腳下。「肯定是微臣得罪了天神，讓天神懲罰我吧！」

「愛卿不必多慮，朕心裡有數！」皇上自責說。「朕是天子，天神要怪罪的自然是朕，朕當痛加省修。」

皇上當即下「罪已詔」，祈請天神別讓此類怪事再現，並當即下詔撥黃金萬兩救濟災民。魏忠賢和李春燁又帶一群人浩浩蕩蕩作佛法會，放河燈追薦，驅殺鬼怪，祈佑皇上平安。

回城路上，魏忠賢忽然跟李春燁說：「我有點小事，想請小弟幫個忙。」

李春燁一聽，怦然心跳。魏忠賢開口的事，決不會是小事，也不可能是好辦的事，但他不能說「不」。再不想辦的事，或者辦不到的事，也要先應承下來：「老兄的事就是我的事，儘管說。」

「你知道，我鄉下出身，親戚也都是些窮親戚。我表叔做人非常好，幫我照顧我父母，比我這親兒子還照顧得好。我父母常常說，要我好好報答他，可是一直沒機會。他有個兒子，這兩年在京城做點小生意，經營磚石木料。你現在管兵營重建，不是需要磚石木料嗎？你看，這塊生意能不能給我那表弟做，讓他賺幾個小錢……！」

「那沒關係！只要是磚石木料，找誰買都一樣」

「那不一樣！讓他做，就算我報答我表叔，也算我欠你一份情，他也不會忘記你！」

「老兄不必太客氣。」

中午，趙老闆要請李春燁吃飯，李春燁死活不答應。吃了人家的嘴軟，拿了人家的手軟。魏忠賢罵他死氣，便請李春燁陪趙老闆到他府上吃飯。李春燁不好拒絕。三人稱兄道弟，喝得七八分醉。

趙老闆送李春燁回家，悄然塞上兩塊沉甸甸的金條。李春燁嚇了一跳，馬上聯想到剝皮，堅決不收。可是那老闆臨出門時，把金磚扔進他院子裡，他總不能再扔到大街上去吧？

晚上，李春燁把金條送到魏忠賢府上，請他轉還趙老闆。魏忠賢笑了，忽然問：「皇上祭神怎麼祭？」

李春燁一邊揣測魏忠賢的用意，一邊回答說：「現行規定：每壇籩豆十，簠簋各一，酒盞三十。」

「祭先帝呢？」

「籩豆各四，簠簋各二，鉶一，爵三，犧尊、象尊各一。」

「祭至聖先師呢？」

「什麼意思？」

「什麼什麼意思？」

「你問我這些什麼意思？」

「問你啊！」

「祭至聖先師是：籩豆各六，簠簋各二，登一，鉶二，犧尊、象尊、山罍各一。怎麼樣？」

「明白什麼意思了嗎？」

「不明白。」

「你讀書讀到屁股上去了！你看祭神祭先帝、先師都不能說空話，人家感謝你還能空手嗎？」

原來如此！李春燁確實沒想過，以前收了些禮，只當人情往來，拜年還得紅包呢！現在魏忠賢這麼說，也不是沒道理。但他還是覺得有些不妥，支吾說：「這……這不一樣……」

「什麼不一樣！」魏忠賢乾脆說。「老實說，我也收了，我可不退！你還吧，你告吧，我去剝皮！」

李春燁啞然。

25、草擬聖旨

努爾哈赤在寧遠捱了一砲，身負重傷。更要命的是，此役粉碎了他戰無不勝的神話，心受重創。拖了幾個月，一命嗚呼。為此，袁崇煥竟然派員前往盛京弔唁努爾哈赤，並祝賀新汗王即位。消息傳到北京，朝野無不傻眼。心急的，破口大罵，立即上疏要求將他拿回來問罪。李春燁也感到不可思議，主動請纓到遼東，了解原委。

寧遠城高三丈二，遠望而去巍巍峨峨。走近一看，才發現它百孔千瘡。袁崇煥回顧幾個月前那一戰：後金將士大都久經沙場，剽悍異常，死命前衝。一些盾車輾著同伴的屍體，衝到城牆腳下。躲在盾車裡面的人趁機鑿城，鑿出三四個大窟窿。幸好天寒地凍，城牆的夯土凍得跟生鐵一樣，壞而不墜。現在戰役結束了，袁崇煥組織軍民修補加固。望著那黑壓壓一片的築城者，他得意地對李春燁說：「你知道嗎？那些夯城的土，我都澆了飯湯，比石頭還硬，他們還想那麼容易挖？」

「你怎麼知道用飯湯和土？」李春燁問。

「我在邵武時，到你們泰寧過，去看我恩師，到過天成巖、寶蓋巖……就是你老家那邊學的。」

「對對對，我們那邊有的寺廟就是用飯湯澆土，幾百年不壞。」

「用來築城牆，那就真是固若金湯了！」

「既是如此，為何與韃虜媾和？」

「不媾和又若何？別以為我們贏了一仗就可以忘乎所以！別忘了，除了城牆和大砲，我們沒什麼優勢！何況，王恭廠一炸，火藥也續不上。自古以來步兵打不過騎兵，否則我們不會有那麼多『和親』，把自己的美女拱手送給那些東夷、西戎、北狄之類。我們還是要以守戰、備戰為主，韜光養晦，等到天時地利人和那一天再決戰不遲。」

這倒也是。想當年，突厥大兵壓境，內外交困，唐太宗毅然單槍匹馬入敵營，與他們講和，不惜賠款、和親甚至稱臣。這樣爭取到時間，休生養息，一俟緩過氣來，兵強馬壯，立即反攻，反敗為勝。天啟皇上很崇拜唐太宗，該會從他那裡受到啟發，理解袁崇煥的良苦用心。

接著，袁崇煥帶李春燁視察「關寧鐵騎」。他的策略換言之是「以遼人守遼土」。他從軍糧中擠出十多萬石糧食，折成十萬兩白銀，作為屯田經費，吸引遼人返回故里。同時，從這十餘萬遼民中挑一批身強力壯、能騎善射的漢子當騎兵，準備與敵人的騎兵一比高低。李春燁在軍馬場工作過，現在看這些騎兵演練看得出門道，不住地頷首。

操場邊上，有一幢新建的小房子。袁崇煥介紹說：「這是為千歲爺蓋的生祠。」

「哦——？」李春燁大感意外。「沒想到你也會趕時髦！」

「大家都蓋，我一個人不蓋，行嗎？」袁崇煥憨厚地笑笑。

前幾個月，大約是閏六月初吧，浙江巡撫潘汝楨上疏，曰：「東廠魏忠賢，心勤體國，關愛百姓。鑑此，兩浙儘管歲遭天災，還是舉百年相沿陋習積弊革除，永珍更新，無不途歌巷舞，欣欣相告，感恩戴德，百姓強烈要求為廠臣興建生祠。」

皇上聽魏忠賢轉告，自然欣喜。能有這樣深受黎民百姓愛戴的宦官，我皇上更可以放心玩自己的木工活了。於是，當即透過魏忠賢下聖旨曰：「據奏，魏忠賢心勤為國，關愛百姓，使兩浙連年在抗災中取得偉大勝利，開創百年歷史大好新局面，特准予為廠臣建生祠，以垂不朽，以滿足廣大民眾之願望。」

皇上還為這個生祠賜額「普德」，任命錦衣衛百戶沈沿文等永守祠宇。這個先例一開，全國各地紛紛效仿。國子監生陸萬齡甚至上疏，建議以魏忠賢配孔子，以魏忠賢之父配祀孔子之父，在國子監西側建魏忠賢生祠。這建議公然也得到一片喝采。

儘管如此，李春燁還是沒想到，這「蠻子」也不甘落後，趨炎附勢！李春燁心裡掠過一絲反感，小心翼翼說：「前方不比後方，軍餉就是將士的性命啊！」

「是啊，我也這樣想！」袁崇煥說。「可是，毛文龍一直嚷著要建要建……」

「你那麼聽他的？」

「我怎麼會聽他的？不過，我認真想過，我覺得他這話並不是沒有道理。其實，毛文龍這人很會打算盤。文武官員好些人爭著拜魏忠賢為乾爹，毛文龍公開說不幹。他說：『他在朝裡做半朝天子，我在海外做島中天子。我進貢他些罷了，為何還要做他兒子，丟我杭州人臉面？』但他說人家都替魏忠賢建生祠，我們不建，省那幾個錢，惹朝中不高興了，少撥軍餉，不是虧更多？」

「這倒也是。看來毛文龍不像江日彩說的那麼糟，還是可用的！」

「那你就有所不知了！這個人，不僅貪財好色，而且膽大妄為，屢屢虛報軍功，冒領獎賞。就上個月，他上奏說統兵千人渡海，分三路，行十餘日，深入六百餘里，斬敵二百七十級，領了一堆賞。其實，無據可憑。朝中不知不奇怪，哪裡騙得過我。我根本不相信，可是又不便揭穿。我在這裡，如坐針氈啊！總有一天，他會壞我大事……總有一天，我要除了他！」

「他可是朝中紅人啊，你可得慎重，不可義氣用事！」

離開生祠回營途中，突然竄出一個書生，擋住去路，直拜袁崇煥。袁崇煥一愣，嘆道：「你怎麼還沒回去！」

「再求袁將軍給小生一個報效國家的機會！」那人直磕頭。

「快請起吧！」袁崇煥要上前兩步扶起那人，隨從搶先一步。「回去安心讀你的書，讀書一樣能報效國家。」

隨從硬將那個弱不禁風的書生架走。那書生叫程本直，特地老遠跑來，要求參戰。袁崇煥說：「看他那麼真誠，我也真想收留。可是你看他，手無縛雞之力……唉——，這可是真槍真砲啊！」

吃飯時，袁崇煥召集滿桂等部將，還有他們的妻子。為了讓大家一心一意守遼，袁崇煥率先帶了自己的妻子到寧遠。正是戰時，軍中沒什麼美味，酒也談不上好，但是大家喝得很開心。滿桂和他妻子都是蒙古人，喝酒用碗，一碗接一碗乾。袁崇煥酒量差些，可是他妻子鮑氏很能喝。李春燁一看這場面就虛，可他想人家夫妻在這裡玩命，喝了今天不知道明天，我怎麼能怕醉呢？他也放開來喝，一會兒代表皇上敬一杯，一會兒又代表廠臣敬一杯，喝得當場大吐。

李春燁與袁崇煥回京城，直奔魏忠賢府第。李春燁著重介紹袁崇煥為魏忠賢建的生祠，繪聲繪色說那雕像是鍍金的，頭戴冕旒，執笏，儼如帝王；那眼耳口鼻手足，宛轉一如生人。那腹中肺腑皆金珠寶玉，衣服奇麗，髻上簪著四時鮮花。最後，貶損他一句說：「那假的，比你真的還好看！」

魏忠賢不在乎李春燁貶損，他們開玩笑早習慣了。他呵呵直笑著，對袁崇煥說：「誰說你是『蠻子』，鬼精鬼精得很哩！往後，誰要是再叫你『蠻子』，老兄我跟他沒完！」

「我想單獨見見皇上！」袁崇煥懇求說。「大殿上，那群烏鴉在那裡嘰嘰呱呱，什麼事也辦不成。」

李春燁立即附和說：「我也想見見，好久沒見了。我去了幾次，都不讓見。皇上龍體可好？」

「不好！經王恭廠爆炸那一嚇，更不好了，我都盡量少去打攪。」魏忠賢陰著臉說。「這樣吧，我找個機會幫你說說，保證皇上不會怪罪你，你放心！」

一天晚上，魏忠賢突然找李春燁討酒喝。李春燁剛搬來不久，只跟魏忠賢提過，順便請他什麼時候有空過來喝幾盅，不想他今天晚上真的找上門來。難怪很多人都說，他近來變得又恭謙起來，對下人對不熟悉的人也常是一臉笑容。

吳氏忙廚房的事，李春燁在廳上親自泡茶。今天天氣哈哈了幾句，轉入正題說遼東。李春燁說，袁崇煥的緩兵之計果然麻痺了後金，他們現在轉而去攻朝鮮。趁這機會，袁崇煥調集了四萬班軍和大批民夫開到錦州等城，在後金的眼皮底下搶築城池，把被高第破壞的寧錦防線恢復起來。趁這機會，王恭廠火藥生產也在加緊恢復。李春燁說：「這下，皇上，你、我，還有全國百姓都可以睡幾個安穩覺了！」

「這下，看那群烏鴉還有什麼好說的！」魏忠賢坐累了，站起來踱步。「有了你，還有那蠻子，我和皇上真是可以放心了……哎，快上酒來啊，我有好事告訴你哩！」

「什麼好事？」

「別急！你沒酒給我喝，我是不會告訴你的，你也就沒有好事！」

李春燁進廚房幫忙。當中，他心裡閃電般轉了轉，想不出會有什麼好事，肯定是開玩笑，詐酒喝罷了！儘管這樣，他還是熱情擺出酒菜。

李春燁還沒有趕金蓮杯的時髦，酒杯雖然精緻但是太小。三杯酒下肚，魏忠賢尚覺不過癮，又跟他對乾了三杯，這才把手伸進懷裡摸東西。會是什麼呢？李春燁緊盯魏忠賢的手，只覺得金燦燦很耀眼。定睛一看，竟然發現是聖旨！他連忙下跪磕拜，山呼萬歲。魏忠賢卻說：「起來起來，急什麼啊！這是聖旨，可我不是宣旨！」

魏忠賢掏出來的的確是聖旨。他將這聖旨擺在桌上，又端過蠟燭，讓李春燁自己看：

諭兵部尚書李春燁

奉天承運

朕維我祖宗設立京營，訓練軍士，居營則嚴捍衛，遇警則聽徵調，所以居重而馭輕也，其後屢次損益，尚多釁隙。

皇祖世宗皇帝，深唯久遠，特新戎政，乃悉怯宿弊，革去諸營舊哨司，掖易三千營為神樞，並舊五軍神機為三大營，設大將一人，各營設副將及參將、游擊、佐擊、練勇等官，分領兵馬操練，悉聽大將節制，仍以文官一員協理，法制至精備，但慮不得其人。朕茲遵奉皇祖之制，特命協理京營戎政與同總督勳臣督率副將、參、游、佐擊、練勇等官，各照後開營伍所兵部馬，分投操演，較閱勤惰，嚴傷賞罰，各營管操、把總等官司有缺，具奏會同兵部選用。各領兵官如有科擾、役占、影射、僱替、賣放班軍、私占馬匹、撥與人騎坐等弊，聽爾參奏拿問，悉照律例治罪降罰，其班軍雖設有參將管領，爾一體查理提調。爾受茲重寄，宜體朕詰戎揚武至意，勉竭忠猷，協心整理，務俾營伍克實，武藝精強，馬壯器利，內足以固衛京師。外則以懾服奸究，斯稱委任，或因循廢馳，致誤軍機，責有所歸爾，其欽承之。故諭，尚其欽哉。

敕命

天啟六年　月　日

李春燁一看題，不啻雷轟，渾身顫抖起來：我怎麼又升尚書啦？然而，看著看著，疑團漸多。此前，他接過幾道敕誥了，其中必有一句如「爾工科給事中李春燁」、「爾刑科都給事中李春燁」、「爾兵部右侍郎李春燁」等等。這聖旨當中，怎麼沒一句「爾兵部尚書李春燁」？其二，按規矩，六品以下授敕命，五品以上授誥命，此前授兵部右侍郎便是誥命，如今授尚書怎麼是敕命？其三，最後有年分而沒有日月，這更是聞所未聞的。因此，看畢聖旨，李春燁冷冷笑道：「老兄拿老弟開玩笑了！」

「這怎麼可能呢？那是欺君之罪呢，我有幾個腦袋？」魏忠賢嗚冤叫屈。他馬上注意到最後兩個空白。「日期空著，那是我突然想起，人家那裡尚書還在當著，哪天我得先跟皇上再稟報稟報，我就叫他先空著，等那裡免職一併填寫。我跟皇上說過，讓你當尚書，皇上同意。我一高興，就叫人先擬旨。你這裡，我一高興，又先拿來了，讓你也先高興高興。你看，我不敢叫你接旨吧！」

「這麼說，還不是聖旨？」

「誰說不是？當然是，我已經跟皇上講過！」

「這麼說，我這尚書當定了？」

「當然！當然當定了，這不是聖旨都出了嗎？」

李春燁不多疑了，滿心歡喜起來，以酒代言，千言萬語，千恩萬謝……夜裡睡不著，李春燁心裡又不安起來。魏忠賢這人不可能憑白無故給人好處。幫他表弟介紹生意，說得多好聽啊！其實他自己從中得的好處還更多。他負責監管工程，又監管財務，兩頭都是他說了算。光兌銀這一項，每一兩鑄錢六百九十文，市上每四百五十文換銀一兩，他結算給表弟則是五百五十文做銀一兩，收利一百四十文，每發銀萬兩就可積銀二千五百兩，過一下手就要了四之一，多狠啊！當然，他表弟還是賺了，李春燁也沒少得好處，只是說他不可能做對自己沒好處的事。那麼，為我弄這尚書他打的算盤是什麼？

沒多久，紫禁城三大殿中第一大殿皇極殿建成。這可是一件歷史性的大事。三大殿是朝廷的心臟，從太祖就開始籌建，好不容易在永樂年間建成。可是，雲遮中秋月，雨打元宵燈，火災偏偏愛跟皇宮過不去。有人說，是天上雷擊起火。也有人說，是宮中的太監想發建築財，故意放火。不知究竟什麼原因，宮中火災特別多。建成第二年，三大殿就被大火燒光。歷時二十一年，才重建起來。不過百年，到嘉靖年間，三殿兩樓十五門又被火毀盡。好在皇上有的是人力物力，大蓋四年又恢復起來。到萬曆年間，祝融再次光顧三大殿，除午門以外，自掖門內直抵乾清宮，一時俱燼，一望荒蕪。儘管皇上不缺錢，可是全國各地最好的木材這時已被消耗得差不多，困難重重。三天打魚兩天晒網，歷經三十來年，現在才重建起第一幢。更重要的是，這雄偉而精美的建築，直接凝聚了天啟皇上的不少心血。為此，這天舉行盛大的慶典。

這是一個好日子。暖融融的太陽很早就出來，光芒四射，普照紫禁城內外。

皇極殿又叫金鑾殿，是皇上坐朝的地方，金碧輝煌，特別莊嚴。文武官員按照品級在玉臺下排列成行。王公、閣相在三臺上，其他官員在庭院，低階別官員則在皇極門外。這樣，雖然黑壓壓密麻麻一片人群，但是井然有序。大典由魏忠賢主持，他尖利的聲音能夠傳到廣場四周。首先請出皇上，讓大家跪拜，山呼萬歲。李春燁事先就問明白，他可以享受尚書待遇了，站在臺下第一排，跟正式的兵部尚書並列。他在跪拜當中刻意多看了幾眼皇上，發現他今天氣色好多了，心想：好久沒見了，該找個時間去看看他。

在一片震耳欲聾的鞭炮聲中，皇上剪綵。接著，觀看禮花。光天化日的，看什麼禮花？人們以為禮花只是煙火，納悶得很，竊竊議論。李春燁站在前排，看到一群太監出來，三五人一組走到玉臺邊的銅水缸旁，往缸上架一個什麼裝置。魏忠賢請大家靜一靜，宣布說：這是皇上最新發明並親手製作的噴泉禮花。一聲令下，每個水缸邊一個太監輕輕一撳什麼機關，缸裡的水馬上逆飛起來，或瀉如瀑布，或散若飛雪，最後亭亭玉立，宛如玉柱。這時，安放在缸底的鎏金木球忽然湧上玉柱頂部，上下盤旋，久久不落，蔚為奇觀。人們為皇上的傑作歡聲雷動，山呼萬歲，皇上為群臣的讚嘆得意非凡。

接下來，請皇上講話。皇上從來沒在這麼盛大的場面講過話，靦腆起來，顫抖起來。他說：「皇極殿終於建起來了，朕非常高興！希望眾位愛卿繼續努力，早日把另外兩個大殿建起來。到時候，朕和廠臣一定開一個更大的慶典！」

皇上的話就這麼幾句。話音剛落，大家又山呼萬歲起來。李春燁嘴上呼喊萬歲，心裡則嘀咕：這麼激動人心的時候，怎麼就這麼乾巴巴幾句？這麼莊重的場合，怎麼也與一個太監相提並論，作賤自己？他想，別人肯定也很失望的，但他不敢左右去察顏觀色。

對皇極殿建設者論功行賞，逐個頒發聖旨和賞金。首先是魏忠賢，他從去年開始親自督建，並派太監監察工地，捉拿了大批偷竊木材磚瓦之類的盜賊，保障大殿的建設，但他官職已高，又無子女，便封贈他那早死了的爹為一品大官。其次是李春燁，在雲南、貴州一帶香楠神木告罄的緊要關頭，建議採伐家鄉的「蓋江木」，以杉代楠，解決了缺材問題，並且多次深入大杉嶺監督採運皇木，加官太子太保，協理京營戎政。接下來，還有一大堆。其中包括王可宗，他不僅在大杉嶺督運過皇木，而且在工科具體參與大殿建築時，發明了包鑲法，即對一些不夠大的木材，取中心一根，外輳八瓣共成一柱，明梁或三輳、四輳為一根，此法非常實用，因此晉升為工科都給事中。

表彰人數眾多，敕文又枯燥乏味，皇上支持不住，只好撐起一隻手半躺著，閉目養神。下面的官員見狀，雖然堅持站著，但是紛紛閉合上眼皮，心裡不時地催促念快點。當然，念聖旨的不敢大意，當事人則拉長了兩耳聆聽。李春燁聽給他的聖旨，生怕漏了一個字。儘管有好些字句費解，一時不大明白，李春燁還是聽得熱血沸騰。他悄然將脖子上的棉衣釦子解開一個，輕輕地連做幾次長長的深呼吸，努力使心情平靜下來。他沒心思想別的，完全沉浸在自己的喜悅裡。尚書，還加太子太保，協理京營戎政，似乎高不可攀，遙不可及，沒想到就這麼稀裡糊塗得到。他由衷地感激皇上，立即在心裡祈禱他早日康復。他也由衷地感激魏忠賢。他還想到家鄉，家鄉人得知這一消息，也該多高興啊！

晚上，李春燁寫信給卓碧玉，詳談近來的事和感想。去年返京時，說好春節回去接她，但因為遼東形勢吃緊，他要忠於職守不敢跑回遙遠的家鄉，請她諒解一回。現在春節又快到，早說過今年春節要回去，可是現在職掌兵權職掌整個國家安危，有太多太多的事要做，而回去一趟要好幾個月，哪敢走？他只好又懇請她諒解。他現在高升了，她肯定高興，也會諒解。趁這機會，他講了吳氏的事。早在他納娶卓碧玉的時候，他就保證過不再納妾。既成事實了，他一直不敢說，現在藉著升官大喜提一提。他不敢寫她多漂亮，只是說為著生活方便，廠臣送了一個丫頭，現在收為妾，輕描淡寫，只說個兩句半，多半句都克制著，似乎他還是更愛她，想必她能諒解。他還要求，一定要把這封信唸給母親聽，並且告訴她：明年她老人家九十大壽，五福堂第一幢工程要趕一趕，趕在端午節為母親做壽。屆時，母親大壽，新房子喬遷，還有我加官晉爵，那是多大的喜事啊！整個泰寧都會像熱開了水的鍋。下次回家，豈止家裡人，整縣泰寧人都會出來，佇列五里一短亭十里一長亭……第二天差郵時，李春燁突然想到一事，又將信索回，回家另寫一紙，要卓碧玉將各大門匾額文字改一改，不要直呼「五福堂」之類，而要展現他的官銜，如「尚書」、「大司馬」之類。寫完，又斟酌再三，這才郵去。

26、朝中比前線戰爭險惡

袁崇煥派員到盛京議和，大明朝中一片譁然，紛紛要求懲處他，沒幾人會相信緩兵之計。敵人倒是不傻，紛紛建議將這幾個特使殺了祭奠努爾哈赤。新任皇太極也看穿那南蠻子是假惺惺的，但他心裡更清楚：一則自己地位尚不穩，二則自己軍隊剛吃過敗仗，三則西邊蒙古、東邊朝鮮都跟大明同穿一條褲子，硬拚下去凶多吉少，不如將計就計，爭取時間鞏固自己，重振士氣。那個朝鮮，那年居然派一萬多兵馬與大明聯軍進攻後金，決不能輕饒！至於大明那裡報仇，十年不晚啊！這麼一點肚量都沒有，還當什麼汗王？於是，他破格禮遇大明使者，讓他們吃喝玩樂一個月之久，返回時又備厚禮捎給袁崇煥，並寫信表示願意歸順大明。這邊安頓好，那邊馬上出兵朝鮮。第二年春，袁崇煥看他們在朝鮮征戰差不多完成，馬上向朝廷稟報，轉入戰爭狀態。

這時期的兵部和遼東，官員像走馬燈一樣，上下人都沒認熟就又換。李春燁這兵部尚書實際上只是掛個名，享受個正二品待遇，職責仍只是協理京營戎政。萬曆後期，六部只有一個尚書，各地官員缺額半數。而今正好相反，官滿為患，一個部有幾個尚書。兵部原來的尚書還在位，就加尚書李春燁，沒多久又添一個姓劉的尚書，後兩個形同虛設。李春燁實權有限，只能在道義上支持袁崇煥，行動上竭盡全力做好京城防衛，不分朝廷和遼東的心。為此，他又跟家裡寫信，把母親壽慶的時間推遲至九九重陽。泰寧規矩，端午、重陽和春節都可以做壽慶，不必拘泥端午。至於喬遷，也相應推遲。

果然，端午節剛過，後金皇太極親自率領大軍撲向大明。皇太極心裡很急，雖然君子報仇十年不晚，但他一要鑽袁崇煥的復興策略尚未完善的空隙，二要乘剛從朝鮮凱旋士氣高漲的東風，一天都不能拖。

五月十二日，後金從西、北兩面向錦州發起進攻。上次，他們敗在寧遠，這回找個軟的先捏，然後再乘勝吃寧遠。然而，現在的錦州不是當年的錦州，經過袁崇煥的整治，同樣固若金湯。後金一次又一次發起進攻，一次次敗下。一連攻了十四天，一個城角也沒攻下，氣得皇太極簡直要瘋。轉念一想：何不來個聲東擊西，打它寧遠個措手不及？於是，他突然分兵襲擊寧遠。

錦州告危，遠在京城的官員們心裡同樣急，決定命令駐山海關的滿桂出兵救援。袁崇煥反對，說有他們就夠了，不必再興師動眾。李春燁心裡罵道：真是個蠻子！給你援兵不要，到時候沒打贏，叫你千刀萬剮！連我都要負見死不救的責任！你要逞能，可別連累了我！他堅持要滿桂出兵救援。但是，在商量他和劉姓兵部尚書兩個人誰到山海關傳旨並督戰時，他心裡又慌亂不已。他連酷刑都見不得，如何上前線督戰？即使不上前線，路上也險象叢生。韃虜肯定會派探子到後方來，如果遭遇上了，怎麼辦？怎麼對得起九十老母，還有妻妾子孫？他決定推姓劉的去。當然，他不敢說怕見真刀真槍，只說：「袁將軍那裡，就是從私情來說，我也當趕去救援。可是，我肩上還有京營戎政的重任，直接關乎皇上的安危，更是頂天的大事，只恨分身無術啊！」

看李春燁左右為難的樣子，劉姓兵部尚書只好說：「還是我去吧！」

夜裡，李春燁睡不著。忽然，他對白天的決定後悔起來。這可是一個難得的表現機會啊！他心裡常常抱怨葉祖洽、鄒應龍沒什麼彪炳青史，沒為鄉里增光添彩。當時，他們有的是機會。葉祖洽逢上王安石變法，鄒應龍逢上南宋生死存亡，風雲詭譎，他們也被捲入，卻沒能把握機遇大刀闊斧闖一番，只知辭歸辭歸，獨善其身，虛度一生。李春燁一直沒有那樣的機遇。如果有，肯定會有一番作為，哪怕付出性命，也要在青史上留下點墨彩。他一次次一年年這樣幽怨著，沒想到歷史也給了他機會。今天，他如果上遼東了，就可以和袁崇煥一起指揮，並肩於史冊。如果袁崇煥不從，我就率滿桂出擊，一樣功成名就。左右是功，我卻拱手讓給劉某人了……

李春燁破天荒穿起戰袍，不時到外面巡查，看崗哨有沒有打磕睡。同時，他心裡又盼著韃虜的探子鑽到他身邊來。那樣，他就有機會和前線一樣立功了。他還具體幻想著如何與韃虜的探子搏鬥……

這一夜，李春燁時刻準備著。前方一旦告急，他便指揮部下立刻上馬。他只能抽空坐到炕邊，吻吻熟睡的吳氏，然後自己打個盹。外面一有點聲音，他就驚醒，馬上奔了出去……

在劉姓兵部尚書的親督下，滿桂帶著數萬大軍，於寧遠城外與後金軍隊接上火。袁崇煥見狀，立刻命令城中的「遼東鐵騎」出擊，與滿桂的步兵共同與敵人的前鋒展開肉搏。「遼東鐵騎」特別英勇，後金在野戰上也占不了便宜。同時，城頭的紅衣大砲直接向敵人後陣猛烈轟擊，使他們增援不了前陣，而前陣接近不了城牆。這樣，他們死傷比當年還多，敗得比當年還慘——一塊城磚都沒挖到。

皇太極突然又想，現在錦州城中該消耗差不多了，先集中兵力拿下錦州再說。於是，他又撤回錦州，集中所有力量，發起總攻。然而，錦州城還是巍然不動，而自己的兵卒，屍堆如山，焚都來不及。這時，馬斷糧，兵缺馬，天氣又一天比一天更熱，士氣日衰。他終於心軟了，望著城頭咬牙切齒說：「袁蠻子，我總有一天要叫你死無葬身之地！」

歷時二十四天的寧錦戰役，明軍取得了比上次更為輝煌的勝利，朝野歡慶，舉國歡呼。人們傳頌著英雄的名字，不僅袁崇煥，連劉姓兵部尚書和滿桂等人的名字也幾乎家喻戶曉，簡直成了大明的大救星！

寧錦大捷，李春燁也歡呼雀躍。然而，他內心後悔極了。獨處之時，他一番番捶胸頓足：「我怎麼這樣傻啊，把到嘴邊的肥肉讓給劉某人！」

李春燁常怨鄒應龍枉為狀元，有幸逢上宋金大戰卻沒立一役之功，逢史彌遠大奸卻沒顯大忠，逢楊時朱子大儒卻沒有做一點學問，錯失大好機遇。同時，常嘆自己生不逢時。今天他才發現歷史性的機遇被自己錯過了，感到這輩子再也不可能會有這樣好的機會了！如果說進士及第之時為狀元絕望，那麼今天就是為此生功名絕望。這輩子，就要這樣平庸到死了！他越想越悔，越想越恨，恨不能就此了結殘生。但在人前，他不敢流露半點悔意。相反，他像隻剛下完蛋的老母雞，不停地找人議論戰況，說自己職掌的京營和馬場如何支援前方，特別是在調配紅衣大砲的問題上如何盡心盡力。當然，他不敢說實際上詛來聖旨，那樣會觸犯欺君的大忌。但這夠了，足夠證明他對寧錦大捷立有奇功。只是夜深人靜之時，他飽受失眠的折磨。有一夜，他不知怎麼痛哭起來，怎麼也控制不住。吳氏醒來，問他為何。他說夢到完素兄了，搪塞過去……

接下來，又論功行賞。袁崇煥捐棄前嫌，大公無私，在報功奏章中首推滿桂。結果，首功還是魏忠賢，說是全賴他排程有功，他自己和父親都到頂了，就讓他一個姪子連升九級，加封太師，列三公之首，也就是文臣之首，是有明以來除張居正以外很少有人活著的時候能得到的崇高官職與榮譽；他另外兩個才三歲、四歲的姪孫，則被封為侯爵、伯爵。李春燁也有功，至少是他堅決支持滿桂出關增援，加封太子太師，進階勳柱國，蔭封一子，贈賞金幣。同時加官受獎的還有一大堆人，都在情理之中。袁崇煥之功屈居第八十六位，卻還要受「烏鴉」們的攻擊：一則去年擅自派員到盛京議和，而沒有乘勝追擊，讓敵人喘過氣來再進攻；二則在這次防守中，阻撓救援錦州，導致滿桂出兵推遲，否則肯定讓敵人敗得更慘而我方傷亡更少，為此要求彈劾。大臣們商議時，李春燁心裡為袁崇煥大鳴不平，準備挺身而出，大加反駁，可是袁崇煥沒聽幾句就火冒三丈，大怒說：「老子不幹了，讓你們會說的去做吧！」

袁崇煥說著把烏紗帽一摜，兩袖一甩，揚長而去。李春燁喊都喊不住。

傍晚，李春燁追到袁崇煥府上。僕人說老爺今天不見客。李春燁要求通報說是他，回答說皇上來了也不見。李春燁在門外乾著急，轉了幾轉，敲門，擂門，都沒被理睬。

李春燁轉而找魏忠賢，要求面見皇上。魏忠賢說皇上現在龍體欠佳，誰也不見。要求代向皇上求情，魏忠賢沉了臉說：「這有什麼好說的？你看那鳥勁頭，好像誰都不到他眼裡。」

「他對你廠臣可不會啊！」李春燁連忙說。「你看他那麼忙，在兩軍對壘之地還勒緊褲帶抽空為你建生祠……」

「好了好了，我再想想。」

第二天一早，袁崇煥還是上疏，乞休回家。皇上念他過去立有大功，對他不救錦州與擅自議和之事不予追究，加銜一級，賞銀三十兩及大紅貯絲二斤，准予辭歸。

回天無力了，李春燁只想找袁崇煥好好聊聊，可是他依然不見任何人。

第三天一早，李春燁又找到袁崇煥府上，剛好碰到他出門上轎。李春燁攔下轎，笑道：「讓我為你餞行，總可以吧！」

「不必了，多謝了！」袁崇煥的話跟他的臭臉一樣冰冷。

「我是支持發兵救錦，可我並不是跟你過意不去啊！」

「我沒怪你。你走你的陽關道，我過我的獨木橋！」

袁崇煥起轎走了，李春燁呆呆站在原地，直到轎子消失。他想起那次在老家碰上雷一聲，也是拿熱臉貼人家的冷屁股，感到委屈極了，淚水不禁湧出來。他不想去上朝了，轉身回家，在床上連躺三天。有人找說是病了。

李春燁的心，真是病了，還病得不輕。自從前年回京以來，他一心為著皇上，再沒二心。說實話，他有時候心裡對皇上、對魏忠賢也會有些看法，可這跟人們有時候莫名其妙萌生偷人、強姦、殺人的念頭一樣自生自滅，只是瞬間的事。但這幾天，袁崇煥的命運讓他無法接受。事到如今，多少有識之士都認為只有他可以救遼東啊，可是皇上、魏忠賢還有那群「烏鴉」不僅還沒意識到，反而一再想治他的罪，為什麼呢？沒有了袁崇煥，沒有了遼東，還會有大明、有皇上、有魏忠賢、有他們那群「烏鴉」嗎？連這樣的有功之臣都沒好報，我們這些庸官還有什麼希望？

晚上，李春燁做一個噩夢，夢見自己在一條大船上。這條大船跟鄭和下西洋那條船一樣龐大，航行在冰山林立的大海上，而船長對航海一竅不通，卻剛愎自用得很，把懂航海的一個個扔下大海，任大船在海上橫衝直撞。人們恐懼極了，只能偷偷去弄救生衣……惡夢醒來，他想：眼下的大明不正是這樣嗎？那麼，我是讓他們扔下大海，等著被沉，還是設法逃生？

大明的官員千千萬，有大有小，但歸宿不外乎三種：被扔、被沉或是逃生，而沒有彼岸可言，每個人都必須做出自己的抉擇。

最近，皇上好像是魏忠賢的私家寶貝一樣，總不讓見。李春燁便請他轉呈，請求辭歸。他兩眼瞪得跟牛眼一樣：「為什麼又要跑啊？」

「我母親九十大壽了！」李春燁說。「你想啊，人生七十古來稀，我母親現在是九十，我在這裡能安心嗎？不能安心，又怕誤事，不能盡忠，所以想乾脆辭了，回去專心盡孝。這裡，皇上有你，我放心。」

不日，魏忠賢答覆說皇上不讓李春燁辭歸，不知道真是皇上說的，還是魏忠賢搪塞。過了一些日子，李春燁又提，結果一樣。又過了些天，第三次提，仍然不准允。這讓李春燁心裡真過意不去：皇上如此器重你，怎麼不識抬舉呢？可是母親的壽宴確實拖不起，她像風中的蠟燭，隨時都可能熄滅。要是那樣，終生遺憾啊！不能辭職，就先請假回去幾個月吧，可是也不行。他真懷疑是不是魏忠賢從中做了手腳。這是完全可能的，一則他經常這麼做，趁皇上忙著木工活時稟報疏奏，讓皇上隨口說句「知道了，你去辦吧」，具體聖旨就隨他擬。那回幫袁崇煥討紅衣大砲，我不也做過一回嗎？二則，我這樣一再要走，分明是有想法，他能給好報嗎？一定得親自見見皇上！

轉眼八月初，三大殿中另外兩大殿也建成了，但這回的慶典很簡單，皇上沒有露面，只是又表彰一批建殿有功人員。李春燁又有份，加少保兼太子太師，又蔭封一子，並封贈四代夫人，還有金銀若干。這自然讓他感動萬分，但也讓他驚恐萬分。現在是從一品大官，上下四代都受皇恩，離正一品只差一級，但這一級就像三句半那半句，那將是頂點，物極必反。否極泰來，泰極否來。趁著那半句沒到，自尋了結吧！眼下遼東暫時沒事，可是宮中呢？皇上病了，病兩年多。當年，泰昌皇上才病一個月……還有，李選侍藏著太子不肯讓大臣見面，那麼今天，皇上病情到底如何？是不是被魏忠賢藏了？

面對李春燁的責問，魏忠賢跳起來：「我怎麼敢藏皇上！」

「那為什麼不讓我們一見？今天這樣的大慶……」

「不是我不讓見，你要講清楚。是皇上，哦，不，是御醫，御醫說皇上不宜上朝，也不宜見外臣……」

「那你帶我一個人去見一見總可以吧！」

「這……這，這你不是為難我嗎？」

「你要是再不讓我見，我要瘋了，就撞死在這裡！」

魏忠賢看李春燁真有點瘋的樣子，只好答應。

皇上躺在暖閣的龍床上，懷裡抱著一隻貓，人和貓一起似睡非睡。魏忠賢知根知底，輕手輕腳走近，俯下身子問：「皇上，好點了嗎？李春燁求見。」

貓喵一聲驚逃，皇上馬上睜開眼來，四處搜巡。立在帷帳外的李春燁見狀，趕忙捷步跪上前，輕輕喚一聲：「皇上！」

皇上瘦得不成樣子，臉色發黑，笑起來有點猙獰，不客氣說就像鬼。西苑落水要了他半條命，離奇的王恭廠大爆炸又差不多要了他半條命，什麼藥也抵擋不住死神逼近的步伐。李春燁驚詫他怎麼會變成這樣子，心想他不知受了多少折磨，又想他很可能不久於人世，想著想著兩眼就酸，淚珠就滾出來。他慌忙轉過身，以袖拭淚。皇上很精明，立即說：「朕還沒死呐，哭什麼？」

李春燁立即磕拜：「微臣該死！微臣該死！微臣是想，皇上受苦了！」

「沒什麼，吃吃藥就會好！」皇上吃力地說。稍多說兩句，馬上大喘氣。魏忠賢隨即用手暗示李春燁快離開，不想這又被皇上發現。「廠臣，給愛卿賜坐。」

李春燁遵命：「謝皇上！」

「愛卿，你家五福堂蓋怎麼樣了？」

「謝皇上關心！啟稟皇上，第一幢已經蓋好了，正等微臣回去喬遷……」

「可惜，朕病了，不能上你家喝喜酒。」

「皇上要是大駕光臨，微臣等皇上龍體康復再喬遷不遲。」

「哦，那倒不必。朕怕是一時半時好不了，你先喬遷吧！等朕病好了，到你家看看，看看朕設計的房子好不好。」

「皇上大恩大德，微臣一家人世世代代都不忘！」

「朕也要謝你跟朕這麼多年，陪朕玩耍，幫朕賣木樣，幫朕修三大殿，幫朕治理軍務，忠心耿耿，難得啊！有機會，朕還要重賞你！」

「謝皇上！微臣不才，承蒙不棄，厚愛有加，微臣已經感恩不盡！現在，唯求皇上開恩，准微臣告假回家數月，以便慶賀老母親九十大壽……」

「九十大壽？」

「是啊，皇上！將來，皇上更高大壽！」

「朕怕是沒那個福分！廠臣！」

魏忠賢連忙上前一步：「微臣在！」

「准奏！還有，命張瑞圖代朕題寫匾額，賀太夫人九十大壽，褒揚愛卿孝恬。」

「謝皇上！」李春燁連忙又磕拜。「微臣速去速回，回來再好好侍奉皇上！」

27、尋尋覓覓

李春燁歸心似箭，偏偏禮部尚書張瑞圖出巡山西，還要幾日才回來。現在，李春燁的心思又變了，看皇上那麼器重，他覺得應當竭盡所能地報答。再說皇上病成那樣子，萬一真要發生什麼，就這樣逃走，良心上說得過去嗎？什麼沉船，純粹是胡思亂想，胡說八道。即使真要沉，也應當跟船長一起沉。在皇上病榻前，他突然萌生新想法：先請假回去幾個月，替老母親做壽，喬遷福堂，安排好後面幾幢房子及春草堂的建築事務，即返京城，專心為皇上分憂。既然皇上終於准允，就該早日起程。反正還要回來，告別、餞行之類的繁文縟節都省了，可是張瑞圖不能不等。皇上命他題寫匾額，這可是求之不得的大好事。皇上不用說，這張瑞圖，如今是名滿天下的書法家，各地替魏忠賢建的生祠大都請他題寫。匾額帶回去往嶄新的福堂上一掛，那多光輝啊！因此，他決計等幾天。何況，手頭事務也要好好交代一下。遼東那邊眼下應該沒什麼事，但不可掉以輕心，還得加強防務。

等了五日，張瑞圖終於回京，李春燁立即邀了魏忠賢一道上他家。張瑞圖是福建泉州人，跟李春燁算老鄉。一聽皇上要他代為題匾，二話不說，一揮而就。他想了想，又加「玉音」二字，以示此乃皇上所囑。而且，將玉字那一點，點到左上角，以示對皇上尊崇。如此，他才覺得滿意，一邊等墨汁晾乾，一邊命家人端上酒菜。

張瑞圖比李春燁小兩歲，但幼負奇氣，聰穎過人，更早進士及第，上年以禮部尚書入閣，晉建極殿大學士，加少師，一品高官，但他名氣更大，資歷更老，而他又向來恃才自傲。他們平素無多往來。今天，俐落地贈墨，純粹是看皇上的面子，這酒宴就讓李春燁感到受寵若驚了。說老鄉吧，泉州在閩東南，泰寧在閩西北，其實還戴著斗笠親嘴不到。因此，敬酒時李春燁每每要站立起來，並且雙手捧杯，畢恭畢敬。張瑞圖嘴上說不客氣不客氣，一次次又受之泰然。魏忠賢看不過意，不耐煩說：「你們這些讀書人啊，累不累啊！你不累，我看著還累呢！再站起來，要罰酒！屁股一抬，喝掉重來！」

「就是嘛，老鄉不必客氣！」張瑞圖這才真摯地說。「泉州跟泰寧遠是遠點，可也很近！有位泰寧人，在我們泉州做了很多好事，我一聽泰寧二字就感到特別親切。」

「哦？有這回事？」李春燁頭回聽說。「誰？什麼人？」

「南宋的，鄒應龍……」

「哦——，我母親的老祖宗呢！」

「那麼更親了！他當泉州郡守時，主建了順濟橋，至今造福兩岸百姓；擴建了磚城，讓海外各地商旅更留連泉州；更重要的是他興建了石井書院，那是我們泉州建院最早、規模最大、裝置最完善的書院，從此泉州人文大興，我就是從那書院出來的……」

張瑞圖侃侃而談，李春燁洗耳恭聽。他心裡暗暗吃一驚：我怎麼沒聽說過？《宋史》上怎麼沒記載？該不會有出入吧？

臨別，張瑞圖摸出一張銀票，硬塞給李春燁，說：「老弟華府落成，又逢太夫人壽慶，雙喜臨門啊！遺憾愚兄不克分身，不然定要上門討杯喜酒。想給老夫人賀個禮，又怕路途不便，老弟代為了！」

「不敢當！不敢當！」李春燁不想收。「老兄贈墨，已是無價之寶！」

「哎——，那字是皇上的！」魏忠賢見狀，有些尷尬，但是幫腔要李春燁收下。「橋歸橋，路歸路嘛！」

出門分手時，魏忠賢回首請張瑞圖留步，然後拉著李春燁的手到他轎內，急切地說：「把銀票拿出來看看！」

「看什麼？銀票沒見過啊？」李春燁莫名其妙。

「我看……沒看清楚，會不會……會不會有問題，假的？」

「不會吧？」

李春燁只好掏出來讓魏忠賢看。魏忠賢只看了一眼票面，隨手歸還。他具體看了什麼？究竟什麼意思？他沒說。李春燁沒追問，但一直在心裡想，害得一夜睡不好，生怕生出什麼事來。

第二天一早，魏忠賢差人來，送一個紅包，上書「賀一品太夫人鄒氏九十華誕」，裡面是一張一千兩的銀票。張瑞圖送的那張是一百兩。

「秋老虎」特別晒人。河道上船隻很多，南來北往，大都起早趕晚，圖個清涼。在等張瑞圖的時候，李春燁就寫信回家，說不日起程，專程回來喬遷福堂並為老母親祝壽，要家裡做好準備，速戰速決，以便他盡快趕回京城。

秋天，收穫的季節，運河更忙了，不是碼頭不過壩也常發生堵塞的事。船被堵在前不靠村後不著店的地方，很是無奈。李春燁引導吳氏看鄉村風景，講述童年的故事。他說家鄉也有河，叫杉溪——金溪，也有運河大運河深。如果有人用雷公藤毒魚，他會趕去撿魚。不懂水性的，只能在兩岸撿些小魚，他會游水可以潛到深水裡撿大魚。吳氏聽著迷了，但又有些不相信：「那麼深怎麼看得見？」

「魚死了沉到水底，都是白白的。」李春燁說。

「水裡怎麼睜開眼睛呢？」

「照樣——跟我們平時一樣睜啊！」

「那眼睛不是會進水嗎？」

「進水沒關係，照樣……」

「我們洗臉，眼睛進一滴水都難受……」

「妳不相信啊！」李春燁急了，兩眼尋了尋，看到吳氏身邊一柄發亮的銅鏡，一把抓過，扔進河裡。

「我能把它撿回來，信不？」

吳氏怕起來，拖住李春燁的手臂：「算了，我信！那又不值幾個錢……」

「相信我！」李春燁說著就脫衣裳。

吳氏攔不住，李春燁一躍跳下，直潛水底。銅鏡沒有死魚亮，不容易發現目標，他浮起來換幾次氣。她更心疼了，一再說算了，不用撿了，可是他不甘罷休。終於，他撿起來，送回船邊，遞到她手上。她怕他再扔下去，連忙轉回船艙，把鏡子藏進自己隨身的行囊。當中觸到一個小瓶子，觸火一樣縮回手。她怔了怔，俐落地取出那個小瓶子，慌忙拋入另一邊河中。不想，被他看見，大聲問道：「又要我去撿是嗎？」

「不！不是！」吳氏漲紅了臉。「沒用的，小石子！你快上來吧！」

「不，我要再玩一下！我好多年沒這麼玩了！」李春燁說。

偌大的運河，真是讓李春燁玩的。他踩著水，撩起水潑吳氏。吳氏不停地躲著，呵呵直笑，開心極了。她真不敢相信，他在水裡比在地面更自由。他還能躺在水面，舉起雙腳，或者雙手比劃著什麼，邊比劃邊用俚語唱道——

十八的妹妹笑嬉嬉，
好比那個冬瓜削了皮。
眠到半夜親一下嘴，
好比那個白糖拌糯粢……

運河與長江在江蘇鎮江交會，距南京還有一段路。李春燁決定拐到南京休息兩日。吳氏不解，他說：「南京是個漂亮的地方，讓妳好好玩兩天，讓妳開開心。我看妳除了看我游水，總是悶悶不樂。要不，我再下水。」

「不用啦！我怎麼悶悶不樂啦？」吳氏嘟囔道，一把拉住李春燁。她想笑一下，可是笑不燦爛，兩隻腮像秋天的茄子一樣繃著。

「就是。」李春燁伏到吳氏耳邊說。「是不是……」

「沒得啦！」

「就是嘛！我早發現了，又不好問。我想也是，開始時候有那麼個病人，後來又怕韃虜打到京城來，我也沒什麼心思。可是後來，我一次次加官晉爵，妳該高興起來啊！」

「我高興啊，沒有不高興啊！」

「不，妳騙我！我活了六十來歲，妳騙……哦，妳是嫌我……嫌我糟老頭？」

吳氏連忙拉起李春燁的手，不停地撫著，內疚地說：「沒有！」

「妳不必瞞我，我知道。」李春燁將吳氏緊緊摟在懷裡。「我想好了，到南京玩兩天，如果妳還不高興，到杭州，我就送妳回家……」

「不——，我不回家！我寧願跟老爺做牛做馬！」吳氏痛哭起來。哭了好一陣，這才說，她到了魏忠賢府上，魏忠賢才對她說：「她們都知道送銀子給那些老妃子，妳怎麼不知道呢？妳如果送了，今天肯定也是妃子！」她這才知道宮中也有偷偷摸摸的事。她家裡並不富裕，可是如果早知道的話，借也會借點。魏忠賢當年為了進宮，不也是借錢送禮嗎？

李春燁聽了，心裡有種說不出的酸楚。想了想，他說：「其實啊，做宮女只是表面風光。妃子過的其實是寂寞難耐的日子，還不如普通百姓。我想，我女兒以後，只要嫁個普通百姓就好了！」

吳氏一時聽不太明白，李春燁準備慢慢開導她。

明太祖建都在南京，成祖手上才遷北京，但現在還有一整套衙署留在那裡。錢龍錫在南京當禮部尚書，飽食終日，無所事事。見李春燁帶著家眷來，非常高興，把他們從驛館接到自己家中食宿，熱情洋溢。錢龍錫右腳有些瘸，但還是邊說邊不停地圍著客人轉來轉去，親自為他們端茶送水果。

「老兄腳怎麼啦？」李春燁關心地問。

錢龍錫爽朗地笑了笑：「哦，沒什麼！年初，不小心跌了一跤。」

「這麼重，怎麼信上沒見你說？」

「沒什麼！現在不礙事了！春上，完素兄他公子送靈路過，央我寫墓誌銘。那時我正躺床上，動都不能動，可是我答應了。現在腳好了，可以走了，我已經收集資料，準備年底寄去給他。」

晚上吃飯，除了錢龍錫夫婦，還請了幾位官員相陪，美酒佳餚，歌舞相伴。

酒喝六七分回府，男人作男人敘，女人作女人談。李春燁說：「月色這麼好，出去走走吧！」

「那——嫂夫人呢？」

「她——她們聊她們的吧！」李春燁故作神祕說。「我是要去撿我的魂！」

「撿魂？」對此，錢龍錫不陌生。經常看到，有人病了，除了看郎中，還要請幾個老媽子撿魂——就是到病人受過驚嚇的地方，焚香唸經，用病人的衣裳一遍遍招搖，一路喊病人回家，回到家在水缸裡舀幾舀，魂就回來，病就不治而癒。江日彩病時就到街頭招過魂。難怪李春燁今天特地拐到南京來。「你的魂丟什麼地方？」

「秦淮河畔。」

「秦淮河畔？那可是青樓林立之地啊，不是開玩笑吧？」

「我知道那地方最風流，我的魂可能就丟那地方。」

「你什麼時候偷偷摸摸到過？」

「本屆花魁之類當中，有沒有一個叫景翩翩的？長長的——苗條的個子瓜子臉……」

「沒……沒有，好像……絕對沒有！」

「怪了！」李春燁如實相告景翩翩的情況。聽說，她可能到南京來賽花魁。以她的情況，很有可能來，並且很可能弄個女狀元、女榜眼、女探花、女解元之類當當，或者名添「金陵十二釵」之類。這種比賽，跟殿試一樣，三年一回，她怎麼會錯過？當然，也許她臨場發揮不好，解元都沒混上，而錢龍錫腳又不方便沒經常去，自然不會知道。如果真的沒有，那只有另一種可能：被汀州名士娶走。但他堅持要尋尋。

秦淮河畔，遠遠就望見燈火輝煌，聽到鶯歌燕語。走近河邊，只見畫船蕭鼓，去去來來。河邊樓閣，有露陽臺，朱欄綺疏，竹簾紗幔，茉莉風起，幽香彌遠。皓月之下，有些曼妙女子浴罷，露臺雜坐，團扇輕綺，緩鬢傾髻，軟媚著人。李春燁一處處望去，一遍遍搖頭。錢龍錫指著不遠處「八百居水閣」的招牌說：「那是金陵最有名的青樓，到那裡去看看。」

「八百居水閣」熱鬧非凡，好些人額頭都是平平的。有些熟人還跟錢龍錫打招呼，誰也不避誰。李春燁跟著壯起膽來，直點景翩翩的芳名。老鴇說沒這人。他要她再想想，她想了想叫道：「哦——，想起來啦！想起來啦！瞧我這記性……」

「快領我去見她！」李春燁催促說。

「哎呀——，客官……」

「哎——，我可不是什麼官，叫我老闆吧！」

「老闆就老闆吧！我說這位老闆，人家正走紅吶，哪能說見就見。」鴇娘叫人上茶。「過幾日吧，我一定給你留著。今日，且看看別的姑娘吧，她們一個個也……」

「我只要景翩翩！」李春燁從懷裡摸出一錠銀子擺在桌上。

老鴇看看銀子，又看看李春燁的臉，無奈說：「說實話吧，我不知道什麼景姑娘。」

「我相信妳見過這個！」李春燁又摸出一錠銀子，一併推到那老鴇面前。

到過青樓的人都知道，老鴇與妓女往往一個唱紅臉一個唱白臉，異曲同工，只是想多要點錢罷了。李春燁很自信，沒料這老鴇不耐煩，把兩錠銀子推回他面前：「噯唷——，客……老闆，我說了沒有這個人，你就是給我十錠一百錠，我也交不出這個人來！」

「難道她改名換姓了？」李春燁自語說。

錢龍錫接話說：「妓女的名字，跟換男人一樣啦！」

「老闆也換一個吧！」鴇娘立即說。「我給你們找兩個，保證是金陵城裡一流的！」

「怎麼樣？」錢龍錫徵求李春燁的意見。

李春燁想了想，說：「試試吧，也許她們會知道。」

李春燁和錢龍錫進一間茶室，邊飲茶邊等女子進來，等了很久。等不耐煩，錢龍錫大聲嚷嚷要去找老鴇。李春燁覺得這種事不宜喧譁，有意找話拖住他：「這裡生意真好啊！」

「就是太好了，不把我們當回事，這臭老鴇！」

「剛才進來，我看你跟很多人都熟啊！」

「是哦，好幾個是同事，有個是南京吏部尚書，忘了向你介紹一下。」

「沒關係！這種地方，還是不認識為好！」

「沒什麼！到了這種地方，就沒必要假正經！」

這話讓李春燁的心感到重重一擊。如今世道確實太虛偽了！怪誰呢？還不是皇上——太祖皇上！為了奪取江山，殺人如麻。為了保住江山，急於求經濟，不惜親自鼓勵上妓院，世風日下，想煞車都煞不住，只能多些偽君子……李春燁正沉思著，錢龍錫又想出門去催，兩個豔麗的女子終於進門來。猜想她們會不會是剛接過客的，錢龍錫很惱火，劈頭就責問：「怎麼拖這麼久！」

稍矮的女子莞爾一笑：「在看書。」

「哦？」李春燁興致馬上高漲。「看什麼書？」

「烈女傳。」

「大膽！」錢龍錫大怒。「母狗休要褻瀆節婦烈女！」

「我是母狗。」那女子不亢不卑笑道。「二位是公猴（侯）。」

「秦淮女子果然不一般啊！」李春燁大笑，拉著錢龍錫坐下。「快上酒！」

酒上桌，兩個女子卻撒嬌，說不會喝。錢龍錫又發火：「哄鬼！妳看妳那雙爪子……」

高個女子知道錢龍錫指的是她的腳，慍怒，但隨即嫵媚一笑，索性高高抬起一隻：「我的腳怎麼啦？嫌我的腳太大？」

「還抬那麼高？」錢龍錫捏了捏鼻子。「都是酒味！剛才肯定喝過金蓮杯，還騙我不會喝！」

喝了幾杯酒，李春燁與二位女子繼續剛才的話題。「妳們真的喜歡看書？」

「喜歡啊！」稍矮的女子說。

「真喜歡看烈女傳？」

「狗屁，我才不看哩！」

「那妳都看些什麼書？」

「《金瓶梅》《肉蒲團》，還有《剪燈新話》《歡喜冤家》《宜春香質》《如意君傳》，還有五色春宮圖，還有……」

「哪來那麼多亂七八糟的書啊！」

「這都是當今最流行的書啊，大人沒看過嗎？」

李春燁與錢龍錫面面相覷，放聲大笑。

「問妳們一個正經事。」李春燁說。「妳們知道一個叫景翩翩的嗎？也是在……在這類地方，還會寫詩。」

兩個女子一個說不知道，一個則說知道，還讀過景翩翩的詩。說著，她誦起一詩：

妾作溪中水，水流不離石。
君心楊柳花，隨風無定跡。

李春燁大喜，連忙說：「對對對！沒錯，這是她寫的，題叫〈怨詞〉，第二首！」

那女子受到鼓勵，又誦一首：

鶯去春如夢，梅黃雨尚痴。
可堪明鏡裡，獨自畫蛾眉。

「沒錯沒錯，這是〈畫眉〉！」李春燁抓起那女子的一隻手。「快說，妳在哪裡見過她？」

「我沒見過她。」

「好好想想。」

「真的沒見過。不好好想沒見過，好好想也沒見過。」

李春燁又把景翩翩的相貌具體說一遍，她們仍然說不知道，他只好死心。錢龍錫問要不要這兩個女子陪上床，李春燁說：「多謝了，留著吧！」

28、噩耗比行船快

到杭州，棄舟登岸，還沒到驛館，李春燁看到很多人在買白布，有的人還放聲痛哭。哪會那麼多人同時辦喪事呢？問轎伕，回答是皇上駕崩。不可能吧？李春燁不敢相信，直奔知府衙門。一進大門，就看到有人在布置靈堂。一問，果真是年僅二十三歲的天啟皇上死了！李春燁覺得如雷轟頂，雙腿一軟，隨即面北跪下，嘶聲呼喚：「皇上啊——！」

杭州到北京，最快也得個把月。皇上的葬禮不會拖長久，李春燁無法趕回京城。杭州知府設有靈堂，供當地如喪考妣的官吏祭奠。六十來歲的人了，親朋好友已經故去不少，皇上也死過兩個，可是李春燁從來沒有這麼傷心。江日彩死了，李春燁只是覺得這麼一個親密的人永遠離去，深感悲哀。萬曆、泰昌兩個皇上死去，他可以說沒多少感覺。皇族喪事，要求文武百官聲淚俱下，否則須問罪。可是對於像萬曆皇上及皇后等等面目都不曾見過，哪哭得出來！官員們只好變通，在懷中藏辣椒，暗暗咬出淚來。如今天啟皇上死了，李春燁覺得像死了父母，一下變得孤苦零丁，無依無靠，舉目四顧，茫茫然然，哭得昏天暗地……李春燁在杭州得悉噩耗已經是第五天，連續兩天守在靈堂，算是守了一個七，第八天繼續南歸。又乘轎走了十幾天，才到泰寧。但泰寧普通百姓還不知道皇上駕崩的事，見李春燁頭上纏著麻布，以為是他母親歸天了。他糾正說「皇上……」，泣不成聲。家中妻兒終於盼到他進家門，歡天喜地迎出，走近一看，驚慌失色。他抱著母親痛哭，嘶聲嚷著：「我們沒皇上了……」

老母親聽聞，陪著老兒子抹淚。她安慰說：「莫哭了，哭也沒用，盡了心就行。做了人唄，總有那一天。當皇帝也免不了，到老了……」

「皇上不老，才二十多啊！」

「二十多也沒法子哩！黃泉路上無老少。閻王爺要收他，誰也沒辦法。皇上唄，總有人做，你不用愁……」

李春燁在家繼續為皇上守七，決心守滿七七四十九天。他學鄰居那長著漂亮大黑痣的「赤坑婆」守夫，在書房安一個靈位，日夜追緬，三餐送飯。親友來訪，一概不見。妻妾受不了，一個個迴避，讓他一個人孤零零守去。他一心只思皇上，其他什麼都不想。跟「赤坑婆」比起來，為自己皇上守這點孝算得了什麼？他要堅持守下去。

在李春燁來說，天啟皇上不單是皇上，還是忘年交，情同手足，恩重泰山。沒有這樣一個皇上，他可能至今還是個七品小吏，哪想蓋什麼福堂！他想到皇上做木工活時候的情形。天熱的時候，皇上會把衣服脫了，只穿條褲衩，做得大汗淋漓，把褲衩溼透，把那工作也畢現出來，惹得魏忠賢直瞪大眼。做累了，主僕坐下來休息，大白菜客氏幫他打扇，李春燁泡茶，魏忠賢上點心水果，一起說笑。李春燁口才欠佳，只會說些文縐縐的對子。

泰寧地方小，李尚書回家的消息第二天一早迅速傳開。有些人只恨沒能早知道，沒能到路口迎接，現在登門求見。李春燁想，會客總得笑臉相迎，可是為皇上守七怎麼能笑？不笑臉相迎吧，老是哭喪著臉，又讓人說不熱情。左右為難，索性不見。他叫妻子江氏在天井邊走道陰涼處邊搓麻線邊等著，熱情接待，但要說他不在家。聽這麼一說，來客不多坐了，話三兩句家常便走。

李春燁在書房裡聽著妻子笑盈盈對來訪者說「他呀，不在家，要過些天回來」，忍不住撲哧一聲笑出來，笑完自責：「真是該死，在為皇上守靈呢！」

這時，又一個人來，李春燁從聲音就聽出這是為自己建了牌坊的知縣伍維屏，心想他怎麼還在泰寧，又想難得有他這樣誠心，真該見見。轉念又想，四七才開始，現在一破例，後面怎麼守下去？心一狠，一樣不理會。不想，伍知縣第二天上午又來。江氏照例抱歉說李春燁不在家，可是他笑笑說：「沒關係！古人求賢『程門立雪』，我這裡路這麼近，天氣這麼好，這算什麼！」

李春燁在書房聽了，心頭一熱，沒想到姓伍的這麼誠懇。又一想，覺得他肯定知道自己並沒有外出。一傳十，十傳百。與其讓人家去傳我故意躲著不見，不明不白議論什麼，不如挑白了，讓人家理解自己對皇上的一片赤心，還能換得人家的體諒。再說，他心裡非常明白：人們紛紛來求見，並不是想看他李春燁這個人，而是想看兵部尚書這個官。想當年，窮困的時候，一再名落孫山，誰會想著來看你？這世道，他早看透了。於是，他將太師椅擺到廳堂中央，將他的官帽、官服擺到太師椅上，還將他一雙靴子擺在太師椅前，像是他本人端坐在太師椅。他對江氏說：「妳實話告訴他們：我要專心專意為皇上守七，這段日子不見任何人。如果實在想見，就見見我這套官服吧！」

第三天，伍知縣果然還來。聽了江氏相告，果然不出自己所料，心裡很是得意，對著官服就拜。可是，當他兩眼從下往上抬的時候，瞥見那雙靴子，心裡不覺一驚：「還要我拜他的靴子？！」

江氏在廳上也沒發現伍維屏心裡的變化，李春燁在書房裡頭自然更不知道。他心裡，也許正自鳴得意呢！

守七是寂寥的。在這寂寥的日子裡，李春燁不知不覺更多地想到景翩翩。她也是寂寥的，有她的詩為證：

柳底繁陰月易藏，無端寒露泣寒螿。
殘秋莫坐空堂夜，二十五聲點點長。

二十五聲什麼？不知道。他想，該是梧桐秋雨，點點滴滴，一點比一點長，一滴比一滴長。在那樣點點長滴滴長的寂寥之中，她唱曲。

唱〈安東平〉：

遣郎尺錦，是儂寸心。
十日一線，五日一針。

唱〈小垂手〉：

金壘溢倡酬，媚眼轉驚秋。
折腰隨鷺下，垂手與龍游。
誇容未再理，明月在西樓。

唱〈休洗紅〉：

休洗紅，洗多紅色減。

色減無時歸，質弱難重染。

只將紅淚其流東，退卻無由綴落紅。

這些清新綺麗，意緒纏綿的曲，讓李春燁回味無窮。他想：那麼，在這寂寥之中，我能唱什麼？

李春燁想了個遍，覺得自己除了幾首山歌，什麼也不會唱；不會作詩，只會作「對子」。還進士呢，真是悲哀！

突然，一聲尖叫撕破了地宮樣沉寂的大屋。那是小女兒在痛哭，邊哭邊詛咒卓碧玉。卓碧玉一邊俐落地替女兒纏足一邊安慰說：「好了好了，明天就不痛了」。

還有其他人在幫忙抓住女兒死命掙扎的手腳，並且幫腔，大的說「纏了腳很漂亮，長大了更多人喜歡」，小的則說「我現在都不痛了」。

李春燁聽了很心疼，可是又無奈。有幾個女人能免「小腳一雙，眼淚一缸」？除了賤民丐戶人家……現在丐戶也開始興小腳了！女人有女人的苦楚，男人有男人的苦楚。男人不用纏足，可是要頭懸梁錐刺股讀書求功名，並不比纏足好受。忍忍罷，孩子！

又過了些天，江氏驚慌失色跑進李春燁書房說：「不好了不好了！有人在我們福堂邊上打井……」

「打井有什麼不好？」李春燁差點發笑。

「打井……打井……說是太早，可是又說……又說……說……」

「說什麼？」

「人家說，打了井，要把我們家的福氣都挑走！」

「別理那些烏鴉嘴！」李春燁不屑一顧。「去去去，去忙妳的！有空多聽聽孫子哭，也別聽那些胡說八道！」

七七四十九天終於要熬過去了！這天晚上吃完飯不久，卓碧玉到書房來。她叫門，李春燁不開。她說：「真有事啊！」

「以後再說！」

「不是那事！糯米飯鍋巴，我拿來了！」

聽這麼一說，李春燁好像嗅到了香味，馬上開門。果然，卓碧玉沒騙他，他從她手上碗裡抓過鍋巴就往嘴裡送，吃得悉悉唰唰。她討功說：「我好吧？」

李春燁只是嗯了一聲。

「今天這糯米飯，是我燜的！大姐說，你最愛吃糯米飯鍋巴，我就特地多燜了一下，又烤了一下。好好的飯不吃，要吃鍋巴，蠢嗎？」

「有個員外喜歡吃豬肉油渣，經常請人家幫忙炸油，炸出的油歸人家，自己只要油渣。人家過意不過，在渣上多留點油，他還不滿意，要人家炸乾一些，妳說好笑不？」

「真有那麼傻的人嗎？」

「妳看我像那麼傻嗎？」

「像！你就是那樣的傻瓜！」卓碧玉撲進李春燁懷裡撒嬌。

李春燁慌忙推開卓碧玉：「皇上的靈位在這裡呢！快了，明天就滿七！」

「有好多事等著你哩！」

「我知道！等明天！」

29、恩榮故里

滿七之日，已是十月中旬。李春燁捧著天啟皇上的靈位，步出幽暗的書房，覺得目暈。他當著天日燒了靈位，讓皇上上入天國下入自己的心房。

李春燁要開始新的生活了！首先，他想到的是朝中。他一出書房就聽兒子說，新皇上是天啟皇上的胞弟朱由檢，改年號為崇禎。那麼，他要不要提前返京？他猶豫不決。皇上變了，可依然是朱氏天下，依然是大明社稷。皇恩浩蕩，當報終生。在這新舊交替，永珍更新之際，他覺得應當提前回去，多替新皇上分些憂。可是他又想，人亡政息，一朝君子一朝臣，眼下形勢尚不明朗，人家唯恐迴避不及，我既然請假在家，何必自投風口浪尖？他拿不定主意，便寫一封信給魏忠賢，請予幫忙定奪。又寫第二封，給王可宗，提醒他當前務必特別謹慎，如有什麼不測發生請立即告知。

除了朝中的事，就是五福堂。第一、二、三幢已經竣工，只等李春燁回來舉辦喬遷儀式。第四、五幢泥水已經完工，不日轉入木工。李春燁取出天啟皇上囑張瑞圖寫的「孝恬」字幅，請人製成金匾。這時，他才想起忘了請皇上賜「五福堂」三個字。如果寫了這三個字，可以雕在門楣石匾上，那多風光啊！現在成了永遠的缺憾。不過，有「孝恬」金匾高懸，也夠榮耀。他打算擇一個黃道吉日，盡快遷入。工地上的事，兒子和妻妾們分工負責。除了銀子，基本上不需要他操心。需要他出面辦的，還是春草堂的地基。這事說起來不大，可是偏偏還沒辦妥。

應酬也成了一件大事。三年前從京城回來，他只是湖廣參政從三品，兩年前從湖廣回來只是太僕寺少卿正三品，如今猛然躍居兵部尚書兼太子太師從一品大官，已經與鄒應龍旗鼓相當了！泰寧百姓也引以為榮，何況那群縣官和學子們。家裡天天有人來訪，從早到晚，素未謀面的也冒昧求見。沒幾天，家裡人也煩。那些只是想結識結識的人還好應付，三杯兩盞淡茶打發就是。那些官吏就不好應付了，他們多半有著某種目的，稍不小心就可能為日後留下麻煩。有些人不會找上門，卻需要主動去拜訪，比如族長、舅舅、江日彩家屬等等。

晚上，家裡來客三大桌，都是特地來看望李春燁的親友，留他們吃個飯。其實，好些人並不怎麼親，他連人都不認得。這些沾親帶故的人親眼看到尚書大人，顯示出有生以來從沒有過的熱情，擠著到他跟前，有著說不完的好話，還一個個要敬酒。他受不了，抓個空檔，裝著喝醉要吐，溜到大門外。

月亮好圓，天上人間皎潔一片。世界很靜，杉溪在不遠處嘩嘩嘩流著，遠遠近近不時有一兩聲犬吠。李春燁覺得這夜很愜意，只是有些涼。他溜回房間，加一件雙層衣，託孩子把吳氏叫了出來。

「我帶妳去逛逛泰寧城。」李春燁說。

吳氏卻說：「我早逛過！」

「妳逛過？」

「我來這麼多天了，又這麼近，會沒進過城？」

「妳跟誰去？」

「二姐。回來第二天她就帶我去了。」

「她肯帶你去啊？」

「當然啦！二姐可好呢，不像你說那麼壞！什麼『三句半』，嚇唬人！誹謗人！」

「好好好，妳們能和睦相處，有什麼不好？她帶妳，逛得痛快嗎？」

「屁股大的縣城，還沒京城一個角落大，沒逛幾下就逛完。」

「那是白天吧？」

「當然！」

「晚上沒去過吧？」

「晚上，黑燈瞎火，有什麼好看的。」

「妳看這月亮……妳看這月光下的山城，是不是比京城更漂亮？」

李春燁燈籠也不打，牽著吳氏的小手直奔利涉橋，過泰階門到三賢祠。這裡還有一小塊荒地，有幾分陰森，吳氏不由把他的手拽更緊了些。她忍不住問：「你想幹嘛？」

「看我們的房子啊！」李春燁呵著酒氣說。

吳氏躲了躲李春燁的酒氣：「明天不會天亮嗎？」

「明天？明天還早呢！我一個時辰也等不了，早就想看一眼，想了多久啊！」

這是五福堂的南面。後兩幢就在這一面，還沒建好，木材堆成小山似的，有月亮也不好走，何況帶著這麼個三寸金蓮，不啻於爬山涉水。李春熚止步，迴轉到雷半街，繞到北面。北面是福堂的後門，可是先期興建，現在已完工，連門廊及其匾額應有盡有，並且已經安排人員看護。這門衛是個遠房親戚，從沒見過李春熚，不讓他們進入。吳氏說他是老爺是這房子的主人，門衛不信。她說她也是這裡的主人，白天來過幾回。門衛想了想，對這漂亮的女人有些印象，將信將疑，同意他們過門廊到房子大門口看看，但不允許進廳堂。

一列五幢，在夜裡看來也壯觀。李春熚挺滿意。忽然想到一個問題，這每一幢還得有個名稱，不然不好叫。按五福的意思叫吧，有點彆扭。想了想，決定另外按「五常」命名，即第二幢主房叫「父義堂」，第一幢叫「母慈堂」，第三幢叫「兄友堂」，第四幢叫「弟恭堂」，第五幢叫「子孝堂」。

弟恭堂和子孝堂還沒有建好，用大門隔開。李春熚從門縫裡望去，除了建築材料，空空如也。再從門縫望父義堂、母慈堂、兄友堂，雖然其他黑洞洞一片，但藉著月光可以看見第一進天井，天井裡有大大的石水缸，還擺了花盆。抬頭望門楣，父義堂上是「四世一品」四個楷書大字，四周鏤雕著人物花卉，雖然看不清晰，可還是覺得精美。李春熚連連叫好。脖子吊酸了，退步看整體效果，覺得有些氣勢恢宏的樣子。他想看遠視的效果，退一步，再退一步，沒退幾步就碰到牆。他一邊拍打著身上的塵埃，一邊轉身看這牆。這牆雖也築得精美，可是太逼仄了！他知道，這隔壁是世德堂，他早已計劃在那裡建亭臺、魚池、虹橋、花圃，這牆是臨時的。他滿意了，並不執意要進廳堂。

大街上沒幾個過往行人。李春熚大膽牽攜吳氏的手，逢有掛燈籠的門口才放開，一過又牽上。

吳氏走得東倒西歪，幾次差點摔倒，好在有李春燁攙著。他教導說：「妳一步一步踩穩來啊！」

「沒辦法！」吳氏怨道。「這些石頭圓圓的，太滑了！」

「哦，對了！妳走中間，保證不會！」

街中間鋪著平展的石條，三寸金蓮也不怕。吳氏又怨道：「你怎麼不早說，故意整我！」

「我忘了！我哪想過要帶一個女人逛泰寧街呢？」李春燁說，泰寧這街有來頭。那是宋朝時候，狀元葉祖洽教太子描紅，寫：「十里藤吊嶺，八里線吊橋；要吃雞，雞籠山；要吃鵝，峨眉峰……直石鋪路三角灶，八人抬的高肩椺；二十四座文屏山，世世代代出高官。」皇上進來，看了覺得挺有趣，不知不覺念一遍。葉祖洽聽了，立即下跪，磕謝龍恩。皇上莫名其妙。葉祖洽說：「皇上恩賜，豈敢不遵？回去，微臣就在家鄉照辦。」皇上明白失口了，說：「直石鋪路三角灶，只有在紫禁城才能；八人抬的高肩椺，只有帝王千古才行。爾等泰寧區區小縣，平民百姓，豈能用此規矩？」葉祖洽說：「微臣也知道不能，可微臣更知道君無戲言啊！」皇上無奈，只好破天荒讓泰寧大街鵝卵石當中用直石鋪一條路心，家家戶戶三角品字灶及八人抬的高肩椺。

吳氏聽了，忍不住問：「怎麼你們什麼都要掛上狀元、狀元啊，沒有他們難道活不成嗎？」

「對我來說，恰恰相反！」李春燁深有感觸說。「在泰寧，我簡直不敢說話，一說，說不到三句就可能扯到狀元；也不敢動，動一手一腳，說不定又會動到狀元，妳說累不累啊！」

「我不覺得！」

「妳當然不覺得！妳沒在這裡長期生活，不管那些傳說真也好假也好，聽著反而覺得有趣！」

從東陽街到衙前街，再到城隍廟。城隍廟邊文廟路口，矗立起一座嶄新的牌坊，就是「恩榮坊」。那是前年底動工的。當時李春燁曾回信勸說不要建，可是伍知縣以為他謙遜，照建不誤。對於這個牌坊，李春燁本能地反對，不願意自己也製造個高大的陰霾去籠罩後人，可是他們執意樹起來了，總不能叫人打掉吧？現在，李春燁同樣急於看個究竟。大白天還有點不好意思呢，這樣的月夜最好。

這牌坊四柱三門，中間高兩邊低，中部高達三丈多，面寬兩丈餘，進深也有丈許，壯麗恢宏。四根柱是用一丈多見方高達兩丈許的整塊石鑿成，下部南北各有一塊高大的鼓石扶掖。鼓石外側成雲朵造型，各匍匐著一頭下山石獅。中間上方，陰刻著「恩榮」兩個楷書大字。其餘字更小，李春燁認不出。他走近幾步，利用月光再辨認，最後還是搖頭：「字太小了！」

「我就認得出！」吳氏指著說：「這邊一條，正面刻的是『都諫清卿』，背面『恩榮三代』；另一條，正面『萬曆丙辰進士、北京刑科都給事中，奉旨特授太僕寺少卿，前歷吏、戶、工科左右給事中』。還有一條題記，左側是『邵武知府同知朱懷英、通判張立達』，右側『泰寧縣知縣伍維屏、主簿鄭奎芳、典史王日新』。」

李春燁一個小字也看不見，只能聽。聽完，覺得一字不差，有點驚奇：「哇——，妳真行啊！」

「怎麼樣，我厲害嗎？」

「厲害！真厲害！我真的不行，可能白天都看不清楚，兩眼老花……」

吳氏捧腹大笑。

李春燁莫名其妙：「妳笑什麼？」

「其實，我的眼睛這時候也看不見。」吳氏坦白說。「我白天看過，二姐教我，差不多背下來了！」

李春燁被吳氏的笑深深地感染著，沒注意到皎潔的月光也能映出牌坊的陰影。他快意起來，邊與她歡笑著，邊沉吟道：「那個伍知縣還真有誠心啊！可惜樹早了點。要是現在，加上兵部尚書、太子太師，那就更好了！」

回家時，在南谷路口，遇上一行人外出打獵。月光亮得發白。吳氏不僅看到了他們肩上扛的烏銃，還認出其中一個後生是親戚，前半個時辰還在他們家吃飯。他嘴唇缺一角，她印象特別深。她以為李春燁沒看到，悄然提醒。可是，那後生裝著沒看到。李春燁也沒跟他打招呼，等他們過後才說：「他們是去打獵。我們這有規矩，出門兩三里地不能說話，誰說了誰不吉利。」

「晚上怎麼看得見？」

「當然看得見。那些野豬啊，野兔啊，山羊啊什麼的，到晚上兩隻眼睛會發綠光，瞄著牠打過去就是。」

「那很有意思啊，敢去看嗎？」

「去看是可以。我們這邊規矩：見者有份。到時候還會分妳幾斤野豬肉呢！可是，也可能什麼都打不到。上山下山，不知道要爬多少個山，一個晚上在山裡轉，妳以為好玩是嗎？」

「累是累，可是我想像起來挺有趣。」

「唔……妳要是真想嘗嘗那種趣味，我帶妳去走走！」

李春燁叫吳氏在此稍等，自己回家，用火把挑了一大籃雜物出來。他拿件棉衣遞給她，說：「加件衣服，等會兒越來越冷。」

吳氏接過一看是男裝，說：「這叫我怎麼穿啊？」

「將就些吧！我不敢驚動她們，她們以為我們在睡覺呢！」

出城往西南，不一會兒便進入山岩。在月光下，綠林和丹巖渾然一色，但姿態依稀可辨。那奇形怪狀的岩石和巖洞，黑黝黝的，神祕幽奧。當然，也有幾分可怖。特別是有飛禽走獸驚逃的話，李春燁的心也難免一驚。他問吳氏：「妳怕嗎？」

「有你在，我不怕。」

「為什麼？」

「你是帶兵的尚書啊，鬼見了也得跑！」

「那是笑話！不過沒什麼好怕是真的。世上沒什麼鬼，我山裡住那麼多年也沒見過。山裡有老虎，可是老虎見了人一般也是逃。還有，我帶妳看，馬上就到！」

這是一條深邃的石峽，寬不盈丈。仰望幾十丈高的懸崖頂端，只見月光一線。步入盡頭，豁然開朗些，成一個深井。藉著月光，可以看出五道凹凸，如五馬落一槽。回首出峽，李春燁引導吳氏抬頭望右邊如高牆的崖面，吳氏立刻驚呼起來：「觀音！」

華貴的觀音菩薩貼著崖面而立，普渡眾生。李春燁跪下，虔誠地拜了三拜，說：「這山的背後，就是我以前讀書的天臺巖。那時候，我一次次沒考上，心情很不好，常常下巖來，在附近山裡散心。有一天，我散步到這裡，往回走時，突然看見前頭一道絢燦的佛光，這才發現這尊觀音。我知道，我母親一世信奉觀音，終於要顯靈了。這一年，我再考，果然進士及第！」

「所以你常常來拜？」

「不！真正的佛，拜一次就夠了！拜一次，佛就留在妳心裡，永生相伴。」

出石峽，轉二十四溪，進一條狹長的溪澗。這澗像一把刀劈開的傷口，只是稍稍斜了些，所以左面的石壁總像要撲到右壁上。忽見危危欲頃的左壁頂端有一處缺口，如半邊深井。一輪圓月，不偏不倚，恰巧蓋在井口。那井口有巖泉空濛而下，被山風吹得裊裊娜娜，飄飄蕩蕩，像是從月亮中悠悠晃下來，蔚為奇觀。

吳氏在欣賞月飄天泉的時候，李春燁點起火把。他叫她舉著火把，照著小溪邊沿的巖穴，不時可以發現一隻隻傻瞪著兩眼的石蛙。他輕易地捉了一隻，掐斷牠一隻腳，放回溪水，讓牠遠遠地游去，然後捉的才放入布袋。她只顧看他捉石蛙，忘了替火把添松片。等到他發現太暗時，她一不小心，將火把掉落水裡……等火把重新點起，李春燁重新踏入小溪，突然發現那隻斷腿石蛙不知從哪裡游來。他驚叫道：「不好了！有名堂！」

「什麼名堂？」吳氏雙手發起抖來。

「我們這裡都說，捉到第一隻石蛙要掐斷腿放回，牠再出現時，是來報警……」

李春燁話還沒說完，就瞥見巖邊有一條大蛇，受了驚，正蠢蠢地蠕動著。他眼明手快，一把抓起那蛇的尾巴，用力一甩，扔在一邊。那蛇趴在沙灘上，有氣無力，只能顫抖著。他說：「別怕！這不是毒蛇。被我一抖，牠全身骨頭都鬆了，一步也動不了。」

吳氏仍然縮成一團：「你膽子真大啊！」

「我不大膽，還敢躲山裡頭讀書？」李春燁不捉了，將布袋裡的石蛙取出，直接用手剖內臟，洗淨，放進一個缽頭。「在我們這山裡，永遠不會餓死！」

煮著石蛙時，李春燁又將那蛇剝了皮，斷頭去尾，整條扔進缽裡。不多時，清香四溢……萬籟俱靜，唯有缽裡煮沸的細響。吳氏偎在李春燁懷裡，仰望著只剩孤零零一輪圓月的淨空，說：「我們今晚不回去吧？」

「十天半個月不回去也可以！一輩子不回去也可以！」李春燁吻了吻吳氏那沐浴著月光的面龐。「以前我就經常想：為什麼一定要去人堆裡擠呢？人堆裡，弱肉強食，時時……處處都得逃命，多累啊！」

30、雙喜臨門

滿七的第一天，李春燁就請人上門來擇吉日，喬遷福堂，並在那裡為老母祝壽。他選了一個最近的吉日，就在五天後。五天時間要辦這麼兩件大事，顯然太倉促些。可是他說現在新皇上登基了，永珍更新，他要準備隨時提早返京。福堂，那邊已經收拾妥當，添置些新家具，人過去就是了。說倉促只是宴請，至親老友要發帖。李春燁說可以簡單些，遠方的客人就不請了，最遠就請建寧的李春儀——他是兄弟不算客。

這些事安排出去，已快餉午，李春燁想去走訪伍知縣，並準備在那裡吃午飯，——肯定會請他吃飯。伍知縣連來三天，卻只讓他拜官服官帽，——對了，還有靴子，真對不起！他不至於為此生氣吧？現在得趕緊上門去還個禮，官再大也不能忘乎所以。昨天晚上看了那牌坊，真是不錯，真得好好感謝他一下。怎麼感謝呢？也該送些禮吧？送什麼呢？對了，他喜歡皇上的木樣！記得上次回來，他得了皇上的「寒雀爭梅戲」，那樣炫耀。可那是贗品，絕對是！怕他丟面子，沒有當場說穿。可是後來，一生氣，特地在回信中揭穿，故意氣他。現在想來，太小心眼了，真是不該。不知他把那「寒雀爭梅戲」怎麼樣了，那可是花了大錢啊！我送一個真的給他！當然，真的「寒雀爭梅戲」我也不知流落到哪裡去了，但我可以送他一個皇上木樣的真品。皇上的木樣有龐然大物，也有小巧的玩藝，比如戲臺面具、孩童玩具。有些人頭腦死板，賣不出去就直說賣不出去，惹皇上不高興。李春燁就精明，賣不出去也說賣出去了，反正那錢要賞還自己，讓皇上高興就好。其實，這樣自己並不吃虧。這些賣不出去的小玩藝，他還帶了些回來留做傳家寶。現在送個給伍知縣，他肯定覺得勝過同樣大的黃金！

門口的衙役看見一乘大轎走來，老遠就睜大了兩眼。沒想到，那轎在自己身邊一落，撩開門簾的竟然是個一品大官。一般百姓可能不知道，當差的不會不知道，當朝官服是「衣冠禽獸」，即文官服飾禽類圖案，武官服飾獸類圖案。只有一品至四品官才著緋袍，一品官才繫玉帶，一品官衣服上繡的圖案是仙鶴，眼前這人肯定是一品大官。在這偏遠小縣，他從來沒見過這麼大的官，只是聽說南谷李家出了這樣一個大官並且剛回家，但仍然沒料到這樣的大官會從天而降到自己眼前。他兩腿一軟，跪下就叩拜。李春燁和顏悅色說：「快稟報你老爺，我——李春燁來訪！」

「老爺在！老爺在，剛退堂！我這就去稟報，這就去！」衙役爬起來，拔腳往裡跑。

縣衙附近有好多店鋪，過往行人也不少，一個個駐足張望，還指指點點議論什麼。有些年紀較大的，李春燁覺得似曾相識，打招呼不是，不打招呼也不是。他索性放下簾子，在轎子裡閉目養神。他覺得有點難堪，後悔沒先通告一聲。伍知縣要是知道他會來，肯定早領一班人馬恭候在大門口，還有樂班吹吹打打，空前熱鬧。現在，只能反過來冷冷清清等他了。

等了一會兒沒等到伍知縣的聲音，他睜開眼來，撩開一角布簾窺視縣衙門口，仍沒看到伍知縣的影子。他心裡掠過一陣失望，但他努力轉移心思，刻意去看那八字牆。一邊牆上大大地寫著「吾皇萬歲萬歲萬萬歲」，牆頭還掛著聖諭。聖諭用道地的鳳陽腔寫道：「十月，說與百姓每：天氣向寒，都著上緊種麥。」一不小心，他看出牢騷來：現在是十月，沒錯！可這是南方，是閩西北，叫誰去種麥？大明實在是太大了，一道聖諭顧不過來！可是，總不能讓皇上對每個布政司下一道不同的聖諭吧？每個布政司一道也顧不過來，像福建，閩北跟閩南就不一樣，閩西跟閩東也不一樣，甚至一個縣東南西北的話也不盡相同，怎麼一統法？

正胡思亂想著，衙役出來。他說：「啟稟大人，我們老爺病了，不能見客，請大人海涵！」

「病了……你不是說他剛退堂嗎？」

「是剛退堂。剛回內衙，在天井邊摔一跤，站立不起……」

「哦——」李春燁信了。「那我更得去看看！我們是老朋友了，我自己進去，沒關係！」

看李春燁就要下轎，衙役慌忙說：「大人且慢！我們老爺正在……正在……實在不方便！實在不方便！萬望大人海涵！萬望大人海涵！」

說到這個份上，李春燁只好作罷，取出一個木樣讓他轉交伍知縣，強調說這是天啟皇上親手做的，千真萬確。

回家路上，李春燁覺得伍知縣這跤跌得有些蹊蹺。不過，他又要求自己別多疑。

當天，李春燁新房舊房就熱鬧起來，人聲鼎沸，一個個忙碌。在舊房這邊，一邊忙著整理傢什，一邊忙著接待提早到來的親友。

江亨龍經李春燁保舉，在海澄縣任訓導。他聽說這老外甥又回家了，連忙趕回來，專程拜訪。李春燁在守七，他等著滿七。聽說李春燁想買鄒家房子，他就勸說老兄同意這樁利人利己的事。現在七滿了，迫不急待登門。他耍了點心眼，故意拖到快餉午才來，好讓主人留他吃飯，與老外甥多聊聊。老外甥外出了，好不失望。鄒氏留他吃飯，他沒客氣。沒想到，老外甥突然又回來。

李春燁在縣衙吃了閉門羹，有些不快。回來見江亨龍，以為又來「討債」，更是笑不由衷。可是一聽他送上世德堂這禮，什麼雲霧也即刻消散，一碧如洗。李春燁當即請大舅和中間人過來簽約，當場支付一半銀票，另一半等鄒家一個月之內搬出之日訖清。事畢，當事雙方宴請中間人，實際上是李春燁獨家請。李春燁笑道：「後悔了嗎？如果後悔了，你把銀票還我，我把契書撕了，酒照喝不誤！」

「誰後悔啊！」大舅脖子一仰，大杯酒一飲而盡，然後兩掌合起做烏龜狀。「誰後悔誰是這個！」

李春燁連忙也乾了，又笑道：「以後可別說我趁人之危啊！」

「嗨——，外甥大人說哪去啦！」江亨龍端起壺倒酒回敬李春燁。「什麼趁人之危，大人這是救人於水火，不知道怎麼感謝才是呢！來，借花獻佛，敬大人一杯！」

買賣之事說得差不多了，談及江亨龍。他說現在泉州、漳州一帶很多外國人來做生意，那一帶很繁榮，可是教書依然清苦。問題是江亨龍迄今未得青雲路，還要請李春燁提攜。李春燁熱情說：「姑丈的事，我怎麼也得幫到底。既然你未得青雲路，我看還得從科舉考試上努力。我有位朋友叫傅冠，江西進賢人，我們常在一起喝酒；他原來是翰林編修，現在是禮部右侍郎。你投他門下，拜他為師，看他能不能指點指點你。我先幫你寫封信。等我回京城以後，再當面跟他說。」

地基的事終於辦妥，李春燁長長舒一口氣，專心籌備雙喜之宴。等這宴辦完，他就可以隨時返京，專心為新的皇上效命。

吉日前兩天，李春儀帶著妻兒趕到。他妻子劉氏也五十出頭，膚色白皙，兩眼又大又亮，本來挺漂亮，可是她的臉明顯呈兇相，笑起來都不能讓人安心。碰上這麼個老婆，難怪……「哥——，大嫂——！二嫂——！」劉氏的嘴倒甜，老遠就嚷開了。

屁股還沒坐熱，李春儀迫不急待要帶妻兒進城看福堂，李春燁奉陪。

站在街邊，一看那衙門樣的儀仗廳，劉氏歡喜得半天說不出話。李春儀追問：「好不好？」

劉氏狠瞪了李春儀一眼：「還用說嗎？」

高高的大牆，都用青磚砌起，將一幢與另一幢隔開。每道大門以及天井四邊，都用整條紅色花崗岩石鑲嵌。門楣上又都是石匾，鏤雕著圖文。李春燁說：「這都是你二嫂自己畫的！」

「二嫂真是個才女！」劉氏由衷讚道。

「我家的也是才女。」李春儀打趣說。「不過多一邊貝字！」

「你會說就說，不會說就閉上你的茅坑！」劉氏一怒，轉而又笑。「這裡裡外外，上上下下，大哥想得真周到啊！」

李春燁謙遜地笑笑：「不是我想得周到，是皇上，皇上替我想的。」

「我忘了！這都忘了，真是該死！」

「你看這窗！春儀你看，以前沒做好，我沒跟你說，怕說不清楚。現在你看，這窗很特別，有兩層。」

「噢——，真的！挺好看！」

「不光好看，這裡頭大有學問：上面一半是窗，下面一半是隔，夏天通風透氣，冬天糊上白紙就變得既明亮又暖和。」

「大哥真聰明！」

「不，又錯了！是皇上想的，皇上聰明！還有，春儀也跑過不少地方，你見過徽式房子吧？」

「唔。」

「你看他們那些房子，雖然外面看也高牆大院，其實裡面非常小氣，天井上的屋簷幾乎黏得像一線天，窗子小得只能探出一個頭，說難聽點，就跟大牢樣的。據說，他們考慮到防偷防盜，還防野男人，可是他們為什麼不想住得更舒適點呢？」

「真是的！」沉寂了好一會兒的劉氏附和說。「這樣寬寬大大的房子，住起來就舒服了！」

「還有呢！你們進來看！」李春燁將老弟夫婦領進廂房，掀起地板一道小木門。「在房間洗澡，水往這裡倒就行了，它會自己流到天井。」

李春儀嘆道：「什麼都想得到，難怪人家會當皇上！」

「哎——，這可不是皇上的主意！」李春燁糾正道。「是你二嫂！」

一會兒是皇上，一會兒又是二嫂，老弟夫婦給搞糊塗了。好在李春燁止步，指了指通道，說那是小門，通另一幢。他說：「那幾幢跟這一幢差不多，不必看了。五幢一共有一百二十多間，一時也看不完，還是先回去吃飯吧！」

「滿意嗎？」李春儀討好劉氏。

「那還用說！」劉氏嚷道。「這也是我們的！兒子啊，你以後就到這裡來住，喜歡嗎？」

這小子才十五六，還靦腆，只是嗯了一聲。

儘管兒子沒明確表態，劉氏還是沉浸在幸福當中：「以後啊，我和你爸就在建寧住幾個月，到泰寧住幾個月，兩個地方輪流住。」

吉日到了！吉時是寅時，天還沒亮，李春燁一家人浩浩蕩蕩從南谷舊居走進城內新居。一路上，李春燁兄弟一左一右扶著老母親的轎子。前前後後還有一大群親友和僱工，逶逶迤迤一兩里地，由幾十盞大紅燈籠照明。周遭很寧靜，但每逢路口路坡、上橋下橋和左彎右彎都得燃放一串鞭炮，引起狗吠，雞鳴。有些小孩驚醒了，不僅跟著大人起床到窗戶、大門口看熱鬧，還要跑到路上撿那些尚未炸響的鞭炮……

中午，三幢九廳擺滿了酒席。大的每廳擺九桌，小的每廳擺六桌，賓客如雲，高朋滿座。李春燁招呼貴客坐上席，娘舅那邊的長輩安排了，接下來要安排知縣伍維屏，可是他沒到。命人去催，回話說他還病在床上不能來。李春燁心裡又掠過一絲不快，決定不等了。

慶典儀式有三項：

——安放五福堂木樣，司儀高聲宣布：此乃天啟皇上親手製作。話畢，鞭炮長鳴，鼓樂喧天。李春燁和李春儀將神龕上蓋著木樣的黃布揭下，然後領著所有男人跪在堂下，磕謝皇恩浩蕩。

——為「孝恬」金匾揭幕，司儀高聲宣布：此乃天啟皇上口賜玉音。鞭炮又鳴，鼓樂又喧天。李春燁兄弟爬上兩邊梯子，揭下匾上黃布，然後帶兒子孫子們跪在堂下，磕謝皇恩浩蕩。

——慶賀一品太夫人鄒氏九十華誕，又一陣鞭炮長鳴，鼓樂喧天。李春燁和李春儀及其夫婦率子孫們依次向鄒氏磕頭，祝願她老人家壽比南山。這次還有兒媳、女兒、孫女及親友參加，人數太多，只能一群一群來。

這樣費了半個來時辰，才開始酒宴。

泰寧酒宴的檔次，以海味論，主要指目魚乾、蝦肉乾和蟶乾等等，最少四個，中等六個、八個，上等十二個。海味當中，幾道雞鴨魚肉。上每道海味時，要放一次鞭炮，提醒客人。李春燁這酒宴就不隨俗了，以宮廷菜論。有些是從京城帶回來的貢品，比如貢菜，說是蔬菜，卻是人們前輩子也沒嘗過的。多數是學了宮廷煮法，而名之為宮廷菜。比如酥魚，那鰱魚絕對是本地土產，但那切法、煮法和配料，都是李春燁憑記憶教廚師做的。當然，少不了卓碧玉的「碧玉卷」。這樣，整席酒宴別有風味。也許是出於不放心，也許是嘴饞，廚師在煮的時候就嘗了又嘗。端菜的無疑是經不住誘惑，一出廚房，走到過道無人處，便忍不住下手。一不小心，整個盤子倒地上，讓有些客人嘗都嘗不到。那些客人中又有心不甘的，到鄰桌搶一兩筷。這樣，很自然就吵吵嚷嚷起來，特別熱鬧……身為今天首席貴賓，很多人也向大舅敬酒。敬酒之時，每每要說一大堆好話，無非是說鄒家風水好，太夫人命好，生的兒子有出息，當那麼大的官，蓋這麼大的房子，對母親又這麼孝順，連皇上都對她一再封贈，當舅爺的，今天該多喝幾杯。這樣的話誰聽了也爽，大舅聽了比酒還醉人。可是聽多了，他受不了，突然哭出來：「我們鄒家的火種，全被他們李家借來了啊！嫁女兒，嫁倒了灶啊……」

真讓人掃興！不過，人們只當大舅喝醉了，情緒並不受影響。

午宴直到太陽快下山才散席。緊接，晚餐又有十多桌留宿的客。

晚宴散席，在福堂門前大放煙火。煙火名目繁多，多半是泰寧人聞所未聞的，最精彩的是「祥雲映日」、「紫氣東來」、「松鶴延年」等等，讓縣城周邊村裡的老老少少也大飽眼福。大人一會兒抬頭高望絢麗多彩的天空，一會兒低頭伏在孩兒耳邊叮囑：「記住了：明天開始要用功讀書！讀好了書，像李尚書那樣當大官，爸替你在城裡頭放更好看的煙火！」

煙火放畢，緊接在父義堂演戲。泰寧有土戲，叫「梅林戲」。梅林是東鄉朱口的村子，那裡民謠：「梅林十八坊，十人九擔箱。敲起叮噹鼓，唱起道士腔。茅擔抬臼窟，扛到壟中央。搭起戲臺來，唱到大天光。」這戲別具一格，不僅朱口人愛看，全縣乃至鄰近縣的人都愛看。這樣，他們的戲箱不僅挑到壟中央，也挑進城裡的大戶人家。李春燁這天請了名氣最大的艾金松團隊，演的是《蟠桃宴》。老母親眼睛看不見，耳朵也不聽，靠李春燁在一旁轉述，可也興致勃勃。不過，她畢竟太老，坐不住多久。為了讓她睡好，就不敢讓他們唱到大天光了。

戲開場之前，主人就分門別類安排好客人睡寢事宜。李春燁四子李自雲，其妻歐陽氏要與自己的母親睡，小姨子睡書房，讓他去擠客房。戲一散，他跑外面與朋友喝酒去。而江氏聽說把班主艾金松安排擠客房，覺得過意不去，臨時調整他去睡書房，讓歐陽母女三人睡一床。李自雲在外面喝酒喝了不少，可還記著小姨子住書房，想入非非，回家直接摸去。那艾金松年歲不小，主演丑角，喜歡熱鬧。門一推他就感到有戲了，卻故意不吭聲，讓他又親又摸了一通這才大笑出來，將四鄰驚起，還嚷著戲腔說：「你呀，嗅到油香就是婆娘！」

戲子御了妝當然還殘留油味。艾金松不知道這是東家的公子。如果知道，肯定會顧忌些。可是現在遲了，連李春燁都驚動了，發現不是什麼大事才放心，可這太讓他丟面子。

廳上恢復寧靜，李春燁回到床上，卻再也睡不著。自雲這孩子有點少年得志的樣子，太讓人不放心了。才混個秀才就以為出人頭地了，書不好好讀，整日裡花天酒地，真該送到山岩去苦讀……突然，又覺得他有點像自己當年的樣子。自己當年，不也偷著摸著出去吃喝玩樂嗎？好在當年家裡窮，母親管得嚴，不然還想混舉人、進士？得好好訓訓他！這樣的兒子不訓還行？

李春燁越想越氣憤，馬上起床。江氏問他怎麼啦，他氣呼呼說：「妳別管。」拉開門就出去。可是，沒喝一杯茶的功夫他又回來。她追問到底怎麼啦，他嘆息說：「唉，自雲那小子實在不像話，我想好好訓他一下。可是我又想，老大那樣想不開，是不是讓我逼太甚了？不中舉就不中舉吧，怎麼想不開呢？人啊，都有命！那麼多人沒中舉不也活好好的？」

卷四　疊起江南恨

31、驚豔不是時候

五福堂漸漸平靜下來。

李春儀也要回建寧。他單獨找李春燁坐一會兒，說年前還要跑一趟福州，然後才能安安心心過年。這邊蓋房子還需要銀子，年前他一定送過來。對此，李春燁沒什麼好說的，只順嘴說句「錢不要緊」，轉移話題：「聽說你娶了個妾，怎不一起帶來？」

「嗨——，老哥你還不知道啊？」李春儀一肚子苦水。「我要是帶了她，那母老虎，還不到半路就把她吃了！」

李春燁笑了笑，表示理解。那弟媳的德性，看也看得出來。老弟到她家，真不知享福還是受苦。如果享福，身為老兄自然欣慰；如果受苦，那就應當感到內疚。現在看來，兩者都有吧，一方面衣食無憂，另一方面寄人籬下，河東獅吼，有苦難言。但即使這樣，也不能鼓動他叛逃回來。李春燁又笑了笑，再轉移話題，開玩笑說：「有人說，妻不如妾……」

「那還用說！」李春儀立時眉飛色舞起來。「她才是真正的大家閨秀呢，琴棋書畫樣樣通，只是不輕易露手！」

「老弟豔福不淺啊！」

「那……那不敢當，只是碰巧，碰巧！」李春儀頓了頓，連喝兩盅茶，見兄長還沒說什麼，好像在等他，這才接下說。「真是碰巧！那是……那年在杭州，做一筆生意，人家虧了，拿不出錢，把他家千金押給我，我……我、我只好……就這麼帶回來，嗨，沒什麼，談不上豔福，談不上！」

「什麼時候帶過來走走！剛好，你三嫂也是杭州人，讓她們聚聚！」

「好啊！反正她……嘿嘿，你知道，我可比不得你，那母老虎一粒砂子都容不得。她還是另外住，讓她走動走動也好。只是……不瞞你老哥說，她是杭州人，可是沒在杭州長大，杭州話說……說不大來。」

臨行，送客送到大門外。劉氏熱情洋溢，邀請兄長帶二嫂、三嫂到建寧走走。李春燁趁機說：「好啊！要是不急於回京城，我明後天就帶去，去那邊和大弟媳、小弟媳們聚聚！」

劉氏立即垮下臉，瞪了瞪李春儀，這才笑道：「春儀哪有你出息啊！在我們家，只有我一個黃臉婆！」

李春燁還想開幾句玩笑，江氏在旁一直暗暗扯他的衣裳制止……客人走差不多了，李春燁差人去請伍維屏，想單獨請他喝幾杯，回話說還行動不便。李春燁有點生氣：天井邊一跌，會傷到那個地步？再等幾天，如果還沒來看我的話，我非要去看他個究竟不可！

家裡事處理差不多了，李春燁把精力轉移到朝廷上。一滿七，他就寫信給魏忠賢和王可宗了，怎麼一個也不回？這麼想著，越想越急，真想馬上趕回京城去。

焦急地等了些天，終於等到一封王可宗從京城寫來的信。然而，信上寫的，根本不是他所期盼的。

原來，天啟皇上的七一滿，便又有人上疏彈劾魏忠賢。崇禎皇上觀望了一陣，果斷下手，先將魏忠賢的死黨刑部尚書崔呈秀免職。魏忠賢見勢不妙，提出辭呈，皇上即准，貶他去鳳陽守陵。魏忠賢不知趣，帶大隊人馬押著幾車金銀財寶，一路威風凜凜。皇上大怒，派錦衣衛去追，要拿他回京問罪。魏忠賢聞到風聲，嚇得魂飛魄散，連夜在驛館上吊。同時，崇禎皇上拿大白菜客氏問罪，將她活活打死在浣衣局。現在，皇上從南京調回錢龍錫，召集一班人專門梳理閹黨。聽說，李春燁也被納入閹黨範疇。信上說這些事，絕對是晴天霹靂，讓李春燁沒看一半就開始發抖。但這一切似乎又早在他的意料之中。他顫抖地看著信，心裡不停地嘆道：這一天終於到了！母親常說「好人好自己，壞人壞自己」，這話應驗了！

「魏忠賢啊魏忠賢，你太不聽小弟言了！」李春燁忽兒又自語。「那年，你要是聽了我的，見好就收，何至於今天，身敗名裂？」

李春燁對那些細節似乎也早有所料，根本不想細看，一目十行。看完，隨手一鬆，讓信箋飄落膝上，再飄落到地板。他仰躺在太師椅上，只想好好睡一覺，死死睡它一覺。

然而，李春燁怎麼可能睡得著？他對魏忠賢的下場確實早有所料，並且早有所備，刻意迴避。但他的屁股擦乾淨了嗎？就在個把月前，他還寫過一封信給魏忠賢，信中雖然沒什麼陰謀，可是稱兄道弟，這要是讓抄家抄到，還脫得了關係嗎？捫心叩問，即使在飛黃騰達的時候，我也沒做什麼傷天害理的事啊！魏忠賢害楊漣他們，我並沒有落井下石。害孫承宗他們，他是有拉我，可我……對了，該叫他們查一查當年的疏奏，看看我有沒有跟他們同流合汙。相反，早在楊漣上〈二十四大罪疏〉的時候，我也上過疏，要魏忠賢辭職。還有……還有魏忠賢去年做生日的禮單，也沒我的份！只要查一查，我就清白了！

只要查一查……只要查一查……只要查一查……李春燁叨唸著，騰地躍起，急奔書房，抓起筆就寫。開始寫「××兄如晤」了，嘴裡還不停地叨唸著「只要查一查」幾個字，生怕把這意思給忘記……寫好信給錢龍錫，李春燁緊接著寫疏奏給崇禎皇上，以病重為由請求辭職。剛寫完，吳氏到書房來叫吃午飯。他要她去叫李自槐來，並叫她送幾個下酒的小菜到書房來。

「朝廷出了重大變故，你知道嗎？」李春燁劈頭就問。

李自槐正經危坐在一張小圓凳上，如實說：「知道。」

李春燁看他回答得那麼平靜，以為他理解成天啟皇上去世的事，便進而說：「是廠臣——魏忠賢出事，他……」

李自槐也平靜地點頭。

「那你為什麼早不告訴我！」李春燁火了，騰地站起來，敲著桌子斥責。

「我怕你……我怕你聽了……聽了……」

「好了好了！」李春燁發覺自己有些失態，連忙坐回太師椅。「你快去吃點飯，吃完馬上進京一趟，要日夜兼程！帶上這兩封信，去找錢龍錫。記住：他是你岳父的同科好友，也是我的好友。多帶些銀票，在那裡多待些日子。遇到什麼事，靈活點，多請教錢大人。還有，也去找找王可宗，就是泰寧以前那個知縣，現在工科，也是我的好朋友。到了那裡，有空多寫信回來。記住嗎？」

「記住了！」

「快去吧！」

李春燁叫吳氏陪他喝幾杯，可是他還是一副棺材臉，只顧自己喝悶酒。吳氏問：「大人怎麼啦，能告訴小妾嗎？」

李春燁一手摟過吳氏，一手又自飲一杯：「不瞞妳說，魏忠賢死了。」

吳氏聽得怔怔然，回眸看李春燁的眼睛。

李春燁則埋下頭，把玩著酒杯：「是被新皇上逼死的……皇上還要治他的罪……」

吳氏什麼話也沒說，只是流淚。開始，李春燁不以為然。人嘛，總有些感情，而不能都以是非論。她在魏府待了幾個月，他待她不薄，她為他流幾把淚，實屬人之常情。如果連這點感情都沒有，那倒是可怕。然而，吳氏眼淚流著流著變嗚咽起來，越哭越傷心，把李春燁哭清醒了。他不解地問：「難道……難道他……他……他、他他是妳什麼人？」

吳氏搖了搖頭，哭得更傷心，猛然起身跑出去。

李春燁沒有叫住吳氏，任她去。女人家嘛，眼裡的淚像男人肚裡的酒一樣，沒有吐完是不會清醒的，讓她回自己房間痛痛快快去哭。他獨自坐著，自斟自飲，很想大醉一場，然後大睡它幾天，可是今天這酒變成苦口的藥一樣難喝難嚥……天暗了，李春燁起身取燭時，卓碧玉來叫吃晚飯，還說李春儀帶他的妾何氏來了。李春燁強打起精神。

李春燁隨卓碧玉通過小門從父義堂來到母慈堂，只見燭光明亮，酒菜已經上桌，卻空空如也。李春儀帶何氏到另外幾幢看房子還沒回，李春燁直接上桌等他們。

不多時，他們回來了。李春儀介紹李春燁與何氏相見。何氏抬眼一望，正要行禮，卻發現這位兄長好眼熟，馬上想起那年在青芷樓所遇的二白先生，心裡一陣驚慌。李春燁第一眼發現這弟媳婦美貌出眾，不覺多看了兩眼，馬上想起那位魂牽夢縈的景翩翩——她比三年前更黑了些，更成熟，但那上唇仍像當年一樣調皮地微笑著——肯定無疑是景翩翩，只是一時怎麼也無法把她跟老弟的小妾而且姓何連繫起來，一時呆了。旁人都是過來人，男人遇上美人的洋相見多了，沒怎麼在意。景翩翩莞爾一笑，說道：「小女不懂規矩，讓哥哥、嫂嫂們見笑了！」

「怎麼在兄長面前稱小女子啦？」李春燁也開始應變。

卓碧玉帶頭嚷叫著說錯話要罰酒，廳上頓時熱鬧起來。

景翩翩突然問：「哎——，不是還有三嫂嗎？」

「她……她還在房間，怎麼吃飯也忘了！妳去叫一下！」李春燁要卓碧玉去叫吳氏。「聽說，妳也是杭州人？」

李春儀連忙代景翩翩回答：「是啊，跟三嫂老鄉呢！」

李春燁與景翩翩意味深長地對視一眼，笑著說些客套話。

倒好酒，正要舉杯開宴的時候，一個男僕跌跌撞撞跑進母慈堂來，直接到李春燁身邊，跟他耳語。李春燁聽了，大驚失色，說聲「你們先吃，我去看一下」，也不管他人聽清楚沒有，邊說邊擱酒杯，往父義堂小跑去。其餘人見狀，意識到肯定有什麼不妙的事發生，誰也沒心思再吃，一個個跟著往父義堂奔。

吳氏在自己房間上吊了！好在發現及時，七手八腳把她放下來，還沒斷氣。李春燁叫其餘人離開，他單獨守著，等著她醒來。

景翩翩沒心思吃飯，說要幫忙看看三嫂。她來到吳氏房間，李春燁頗感意外，尷尬得很。她說：「我來看三嫂。」

「妳來得真不是時候。」李春燁淡然說，頭也沒回。

「有什麼要幫忙嗎？」

「沒有。」

「我常常想起你。」

李春燁只是點了點頭，仍然沒轉身。

「是你救了我的命，我一直在找你，可你連姓名……你說過『二白』，我以為……後來，我也沒聽春儀說過，我哪會想到你竟然……竟然會是……」

「別說了。我只知道妳是何氏。」

「這……說來話長。可你知道，像我這種人是不該有姓名的……」

「請妳不要這樣說，我很敬重妳。妳的《散花詞》，我可以倒背如流，信不信？」

景翩翩不敢相信，但還是感動得一時說不出話來。正在這時，李春儀來找景翩翩。李春燁請他們去休息，說自己一個人看著就行。正說著，卓碧玉也來了，一起勸走他們……半夜，吳氏終於醒來，在李春燁懷裡直哭。他讓她去哭，等她哭乾了淚，這才問：「為什麼，能告訴我嗎？」

吳氏又哭起來，越哭越傷心。

「都是我不好，帶妳到這山溝裡頭……」

「不——，大人！」吳氏突然抬起頭來，緊抱著李春燁。「我對不起你啊！」

原來，魏忠賢儘管是太監，可還是非常喜歡吳氏，送了不少錢給她家裡。把她送給李春燁，只是讓她密切注意他的行蹤，如有什麼不忠要及時稟報。甚至給她一瓶毒藥，說是在緊急情況下可以先下手把李春燁毒殺。跟李春燁之後，她覺得他跟魏忠賢很不一樣，漸漸從內心裡喜歡上這個男人，覺得很內疚。那小瓶毒藥一直藏在她自己的行囊裡，幾乎給忘了，直到那天在運河上偶然發現悄然扔了，幸好李春燁沒去撿。現在魏忠賢死了，他的所作所為要暴露，她覺得自己不光彩的一面也要曝光，覺得沒臉見人……現在想來，原來那管家老邢肯定也是魏忠賢的耳目！沒想到魏忠賢對自己還有這一手，所幸李春燁素來言行謹慎。至於吳氏，他沒有恨意，因為他覺得她並不壞，——她聽了江日彩在夢裡經常罵魏忠賢並沒有告發，也沒有對他造成什麼傷害，而現在能這樣說明她對自己是真誠的。他安慰說：「我早知道了，可我並不當一回事，妳也不要放在心上。魏忠賢那種人，我早料到他會有這樣一天，他早該死了！我們好好過自己的日子吧！」

32、驟變

李春儀攜景翩翩在五福堂住一天就走，因為他還要趕去福州。李春燁將他們送出大門，十分悃悵。

這兩三年日思夜想的長長的美人，怎麼會成這樣？李春燁設想過景翩翩仍然在哪座青樓，也設想過她已經從良嫁人，可是再怎麼設想千遍萬遍也不會想到她早成了自己的弟媳婦。既然是這樣，不如仍然不知道為好，讓她繼續翩翩飛舞在他的夢中。

景翩翩是怎麼變成弟媳婦的？她現在已經改姓何。李春燁理解她隱姓埋名的緣故，她肯定也想告訴他，可是這地方雖說是他自己的家，卻不便說話，何況還有吳氏那麼一攪。他不想知道了，也不願意想了，甚至不願意再見她，刻意迴避她的目光。送她的背影出視線，有種如釋重負的感覺。然而，也就在這一剎那，她在他心裡更生動更誘人地飛舞起來。他怨李春儀：天下女子那麼多，你怎麼偏偏娶走我魂牽夢縈的景翩翩！

李春燁也為景翩翩擔心：我這老弟雖然有些錢財，可是大字不識幾個，妳如何像李清照與趙明誠那般恩愛？他自己寄人籬下，而那正房又是個十足的悍婦，妳如何待下去？建寧那地方並不比泰寧好，沒幾個像樣的文人墨客，妳又如何覓得知音？妳那木蘭舟，豈不更是「常繫垂楊下」？

李春燁心煩意亂。除了揮之不去的長長的美人景翩翩，還有朝中的事。他相繼收到錢龍錫和李自槐的信，從不同角度介紹朝中清查閹黨的進展：崇禎皇上已下令，將魏忠賢戮屍凌遲，崔呈秀與客氏斬屍示眾，首批三大要犯全給開棺加刑，死無安寧。現在正查第二批，即田吉等「五虎」，許顯純等「五彪」，還有「十狗」、「十孩兒」、「四十孫」等人。接下去，還有第三批、第四批，名單尚未定。魏忠賢的黨羽盤根錯節，崇禎皇上則下了決心要連根剷除。李春燁也被列入閹黨名單，這沒有異議，只是有些人認為他跟魏忠賢更親近些，有些人認為更疏遠些。他的辭呈當即被准允，被查處是遲早的事。他準備好受查處，準備好丟人現眼。

真是泰極否來啊！既然如此，那就讓它來吧！用不著上吊，用不著逃避。既然享受了榮華富貴，就要承受相應的代價。有生就有死，如果沒有反倒不正常。憑心而論，算我個閹黨分子，也不太冤。今天想來，對魏忠賢個人我還是感激更多。當然，畢竟我不同於那些「五虎」、「五彪」、「十狗」、「十孩兒」、「四十孫」之類，幾乎沒跟他同流合汙做一樁傷天害理的事。如果處理得公正，我無話可說。如果處理得不公，那……那我……那我死不瞑目！

李春燁回信給錢龍錫和李自槐，請他們繼續關注，力爭為他說些公道話。寫完信，他取紅紙寫一聯：

出事四朝明君正直忠厚無愧

歸養百齡壽母升沉顯晦不聞

橫眉：「忠孝兩全」。

寫畢，命家人貼在福堂臨街的大門上，然後閉門不出，任人評說。他跟妻妾和兒子作了交代，讓他們有個心理準備，但請他們不要向老母親透露什麼，不忍心讓她為自己擔憂。

尚未完工的弟恭堂和子孝堂照常建下去，春草堂也要按計畫興建。李春燁想，自己的罪不至於重，一條老命保得住，五福堂也保得住。現在官沒了，名節也沒了，更需要這房子替自己爭面子。他要像尋常百姓那樣，寧肯節衣縮食，也要蓋完房子。

世德堂搬遷最後一天，鄒家老少一列步出。已經出大門了，大舅最後回望一眼。這房子是老祖宗留傳下來的，大門上有一塊匾，上書「世德堂」三個金字，兩旁還有一幅對聯，上聯「世傳孝悌有恭更有何事可樂」，下聯「德乃謙和雍睦自然到處皆春」。

大舅看著看著，熱淚盈眶。俚語說得好：「寧肯生傻子，不能生敗子。」我怎麼成了敗子，把老祖宗留下這麼大的房子給敗了？有何面目見子孫後代？

大舅磕地拜那匾，邊拜邊哭，哭得非常傷心，引得好多旁人的眼睛都溼潤起來。有幾個與大舅年紀相仿的老人上前扶起他，勸說道：「莫哭了！事已至此，哭也沒用！帶著子孫早點走，莫誤時辰！到新的地方再發家，蓋更大的房子，你祖宗在神龕上一樣高興！」

「我一定要臥薪嘗膽！要用賣房的銀兩做本錢，做大家業，在有生之年蓋起一幢更大的房子！」大舅又對那匾大拜，邊拜邊發誓。「而且，還要叫世德堂，還要掛這塊匾！」

大舅當即叫人搬來梯子，拿了工具，親自爬上去，小心翼翼撬那世德堂匾額。花了好一番功夫，星星點點的釘子全部撬出，兩個人抬下匾額，卻不想匾額後有一大包東西掉下，差點砸到下面的人。那包東西掉到地上就散開，金燦燦一片，令人眩目。人們揉了揉雙眼再看，竟然發現是一根根金條……大舅撲在那堆金條上哭得更響亮，直呼「老祖宗啊」，指天發誓：「我就是當乞丐也不敢再賣祖宗了！我一定要把被外甥借去的火種要回來！」

世德堂拆出金條的事，轟動整個泰寧。當然，連同大舅那再也不賣祖宗的誓言。李春燁一家人一面為大舅發橫財高興，一面又為他食言感到氣憤。可他不是別人，是舅舅！俚語說「舅舅打外甥」，那是天經地義的。人們打蛇，都要說一聲「舅舅打外甥」。現在，大舅真要打外甥了！吃飯的時候談起這事，李春燁只是對家人說：「莫聽別人亂講。」

大舅家如期遷走，李春燁沒有立即安排人員去拆房子。既然他有反悔之意，索性等兩天，不要弄出什麼不愉快。

等了兩天，大舅上門來，送還銀票，索回契約。他自知理虧，只說賣祖宗房子如何不孝，既然老祖宗留下了錢，他就不能亂花，不僅要把那老房子拆了新蓋，還要在邊上買些地基蓋大來。李春燁一面招待他喝酒，一面試著勸說：「只要對祖宗有那份孝心，把房子蓋在哪裡都一樣……」

「那是不一樣哩！」大舅臉喝得通紅。「那不只是我祖宗留下的地基，還有我祖宗留下的風水！」

對李家來說，要想建個園林，與五福堂連成一體，非要世德堂不可。而鄒家，現在才要動工新建，建在哪裡都一樣，說不定換個地方風水更好。然而，李春燁說服不了大舅。他只好提議雙方再考慮些日子。大舅勉強同意，帶回銀票。

李春燁想，大舅年老腦袋不開竅，江亨龍年輕些應該容易說服，便寫信給他，請他再次幫忙說服大舅。

李春燁耐心等著，左等江亨龍回信，右等大舅履約。然而，左等右等都等不到，等到的卻是縣衙傳喚。本來，江亨龍經李春燁保舉當上訓導，經他穿針引線又攀上禮部右侍郎傅冠，感恩戴德。可是現在得悉他正受查處，知縣大人都唯恐避之不及，他也怕了。現在，妻表兄又發了橫財，更當反戈一擊。於是，他接到李春燁的信當即回泰寧，向知縣遞一狀，說李春燁在當尚書的時候仗勢欺人，強行他家賣房。現在，伍知縣要升堂斷案。

李春燁聽了，兩眼一黑，昏死過去。家裡人一面哭著救李春燁，一面大罵江亨龍，要衝過去講理。李春燁回過神來，取出契約，交給公差，說：「不用麻煩你老爺升堂，我這就認輸。」

家裡人不讓，跟公差搶契約，撕成幾塊……

「住手！」李春燁大聲喝止。「我現在不是尚書了，還有什麼理可講！」

吃晚飯的時候，一家大人雖然還圍在一張大圓桌上，卻沒一個人說話。男人們默默地喝著酒，女人們噙著眼淚。江氏終於忍不住，擱下飯碗，大哭起來：「你在外面做了什麼缺德事啊！以前，你沒考上，讓人笑話，我都沒丟過這樣的臉！」

「沒什麼好氣的，世道就如此！」李春燁開導眾人。「他們以為，我也大禍臨頭，說不準明天、後天就要殺頭，想趕在抄家之前撈點什麼。哼——，這些人啊！即使是別人也別跟他們計較，何況是娘舅家。再說，不讓就不讓吧，我們就不建春草堂了，有半邊福堂就夠。半邊福堂也夠大了！想想我們在南谷的老房子，不也住好好的？」

不料，這半邊福堂也難保。李春儀來信說，他這趟去福州，生意虧了，把多年賺的老本都賠出去了，現在很難周轉。因此，他沒能力再投資福堂。如果有可能，還請老兄幫助老弟一把。看了這信，李春燁將信將疑。信的是生意場上翻雲覆雨，頃刻間傾家蕩產完全可能，疑的是怎麼剛好是這時候虧，而且反過來要他支持——至少是把這裡的投資歸還吧！是不是連這親弟弟也像避瘟神一樣怕他了，想趁早撿回一點什麼？不能說沒有這種可能。

李春燁連忙差人送還幾千兩銀票給李春儀。大不了讓弟恭堂和子孝堂工程停下來，也不能丟這面子。實在蓋不起，就擱在那兒，等兒孫以後再續蓋也沒關係。何況，他最早並沒有打算蓋這兩幢。

吳氏還是想不開，時而清醒，時而發呆。不久，又尋死一次，又被救了，但是瘋了。有一日，跑出去，淹死在河裡，不知是失足還是投河。

33、「小弟」真身

李春燁以靜制動，閉門不出。他大都獨自待在書房，安心讀些書。不過，他不再讀四書五經，而讀唐詩宋詞。他這才發現，詩詞裡有一個更為絢爛的世界，令他如痴如醉，相見恨晚。

李春燁知道，門外有很多人在議論他，有些人甚至盼著錦衣衛來捉拿他，當然也有人盼著聖旨來令他官復原職。他都無所謂，橫豎不理便是。有些至親至友體諒他，常上門來坐坐，話些家常，喝壺熱酒，賓主刻意迴避敏感話題。江豫、江復兄弟則有所不同，滿腔熱血，忠君報國，只恨無門，常常帶來外面最新傳聞，在口頭上道義上表達表達也感到酣暢。既然如此，李春燁也欣然。在內心深處，他也渴望得到朝廷的消息，哪怕是傳聞也好。如果他們幾天不來，他會感到不安。

一日，江豫兄弟說：袁崇煥復出，升任兵部尚書，兼右副都御史，督師薊遼。這可是個好消息！朝野重新達成共識：「守遼非袁蠻子不可」。江豫兄弟知道父親當年舉薦袁崇煥的事，引以為自豪，非常關注遼東局勢，關注袁崇煥的命運，稍有點動靜都要打聽一番。李春燁則有著切深的體會，為袁崇煥的去而心憂，為袁崇煥的復出而欣慰，為此與兩個後生多乾了兩杯。李春燁喜形於色，連聲稱頌崇禎皇上：「明君！明君！真是個明君！我大明中興有望了！」

沒幾日，又聽聞袁崇煥對崇禎皇上表示，決心五年，全可復遼。李春燁聽了，大驚失色：五年？冰凍三尺非一日之寒，你五年就可復遼？按你原來的策略，步步為營，每進一步都要一年左右，而越到後頭越靠近後金就越難以實施，沒個十年八年，談什麼全復？你這老弟啊，才是有，心是忠，就是說話太大大咧咧！平時閒談也罷，對皇上說話怎麼能不留點餘地？五年，到時候復不了遼，你拿什麼見皇上？你以為皇上還不懂事是嗎？心地會慈善是嗎？到時候交不出遼東，會要你交出首級的，你沒想到嗎？李春燁深為不安，思之再三，提筆寫信給袁崇煥，祝賀他復出，提醒他對五年復遼的承諾慎重考慮。

深宅大院，幽靜得很。忽然，僕人進來稟報說：「老爺，門外有個秀才求見。」

「誰？」李春燁不大想見。

「不知道。」

「那你回話：我身體不適，不便會客。」

李春燁將僕人打發走，靜下心來讀詩誦詞。這兩天，他在讀李清照，讀她尋尋覓覓，冷冷清清，悽悽慘慘戚戚。他驚異於：一個女子如何把他正體驗著的「三杯兩盞淡酒，怎敵他，晚來風急」表現得如此淋漓盡致。正品味著，那僕人又來打攪他「梧桐更兼細雨，到黃昏，點點滴滴」的意境。這回，送來一張帖：

二白兄如晤：

如無不便，到梅子樓小敘如何？

愚弟：三昧

天啊，「三昧」不是長長的美人景翩翩嗎？她怎麼又變「愚弟」？她怎麼到泰寧了？她怎麼不直接到家裡來？這樣去見她，一旦傳出去，讓人說長道短，豈不是雪上加霜？李春燁馬上想了一連串問題，急得在書房裡團團轉。他經受不住景翩翩的誘惑，一個時辰也經受不住，決定當即赴約。種種顧慮，顧而不慮，什麼也不顧了！

弟恭堂和子孝堂工地一片靜悄悄，而對面世德堂卻熱火朝天，正在撤舊建新。可惜，那些人不是在為李家忙。李春燁一出父義堂的大門，便看到這番景象，不由輕輕嘆一聲。

儘管日頭朦朧，還是有好些老少在屋外晒那畢竟帶著暖意的陽光。一見李春燁來，連忙招呼：「叔公，吃了嗎？」「伯公，這裡坐一會兒！」沒人稱他的官職。倒不是勢利，而是習慣了，鄉里鄉親的，稱個官銜倒是見外。李春燁親切地應承著，認出輩分大的，也叔公、伯公之類喚幾聲。他在人堆裡站了站，說是有事出去一下，邊說笑邊走開。

不遠，有三五個小男孩在玩。他們不怕冷，到溝裡取冰，放到路上。又從火籠裡烤熱了小鐵鉗，拿到冰上切割鑽洞，製作各種玩具。他們中最大的，有十來歲，認出李春燁，馬上跟夥伴們竊竊私語，突然鬨笑起來。有個男孩很調皮，居然脫下褲子，掏出小雞雞衝著李春燁叫道：「沒雞雞的！」

李春燁感到好笑，但他隨即悟到：沒雞雞——太監——閹黨！真是冤枉！我怎麼會沒雞雞呢？我怎麼會是閹黨呢？可是，我總不能跟他們辯解到底是不是閹黨吧？李春燁無奈地笑了笑，走上前，幫那小子穿上褲子……那幾個小男孩覺得好玩，紛紛脫下褲子，此起彼伏地叫著：「沒雞雞的！」

那領頭的男孩，褲子被李春燁扯起來，可是他馬上做出更激烈的反應：朝李春燁臉上啐一口唾沫。活了六十來歲，李春燁幾乎嘗遍人間辛酸，但還沒被人唾過，好不狼狽，惱羞成怒，揚起巴掌就要扇那小子的耳光。然而，幾步外那群大人發現，有人厲聲喝令小孩：「嘿——，那樣無禮啊？我告訴你爸媽，揍死你！」

李春燁揚起的巴掌打不下去了。「人之初，性本善」。他們哪知道什麼閹黨不閹黨啊？即使大人，也沒幾個分得清楚！跟小孩計較什麼呢？如今，跟大人都沒什麼好計較。母親一再用俚語教導說「做人要吃得下三堆狗屎」，怎麼這時候忘了？於是，他將揚起的巴掌轉向自己的臉面，要將臉上的唾沫自己抹去。

就在巴掌要落到臉面的時候，李春燁又突然想起古書上的教誨：「罵女毋嘆，唾女毋乾。」抹什麼呢？看來，雖然這麼大把年紀，還是沒修養到家啊！於是，他不抹了，將巴掌轉到眼前，朝小孩笑笑，一邊揮掌一邊離去。

李春燁臉上笑著，心裡卻在流淚。他告誡自己千萬要挺住，只有享不了的福，沒有受不了的罪，千萬不能在鄉里丟面子。我雖然不當尚書了，但還是當過尚書的人，皇上恩封了四代，樣樣名分還在。要讓人家看看，我李春燁是堂堂正正的，是寵辱不驚的，望天上雲捲雲舒，看庭前花開花落……李春燁的心看雲看花去，目不斜視，以至街邊有熟人，並且跟他打招呼，他也沒注意到。他不停地命令自己專心去看雲看花，路倒忘了看，鬼使神差走到縣衙門前。知縣還是伍維屏，他正從裡面匆匆步出，一見李春燁不約而來，老遠就叫道：「哎喲——，李尚書大駕光臨，有失遠迎！有失遠迎！」

「哦——，伍知縣，不客氣了！不客氣！」李春燁好不尷尬。

「我一直想到府上拜訪，可是忙得……噯——，大人知道，吃了這碗飯，實在是……實在是……實在是身不由己啊！」

「知縣大人忙去吧，我改日再來拜訪。」

「也罷！幾個朋友中午在古香樓聚聚，非要我去不可。要不，我們一起去如何？」

「不必了！多謝了，謝謝！」

伍維屏始終笑著，李春燁總覺得那是乾笑，還有嘲笑。可是他回頭一想，覺得自己剛才也笑不由衷。

李春燁回頭，轉紫陽街，直奔梅子樓。

沒走幾步，街邊有條小巷子，口上擺著一排尿桶，有個男人正在那裡小便。李春燁瞥見，心想：這些人就是沒修養。這麼一想，突然覺得自己也有尿意，但他是有身分的人，不可能在這種場合解決。他拐進巷子，走了好多步，看到一幢破舊的房子，斷定那裡面肯定是倉庫、豬欄之類，並有廁所，便推開大門進去。裡頭幽暗，兩眼發黑，證實了他的判斷。想不到的是，突然有男女驚叫起來。沒等他反應過來，他們又相繼跪到他面前，他這才看清楚兩個人赤裸著下身，抱著褲子遮羞，而那女的居然是他守寡的長媳呂氏。她掩面而哭，那青年男子求饒，但表示要懲辦就辦他，不要懲呂氏……太意外了！李春燁轉過身子，心裡翻江倒海。這兩個賤人，純粹是跟我過意不去！是可忍，孰不可忍？然而，轉念一想，不忍又如何？交官府去辦，讓人們茶餘飯後多添些笑料，讓李家多幾個人戳脊梁？我可不幹！他轉過身來，正色問道：「你想娶她嗎？」

「想！」那青年跪著上前幾步。「求大人開恩，把她嫁給我！」

李春燁沒有理會那青年，轉而問自己的媳婦：「妳想嫁他嗎？」

呂氏嗚咽得更厲害，只顧嗚咽，等李春燁厲聲追問了，才連連點頭。

「那好，我成全你們！你盡快叫人來提親，我會像嫁女兒一樣。」說著，李春燁轉身離開。正要邁出大門的時候，他熱血一湧，又轉身回去，正要起身的兩人嚇得縮成一團。他一人一巴掌不解恨，又狠狠訓道：「時候都不會找！」

出大門時，李春燁心裡又狠惡惡訓道：「門都不知道關！」但他沒再轉身。

梅子是指梅福。漢時，王莽改制，天人共憤，南昌尉梅福棄官而走，隱居泰寧城東一條小溪邊煉丹，得道升天。於是，人們把他所居的山岩叫棲真巖，巖邊的小溪叫上清溪，城裡精明人還拿了他的名字作商號。梅子樓有些年分，在泰寧頗有名氣，顧客盈門。李春燁站在門口，一桌桌望去，並不見女客。對了，樓上還有四閣，一閣一桌，景翩翩該在那裡等著。他叫了夥計到一旁問：「你這裡有位女客，請問在哪一間？」

「上面沒有女客。」

「不會吧？」

「不信，大人自個兒去尋。」

李春燁確實不信。然而，春花閣是空的，高陰閣也是空的，秋月閣有人但全是男的，而且有一兩個熟人，被拉進去喝了幾杯。脫身出來，到瑞雪閣。裡面有一人，也是男的。李春燁感到失望，但想起這樓還有幾間客房，便轉到另一半的客房去找。剛轉過身，那男子卻開口：「二白兄，不認得嗎？」

李春燁回頭，細看那書生，覺得面熟：「你是——？」

那書生站起來，衝著李春燁嫵媚一笑。李春燁立刻發現那調皮的微笑，兩人大笑。

李春熚感到非常意外，但馬上理解了景翩翩的良苦用心。他還想起她一首詩，邊走近她邊吟詠：

昨自建州來，僑住青溪北。

紛紛白皙郎，群趨願相識。

景翩翩聽李春熚隨口誦出她的詩，一字不差，很是感動，但她卻說：「這兩年，先生沒少罵小弟吧？」

李春熚一時懵了：「罵妳……小弟？」

「是啊！哦——，不是，小女子！罵我這小女子，無情無義，對救命恩人連個謝字都沒有！」

「哪裡哪裡！我如果罵妳，還會誦讀妳的詩？恰恰相反，我……」

正說著，夥計上酒上菜。景翩翩連敬李春熚三杯，感謝救命之恩。他很想知道她是怎麼到今天的，可是她沒說。她接著說詩：「我那些詩，不登大雅之堂，讓先生見笑！」

「豈敢豈敢！」

「還請先生多多賜教！」

「三昧啊，千萬不敢這樣說！」李春熚回敬景翩翩。「說來慚愧，但我還是要不瞞妳說：我雖是讀書人，還混了個進士，可我讀的都是什麼書啊！早年，還讀四書五經。後來，四書五經也不讀了，只讀為應付科舉的『擬題』，記其可以出題之篇，及此數十題文而已，寫的也只是仿宋經義的八股文。結果，八股盛而六經微，十八房興而廿一史廢，遑論詩詞歌賦。」

李春熚這番話，景翩翩像是聽聞過。當今世道，說是尊儒，以孔孟立國，其實只是市儈地利用罷了。孔子認為「不學《詩》，無以言」。可是明太祖認為狀元進士們只要會喊「萬歲」就行了，親自下旨將詩賦從科舉內容中刪除。景翩翩見過不少進士，狀元也見過幾個，能讓她尊崇的幾乎沒有，就像貞潔牌坊在妓女眼裡一文不值。現在對李春燁，她只是敬重他的人品，並不苛求他的文才。她安靜地聽他說，不住地點點頭，不時地敬他一兩杯酒。

「以前，我滿腦子是治國平天下，仁義道德。後來才發現，那全是虛偽的，騙人的。文字剩給我唯一一點美妙，是『對子』。妳知道『對子』嗎？」

「知道，一種文字遊戲。」

「是的。文字剩給我的，只有這麼可憐一點！碰到妳，我才想起還有詩，發現詩的美，詩的真，詩的善，發現詩才是我的靈魂！」

「真的嗎？」

李春燁點了點頭，獨自飲一杯酒。他繼續說：「發現妳，我是多麼驚喜啊！可是……可妳……妳、妳轉眼又丟了，像天仙一樣，從天而降，又倏然而遁，無影無蹤，留給我的是夢，飄飄忽忽的夢……」

「我現在回來了！」景翩翩好感動，連忙又端起杯。

「可是妳……妳、妳現在是我弟媳婦！」

李春燁怔怔然，讓景翩翩不知所措。她自行飲了，說：「望先生體諒我！一個小女子，實在難以掌握自己的命運……」

景翩翩淚如雨下……

34、淪落的「詩妓」

一直閉門不出的李春燁突然被一個書生請走，晚上還沒回家，家裡人坐立不安。等到半夜，等不下去了，全家能走動的都出動，還請了江豫兄弟等至親好友，打著燈籠分頭去找。

梅子樓在爐峰山腰，坐西朝東，不僅可以俯瞰城內，還可以越過城牆遠眺杉陽八景中的六景，即城東三澗、旗峰曉雪、魁亭懷古、南谷尋春、金鐃晚翠和寶閣晴雲，極富詩情畫意，為文人墨客首選。那麼，李春燁會這個書生，會不會到過那裡？江復直奔梅子樓。

果不其然。叫開店門，老闆說好像有過。敲那書生下榻的客房，那門沒關，但裡頭沒人。到哪裡去了？

「他們一個下午和晚上都在瑞雪閣喝酒……」老闆說。「對了，他們喝很遲，還不讓夥計收拾呢！」

說著，老闆領江復到瑞雪閣，以驗證他的話。沒想到，李春燁和那個書生還在裡頭，蠟燭早燃盡，他們早喝醉，趴在各自的杯子邊睡得正酣。

江復立即示意老闆別驚動他們，悄然退出，然後輕聲問：「你這兒還有房間嗎？」

「有，還有兩間。」老闆的聲音更低。

「我只要一間，我今晚住在這裡。現在，你幫我生一個火盆，放在他們那一間。注意：不要吵醒他們！我先回去一下，去去就來，半個時辰足夠！」

江復回李家報平安，以便外尋的人員回家睡覺。然後抱兩件棉衣，又回自己家通個氣，就趕回梅子樓。他把棉衣輕輕地分別披在李春燁和那書生身上，然後回剛開的客房，躺在床上，拉長兩耳注意瑞雪閣的動靜。

第二天一早，倒是李春燁他們早醒，從老闆那裡知道昨晚的事。李春燁慶幸說：「還好，妳有先見之明！」

「我——先見之明？」景翩翩一時明白不過來。

李春燁指了指景翩翩一身男裝，笑道：「要不然，我們還想睡到天明？現在，全泰寧都傳遍嘍！」

「那……肯定是個動聽的故事！」

「那……我就沾光了！一個道地的文人墨客，女詩家……」

「我早跟詩不搭界，我現在是何氏，一個普通的民女，沾尚書大人的光……」

「我也不當尚書了，彼此，彼此啊——！」

盥洗畢，景翩翩仍著男裝。反過來，他們在房間等江復。他不知道什麼時候睡著了，他們也不忍心叫醒他。

晨霧很濃，分不清哪是天哪是地，哪是山哪是河。景翩翩佇立在窗前，很想看到些什麼。

李春燁從樓下上來，邊進門邊說：「早餐安頓好了！如果不餓，等他醒來一起吃。」

景翩翩則說：「你知道嗎？我寫過一首你們泰寧的詩。」

「沒收入《散花詞》？」李春燁站到她身邊，一起遠眺窗外。

「沒有……後來寫的。」

昨天，景翩翩跟李春燁講過她的身世。她祖籍蘇州，書香門第，官宦人家，自小就與詩書有不解之緣。在她還不會講話只喜歡哭啼的時候，父母只要拿出書帙遠遠地晃幾下，她就會止哭。她四歲時，便會誦楚辭。只因有位祖宗的老師得罪永樂皇上，被滅十族。那真絕啊！連家裡的掃把都要過三刀。女的被賣到妓院，每天還要派二十個士兵去強姦。她的長輩僥倖逃過魔爪，流浪到江西建昌。父親在她四歲那年，重複祖先的命運，被貶為「丐戶」，男不許讀書，女不許纏足，又被賣到妓院。還好，她當時小，那老鴇也通詩文，心地又好，待她如親生女兒。有天夜裡，老鴇突然吟一句「桂寒清露涇」，她隨口吟出：「楓冷亂紅凋。」老鴇聽了，讚賞不已。從此，教她琴棋詩畫。看她悟性極好，詩作倍受讚賞，更不難為她。長大成年，該她報達老鴇了，她立志賣藝不賣身，早日贖出從良。泰昌皇上登基，終於廢除「丐戶」之類歧視政策，她轉到福建建安，尋求從良機緣。

在建安，景翩翩只想作短暫停留。一則積些本錢，準備北上秦淮賽花魁；二則刊印《散花詞》，建安之鄰建陽的刊刻水準是全國聞名的。《散花詞》一出，她的名聲更大，秦淮河畔也有公子學子捨近求遠南下來找她。她要尋覓一個好的歸宿，不想輕易落入誰手。對那些有心娶她的人，她總是一再推拖，九九八十一天後再見，又九九八十一天才三見，沒幾個男人會有這種耐心。沒想到，汀州的馬正昆才貌雙全，耐心也極好，等了她四個九九八十一天，讓她感動不已。

那場火災，發生在馬正昆等景翩翩第五個九九八十一天剛開始的時候。那天晚上，幸好逢上李春燁，他救了她。當時，她從蚊帳布條上攀下來，經不住火烤煙燻，掉落下來。有個漢子說她是他家裡的，抱起來就走。

那漢子也是個有身分的人，常到青芷樓來，傾慕景翩翩有三個九九八十一。這天晚上，他又到這裡來，可是熬不住清淡，找別的妓女去。完事後回家，剛下樓就發生火災。他在邊上看到，只能喊，乾著急。見景翩翩被人救下來，立即衝上前，伸張了雙手想把她接到懷裡。沒有接好，她還是落到地上，受了些傷。他把她抱回家，讓家裡人好好照料。等她傷好，繼續向她求婚。她也為他感動，可是看他已有家室，就狠心拒絕。她說：「我的命太苦了，我不能再給人做妾。要嫁，我就要堂堂正正嫁一個人！我可以不要其他，但不能不要一個妻子的名分！」

景翩翩謝了那漢子，回到殘存的青芷樓。她也尋了李春燁，但他只是個過客，連姓氏也沒留，只能在心裡感激，在菩薩面前為他祈禱平安。馬正昆又來，帶了新的鳥籠。這是建安一帶特有的鳥，小巧個兒，紅喙，青紫色間或綴著翠綠色的羽毛，雌雄雙宿雙飛，閒時細語唧唧，像有說不完的情話；眠時將頭相互埋入對方的羽翼之中，顯得親密無間，因此建安話稱之為「雙雙鳥」。以前，馬正昆送她一對雙雙鳥，可惜葬身火海了。如今，他又送來一對，並且說他試過，把其中一隻從籠中放出，那鳥沒飛幾步就返回，婉轉哀鳴，好像是請求讓牠進籠團圓；而裡面那隻鳥看到牠回來，則跳躍呼鳴，像家中賢妻喜迎出遠門歸來的夫君。他說：「雙雙鳥都知道不能獨自飛去，我怎麼能失去妳呢？我到處找妳，找了一天又一天……」她聽了感動不已。她不忍心再折磨他，自己身心也夠疲憊了，便答應不北上賽花魁，馬上從良嫁給他。

過完年，景翩翩選了個黃道吉日出嫁，一切按明媒正娶從事，大清早上花轎，又從大街出城門，乘船下延平，然後往金溪方向逆行。沒幾日，她生病了，不得不在泰寧梅口下船求醫。

景翩翩的病，一半是讓水氣溼的。一連幾天在船上，又春雨綿綿，幾個人受得了？還有一半是被嚇的，一個又一個險灘，人得下船步行一段路，讓空船上灘，可是她在岸邊看到那死裡逃生的一幕又一幕，又目睹灘邊哭船毀人亡，悽悽慘慘。好在最凶險的蘆庵灘過後，岸邊風景好起來，讓她的兩眼開始明亮。

造物主真是偏心。一河兩岸，景緻全然不同。右岸盡是些普通山林，而左岸則像鑲著一條綵帶。那山岩千姿百態，呈丹紅色，在萬綠叢中像一朵朵怒放的山花。最美妙是岸邊山頭那孤兀聳立的巨巖，在弋口遠眺，活如天狗吠日；到江日彩當年讀書的黃石寨山麓一抬頭，則像三把利劍直刺蒼天；到梅口回望，又像一隻貓蹲坐在那裡，俯瞰著深潭裡的魚，饞得那幾根鬍鬚顫悠悠，妙不可言。

景翩翩在梅口住兩日，吃了幾副藥，病情大為好轉。馬正昆討好說，這裡去建寧還要兩天，去泰寧城裡只要半天，不如索性進泰寧城，看個好郎中，讓病痊癒再走不遲。她依了。來到泰寧，就投宿在梅子樓這隔壁一間。當時，她也是佇立在這窗，透過淡淡的雨霧，透過古老的楓樹，越過城牆，越過杉溪，遠眺水南街、金富街和前坊街，還有那街前街後的青杉綠柳，隨口吟了一首新詩〈泰寧病中〉：

春日顰眉長閉門，東風吹雨倍銷魂。
不知野外垂綠柳，青入南頭第幾村。

景翩翩出神入化說：「泰寧小巧玲瓏，好像詩做的！」

「詩做的？」李春燁聽了覺得好笑。「詩是人做的，哪有什麼詩做的？」

「就有！你看，那山——，多有詩意！還有那水——，多有詩意！」

「什麼詩意？」

「我見青山多嫵媚，青山料我應如是。」

「柳如是？」

「你也知道柳如是？」

「跟妳一樣啊，誰不知道！」

「我可跟她不一樣啊，她名氣比我大多了！」

「可惜，我們泰寧連個小名氣詩人也沒有！」

「我不就是嗎？」

「妳——，哦，算是！算是吧！」

「什麼算是！嫁雞隨雞，嫁狗隨狗。我現在生是李（丁）家人，死是李（丁）家鬼了！」

江復醒來，三個人同進早餐。為避免露餡，景翩翩幾乎不說話，說什麼都只是笑笑。她只顧埋頭吃飯，吃完離桌。李春燁話也不多，只說要跟這位朋友去建寧幾天，吃完就走。

李春燁與景翩翩一人一轎，一口氣來到梅口。杉溪與建寧出來的濉溪在這裡匯合為金溪，去建寧的路也在這裡分道。這裡過渡，翻過挽舟嶺就是建寧。可這挽舟嶺是一條大嶺，一上一下夠你爬上整整一天。因此，人們往往在梅口先住一天，第二天清早登嶺，下完嶺又在那邊的上坪再休整一夜，然後才步入建寧城。

景翩翩出嫁也是走這條路。當時，在這裡還是愉快的。一落轎，馬公子有說有笑。他不僅在詩文上頗有造詣，對當地風土人情也瞭如指掌。他說，對面這山算是福建最高的山，叫金鐃山。原名叫白石頂，因為閩越王到那山上打獵，丟了金鐃，至夜有光，便改名。這挽舟嶺也有來歷。因為梅福在上清溪煉丹，不小心被石伯公偷了，一路追來，追到這裡才追上石伯公，索回丹，所以叫它挽丹嶺。後人不小心，把「丹」字誤寫成「舟」字。景翩翩問：「是不是真的？」

「是不是真的，誰也不知道，可是人們都這樣傳說。」李春燁說。「對了，我們乾脆到那裡去住！」

李春燁指的是對岸，懸崖絕壁，一仞百丈。不過，其上林木蔥郁，依稀可見些建築，看上去廣柔。那叫梅巖，顧名思義，梅口之巖。

景翩翩欣然叫好，可是就在這時，她突然想起一件事，說：「差點忘了，今天是泰昌皇上的生日……」

「泰昌皇上生日？」李春燁愣了。

「是啊，你不知道？」

「不記得，難得妳記著。」

「小女子至死不敢忘！要不是泰昌皇上，我現在還是賤民，還在妓院！」

「那是！泰昌皇上確實不錯，我也是在他手上才開始走點好運，可惜蒼天……唉，不想也罷！」

「每當他的生日和忌日，我都要祭奠，祈禱他下輩子長壽！」

景翩翩和李春燁當即在梅口街上買了香、燭和冥錢，在雙溪交會的河邊面北叩拜。祭奠完畢，這才過河上梅巖。

一路石級，寨門森嚴。李春燁說，上面有一塊巨石很像虎頭，因此又有人叫虎頭寨。宋末元初，人們抵抗元軍，在這裡堅持了好多年。可是到上面一看，又不見虎氣。林木之間有幾幢雅緻的樓房，一叫「雙溪書屋」，又一叫「明鏡山房」，還有叫「桂馨」、「遠眺」之類的。腳邊手邊一叢叢蘭花，不知名的小鳥在前頭引路似的不時飛起。一棵棵古松林立，映日嘶風，為龍吟，為鶴舞，因此又名「鶴鳴山」。臨崖俯瞰梅口小鎮，鎮邊玉帶樣的溪流，溪邊多姿多彩的綠樹丹巖，美不勝收。李春燁突然想起那個劃縣界的傳說，泰寧知縣騎大馬跑得遠，建寧知縣坐大轎沒走多遠，把縣界幾乎快劃到建寧城門口。可是，建寧人並不認為吃虧，因為這挽舟嶺是荒山野嶺，不比從泰寧城門口劃給將樂的餘坊，那可是富庶之地。建寧人編了民謠代代傳唱：「泰寧仔，呆是呆，得了挽舟嶺，丟了餘坊街。」現在李春燁想：他們為什麼不後悔丟了這麼漂亮的山水？

「噢——，我走不動了！」景翩翩氣喘吁吁，一屁股在岩石上坐下。李春燁站立在景翩翩身邊，俯瞰長長逶迤的溪流，看著鎮子邊上的石橋，想起她的詩，隨即吟道：

石橋橫溪水，華月流青天。

橋上步羅襪，可是凌波仙。

李春燁緊接問：「妳為什麼那麼喜歡溪流？好像，妳寫過好幾首溪流。」

「你看溪流多美啊！它的水是奔流著的，跳躍的，歡唱的，漂著花瓣，還帶著百花的芬芳……」

「妳如果到北方就慘了，肯定一句也寫不出。那裡的河水要麼微波不興，死氣沉沉，要麼發瘋樣的咆哮，渾濁得要死……」

「難怪你要回來……哎——，我們不走，就住這兒！」

「我們今天是住這兒。」

「我是說……哎，對了，你的福堂為什麼不蓋在這裡？」

「這……」這問題李春燁想都沒想過。

「你呀——，難怪你不會寫詩，只會做八股文！」

晚上，月亮出來，又多幾分詩意，以致景翩翩遲遲沒有睡意。她和李春燁在月下沒完沒了地聊天，直到他連連打呵欠。他不想掃她的興，可是年紀不饒人，確實頂不住。然而，一回自己房間，他的睡意又全然沒了。隔壁孤零零的是他魂牽夢縈多少時日的景翩翩啊，能就這樣睡著嗎？他想入非非，又自責不已，轉輾反側，怎麼也睡不著。他想：她如果……可是如果的一點動靜也沒有。這夜太美，景翩翩睡得太香了……

35、寶藏密碼

翻過高高的挽舟嶺，便到上坪。這裡到建寧縣城只有十來里地，時候也不遲，稍微吃苦些，完全可以在天黑時趕進城裡。可是人們大都不這樣，而要在這裡歇上一夜，第二天輕輕鬆鬆進城。再說，第二天一早從這裡出發，可以在上午進城，比下午晚上吉利。還有，在這裡停一夜，可以命僕人先進城，準備好鞭炮什麼的，風風光光。如果是傍晚進城，不是「錦衣夜行」嗎？因此，在這裡形成一個驛站。

上坪並不平坦。這是大山高處一個山坳，山谷很淺，三面敞得很開，村子就落在中央，像貴人端坐在太師椅。從大山之巔奔流下來的小溪，至此一分為二，環繞著村子，又在房前屋後形成一個個荷池。池邊房屋大都是高牆深宅，門楣題匾，雕梁畫棟。小樓臨著荷池，美人靠不乏佳人，連戲臺也在池邊，與觀眾隔著池子，彷彿是在荷葉蓮花間翩翩起舞。誰也想不到這大山深處會突然呈現一派蘇杭景象。

據說以前這裡人丁興旺，有個浙江的打錫師傅每年都要到這村裡頭來打錫酒壺之類，一進村要忙上三四個月，你想該有多少人家？有一年，錫師傅發現村口的泉眼開地花，連忙拿衣裳下去浸，浸完跑回浙江家裡，擰溼祖墳。從此，他們家族一天比一天興旺，這個村卻一天比一天衰敗。當年的盛況，你可以從到處的殘垣斷壁看出來。還有村口那小巧的石拱橋，只有一個墩，墩頭用一塊碩大的石雕成飛鳥，比城裡的橋還漂亮。如今村民少了，可是南來北往的客人多了，而且歇下的幾乎都是官宦、學子、商賈等貴人。因此，這裡的房屋完全可以和城裡的豪宅媲美。

景翩翩隨馬正昆到來，一下就喜歡上這裡。這裡花木似景，最美的是小溪。溪中大都巨石裸露，不時地成瀑成潭。巨石狼籍，顯然是從高山頂上滾下來的，令人想起那洪荒歲月，工共怒觸不周山，天柱折，地維絕。那山巔叫「白石頂」，山麓溪中的巨石許多是白色的，光潔發亮。又有許多大小石是紫紅色的，水中的紅得更深，露出的紅得較淡。溪水清澈，淺處時而白時而紅，深處則綠如藍。一條裊裊娜娜的小溪就是一幅畫，一首詩。快進村子的時候，景翩翩命轎子停下，下到溪中，坐在一塵不染的白石上，從水中撿出紅石子，把玩著，樂不思歸。

「過了建寧，就是汀州。」馬正昆說。「不瞞妳說，我家不在汀州府，而在汀州邊這建寧。」

景翩翩感到意外，轉過臉看馬正昆，以為是她聽錯，或是他說錯。他不敢與她對視，塌下兩眼。她想了想，望著不遠處飛起的一隻不知名的小鳥，淡然說：「建寧就建寧吧，我是嫁給你，又不是嫁給汀州。」

「我們的洞房就設在這裡……」馬正昆緊盯著景翩翩的臉。

景翩翩的臉本來就被太陽晒得紅撲撲的，一聽這話，立時火紅起來。她抿嘴一笑，埋下頭來，默許了。她事先有要求：拜了堂進了洞房才能同床。路上這半月二十天，馬正昆都很規矩，沒越雷池一步，沒把她當青樓女子，她很感動。現在，她更認為他是一個正統的學子，是個可以託付終身的丈夫。既然到了他的家，他要把洞房設在哪兒就在哪兒吧，她在乎的只是他這個人！

然而，馬正昆的家並不在這裡，洞房設在太弋客棧，也沒有親人到場。景翩翩頗失望，但還是諒解。在建安已經行過大禮，現在無所謂。晚餐，他們兩個人自己喝交杯酒，冷冷清清，只有那對大大的紅燭不時燃出的嗶嗶剝剝的聲音。他變得少言寡語，顯然很內疚。她寬慰說：「沒關係，我不會太在乎那些規規矩矩的東西！」

讓景翩翩接受不了的是，進洞房的時候，馬正昆突然說去找老闆再要兩根蠟燭，回來的卻是一個老頭，遞給她一封馬正昆寫的信：

經過這麼幾個月的煎熬，洞房花燭夜終於到了！可惜，新郎不是我這個窮秀才，而是妳眼前這個富商丁長發。是他喜歡上妳，僱了我向妳求婚，並把妳帶到這裡……

景翩翩淚如泉湧。她不恨那個突然消失的馬正昆，甚至不恨眼前這個為富不仁的小老頭，只恨自己的命。在這深山溝裡，她逃得過挽舟嶺也逃不過蘆庵灘。有這個男人在身邊，她尋死死不成，抵抗也抵抗不過。哭了三天，掙扎了三天，她累了，認命了，放飛雙雙鳥，做了丁長發也就是李春儀的妾。在太弋客棧住十餘天後，進建寧城，孤零零住在與城裡丁家隔河相望的黃舟坊……現在，景翩翩帶李春燁到上坪。她說，丁家狗眼看人低。李春燁得勢的時候，資助蓋福堂，現在傳聞李春燁要被當閹黨查處，就撤資，生怕株連九族十族受牽連。李春儀心裡也過意不去，但是無奈，爭不過那頭母老虎。這次來泰寧，是徵得他同意的。當然，她沒說她跟李春燁在建安那場豔遇，只說畢竟是李家人，將來完全可以回泰寧。他的資金撤回來，但她有些私房錢，可以資助後兩幢福堂建完。至於李春燁受查處的事，那只是傳聞。憑直覺，她認為李春燁還算忠厚，不會做什麼傷天害理的事，會受牽連也沒什麼大事，沒必要像躲瘟神樣的。再說，畢竟是同胞兄弟，有福同享，有難同當。妻妾如衣服，兄弟如手足。衣服破了可以縫，手足斷了如何續？

一番話說到李春儀心裡去。在丁家，看上去富貴，他日子過得舒適，實際不然。上門招親，俚語「稗草」，再好看也讓人瞧不起。又碰上那麼個悍婦，動不動就破口大罵，甚至會動手打他，他哪像個丈夫，簡直是她兒子！他受不了，想反抗，想回家，可是自己家裡太窮，還是忍一忍吧！沒想到，腰彎慣了直不起來。他只能暗中抗爭。他想等兒子長大，無論如何得直起腰來做人。因此，他悄悄積了私房錢，入股蓋福堂，又偷偷娶了妾，只等羽翼豐滿遠走高飛。沒想到，那潑婦鬼精得很，發現集資福堂，當時也贊同，現在變卦；發現景翩翩，大鬧一通，當即要逼走她，只因為發現她懷孕，答應生的兒子姓丁，這才忍了，但不准她住入城內，三天兩天滋事虐待。他經常外出，沒少沾女人，但從沒哪個女人像景翩翩這樣讓他迷戀。他喜歡她的青春美貌，更貪戀她那其他女人身上所沒有的詩情畫意。可是他沒有青春，也沒有文才，自卑得很。所幸的是他有錢，還有商人的狡詐。經過一番計謀，如願以償。對於他，景翩翩根本沒有好感。第一次慕名見她，她輕蔑地很快把他打發走，沒想到最終還是落入他的魔掌。她認命了，把所有的愛寄託在孩子身上。她的心開始安寧下來。丈夫不在家的日子裡，她會抽空幫鄰里採蓮。蓮，像蘭一樣讓她喜愛不已。於是，她又有了詩情畫意：

小姑採蓮花，莫漫採蓮藕。
採藕柳絲長，問姑姑知否？

李春燁的再現，讓景翩翩看到了新的希望。她幻想李春儀有一天能把她和孩子帶到泰寧，遠離那母老虎，和那位恩人在一起，讀書吟詩。這樣一想，她對李春儀也和睦起來。她把她這想法如實告訴他，正合他意。

隆冬時節，金鐃山下依然滿目蒼翠。溪邊的柳樹落葉了，但樹邊的灌木叢大都還是綠的，間或幾枝梨茶花，正怒放著，像少女羞紅的臉。溪流更淺了，更多裸露出白石、紅石，但水更清，清得水裡的石子在陽光下發亮。景翩翩仍然著男裝，與李春燁雙雙在溪邊徜徉，談天說地，感到從來沒有過的愜意。

在溪中巨石的襯托下，石拱橋顯得更為小巧。橋墩上那鳥兒昂著頭，望著高高的白石頂，望著更高的藍天白雲，翩翩欲飛。如果牠這時候飛起來，那一定會帶上橋上的李春燁和景翩翩，帶到那自由的天空。可惜，他們在牠身邊坐很久，牠還沒展開雙翅。她轉而帶他到橋下，找到一塊紅石，紅石上有一圈文字：

「怎麼樣？」景翩翩問。

李春燁莫名其妙：「什麼意思？」

「等會兒告訴你！你先跳著看這四個字：橋——柳——淡——紅。」景翩翩指點著說。「橋是指這座橋，柳是指這排柳樹，淡紅是指岸邊這塊大的紅石，而不是指水裡的，——水裡的石頭是深紅色。」

說著，景翩翩引領李春燁走近橋基，在柳樹下那塊巨大的紅石邊蹲下，掏出巨石下的小石，從裡面取出一個小鐵匣子。李春燁一眼就認出來了：「難怪——！」

景翩翩發現受騙，在那些以淚洗面的日子裡，寫這首詩，藏了這個裝滿金銀首飾的小鐵匣。現在取了，回到驛館，她把這詩默寫出來：

簫吹靜閣曉含情，片片飛花映日晴。
寥寂淚痕雙對枕，短長歌曲幾調箏。
橋垂綠柳侵眉淡，榻繞紅雲拂袖輕。
遙望四山青極目，銷魂黯處亂啼鶯。

李春燁雖然不會寫詩，讀詩還是可以。隨著景翩翩一筆一劃寫，他一句句讀出，眼前展現出她兩年前在這裡的那些日子：靜靜的驛館中傳出陣陣簫聲，如泣如訴。鴛鴦枕上，浸透紅淚。橋邊的柳葉綠了，可是她無心描眉，更無心起舞。舉目四顧，到處充滿生機，唯有她闇然涕下。李春燁感慨道：「紅顏薄命啊！」

「你再看！」景翩翩寫完，緊接又將這詩倒過來寫：

鶯啼亂處黯銷魂，目極青山四望遙。
輕袖拂雲紅繞榻，淡眉侵柳綠垂橋。
箏調幾曲歌長短，枕對雙痕淚寂寥。
晴日映花飛片片，情含曉閣靜吹簫。

「嗬——，迴文詩——，太奇妙了！」李春燁歡呼道。

「你可知道我那些日子柔腸寸斷？」景翩翩嘆息說。

「別想了！那都過去了！」

「但願罷！」

「怎麼……那些文字，到了妳手裡，像麵糰樣的，隨妳怎麼揉，怎麼揉都是詩。」

「怎麼說？」

「老實說，剛開始讀妳的詩，發現好些地方平仄都不對，我不由皺起了眉頭。可是，稍一品味，又發現韻味無窮。能夠不拘平仄對偶，不以詞害意，實屬高手！」

「過獎了！」

「真的！妳寫的多半是五言，還有六言七言，還有——妳寫〈安東平〉：『驅車終日，留儂喘息。徐語向郎，郎意毋亟。』每句四個字。妳寫〈休洗紅〉：『休洗紅，洗多漸成故。能無故色殊，番將新色妒。新新故故遞相因，莫教淺淡尤它人。』句句字不同……」

「那是曲，與詩有區別。」

「反正差不多吧！最奇妙是這迴文詩，顛來倒去都成詩……」

「文章憎命達，魑魅喜人過！」景翩翩又嘆息起來。「如果讓我命好些，我寧肯不要那些詩！」

「如果能讓我寫出一些好文字，我寧願命運差些！」

「你沒看到，我有多少詩是蘸著淚寫的。」

「我怎麼會沒看到呢？」為了證明從詩中看到景翩翩的淚，李春燁隨即誦出她的一首詩：

道是愁無極，還教仗醉魔。
誰知醒時意，說向醉中多。

景翩翩的淚成珠兒掉落下來。李春燁一陣心酸，說：「我是欲哭無淚啊！」

「那麼恭喜，你也快成詩人了！」

36、移情奇山異水

忐忑不安等了兩年多，那柄高高揮著的劍終於斬下：擬就懲處魏忠賢黨羽的〈欽定逆案〉，刊布全國。欽定案分為八等，一等首逆二人，即魏忠賢和客氏，處凌遲；二等首逆同謀六人，即刑部尚書崔呈秀等，論斬；三等結交近侍十九人，判以斬首，秋後處決；四等結交近侍次等十一人，充軍；五等逆孽軍犯三十五人，充軍；六等諂附擁戴十五人，充軍；七等結交近侍又次等一百二十九人，入獄三年；八等結交近侍減等四十四人，免去冠帶。李春燁名列七等，本當入獄，現准予贖瀆為民。新知縣到福堂傳達，李春燁率家人跪地接旨，開始時恐懼不安，在冗長的名單中久久沒聽到自己的名字才漸漸安定下來。等終於聽到自己的名字，他幾乎沒有異樣的感覺。耐心地聽到最後，他長長地舒了一口氣，嘴上磕謝皇恩浩蕩，心裡直謝錢龍錫。知縣一走，他便寫信給錢龍錫，再三道謝。

李春燁原來才這麼丁點事，許多人感到意外，重新開始對他敬重起來。當然也有人更看不起他：瞧——，果然不是善良之輩吧！人家還要這麼想，李春燁顧不得了。他想開了，永遠別想討每一個人喜歡。他不再閉門不出，相反每天都得出門走走，探親訪友。

在景翩翩的資助下，弟恭堂和子孝堂全部完工。現在，一連五幢排在那裡，氣勢恢宏。只遺憾世德堂沒能弄來建春草堂，相反翻新了，並擴大，也是一列五幢，與福堂相互抗衡。當中只留一條幾尺寬的甬道，在兩邊高牆的逼仄下，像一條小弄子，令人壓抑。大門還得朝南開，門額上還得刻上「尚書第」三個大字。有了這三個字，世德堂就是蓋再大也不可攀比。

虎死餘威在。儘管削職為民，李春燁還是個進士，四世一品的封贈還在，在小小泰寧還是一流人物，連知縣也不得不敬重三分。鷹有時比雞飛得還低，可是雞永遠不能飛得鷹那麼高。你七品知縣能升到尚書升到一品大官嗎？可能性不能說沒有，但是太小了！宦海沉浮，誰也難料。誰敢說李春燁一年兩年後不會官復原職呢？這種可能性，比你知縣升尚書的可能性大多了！再說，如今這官場，爾虞我詐，不擇手段，又賄賂公行。透過這樣清查，李春燁也只是那麼點事，可見他還算正派，還算清廉吧！所以，傳旨第二天，新知縣就專門宴請李春燁，為他壓驚，請他一同為鄉里盡心盡力。

不日，鄉里社壇推舉李春燁主持。社壇每月塑望要齊集耆老等，宣講四書五經、欽定條律，要家喻戶曉。李春燁對這類事沒什麼興趣，可是推辭不得。這天，時逢紀念朱熹泰寧隱居四百三十週年，官方和半官方聯手舉辦一系列活動。這都是早準備好的，他剛接手什麼也不知道，像個傀儡任他人調遣。一早，在三賢祠祭祀朱熹。然後開壇，由丁開伍展示他剛從農家得到的朱子四塊壁詩：

曉起坐書齋，落花堆滿徑。
只此是文章，揮毫有餘興。
古木被高陰，晝坐不知暑。
會得古人心，開襟靜無語。

蟋蟀鳴床頭，夜眠不成寐。
起閱案前書，西風拂庭桂。
瑞雪飛瓊瑤，梅花靜相倚。
獨占三春魁，深涵太極理。

這詩沒有署名，人們很懷疑是否真出於朱子之手。丁開伍說，他二十六年前做一個梅花太極夢，前不久又做一個這樣的夢，第二天到小均一個親戚家做客，就在那豬欄裡發現這四塊板。再說，當年朱熹到泰寧城郊小均是隱居，為了逃避加害，不敢署名。解釋完，還有人表示不能光憑一個夢就斷定這真是朱子所作。

「朱子大師，融儒釋道於一體。這四首詩，平淡自然，無心無意，純是禪味，『太極理』倒是直白。由此看來，我認為這非常可能是真的。」李春燁說。「不過，別再爭了，先進行別的吧！」

接下來，推舉節婦四名，稽核上報。其中一名是李春燁原來鄰居那長著漂亮黑痣的「赤坑婆」，她守了四十六年寡，今年春天病死，死前還要求不要更換內衣不要讓她走光。其他三位候選人的事蹟也挺感人，無一異議。只是上面給的名額太少，不然可以多推薦幾名節婦烈女。

再接下來，通報朝廷最新恩准的兩名節烈名單，一行人列隊將其牌位擁入節孝祠。然後踩街，有十餘名女子參加，用紗巾兜面，怪怪異異，街兩邊擠滿觀眾。朱熹在此隱居時，儘管官場失意，還是不忘關懷女性，倡導婦女纏足，並用紗巾兜面，只因人欲太甚，天理難存，紗巾兜面並未形成風俗。現在請一些女子率先垂範，既是對朱子的紀念，又倡導風化。

中午，社壇眾紳士聚餐，一擺十餘桌。大碗喝酒，大聲猜拳，儒雅之風蕩然無存。最熱鬧的是，丁開伍顫悠悠從懷裡取出一隻繡花鞋，說是邵武最新流行的酒杯。人們爭著看，爭著一試金蓮杯，亂糟糟一團……李春燁睥睨一眼，轉而看屋梁。這些人，坐井觀天，我在京城早看膩了，他們還時尚！況且，大庭廣眾，又紀念朱子，真是……真是、真是太過分了！這麼一想，身為主持人，他不得不站出來說句清醒的話：「好啦，快收起來！很難看！」

一個多喝了幾杯的中年人拎起那隻繡花鞋，直往李春燁鼻子上塞，挑釁說：「難看？你說這麼漂亮的三寸金蓮難看？」

「滾開！」李春燁熱血洶湧，咬牙切齒。

兩人大吵。人們圍過來，兩邊勸著，吵吵嚷嚷。有的人早也看不慣，趁機罵丁開伍不知羞恥，可是也有人罵李春燁「當了婊子還想樹牌坊」。丁開伍則罵：「再怎麼難看，也比你吃人家冤枉好！」

這話讓李春燁受不了，猛地掙脫，伸著指頭衝過去：「你給我說清楚來！我吃人什麼冤枉啦！如果你不說清楚……」

丁開伍不甘示弱，摩拳擦掌，高高舉著，不停地晃著。眾人分別死死架住了兩人的身子，可是無人捂住他們的嘴。丁開伍進而說：「那一年，你去山東，查陶朗先，把銀子運回家，泰寧八大城門開了三天三夜，誰個不曉得？你沒吃冤枉啊？你沒吃冤枉，哪來屁本事蓋那麼大的房子！」

「你放屁……放你媽的屁……」李春燁簡直瘋了，兩腳直跳。幾個人難以招架，讓他撿了個空隙，掙脫出身。可是由於對方還有幾個人在架著防著，他衝不到丁開伍身邊，只能乾著急。突然，他一發狠，將一張桌子猛然掀了，湯水濺到好多人身上，一隻隻瓷碗在地上打得嘩嘩響……丁開伍罵得更難聽了，還有人毫無顧忌地幫腔：「是唄，他會沒吃冤枉啊！那麼大幢房子，少說要二十萬兩銀子，一個尚書一年的俸銀也只有一百五十二兩，他要當幾輩子啊？」

有些人繼續抓住李春燁，一邊好言相勸，一邊手忙腳亂拽著推著擁他回家……社壇回來，李春燁倒床就睡。半夜醒來，酒意全退。他想起當眾發火的事，後悔極了。發什麼火呢？不值錢，不值米。瞻前顧後，唯唯諾諾一輩子，卻當著那麼多鄉紳的面發那麼大的脾氣，什麼面子也丟光了。因為喝了酒，可是誰沒喝酒呢？是脾氣問題，脾氣是性格問題……不對，是品格問題。如果真是性格問題，那麼對誰都一樣。試想，對比你官大、輩分大的人發過脾氣嗎？沒有吧？不敢吧？能夠克制吧？只敢對比自己官小、輩分小的人發脾氣，可見實質上還是欺負人，至少是修養問題，真是不該啊！

再深入一反思，李春燁徹底清醒：既然要蓋五福堂，就別想有好名聲，就像婊子與牌坊不可能兼得一樣！

李春燁又閉門不出，整日讀詩書，也嘗試著寫詩。他憑弔城西的閩越王無諸墓：

遺塚傳疑土一抔，霸圖回首冶城秋。
入關功在封何晚，橫海軍來戰已收。
落日荒原誰下馬，叢蕪古道自眠牛。
耕童蕘豎休輕角，風雨能添過客愁。

他重遊天臺巖附近的仙枰巖，相傳那是仙人手談處：

攀石尋棋跡，懸崖一竅幽。
更無山上下，唯有日沉浮。
風馬雲車逝，苔枰鮮磴留。
輸贏都不管，一局幾春秋。

他也含蓄地抒發對景翩翩的思念：

山風吹雨夜瀟瀟，一滴愁魂一種銷。
自是枕邊聽不得，不關窗外有芭蕉。

李春燁把他寫的詩稿寄給景翩翩，虛心向她討教。他們以「二白兄」、「三昧弟」相稱，兩顆心一日日更近，一天天更熱……江復帶來一個很糟的消息：袁崇煥殺毛文龍了！袁崇煥列了他十條罪狀，但李春燁還是感到震驚。毛文龍是很多毛病，但他對後金堅決不降，對內部上下很會籠絡人心，李春燁的心實際上都服了，怎麼還沒說服袁崇煥？殺了毛文龍，他部下不服怎麼辦？那個島亂了，後金沒了牽制，集中力量往山海關來，怎麼辦？

過了三個來月，江復帶來一個更糟的消息：袁崇煥入獄了！原來，後金久攻不下袁崇煥鎮守的遼東防線，又沒了毛文龍沒了後顧之憂，便突然繞開遼西走廊，轉道蒙古，長驅而入，直逼京城。袁崇煥連忙回師救京，逼得後金撤了，但是傳聞他暗通後金。崇禎皇上大怒，朝野一致譴責，京城百姓也個個憤慨：原以為他是個抗敵大英雄，哪料會勾引敵人直逼皇上？還有人指控錢龍錫，說他與袁崇煥同謀。錢龍錫是剛剛主持過欽定逆案的功臣，但抵不過賣國大罪，也被打進死牢。錢龍錫急了，連忙申辯說：「我跟那蠻子怎麼同謀呢?他剛來拜見皇上時，我看他其貌不揚，就跟同僚說過『這人恐怕不能勝任』。」連錢龍錫都反目，看來袁崇煥這回沒救了!

難怪一直收不到袁崇煥的信!袁崇煥難得善終，似乎也在李春燁的意料之中，但他萬萬沒料到會是通敵罪。袁崇煥怎麼可能通敵呢?他實在不敢相信。是不是有人陷害他?不至於吧，即使魏忠賢那時候，也不會拿通敵這樣的罪名來治誰。這麼定罪，肯定是有原因的，只是他不敢相信。他還不敢相信錢龍錫。錢龍錫有沒有跟袁崇煥賣國投敵我不知道，他們親近不親近我還不知道?怎麼能說嫌袁崇煥相貌差就沒親近他呢?這世道，沒個定數，什麼事都不堪料想!

李春燁又想:本朝有「八議」規章，即在懲處重要人物時有八種特殊情形可以減免刑罰，這「八議」是:議親、議故、議功、議能、議勤、議貴和議賓。袁崇煥不僅有勤，還有寧遠、寧錦、京師三次大捷之功，肯定能將功抵過，化險為夷，大不了丟個官。如今這世道，丟官未必不是好事。禍兮福之所依，福兮禍之所伏。回邵武來當縣令吧，我們把酒話桑麻。不當縣令也罷，無官一身輕，移情山水，優遊林泉，望天上雲捲雲舒，看庭前花開花落，怡養天年，多好!李春燁盼著袁崇煥出獄。

不時從北方傳來不好的消息:陝西、山西一帶的饑民李自成等人紛紛揭竿而起，官軍要東北、西北兩頭應付，到處亂哄哄……八月底，李春燁突然收到王可宗的信。他已擢為工部左侍郎，好久沒信函往來。李春燁以為人走茶涼，何況這兩年驚變太多，他也迴避，無可厚非。現在案子定了，他特地寫上一信表示安慰。但他沒有多敘自己的事，而大談袁崇煥——

朝中有些大臣替袁賊喊冤，軍中和民間也不乏其人，祖大壽將軍拿著自己的官誥和贈蔭要贖袁賊，關外天天有將吏士民到督輔的府第號哭鳴冤，願以代身。直隸書生程本直甚至說「舉世皆巧人，而袁公一大痴漢也。唯其痴，故舉世最愛者錢，袁公不知愛也；唯其痴，故舉世最惜者死，袁公不知惜也。於是乎舉世所不敢任之勞怨，袁公直任之而弗辭也；於是乎舉世所不得不避之嫌，袁公直不避之而獨行也。」但朝野更多人認為：袁賊通敵，實在是罪不容赦。我真後悔沒能早看清這個賣國賊的真面目，居然也敬重過他。

凌遲袁賊的消息前一天就傳開，人們奔走相告，縱情歡呼，說明天不僅要活剝那個賣國賊，而且要生吃那個老賊。生吃了他才解心頭之恨，才能保我大明江山千秋安穩。

第二天一早，天剛放亮，我便趕往西市，可還是來遲，那裡已經人山人海，裡三層外三層圍得水洩不通。我好不容易擠到街邊一家布店。人們紛紛買藍布做旗幟和橫幅，印上標語，稱道凌遲袁賊是大快人心事，稱頌皇上聖明，這家布店的藍布被搶購一空。這布店老闆姓湯，說著道地的北京話，就是恩公說北京人吵也好聽的那種話。他愛國熱情非常高，主動拉著我說：「站到櫃檯上看吧，反正沒生意做了！」我跟他真的站了上去。

太陽出來了，燦燦爛爛，直晒整個場子，還斜斜地照進布店，照得我睜不開眼來。我想下櫃檯避一避，可是我怕一下去被別人占了位子，只好忍著。好不容易等到巳時，忽然一陣喧譁，袁賊終於被押來了……

太吵了，什麼也聽不清楚，只聞很多人異口同聲地數一刀兩刀三刀，數到後來有些亂，發生爭執，但大數差不多，直到三千五百四十多刀。太遠了，只見遠處觀眾萬頭鑽動，我根本看不見怎麼剮那老賊，只見不時有人擠出來。他們從劊子手那裡買了那老賊的肉，出來炫耀，然後當眾生吃，得意非凡。湯老闆的兒子也搶購了一塊肉，只有指甲那麼大，心疼說花了一兩銀子。湯老闆斥責道：「生吃賣國賊，保我大明江山穩定，花它個百十兩也不冤！」他早備好一碗酒，接過肉就吃。他不捨得獨吞，只咬小半，狠狠地咀嚼一番，一下嚥進喉嚨，然後喝一口酒。他嘴角都是血，沒顧得上擦，便說：「真解恨啊！來，這位大人也嘗點兒！」

湯老闆把那丁點肉慷慨地遞給我。昨晚聽人家說時，我也想過要生吃那老賊一塊肉，可是現在真的看到，看到那肉還血淋淋，卻嚇得把手縮到身後……

「畜生！」李春燁輕輕地但是狠狠地罵一聲，甩下信箋，閉上兩眼，心情卻怎麼也平靜不下來。他默默地流淚，為袁崇煥。何苦啊，安安心心當個邵武縣令，哪會有今天？再怎麼樣，死個全屍是有啊！他恨京城那些百姓，簡直是禽獸！偌大的京城，簡直是叢林！崇禎皇上……哦——，皇上！朝野上下，哪還有禮？哪還有義？哪還有廉？哪還有恥？四維不張，國何以立？李春燁恍惚記起誰說過：大明皇上，好像都跟大明王朝過不去似的，一個個爭著糟蹋它，似乎不把它毀滅心不甘。是啊，你看，萬曆皇上幾十年不上朝，天啟皇上把權柄委以太監，現在崇禎皇上又濫殺中流砥柱，這天下經得起幾番折騰？可是，天下是皇上的，皇上都不心疼，我心疼有什麼用？

李春燁的心死了！這世上如果說還有什麼可留戀的話，那只有親人，包括弟媳景翩翩。當然，他對她的感情遠遠超過了弟媳。如今，他更深刻地感覺到：她是他的靈魂！他不能沒有她，僅僅有她的文字還不夠，他甚至需要她……夠貪婪了！有了女人的身，還想要女人的靈魂。現在有了景翩翩的靈魂，還想要她……噢——，快來吧！這人世容不下我們，我們追仙去！

景翩翩仍然著男裝來，但李春燁如實告訴江復。江復不僅有文采，還有一副好身子，又是忘年交，現在去遊上清溪，得請他幫忙。上清溪在泰寧城東北，才十餘里地，但那一帶荒無人煙，難得一兩個人去遊玩。前幾年，泉州籍禮部主事池顯方到泰寧，偶然聽說，倒是去遊了，還特地告訴李春燁，說那裡比武夷九曲更妙。身邊有這麼個好地方，不能不一去。乘竹筏容易出事，景翩翩畢竟是個女子，不能沒個幫手。

轎子到嵐坑落下，一邊吃午飯一邊請人紮竹筏。景翩翩異常興奮，翩翩然要走在前頭，李春燁不讓。俚語「七攔八掛」，是說蛇七月攔路八月掛枝，防不勝防。再說，這種地方什麼猛獸都可能有。當然，毒蛇猛獸其實比有些人好，因為牠們一般不會主動侵犯人。怕只怕不小心碰到牠們，讓牠們對這麼個弱女子也誤會。李春燁叫江復走在前，拿根棍子兩邊草木敲敲，有什麼也讓牠自行跑開。李春燁斷後，兩眼緊盯著景翩翩，以防有什麼襲擊她，包括彈起一根小枝條什麼的，及時擋開，不讓彈到她身上。

上清溪天為山欺，水求石放，水與石相搏擊，出乎你想像的激烈。放筏而下，異乎暢快。轉一景如閉一戶焉，想一景如翻一夢焉，會一景如繹一封焉，復一景如逢一故人焉。不時遇灘，有驚無險。緩流之處，放心觀賞兩岸緊夾如高牆的懸崖，大小巖穴星羅棋布，千姿百態。赤壁如削，一塵不染。凹處丹紅如桃，凸處或褚黑如油，或長滿苔鮮。低處多長還魂草和蘭草，稍高處長一些小雜木，有幾棵小楓樹葉紅得似火。頂上是蒼松，直吻著藍天白雲。偶然，從懸崖高處飛出巖泉，空濛飄落；或是飛出蒼鷹，在高天一圈圈盤旋，像為李春燁一行三人探路、警戒、護衛。桂樹不知長在哪裡，更不知長了多少，只聞花香飄滿澗谷。很快，景翩翩詩情畫意油然而生。她最喜歡的是那沐浴著天泉的蘭花，隨口吟出：

但吹花信風，莫作妒花雨。

我欲採數枝，挽得同心住。

李春燁詩意也來了，吟道：

谷口初尋勝，溯洄水一方。

山危猶有徑，峽束忽如牆。

斷澗穿峰過，中流巨石當。

前途不可問，挽筏上滄浪。

「喃——，好詩！好詩！二白兄，你……」

「小心！」李春燁見景翩翩高興得拍手，東倒西歪，連忙提醒道。

轉眼又是一個小灘。等安全下了灘，景翩翩接著說：「二白兄，你的詩長進很快啊！」

「不是說文章憎命達嗎？」李春燁苦笑了一下。

這時，江復說：「二位長輩，我也有幾句，不知敢不敢獻醜。」

景翩翩的年齡比江復小，但在家族輩分和寫詩上當然是他的長輩。她和李春燁當即鼓勵他。他吟道：

昔人武陵逐春水，今我清秋探秋葉。

太初幻化迷千古，久泊漁人今始發。

定有仙人此中匿，雞犬雲封未可識。
躊躇莫盡欲回槎，只恐重來路已惑。

「難怪你屢試不第！」李春燁說。

江復不解其意，誠惶誠恐道：「請長輩多賜教！」

「我是說詩與八股文不共戴天。你有這樣的詩才，作八股文的才還能剩多少呢？」李春燁說。

「是啊！我們生太遲了，錯過了唐詩宋詞那種時代。現在是沒有詩的時代，只能過沒有詩的生活。」景翩翩說。「有道是『五十少進士』，你還年輕。為了仕途功名，要少沾點詩！」

李春燁嘆道：「可惜，我無力保舉你了！」

「我早不想入什麼仕！」江復不屑一顧說。「安能摧眉折腰事權貴，使我不得開心顏？」

上清溪原始得很。溪邊一些小樹木，幾乎橫貼著水面，人得匍伏而過。古藤攀援著高樹，又長長地垂下。景翩翩童心大發，吊到藤上，蕩起鞦韆來。她開心極了，笑聲一串又一串，迴盪在整個悠長的溪澗……到棲真巖，棄筏登岸，直上巖寺。千年之前，那梅子在這裡煉丹。據說，有一個丹爐迄今留在一根柱子底下。李春燁早年到過，對這裡一草一木都不陌生。泰寧寺廟有好多在巖穴當中，僧道不分，奉祀則女多男少。棲真巖供的主神是臨水夫人（靖姑），她是道教神靈。邊上還有她的師妹，即護國夫人（九娘）和平閩夫人（三娘）。

「你知道我為什麼喜歡你們福建嗎？」景翩翩忽然問。

李春燁猜著說：「山好水好？」

「不光是山好水好。」景翩翩笑道。「人更好！」

「人更好？」李春燁真想不通。「這話怎麼說？」

「你們福建的女人特別好。你看，你們供的神靈，多半是女的。」

這倒是真的。除了臨水夫人，還有媽祖，還有惠利夫人、馬仙姑等等。正說著，有個一身著黃衣的男子出來，讓李春燁大感意外：雷一聲！

「禹門兄！」李春燁丟下景翩翩和江復，快步上前。

雷一聲淡然笑笑說：「施主何急？」

「我是二白啊！」

「請用茶！」雷一聲答非所問。他不再憤世嫉俗，但目中無人，塵封人世。

這時，邊上一個小道士介紹說：「這是無懷禪師。」

前些年，雷一聲當居士的時候就不認我，如今只怕六親也不認。李春燁很無奈。借了一個房間，一行三人住下。

皓月當空，千山萬水盡收眼底。李春燁提議出門賞月，景翩翩欣然叫好，江復則說受了些水氣有點不適，避而不去。

畢竟是山道，景翩翩不習慣走山路，何況是晚上，月光被大樹遮擋。一不小心，景翩翩打個趔趄，李春燁慌忙去拉她的手，一過便放開。如此二三，她抓住他的手不放，挑釁說：「牽我一下也不想嗎？」

「別說了，我長長的美人！」李春燁控制不住了，把景翩翩攬進懷裡，猛吻她的熱唇。「我簡直嫉妒得要命！」

「嫉妒？嫉妒什麼？」

「妳說還有什麼呢？」

「他是你弟弟啊！」

「還有……還有那個蘇生？」

「哪個書生？」

「那個……妳在《散花詞》中寫的。」

景翩翩忍不住笑了：「那有什麼好嫉妒的？」

「妳與他話別，還贈了詩：『月出人未來，月缺人已去。好共借餘輝，相求直至曙。』」

「你記性真好！」

「還有郭生，妳寄他：『兀坐掩房櫳，捧心訴嬌態？聞說金張兒，懶出堂前拜。』還有那個張孝廉，妳送他：『柳絲細織曉煙青，惻惻春寒長短亭。馬度山腰蹄尚嫩，溼雲如夢未全醒。』還有沒姓名的，妳寫〈寄遠〉：『江上望歸棹，君歸未有期。試看圓缺月，是儂斷腸時。』還有，妳寫〈寄友〉：『蛾眉慵畫鏡慵開，裙減腰圍自剪裁。二十五絃聲欲斷，偏留明月印蒼臺。』還有……」

「好啦！好啦——，別吃陳年老醋啦！那是以前。以前我要靠那些詩餬口，要靠那些詩改變命運。現在，我的命運已經定了，不寫詩了，只想做個賢妻良母。哪知道，做個賢妻良母也這麼難，難得……」說著，景翩翩泣不成聲。

「別這樣！」李春燁像拍孩子一樣親切地拍著景翩翩的背。「別怨我們的命！這世道，誰的命會好呢？皇上的命也不見得好到哪裡去！遠的不說，你看宣德皇上，死於三十八歲盛年；景泰皇上，死時剛剛二十九歲；隆慶皇上，也只活三十五歲；泰昌皇上，在位才個把月，三十九歲就歸天；天啟皇上，駕崩只有二十三歲，比妳現在還年輕！活著就是命好啊！」

本打算在棲真巖住幾日，才住一個晚上，李春燁和江復就受不了。本來想超脫些，不受性別、輩分之類世俗羈絆，只為兄弟，借一間禪房同睡一床地鋪。為保護景翩翩，叫她睡當中。然而，人往往自己也控制不了自己。李春燁一方面自己想入非非，另一方面又擔心江復越軌，翻來覆去難以入睡。他有半夜解手的習慣，今天不敢起來，生怕一走就出什麼事，一憋再憋。江復則認為李春燁跟她早有私情，只是礙於面子不敢同居。入睡前，他就推讓了半天，最後是她也硬要拉他一起。他想他們肯定會有什麼故事，怎麼也睡不著。三更許，他熬不下去，起身到外面解手，大鬆一口氣。這樣一來，李春燁又尷尬，生怕江復誤會，連忙跟出。兩個人坐在木槿花邊賞月，閒聊到天明。景翩翩太累太開心了，倒是一夢到天亮。

江復要先回家，李春燁沒挽留。李春燁請他再幫點忙，幫忙到城裡弄些琴箏、長劍柴刀之類東西。他當日傍晚就備齊了並送來，次日一起下山。

37、「我長長的美人啊」

下棲真巖，過上清溪橋，李春燁和景翩翩步入通往狀元巖的山谷，兩側懸崖峭壁，森嚴並進。谷盡頭，石崖三面逼迫而來。一面懸崖坡度稍緩，有簡易石磴，曲折盤旋，斷續相接。相傳，這些危磴是鄒應龍手鑿而成，後人稱之「斗米階」，形容石磴如一斗米粒之多，以此激勵後代學子。李春燁今天並不想涉及狀元什麼的，心思全在景翩翩身上，登完斗米階便走另一條小路，有意避開狀元巖。他雙肩負著一堆行囊，一手牽攜著她。她從沒走過這樣的路，搖搖晃晃，但並不害怕，而像被牽攜走向洞房一樣激情澎湃。

這也是丹霞地貌，有的呈一線天，有的是奇峰，還有很多斷崖、巖穴等等，千奇百怪。無論山頂、崖面還是谷底，都有一股股活水，瀑飛泉滴，溪澗連珠，為一座座巨巖增添靈氣。巖間、巖上林木蔥郁，桂花飄香。時不時的，叢中野兔逃竄，小鳥驚飛。蒼鷹就安祥了，在李春燁和景翩翩的頭上高高地盤旋，久久地盤旋。

李春燁走在前，手持長劍，不停地打草驚蛇。不多時，他突然伸出一手止住身後的景翩翩：「等等！」

景翩翩嚇得毛骨竦然，但又忍不住順著李春燁手上的長劍看去。結果，虛驚一場。

「真要是碰上什麼，有用嗎？」景翩翩忽然問。

李春燁一時摸不著頭緒：「什麼有用沒用？」

「你手上的啊！」

「當然有用！妳以為是戲臺上的道具啊？」

「我是說，你滿腦子之乎者也……」

「妳別忘了，我當過兵部尚書！」

「你打過仗嗎？」

「我練過馬，練過劍。」

今天運氣好，沒讓李春燁的劍派上用場。虛驚幾回，兩個人都不以為然起來，又覺得累。李春燁建議歇一下，兩個人席地而坐。他解下行囊，走到巖邊喝水。

那泉水從高高的懸崖上曲曲折折流下來，在兩尺來高處一個小穴裡稍事停留再溢位。這有點麻煩。喝溢位的吧，得吸著岩石；喝穴裡積的吧，那穴有點深，而又略扁。李春燁想了想，只好橫著腦袋伸進去牛飲一番。

景翩翩走近李春燁，看了直笑：「你喝得累不累啊！」

「不累！」李春燁撫了撫鼓起的肚皮。「過癮啊！妳要不要喝點？」

景翩翩笑了笑，說：「不喝。我不想喝！」

「這又不是我花力氣挑來的，儘管喝！」

「那怎麼喝啊！」景翩翩嬌嗔道。

李春燁想起孩童時的妙法，摘一段蘆葦葉，將泉水接出來。景翩翩不客氣了，蹲下來，仰起嘴喝，也要喝個飽。李春燁誇張道：「好啦！我手都痠啦！」

「等等！」景翩翩貪婪地又喝了一口。正要轉身，又要洗手洗臉。「這水真是自天上來！多聖潔啊！」

俚語說：「泉水裡洗面，死了沒人見；泉水裡洗腳，死了沒人曉。」李春燁想起，但不敢說，反而鼓勵。「天與不取，反受其咎。」

「就是嘛！索性多麻煩你一下！」景翩翩在岩石上坐下來，脫了鞋，挽起褲管，讓巖泉淋濯那雙雪白的大腳。

李春燁見了，心劇跳起來，以至蘆葦葉亂抖，水灑景翩翩身上。她尖叫了起來。他重新摘一片蘆葦葉，取得更長，蹲下來，讓巖泉更近地澆在她腳上。他想，「丐戶」政策的副產品倒是不錯，替她留下一雙這麼漂亮的天足。要不然，她怎麼可能享受到這樣的天泉？

景翩翩靜靜地讓巖泉淋濯著她的雙腳，久久不說夠。李春燁經不住某種誘惑，一手持著蘆葦，騰出一隻手幫她揉濯。她沒什麼反應，他便搔她的腳板，嬉鬧起來……景翩翩又靜下來，整個山都靜下來。石伯公好像是專門守護寧靜的，靈敏得很，誰要是聒噪一聲，蜂窩一樣的巖穴馬上就回聲警告。但那悠揚的蟬鳴、林風和泉流不在禁例，而正因了它們，這群山更顯得恬靜、清新而又生動。

李春燁忽然問：「妳在想什麼？」

「沒想什麼。」景翩翩嫣然一笑說。

「沒想什麼？不可能！睡覺還要做夢呢！」

「真沒想什麼！我只是在看，在聽，好像除了樹木，除了鳥兒，只有我們兩個人。」

「應該是吧！這一帶沒有村莊。獵人，採藥、砍柴的，應該也沒有。以前，這上面有人讀書有人聽夢，還有人煉丹……對了，好像就在這附近。」

這是懸崖之上，巖穴很少。尋了好一會兒才尋到一個小巖穴，巖前林木茂盛，巖頂瀑泉長流。巖內洞中套洞，幽深得很。李春燁攜著景翩翩才到洞口，正辨認巖上幾乎被青苔覆蓋的「琵琶巖」三個字，黑黝黝的洞裡頭就發出一片「吱吱」尖叫，成群地飛出小東西。她嚇得連忙避閃，那些小東西還險些撞到她臉上……「別怕！那是蝙蝠，我們泰寧叫『琵琶老鼠』，不會傷人。」李春燁安慰說。

景翩翩糊塗了：「老鼠會飛？」

「是啊，這種老鼠怪就怪在這兒。傳說，一隻蝙蝠冒冒失失闖進黃鼠狼窩裡，被一頭痛恨老鼠的黃鼠狼抓住。蝙蝠說：『我不是老鼠，我能飛，我是鳥呀。』於是，牠逃過一劫。不久，牠又被一頭仇恨鳥類的黃鼠狼抓住，牠辯解道：『你看，我沒有羽毛，怎麼會是鳥呢？我是道地的老鼠。』牠就靠這樣的本事絕處逢生，就像……」

李春燁忽然不說了。景翩翩追問：「就像什麼？」

剛才李春燁的腦子突然閃出一個念頭：現在官場求生就像蝙蝠在黃鼠狼窩求生，但他不想談那樣沉重的話題。他換個話題，說：「傳說蝙蝠善於合氣，能長壽。普通的蝙蝠是黑色，上了年歲，變為紅色。五百歲以後，紅蝙蝠又脫胎換骨為白蝙蝠。千歲以上的蝙蝠，色白如雪，人吃了可以增壽四萬歲！怎麼樣，妳想要黑的，還是紅的，白的？」

「隨便，你抓一隻來看看！」

「哪能想抓就抓得到？那樣誰也成仙了！人家是住在這洞裡頭，修煉它幾年幾十年，耐心等待機會……」

「呵——，我可沒那樣的耐心。」

「其實，不一定非要吃白蝙蝠，道家說吃茯苓也可以成仙。」李春燁轉身指松樹。「吶——，茯苓就長在那樣的樹……」

「帶我去看看！」

「我只知道有松樹的地方就有茯苓。茯苓究竟長在樹上還是藤上，我……我搞不清楚。我想，也不一定非要茯苓才能成仙。只要到這樣的地方多待待，自然成仙。這裡丹山碧水，比京城比皇宮美多了！皇宮，只會讓人短命，皇上都不能長壽。三昧，我們在這仙境多住幾日吧！」

「那我成仙女啦！」

歇了一會兒，繼續走。一會兒攀岩，一會兒穿林，處處美如仙山瓊閣。

行至一個小山谷，長著一大片松樹，一棵棵高聳入雲，遮天蔽日，在地上鋪起一層厚厚的松葉，一塵不染，紅光發亮。景翩翩一屁股坐下，打了個滾，叫道：「噢——，太美了！二白，再歇會兒吧！」

「好哩！」李春燁御下行囊。

亮得發白的日光，像碎銀一樣從松間傾射而下，在棕色的地毯上映出斑駁的花。當中，還矗立著一棵棵碩大但是直溜溜竄天的松樹，綴著一叢叢鮮綠的灌木。景翩翩躺在松葉上，左看看，右看看，再望望吻著藍天白雲的樹梢，心曠神怡。李春燁脫了髒兮兮的外衣，坐到她身邊，問：「妳在想什麼？」

「你怎麼老這樣問呢？為什麼一定要想什麼呢？不想什麼不行嗎？」景翩翩有些掃興，無意中瞥見李春燁的衣裳。「哎呀——，汗都溼透了，快脫下來擰一下！」

「沒關係，一會兒就乾。」

「不行！受了水氣會生病！」

「沒……沒事……」

李春燁還無所謂。景翩翩急了，坐起來，扯他的衣襟，要幫他脫。他更急，兩手捂住不讓動。她笑了：「不好意思？」

「我……我、我……」

景翩翩白了李春燁一眼，轉過身去，脫自己的衣裳。她這才發現，自己的衣裳也早溼透……李春燁驚呆了，只覺得眩目，不由閉上兩眼。他從來沒見女人在陽光下脫衣裳，景翩翩那光潔的肌膚令他怦然心跳。他抗拒著，緊閉上兩眼，命令自己的腦袋什麼也別想。四周靜極了，只有不知何處發出的蟬鳴，不時有一兩聲鳥叫，再就是微微的松濤。突然，他聽到琴聲響起。睜開眼來，只見她背對著他，坐在幾步開外，脫得一絲不掛，像一塊璀璨的寶石熠熠閃光，照亮了整個林子！她張起琴，緩緩彈起，片刻又唱起自己寫的〈二把江兒水〉：

心旌相向，想當日心旌相向，情詞初蕩漾；

把空花落桐，青鳥迴翔。

寄春心，明月上；

粉蝶為伊忙，遊蜂還自嚷。

恩愛昭陽，魂夢高唐，恰便似竊驪珠千頃浪。

蕭寺行藏，說什麼蕭寺行藏，臨邛情況，可正是臨邛情況；

向天臺，遇阮郎。

餘音繞梁，景翩翩陶醉著，一動不動。李春燁站起來，輕輕走過去，猛然把她抱在懷裡：「我長長的美人啊……」

瘋了！李春燁和景翩翩都瘋了！這個六十來歲的男人，沾的女人不少，可是從來沒有這般瘋狂！他知道有的女人的肉體特別令人銷魂，也知道有的女人的靈魂特別令人神往，但還不知道女人的肉體與靈魂交融是如此之美妙。他覺得山搖地動，山崩地裂。他不斷地重複著，但是越來越高亢地喊道：「塌下來吧！塌下來吧！塌下來吧——！」

終於恢復寧靜，兩人並躺著，仰望著傾斜的陽光，靜靜地聽著蟬鳴。忽然，李春燁發現有一隻彩蝶在景翩翩胸前盤旋，似乎想吻那乳頭。他急了，揮手去趕。這時，又發現有一根光柱剛好照耀著她那黛色鮮花，冰山雪蓮，特別燦爛。他貪婪地看了幾眼，一巴掌伸去捂，說：「太陽公公也好色啊，偏偏照這兒！」

「讓它照吧！」景翩翩掰開李春燁的手

「唔？」李春燁想了想。「我知道妳為何叫『三昧』了！」

「為何？」

「那是佛語，解脫束縛，排除雜念。」

「明白就好。」

李春燁一邊去撫景翩翩聳立的乳房，一邊問：「我算不算亂倫？」

景翩翩反問：「我是不是妓女？」

「好了，我不說了！」

「你剛才說什麼——塌下來？」

「哦，我是說，讓天塌下來！就在那樣的時刻塌下來，把妳我就那樣埋著，永遠那樣埋著，就像岩石中的螺殼，億萬年後還那樣親密無間地凝結在一起。」

「今天，是我這輩子最幸福的一天！」

「我也是！」

「我還想彈琴。」

「彈吧！」

「你唱好嗎？」

「我不會唱。」

「那你彈我唱？」

「也不會，真的！我老是記著一句老話：『家有書聲窮不久，家有琴聲富不長』，認為玩物喪志……」

「你為什麼不記另外一句話？《禮記》上說的：『知聲而不知音者，禽獸是也。知音而不知樂者，眾庶是也。唯君子為能知樂。是故審聲以知音，審音以知樂，審樂以知政，而治道備矣。』」

「這麼說，妳更知道為政嘍？」

「我討厭為政的！你額頭今天如果還扁著，肯定不可愛！」

「也許吧！」李春燁好激動，熱吻景翩翩一陣。「能有今天，哪怕為此丟官也值！」

「當官真那麼無聊嗎？」

「也不至於吧！如果真的很無聊，誰會十年寒窗，甚至二十年三十年幾十年如一日苦讀書呢？」

「你當官這麼多年，最有趣的是什麼？」

「唔……讓我想想……」

李春燁想了許久，認定最有趣的是跟天啟皇上演戲。天啟皇上雖說沒讀幾本書，可是天賦很高，除了做木工之類技藝高超，演技也少有人比得上。魏忠賢雖說不識字，卻也是多才多藝，戲唱得相當好。大白菜客氏和李春燁，只是湊合。記得有一年夏天，非常熱，熱得像今天這樣大汗淋漓，卻要演《宋太祖龍虎風雲會》。這齣戲說的是宋太祖趙匡胤皇袍加身後，在一個雪夜叩訪部將趙普家。皇上飾宋太祖，魏忠賢飾趙普，客氏飾趙普妻，李春燁飾趙普僕人張千。因為戲裡是雪夜，必須穿棉襖。可是演戲這天那麼熱，又不是當眾演，純粹是自娛自樂，客氏建議不要穿棉襖。皇上不依，還要演冷得發抖，將棉襖裹得緊緊的。又為了表現皇宮到外官府上路途頗遠，宋太祖求賢若渴，天啟皇上急匆匆奔了一圈又一圈，累得滿頭大汗。叩開門，熱上酒，妻子和僕人退下之後那一段戲，李春燁印象最深，隨即起身，著衣串演兩個角色給景翩翩看：

趙普白：陛下深居九重，當此寒夜，正宜安寢，又何勞神過慮？

趙匡胤白：寡人睡不著。（唱）

【倘秀才】但歇息想前王後王，才闔眼慮興邦喪邦，因此上曉夜無眠想萬方。須不是歡娛嫌夜短，難道寂寞恨更長，憂愁事幾樁。

趙普白：陛下，不知所憂者何事？說向臣聽。

趙匡胤白：寒風似箭，凍雪如刀。寡人深居九重，不勝其寒，何況小民乎！（唱）

【滾繡球】憂則憂當軍的身無掛體衣，憂則憂走站的家無隔宿糧，憂則憂行船的一江風浪，憂則憂駕車的萬里經商，憂則憂號寒的妻怨夫，憂則憂啼飢的子喚娘，憂則憂甘貧的晝眠深巷，憂則憂讀書的夜守寒窗，憂則憂布衣賢士無活計，憂則憂鐵甲將軍守戰場，怎生不感嘆悲傷！

趙普白：陛下念及貧窮，誠四海蒼生之福。

李春燁的演技不敢恭維，那麼抒情的戲被演得滑稽可笑。但景翩翩沒有笑，一字一句聽著唱詞。她忽然打斷他說：「等等！我問你：皇上真有那麼好嗎？」

「什麼那麼好？」李春燁一時摸不著頭緒。

「唱的那麼好：『憂則憂當軍的身無掛體衣，憂則憂走站的家無隔宿糧，憂則憂行船的一江風浪，憂則憂駕車的萬里經商……』」

「嘿嘿——，戲唄，哪能當真！」李春燁坐回景翩翩身邊，擁著她，吻著她。「妳的詩都是真的嗎？」

「我的詩當然是真的！字字句句都是蘸著我的淚寫出來的，只不過有的是歡樂之淚，有的是憂傷之淚。」

這個無名巖穴，是這一帶繁星般的丹霞巖穴之一。它在懸崖絕壁之上，離地兩三丈，只能從遠處透過半山一條稍緩的小「路」橫行而至。巖穴三五尺高，深寬丈許，在下面只可望見一半左右。與眾不同的是，還可以望見裡面有個小灶，顯而易見曾經有人居住。千百年來，為了避亂，人們也常躲到這樣的巖穴來。今天，李春燁偶然遇上，選擇了它。他在洞口採了些還魂草和萱草，攜景翩翩進入，朝兩草拜了拜，算是稟報過石伯公，得到了許可。然後出去，割些茅草鋪陳為床，又砍些灌木攔在洞口。萬一有什麼來犯，一動那些灌木枝葉就會「報警」，他可以及時出擊，以一當十。他安慰景翩翩說：「放心，這裡絕對比妳家更安全！」

大半個月亮靜靜地懸在空中，對面懸崖上的樹木清晰可見。對面的巖穴黑洞洞的，似乎深不可測。

景翩翩彈起琴，琴聲從對面一個個巖穴千迴百轉而出，然後才裊裊娜娜飄出山澗。她驚嘆道：「太美妙了！」

他們沒多說什麼。一個彈奏，一個傾聽，兩個人都陶醉了，直到月兒西下，整個山澗變幽暗起來。他們也累了，相擁而眠，睡得很香……不知什麼時辰，他們相繼被餓醒。他們帶了琴，帶了刀劍，帶了火摺子，卻沒多帶食物，只好以野果充飢。野果雖然味道不錯，畢竟不如五穀雜糧。此時此刻，不僅餓，肚子裡還如絞似割。然而，天太黑了，現在出去也沒用。於是，他們更親密地偎依，更熱烈地親吻，果然忘卻了今夕何夕。

天矇矇亮，李春燁攜了景翩翩，迫不急待出巖穴。滿天是霧，滿地是露……不多時，遇上一叢大樹。李春燁邊跑過去邊驚喜地叫喚：「有吃的啦！」

這是棵銀杏樹，高得讓人望得脖子痠。好在周圍長了一些小樹。小樹不結果，李春燁便砍了一根小樹幹，爬上大樹，將銀杏打下來，讓景翩翩在地面拾撿。

銀杏既甘又苦，還澀。可是他們飢不擇食，只感到甘而不覺得澀。景翩翩不顧什麼斯文了，一雙纖纖細手特別麻利，那裡沒嘸下，手上又剝出一個扔進了嘴裡。李春燁見狀，嘟噥道：「真格是『蠢仔吃薑，有吃都香』！」

「你說什麼？」景翩翩聽不懂李春燁的方言俚語。

李春燁狡黠地笑了笑，正色說：「好啦！我是說：嘗一下就好！不敢多吃，多吃了不好！」

「為什麼？」景翩翩噘起嘴。「我還想吃嘛！」

「我也不知道，反正老人都這麼說。」

「老人說的就對嗎？」

「當然……當然不一定都對！老人還說，採銀杏有訣竅，用竹篾捆住樹根，過一夜，第二天只要用棍子敲打竹篾就行了！」

「笑話！」

「還有更可笑的呢！人們說銀杏樹也分雄雌。雌樹如果不會結果，只要取一小塊雄樹，釘進雌樹，用泥巴糊上，它就會開花結果了。」

「真的？」

「我哪知道！」

「那我們試一試！你看這些小樹，哪一棵是雄的，哪棵是雌的？」

「我哪認得出！」

他們順著溪流往外走，在兩邊懸崖如牆的巷子裡轉。轉著轉著，突然發現一頭山獐。那山獐像條壯狗，躺在地上，頭歪一邊，淌一灘血。景翩翩嚇了一跳，直往李春燁身邊躲。

「死的，別怕！」李春燁上前，提起山獐給景翩翩看。「我們可以美美吃幾餐了！」

李春燁還說，山獐特別多疑特別機靈。牠喝水的時候看到自己的影子都會驚跑，好獵手也難以打到。可是打傷了，牠就沒法機靈。這一帶石巷多，在上頭看起來像小水溝一樣，稍不小心就跳不過去，就摔下來。在石巷裡，人們經常可以撿到失足的山羊、野兔之類。

李春燁在溪邊剖開山獐，燒起火來烤，香味瀰漫。景翩翩從來沒吃過這種野味，胃口大開……肚子不餓了，可以走了，可是往哪裡走呢？回家，還是回巖穴？

李春燁主張再回巖穴過一夜，景翩翩也想再留但她又想回家。他不強求，由她拿主意。她左顧右盼，猶豫不決。他催她，說太陽快下山了。她說再等一下，讓她再想想。看她那麼為難，他突然想起孩提時代一種遊戲。他低頭尋了尋，尋到一叢莎草，摘了一根草莖，請她一起剝。

「什麼意思？」景翩翩不知所措。

莎草的莖，韭菜樣的，但是呈三角形。同時從兩頭撕開，它要麼呈「口」形狀，要麼呈「N」形狀。李春燁孩提時常用它來占卜，「口」形代表陰，「N」代表陽。現在，他還老返童，要景翩翩來玩這遊戲。他們約定，「口」形代表回家，「N」代表回穴。結果，一撕是「口」，她也有點失望，淡然嘆道：「你看，天意要我們回家呢！」

「不！」李春燁連忙說。「一次不算，何況這是我示範給妳看。」

一連三次，兩個「N」一個「口」，正中李春燁下懷。景翩翩笑道：「你有沒有搗什麼鬼啊！」

「妳不是看著嗎？」李春燁挽起景翩翩就走。「這才是天意啊！」

李春燁和景翩翩信馬游韁，沿著小溪漫步，走到哪兒天黑就在哪兒找個巖穴過夜。

這也是個無名之穴，看不出有人棲身過。洞中套洞，裡面有一股細小飛瀑奔下，遠遠可聞其聲。景翩翩一眼就看中，說：「就這裡吧，行嗎？」

「行！妳說哪兒就哪兒！」

一入洞，景翩翩直奔泉流，洗手洗臉，並說：「我要用天泉淨個身。」

「行啊！為什麼不行？」

「嗯……你不行過來！」

「我……可——以！」

景翩翩那光潔的胴體，映亮了整個巖穴，芬芳四溢……李春燁呆呆地坐在那裡，細心地辨著流瀑落在景翩翩玉體不同部位的響聲，努力想像她沐浴著天泉的樣子，控制不住內心越來越強烈的衝動。他大聲通告說：「三昧——，我也要洗！」

「等一下！」

李春燁等了一會兒，又叫道：「我要馬上洗！」

「我馬上就好！」

李春燁馬上衝了過去，緊抱了景翩翩一起淋。她抗議道：「你怎麼說話不算數啊！」

「我是說話算數，可是我的腳不聽話……」

一串串笑聲像空濛而飄的瀑霧，源源不斷地飛出……夜裡，下了一場小雨。第二天早上，雨停了，沒有霧，只有一些流嵐在丹巖綠樹間飄浮。李春燁和景翩翩並肩佇立在巖穴口上，欣賞那活起來的一座座山岩。景翩翩忽然嘆道：「整個山裡，只有我們兩個！」

「如果有人在山下，望上來，看到我們，一定會以為我們是天上雲間的仙人。」

「所以，你不想回去。」

「回去……回去我是什麼呢？我是兒子，是夫君，是父親，是爺爺……還剩多少是我自己？只有在這裡，我是我自己！」

38、「吻妳半個」

李春燁收到沈猶龍一封信。看了信才知道，他最近拜為右僉御史，巡撫福建。更讓李春燁感到突然的是，他說袁崇煥妻子鮑氏被流放三千里，送到福建。沈猶龍心裡敬仰袁崇煥，很想照顧一下鮑氏，但他對福建不了解。思來想去，還是想託付「聖賢才」老兄弟。在北方人眼中，福建是整日與蟲蛇為伍的瘴夷蠻荒之地，而泰寧在福建又屬窮鄉僻壤，送欽犯到這樣的地方，對朝廷說得過去。而實際上，泰寧有李春燁，還有江日彩的後人，她肯定能得到些照應。

李春燁閱了信，當即奔縣衙。現在知縣姓盧，對李春燁這樣的人物半是迴避，半是敬重。現在上門來，還是敬重有加，好茶相待。李春燁不亢不卑，連聲道謝。

一道茶畢，盧知縣主動詢問：「今天，日子好啊！怎麼得閒……」

「哦，是有點事。」李春燁直說。「聽說，袁崇煥之妻鮑氏，到我們泰寧了，可有此事？」

「有！有，有——，上月底……」

「上月底？好多天了，我怎麼不知道？」

「這種事，又不是什麼好事，不宜渲染……」

「現在哪裡?」

「寨下……金礦。大杉嶺那邊差不多了,現在人犯都送寨下。」

寨下不遠,比大杉嶺還近,可也是朝廷直接插手的地方。那金礦早在宋朝就開採了,後來廢棄,萬曆年間重開。為了多收稅,皇上向全國各地礦場專門派太監監督,所收的稅直接歸「內帑」。而金礦非同一般,從開採、運輸到加工一系列程序都要監督,又派兵監工。送到那裡做苦役的人犯,也就由兵部監管。只是不知那駐防把總是誰,更不知那把總肯否通融。

不管怎麼說,李春燁要去看望鮑氏。他想當即就走,又想邀景翩翩作伴。現在,他是真的迷上她了,只恨礙於人言。他現在才發現在外地的好處,沒什麼熟人,做些出格事也不用怕流言蜚語。當然,更好是當權,像唐玄宗,扒了灰,還公然要到身邊,誰敢說三道四?他現在是平民,又在家鄉,只能做些雞鳴狗盜的勾當。為此,他自責過,覺得對不起老弟,對不起妻妾,對不起老母,對不起子孫,也對不起鄉親,可是他禁不住她的誘惑。年輕時需要女人,往往只是受生理驅使,年紀大了則多半受心理驅使。而今李春燁渴求景翩翩,受著心理和生理的雙重驅使,開創了生命嶄新的輝煌!她昨天才回建寧,今天就又想。本來,他也準備克制一段時間。可是去看鮑氏,那一路景色不錯,怎麼能讓她錯過?

景翩翩倒是自由。那母老虎現在只是不許她進丁家門,巴不得她離去——最好是消失。李春儀丟不下生意,對她內疚得很。她本來就在青樓,雖然與其他妓女不一樣,可是也與男人打交道,沒什麼醋好吃。現在她是他的妾,因為怕他老婆找麻煩,她並不怎麼出門。她常去泰寧,那是因為五福堂。他感到她與李春燁有些曖昧,可是人嘛,哪個至純至潔?只要不過分就行!如果這也苛刻,豈不是要她的命?

因此，他時常還會鼓勵她：有興趣就到泰寧走走，不要悶在家裡悶出病來。現在，孩子大了，被關在丁家不讓出來，她更自由，也可以更放心。遺憾的只是路途遠了些，最趕也要一整天。

接到李春燁的信，景翩翩次日便到泰寧。她不便直接進福堂，先到梅子樓落腳。信發出後第三天開始，李春燁也每天傍晚到梅子樓走走，看看她是否到了。一見面，金風玉露。她突然問：「你信上說『吻妳半個』，什麼意思？」

「哦，我是想……」李春燁有點不好意思。「我是想，只要吻妳老是調皮地笑著的上唇就好了！」

晚上，李春燁自己還是回家住。第二天，僱了兩乘轎子去寨下。

城西一路丹巖翠林，除了丹霞巖、李家巖，還有芝巖、約巖、蓮巖等等，還有很多沒有名字的巖。如果小小巖穴也算的話，那一定比天上的星星還多。那些山石也千奇百怪，有的像貓有的像狗，有的像桃有的像梨，有的像槍有的像砲，有的像石鐘有的像天書，有的像仙有的像鬼，有的像彌勒佛有的像男人女人私處，世上有什麼那就有像什麼的。在芝巖崖壁上，摩刻著一首詩：「怪石都從天上生，活如神鬼伴人行。海之內外佳山水，到此難容再作聲。」

李春燁說：「妳也來一首，我幫妳刻在對面那巖壁上。」

「我剛才是有幾句。可是到此一看，真是難容再作聲了！」景翩翩笑道。「只怕我再也不敢寫山水了！」

「哦——，怎麼說？」李春燁一頭霧水。

「你想啊，崔顥到黃鶴樓，留下一詩『昔人已乘黃鶴去，此地空餘黃鶴樓。黃鶴一去不復返，白雲千載空悠悠。』李白看了這詩，覺得太好，只能嘆息『眼前有景道不得，崔顥題詩在上頭。』」景翩翩邊走邊說。「人家李白都不想與他人比高低，我一個小女子豈敢？」

景翩翩是個十足的女子。儘管她著了男裝，也掩飾不住風情。時值初夏，丹崖上不時出現一大片一大片金燦燦的花叢。那是萱草花，其間鶴立雞群般點綴著潔白的百合花。那萱草叢邊沿，還鑲著一簇簇翠綠的蘭草、龍鬚草或還魂草。景翩翩採了一些萱草花、百合花和叫不出名字的花，讓她的轎子頂上開遍各色鮮花，讓人一眼就知道裡頭坐的肯定是個比花更豔麗的女子……寨下金場在石塘邊上，駐防把總則駐在一個山谷。兩邊矮牆，中央開門，門邊木刻對聯云：「礦冶初開，鼓鑄金爐開宋代；財源首創，裕國利民遺至今」，對聯邊有兩個崗哨。門內兩旁是花圃，各色牡丹開得正旺。盡頭是一個巖穴，幾間房子在那裡面，不假片瓦，不患風雨。把總四十餘歲，一見李春燁的名帖寫著「賜進士出身、太子太保、兵部尚書協理京營戎政」的頭銜，立刻迎出。

雖然是在山野巖穴，廳堂卻布置得十分雅緻。每面牆壁上有字畫，下有花盆，每盆花跟每幅字一樣不盡相同。

「想像不出，這會是兵營！」李春燁由衷地讚道。

「不務正業！不務正業啊！」把總謙遜地笑笑。「我這人比較喜歡牡丹，可是泰寧偏偏沒有牡丹。那年回家，我就帶十株來，一赤、二白、三紫、四淺紅。現在遠不止十株了！」

「大人府上在哪裡？」景翩翩突然插話。本來，她著了男裝索性裝啞巴。今天，她看這把總好面熟，又聽他說喜歡牡丹，忍不住想問個究竟。

把總一愣，直辨景翩翩：「湖廣。」

「貴姓？」

「免貴，姓商……」

「商為舟？」

「是的是的！你是——」

景翩翩笑而不答。看商為舟真的認不出，便吟一詩：

曾是瓊樓第一仙，舊陪鶴駕禮諸天。
碧雲縹渺罡風惡，吹落紅塵三十年。

「景——翩翩！」商為舟終於認出。想當年，他慕名拜訪她，她不屑一顧，他寫了這詩，她才肯見。

「三昧！這些年，我經常想到妳，也找過妳，可是萬萬沒想到會在這裡見到妳！」

「不會吧！認都認不出，早不知把我忘哪兒去嘍！」

「怎麼會呢！是妳變太多了！當年，我總把妳看成不太懂事的小姑娘。女大十八變，變成現在……」

商為舟急了，拉著景翩翩的手到廳邊一幅字前。「妳看——，這幅字，隨我到過遼東，現在又到福建！」

那幅字是景翩翩當年送給商為舟的一首詩：

漢水自盈盈，男兒自遠征。
不知別後夢，底夜到宜城。

景翩翩一望，低首了，熱淚盈眶。

李春燁見狀，早不是滋味。他看了這詩，馬上想起在《散花詞》中讀過。這是〈襄陽踏銅蹄〉之一，還有〈襄陽踏銅蹄〉之二：

郎自襄陽人，慣飲襄陽酒。
未醉向郎言，郎醒應回首。

還有〈襄陽踏銅蹄〉之三：

駿馬蹋銅蹄，金羈豔隴西。
郎應重意氣，妾豈向人啼。

她還有其他好幾首以「郎」、「妾」相稱的詩！

景翩翩和商為舟站在那幅字前，面對面低低述說什麼，旁若無人。李春燁乾巴巴坐著，自行喝茶。他轉身望一眼他們，竟莫名其妙覺得他們很般配！他們英雄美人文武匹配，年歲相當，還有詩為媒。而且，他們過去就相愛，此時此刻還那麼難捨難分。而我呢？李春燁不敢多想，只覺得自己很不配，不該去纏她。她的未來該屬於商為舟！李春燁沒一點自信，沮喪極了。他悄然起身，踱出廳外、門外，佇立在巖邊，遠眺奇峰異嶂……景翩翩忽略李春燁了，只顧與商為舟敘舊，直到他問她為何而來，她才想起正事。他說：「袁將軍夫人的事，還用妳操心！」

商為舟馬上帶景翩翩和李春燁去見鮑氏。她在另一個山岩，那裡住的全是軍中女眷，而非女囚。她一身素服，一臉哀戚，又比以前更消瘦，李春燁一時認不出來。可是她一眼認出李春燁，立時奔出，泣不成聲：「未亡人拜見……」

李春燁連忙將鮑氏扶住，眼淚奪眶而出，但什麼話也說不出。

山谷右邊小山坡並列兩座大小一樣的新墳，一墓碑文「有明大將軍袁崇煥之墓」，另一墓碑文除了「有明布衣程本直之墓」，還有一行小字：「一對痴心人，兩條潑膽漢」，但都是衣冠塚。一行人上前祭拜，悲憤難言。

景翩翩知道袁崇煥，不知程本直，悄然問李春燁。李春燁說：「程本直只是個布衣，可是他為袁將軍仗義直言，一連四次進京抗疏，表示寧願與袁將軍同死，還說：『我不是為私情求死，是為公義求死。』」結果，崇禎皇上成全了他，讓他與袁將軍同死。商為舟則在這裡成全他，按他的遺願，葬於袁公之側，讓他目瞑九泉。

祭拜畢，一行人離開時，鮑氏忽然指著山谷正對面小坡一座墳塋說：「還有恩公在那裡。」

李春燁抬頭望去，見那墳並沒有什麼特殊之處。看樣子，那墳有些年分，但是被清掃得寸草不長。鮑氏說的恩公指誰？他一時想不出來。商為舟見他一臉狐疑，連忙提醒說：「江御史。你看那劍——」

「哦——，完素兄！」李春燁驚呼道，立即奔過去。

刻著努爾哈赤名字的長劍，跟香火一起直插江日彩墓碑前，經過多年日晒雨淋，已經生鏽，難怪李春燁剛才一時沒發現。現在他跪在這墳前，一拜二拜三拜，心裡說：「有了這把劍，老兄你可以安息了。可是，如果你看到元素老弟在這對面陪你著，你能瞑目嗎？」

李春燁禁不住老淚縱橫……

太陽偏西，得趕回縣城。李春燁一路想著景翩翩的詩：

窗前六出花，心與寒風折。
不是郎歸遲，郎處無冰雪。

還有：

西風吹衣，北風吹面。
郎既相迎，郎心未變。

還多呢！李春燁心痛了，不想了，刻意去看外面的山。那山又高又大，一座又一座，孤兀著，千百年紋絲不動。他想：人，為什麼這麼多變？

回梅子樓，李春燁與景翩翩共進晚餐。他總是悶悶不樂。她有點生氣：「我到底哪裡得罪你啦？」

李春燁內疚了，一把將景翩翩攬緊：「妳沒有得罪我！是我……我今天如果不帶妳去，那多好啊！」

「為什麼？」

「今天以前，我總以為真正的愛，最美的愛，像瀑流……」

「怎麼說？」

「像皇上與民女，像公主與窮書生，像天仙與牛郎，像年輕美貌的你與又老又醜的我……」

「唔……那麼今天呢？」

「今天……今天我突然覺得，妳更適合……更適合商將軍！」

「你覺得我跟他更親密？」

「嗯。」李春燁閉上雙眼，點了點頭。

「看來，我還不如她們！」景翩翩終於明白，傷心極了。她比較的是那種純粹做皮肉生意的妓女，她們什麼也沒留給男人。而她，儘管沒跟他們上床，卻留給太多了！

景翩翩留給李春燁的也太多了！他決心忘記她，不再邀她。她主動到來，只在家裡接待，當著妻妾的面，相敬如賓。然而，她一走，他又時不時想念。他常常莫名其妙地想起她的詩，想起她調皮地笑著的上唇，想起她那光亮的胴體……他不想想了，緊緊閉上雙眼，可還像是看著她笑盈盈往他懷裡撲來。他氣惱了，一把將《散花詞》扔了，撕了，又燒了，灰飛煙滅。可這是徒勞的，那些詩早在他心裡生根發芽了。他渴望親近她之時，便一首首默寫出來，裝訂成一冊新的《散花詞》……

39、接連大喪

李春燁的靈魂全屬於景翩翩，而景翩翩的靈魂並不全屬於李春燁，還屬於商為舟等等的男人，這遲遲的發現對李春燁打擊太大了。他消沉了，病倒了……屋漏偏逢連夜雨，病倒的李春燁再遭白髮送黑髮之痛。城南鬲嶺路修復之後這麼幾年，泰寧科舉風水依然不見好轉，連功臣李春燁次子李自樹也庇蔭不到。李自樹認為一再落第的原因在於所隱居的山岩風水不好，收了行囊，搬到鄒應龍當年隱居讀書的狀元巖。狀元巖像一彎新月深藏灌木叢中，又居於群山之巔，千山萬壑，奔來眼底，俯伏朝拜。巖穴不大，長十餘丈，深不盈丈，地面平坦，頂如覆鐘。洞沿一帶林木扶疏，日影橫斜，巖內一片清朗。傳說鄒應龍常在月下讀書，月光移動，他隨之移動桌椅，不知不覺移到巖穴之外，眼看就要墜落懸崖，粉身碎骨。這在生死關頭，守護在巖口的三個石伯公趕緊跑過去托住桌子的三個腳。久而久之，三個石伯公也受不了，央求說：「狀元公，我們的手都疲了，你早點歇息吧！」鄒應龍聽了，不好意思，把桌椅移回巖內，點起松明繼續讀書。那裡的石伯公保佑鄒應龍中了狀元，卻一點也不保佑李自樹。李自樹像鄒應龍那樣在月下苦讀，也不知不覺懸空移到巖外，石伯公卻不來相托，讓他摔下深淵，慘不忍睹。李春燁再沒有當年的雅量，傷心不已。他召集一家子孫訓話，不許再到野外讀書；能考則考，不能考就像春儀叔那樣經商也罷。

守寡的媳婦謝氏，連呂氏也勸過她改嫁，她死不肯。現在，她被人殺了。知縣很快破案，原來有個無賴與人通姦，被謝氏無意撞上，怕她說出去，想跟她也私通，以堵她的嘴，她不從。有一天，那無賴想強姦她，她拚死反抗，被扼死。

被孫子、孫媳暴死一刺激，鄒氏又一病不起。李春燁勉強起床，請遍城裡的郎中，眾口一詞：「回天乏術，還是趕緊準備後事吧！」

李春燁也信，也不信。信是因為看母親渾身上下老得沒一點生氣，不信是因為他想母親這輩子太慈善，而且父親積了好多德，老天爺一定會再讓她多活些日子。那麼，還有什麼良藥呢？

夢中有人指點李春燁：割股療親。這種事，李春燁在縣志上看過不少事例，也知道禮部早有規定：凡為人子臥冰割股的，不在旌揚表彰之列，可他並不是為了表彰。他不知道股肉究竟有沒有療效，但他知道胎盤有補。小時候，他身體虛，母親到處討胎盤給他吃。生弟弟李春儀，那胎盤也弄給他吃了。現在想來，很不是滋味。可是轉念一想，我身體一直很好，人家都說不像又矮又小的南方人，肯定有胎盤一份功。既然自古流傳割股療親，肯定有一些道理。當年吃了母親的肉，現在還給母親一點，公平得很。萬一有效而不為，那可要後悔一輩子。如果沒效，盡了全力，便可無愧。

怕家裡人阻攔，李春燁悄悄準備，只叫卓碧玉一人在書房門外等著，但沒告訴她什麼事。他虛掩上房門，一口氣喝了三大碗酒，操起利刃，捏起大腿上一小塊肉，一刀割下。不等對外喊「快過來」，疼得忍不住尖叫一聲。卓碧玉聞聲，破門而入。他一手拎著那小塊血淋淋的肉，一手丟下利刃，抓起一把香灰死捂噴著熱血的刀口，急切切說：「快，拿去燉藥！」

「赤仂！」卓碧玉唬得快哭，不知所措。

「少囉嗦！」李春燁把那小塊肉往卓碧玉手上塞。「別告訴我媽！」

卓碧玉親手往李春燁母親嘴裡餵了肉湯，那湯也流進她體內。然而，她迴光返照，只說一句「不用等你爸了」，便駕鶴而去。

鄒氏高齡九十多，真可謂「白喜事」，幾乎半城的人都湧來送葬，搶著吃飯。那稻米飯摻了黃豆，象徵著子孫興旺發達。人們吃了不算，還要盛一碗兩碗帶回家，要多沾沾這老人的福氣。身為子女的，本來也不必太悲傷。李春燁感到待母親於心無愧，還想到周莊妻死盆鼓而歌，並沒怎麼哭。同時為父親送葬，但他已失蹤幾十多年，在他心裡埋葬過無數次，也無多悲傷。然而，妻子江氏悄悄告訴他：幫他老母親穿壽衣才發現，她貼身的內衣還是嫁衣。他一聽，怔了半天，突然大哭起來，哭得垂胸頓足。那裡不忠，成為閹黨，這裡又不孝，讓母親一件新內衣都沒添過，我成什麼人了？那裡逛妓院一次又一次，蓋福堂一幢又一幢，隨便省一點也能讓母親穿得光光鮮鮮啊！可是我居然不知道，幾十年一點都不知道。現在知道，她卻不需要，贖罪的機會都沒有了……李春燁哭得昏天暗地。讓兒子一邊一個攙扶著跪拜，從靈堂一路跪拜著哭到父母合葬墳前。途中，孝帽耳邊的棉花丟了一朵，飄到路邊草叢，李春燁要自己去撿。那叢中還有小灌木，要撿一小朵棉花顯然不容易。何況這小朵棉花只是象徵，意指被棉花塞了耳，才讓大人去逝了。可是李春燁想，他豈止耳塞一時啊，母親幾十年沒添新內衣都不知道……他堅持要自己去撿，精神恍惚，跌了一跤，腿上沒痊癒的傷口被刺破出血，止都止不住……李春燁也一病不起。原來病輕的時候，他會自己上街看病取藥。現在起不來，只能請郎中上門，由兒子去取，妻妾燉了端到床前。李春燁不知怎麼突然想到泰昌皇上，死活不肯吃藥。泰昌皇上沒福分，登基沒幾日就病倒，御藥房進大黃，被瀉掉半條命。再進的藥是「紅丸」，名字好聽，可那是什麼亂七八糟的東西啊！紅丸是由紅鉛、秋石、人乳、辰砂炮製而成的，而紅鉛其實是婦人的經水。結果，第二天就一命嗚呼。李春燁倒不是怕死，人反正有一死。他怕的是受那份罪，吃什麼紅鉛！那些郎中，皇上都敢給他吃，對我還不會啊？他怕了，怕家裡人瞞著他，橫豎不吃，讓命硬頂著，頂得到什麼時候算什麼時候。

景翩翩常來看望李春燁，但他再沒有以前那種激情。她寫〈安東平〉贈他：

郎心不窮，報以溫語。

既郎此情，勝多多許。

可他認為是給別的男人的。她明確寫《寄二白》：

明神在右，明月在天。

神願鑑止，與月長圓。

他還認為是騙他，滿腔幽怨……

李春燁奄奄一息。家裡人將李春儀召來，他只帶景翩翩。李春燁已經昏死幾日，十一月初三丑時，突然睜開眼來，逡巡滿房間的親人。他跟妻妾、弟弟等人一個個點頭，但看到曾經是長媳現在算女兒的呂氏時，他瞪了一眼，似乎心裡還有恨。看到景翩翩時，他笑了。她忍不住跪到床前，聲淚俱下：「二白！」

「三昧——，長長的美人！」李春燁又笑了笑，想掙扎起來，被江氏捂住。「莫哭！我要去找媽媽了！」

眾人聽李春燁和景翩翩突然以「二白」、「三昧」相稱，面面相覷……「真的莫哭哩！」李春燁又想坐起，但還是坐不起來。「有道是『殺戳眼中皆名士，幾人安穩到黃泉』？而今，我安穩到了，何不慶幸？」

「別說了，好好休息一下。」景翩翩抹著淚勸道。

「想我李春燁這輩子，雖然位及尚書，官至從一品，高居人上，卻沒有多少高興事。」李春燁比平素還清醒地說。「人生三不朽，大上立德，其次立功，再次立言。我以葉狀元為戒，一生謹慎，不事貪婪，不想遇魏閹，壞了名節，不如完素。我一世勤勉，盡效皇上，雖有褒揚，卻無大功，只能寄希望於死後如景初（即鄒應龍）顯靈禦敵了。我也敏而好學，金榜題名，卻囿於八股，無一句好文，不如妳三昧……」

「別說了，二白！」景翩翩雙手握住李春燁的一隻手，嚎啕大哭。「你的詩已經不錯了……」

「我知道。我的詩，和我的疏奏一樣，流傳不下去。」在滿房間的哭泣中，李春燁張開拳頭，緊緊拽住景翩翩那充滿溫暖的小手。「我這一生，能留下去的，只有這福堂。福堂，也是妳的。你們，好好愛護——」

李春燁還囑咐江氏、卓碧玉和李自槐等人，要善待景翩翩。想了想，又囑咐要照顧江日彩、袁崇煥的遺孀，特別要求過年過節一定要去看望。交代完這些，李春燁又對景翩翩說：「莫哭了。唸唸妳的詩吧！」

景翩翩聽了，更覺得傷心。她一手繼續讓李春燁握著，一手輕抵著唇，以防哭出來。她低吟道：

碧玉參差簇紫英，當年剩有國香名。
風前漫結幽人佩，澧浦春深寄未成。

話音未落，景翩翩覺得李春燁突然鬆開她那充滿柔情的紅酥小手。抬頭一看，發現他平靜地嚥了氣。

人們替李春燁手裡塞上還魂草。等了三天，他並沒有還魂，在黃泉路上不回首。

移出李春燁的屍體才發現，他枕下壓著一冊默寫出來的《散花詞》。讓景翩翩驚詫的是，這冊詩稿後半部分選錄他自己寫的二十餘首詩，其中大都是表達對她的思念，而且直抒胸意：

山映簾櫳水映窗，吟詩人在灘溪畔。
年年三月梨花雨，門掩東風不見雙。

景翩翩讀著，淚如雨下，詩稿溼透了一行行，一頁頁。她將這冊《散花吟》拆開，把李春燁寫的那些頁給自己，剩下的她親手放入他棺中枕下。

李春燁的靈柩暫停在城南。其妻江氏好像怕他等太久似的，第三年無疾而終。

李自槐兄弟擇了吉日，將父母合葬於杉溪長灘仙人石，背靠李春燁當年讀書的天臺巖。山緊臨著河，遠望而去像大佛端坐，墓就在這佛的肚臍眼上。這山原屬龔姓，李自槐幾個兄弟看這風水好，就高價買下，葬了父母。李自槐還賦詩曰：「巍然聳峙一峰巒，氣象尊嚴體自端。左右包羅旗鼓勢，後先簇擁珠露團。長江淨浪飄銀帶，萬派明砂轉玉盤。好個觀音尊大座，兒孫世代出高官。」

李自槐兄弟把墓做得很大，雕欄玉砌，石亭華表，還從河邊砌一條石階直上，花了幾年功夫，蔚為壯觀。

40、血濺「尚書第」

李春燁墓成第二年，五福堂就面臨血光之災。朱氏子孫為皇太無道，而北方太窮，人們看那些皇親國戚的真面目又太多，早盼著改朝換代。想當年「靖康之難」，新皇上是本朱家的叔子，還有那麼多文臣武將寧願一個家族一個家族地死去，也要抗爭。可是現在，面對李自成、張獻忠等人造反，卻沒幾個文官武將願意替他們賣命，紛紛開啟城門迎接農民軍。眾叛親離，崇禎皇上成了孤寡老人，只得上吊，讓李自成稱帝。然而，人們很快發現，李氏王朝並不比朱氏王朝好到哪裡去，於是寧願把希望寄託在異族人身上。這時，山海關總兵吳三桂為農民軍虜了他的秦淮名妓陳圓圓怒髮衝冠，大開關門，邀請後金大軍入關來趕殺李自成。事畢，後金不肯回關內，在北京賴下來，坐上漢人的皇位，改國號為大清，改年號為順治。然後，像一群瘋狂的野馬，一路南下。

南方是富庶的。人們以為這裡的群山在嚴冬仍然充滿生機也是皇上恩澤的結果，倒是頑強抵抗入侵的異族。大明皇子在南京建國後明，又在福州建國南明。南明的聖旨三天兩天下，前天加派軍餉，昨天為新皇上選美，今天又要採伐大杉嶺的「蓋江木」蓋新的皇宮，好像大明真能夠妙手回春，千秋萬代一樣。

在這到處恐慌的日子裡，李春儀船毀人亡於蘆庵灘。他早準備好回泰寧李家，無奈兒子不爭氣，屢試不第。兒子沒出息，他覺得沒臉回家。沒想到突然會出意外。人死了還罷，一了百了，活著的景翩翩可難熬。還在守七，母老虎就發難。

那馬正昆聽說李春儀死了，特地到建昌又弄一對雙雙鳥，趕到建寧，找到景翩翩，說現在可以真的娶她。景翩翩不見還罷，一見他新仇舊恨一湧而起，破口大罵。馬正昆不死心，在客棧落下腳，日日到她門口求見。他常常想起那些纏綿的日子，懷戀不已，後悔不已。當時，有那麼多機會，還靈機一動把她引到了泰寧，居然沒有利用。他後悔太貪財、太膽小、太聽話！太聽李春儀的話，還太聽她的話，沒能先下手為強，索性帶了她遠走高飛。他腸子都悔青了，現在跪在她腳邊，哭著求她現在跟他走。她不為所動，趕他出門。他背頂住門，死不肯走。她氣得直跺腳，一氣之下將他提來的雙雙鳥從窗戶扔出去，要他死了這條心。不想這鳥籠驚動了外面的人，又很快驚動丁家那隻母老虎。母老虎帶人衝進來，將景翩翩和馬正昆雙雙綁到縣衙，告景翩翩在丈夫屍骨未寒之時就與他人通姦。那知縣正忙著應付驚天動地的國事，但對這種大逆不道、傷風敗俗的民事，有告來了，不能不究。不容申辯，就判令將二人各打三十板，逐出縣境，景翩翩的兒子和財產均歸丁家。這判決雖然冤枉，但倒是有些暗合景翩翩的心意。她直奔泰寧，下榻梅子樓，約來江復和商為舟，訴說遭遇，指望他們能收留。

景翩翩雖然年近四十，但氣質很好，仍然出眾。江復原來忙於求功名，尚未考慮納妾。對景翩翩，他愛慕她的美貌，仰慕她的文才，但根本沒往娶她的方面想。偏偏她來得又不是時候。大敵當前，知縣跑了，商為舟率軍入城，一心撲在抗敵上。江復更無心讀書了，也全心轉到守城方面。江日彩在泰寧名聲極好，一死就被迎入鄉賢祠。他兩個兒子享受他的名望，在滿城青壯年中一呼百應。貧者守堆，富者給食，全城百姓都動員起來。但他們兄弟在迎敵問題上產生分歧，江豫認為要守石輞寨，江復認為要守縣城，誰也說服不了誰，眾人也爭執不下，結果只好各領一群人分守兩地。江復向商為舟建議，招請治匠築大砲於城牆上，用鐵皮包裹城門，並要求所有進城的人都要攜帶一塊石頭。商為舟採納他的建議，不分日夜在城門上轉，指揮人們將帶來的石塊堆在城堆上，嚴防敵人偷襲。現在景翩翩來了，商為舟只能託江復中午、晚上回家時拐到梅子樓照料她。

江復寫了題為〈聞國變〉的詩：「苦擬捐軀報主恩，首陽高餓果能誰？英雄無可奈何處，白盡頭顱只自憎。」

景翩翩看了，油然起敬，直誇說：「字字忠烈，句句義勇！」

「我家世受國恩。我雖然只是稟生，也要盡人臣之禮，才能無愧於先人！」江復紅著兩眼說。「我捐軀後，請妳別忘了在我墓碑上加『明故』二字！」

「你怎麼盡往壞處想啊！」

「不是我愛往壞處想！妳想啊，他們已經橫掃了大半天下，以我等縛雞之力，能敵擋什麼？」

「明知不可為，為什麼還要抵抗？」

「只是盡忠而已，不能辱沒我祖輩！」

在梅子樓住了幾日，景翩翩傷勢基本康復。江復建議她住到福堂，李家人歡喜，她也欣然。儘管李春熚、李春儀都不在了，卓碧玉把她當妯娌看待，而且還是個漂亮的才女。兩個人性情又相近，相處如姐妹。卓碧玉早年就在官宦之家待過，也讀了些詩書，畫得一手好畫，與她更多交流。她們一起讀李春燁的遺稿，一起訴說女人的苦命。景翩翩寫道：

夢境還堪憶，虹橋的可疑。
豈因填鵲至，重與牽牛期。
落月穿帷淨，悽風入夜悲。
無端角枕上，薄命訴蛾眉。

卓碧玉重吟一句「無端角枕上，薄命訴蛾眉」，潸然淚下……現在這個家，全由卓碧玉打理。在這兵荒馬亂，山雨欲來的歲月，她絲毫不敢鬆懈。為防火災，她把每一幢房子裡的屏風香漏都換上刻漏。每天晚上，她要將福堂五幢巡個遍才能上床。而景翩翩總要看些書，常常要等卓碧玉催了才歇息。一天晚上，差不多子時，本來就比平時遲些，可是景翩翩房間的油燈還亮著。卓碧玉和氣地提醒說：「三昧，該睡了！」

不想，景翩翩沒應。再叫，還是沒應。卓碧玉急了，敲幾下門也沒應，「三句半」脾氣發作，用腳直踢。景翩翩還沒脫衣，只是打盹，慌忙開門，驚問：「怎麼啦？」

「怎麼啦，問妳啊！」卓碧玉厲聲斥責。「睡覺也不熄燈！」

「我沒有睡！我……」景翩翩辯道。

「還沒有！燈還點著，被老鼠弄翻，起火了怎麼辦？燒了房子妳不心疼我心疼！」

景翩翩知錯了，一邊流淚一邊說：「我以後一定小心！」

卓碧玉到底是北方性子。第二天一早，她找景翩翩賠禮。她說：「我心裡只想著房子，有氣就發，妳要體諒我！」

「我理解！大姐妳沒錯，是要怪我！」景翩翩內疚說。「我還記得，二白特地囑咐，要好好愛護這房子。」

誠惶誠恐的日子裡，凶兆迭出。正月十五，月色如血，泰寧城內外人皆聞鬼哭。入春，慧星見西方。入夏，水南楊家紅梅大放。入伏，天氣異常之熱，一個多月不見滴雨，小河全枯，山裡人得遠行到大河裡挑水喝。正烈日炎炎著，突然烏雲密布，雷聲大作，狂風將大樹連根拔起，好像要把人間所有東西捲上天一樣……「大姐，怎麼辦？」景翩翩將兩個小孫女緊緊摟在懷裡，驚慌失措。

卓氏兩眼緊緊盯著窗外，以便一發現什麼危險就能及時採取相應措施。她經歷過王恭廠大爆炸，與那比起來這點風雨算不了什麼。她鎮定地說：「別怕，沒什麼事！這是颱風。在沿海是可怕，到我們這裡，被一道又一道高山擋了，再大也大不到哪裡去！」

狂風暴雨一過，天又大熱起來，晒得地上發燙。

就在這酷暑難當之際，朱口朱石崖又連鳴三日，連傻瓜也感到天災人禍臨頭了！一代又一代傳說，朱石大鳴，那是石伯公警告。這時，忽然有個麻子道姑到朱口街，唱曰：「小道姑，下山來，手拿盂鼓上長街。不化錢，不化米，只化一碗清淨齋。富貴多煩惱，貧賤有錢財；日月光天少，山河清色來。翻翻覆覆，覆覆翻翻。太平未曾見，處處受苦災。水益深，火益熱，無處可安排。快回首，快上山。禮拜祖師步天臺。念些經，吃些齋，何等自在。」何等異人，說得如此之明白？有人將信將疑，黃昏時暗暗跟隨，只見小道姑走進朱石崖一個巖穴，再不見人影——原來是石伯公化身啊！人們深信不疑了，紛紛躲進石輞寨。

不日，清兵果然進軍泰寧。清軍總兵李成棟，原是李自成部將，後降明。去年，他又降清，當即率軍南下，製造了殘絕人寰的「嘉定三屠」，然後繼續南下，從邵武到泰寧。泰寧的東門戶朱口，鎮上就有上千戶人家。那些不信石伯公警告的人一聽屠魔李成棟來，不再猶豫，連夜躲進石輞寨。

石輞寨方圓數十里，四周懸崖絕壁，只要五個寨門一關，就是一座天然城堡。又寨中有寨，都是飛鳥罕至之地。宋時，農民軍曾經在這裡與官軍周旋了二十來年。元初，又有義軍在這裡抵抗元軍幾十年。元軍採取圍困的策略，想把義軍餓死在寨上。不想，義軍竟然扔下一把把禾苗。看來，上面還有田呢，餓不死他們，元軍只好撤退。其實，那是他們用最後一些穀子育的秧，以智取勝。因此，江豫堅持在這裡與清軍對抗，四鄉的百姓聞風而至，朱口留給李成棟的幾乎是個空鎮。李成棟大怒，舉目四顧，一眼望見河對面碩大無朋的朱石崖邊上有關隘，還有萬頭鑽動，馬上下令強攻……

李成棟大軍到朱口的消息，很快傳到泰寧城裡。朱口離縣城只有三十里地，可是久久沒有進一步的消息。是江豫他們把李成棟打潰了嗎？不可能。江豫他們畢竟都是平民，與宋時的農民軍和元初的義軍不一樣。那麼，是李成棟他們攻進寨裡了嗎？也不太可能。如果攻克了，他們會馬上轉戰城裡。這麼說，是江豫把他們拖住了。商為舟一直守在城頭，兩眼死盯著東路，兩三個時辰一言不發，想到這裡突然擊節叫好：「有石伯公保佑，沒事！」

江復一直在商為舟身邊，濃眉緊鎖，這時連忙建議：「我們殺出去，裡應外合，把他們收拾掉！」

「吱——，不可！不可亂來！」商為舟說。「你兄長能抵擋一下，只憑寨險，一夫當道，萬夫莫過。真正廝殺，根本不是對手。我們一樣，踞著高城也許能擋一陣，一旦出城，就是送死。當時，袁崇煥能抵擋他們幾年，就是這個道理。」

城裡的軍民日夜守在城頭，時刻注意著東路的動靜。可是，除了鳥兒一群群從那邊驚飛而來，沒半個人影。他們不知道將等來什麼，只知道必須等待著，耐心地等待著……第三天天亮時分，有人發現城牆下的河水變紅。石輞寨有兩條小河，一條是將溪，一條是上清溪，都流入杉溪，流經泰寧城。這麼說，這河裡的紅水是血水！這麼說，石伯公也擋不住清兵，石輞寨已經變成一個大屠場……商為舟不敢多想了，隨即大聲下令：「快——，快撤——！」

「不——，我們可以守！」江復叫道。

「別傻了，我們的城牆絕不比懸崖牢靠！」

「我們不怕死！」

「我沒說你怕死！可是城中還有那麼多百姓，你想讓他們都跟著你死嗎？」

「那……那我留下，你帶他們走！」

「別跟我爭了，我知道怎麼對付他們！你多帶些男人出去，以後見機行事。」接著，商為舟向士兵下令，馬上把城上的大砲退下，連同軍器庫、火藥庫裡的裝備盡量帶走，並把營房燒掉。

商為舟所知道的是，毒蛇猛獸一般不主動傷人。官兵像毒蛇猛獸，他們只想奴馭百姓，你不去惹他們，他們一般不會殺你，相反還要裝出一副仁義道德的嘴臉。這是他突然悟到的。因此，他把江復他們安排撤退，自己繼續等李成棟。

不多時，李成棟率大軍至泰寧城下，只見城門洞開，商為舟冠服端坐城樓上喝茶，陶醉地吟著景翩翩的詩。射上幾箭，也不驚不慌。見此情形，虎背熊腰、渾身金甲的李成棟倒是慌了：不會是孔明空城計吧？

李成棟派幾個士兵上橋，直到城門口，對方也沒一點動靜。他看了看身邊的士兵，他們一個個張弓欲發，城頭上只要有一個士兵露出臉來，立刻就會有成千上萬的箭飛射而去，便冷靜下來。既是如此，不能丟面子。他命人搬上一罈酒。河岸有一棵古木，碩大的枝向河心橫生出來。他走到這樹的濃蔭之下，席地而坐橋上，自飲起來，顯得比商為舟還悠雅……太陽就要下山了，城上天空血紅一片。李成棟畢竟心虛又心急，忍不住發話：「古人云，識時務者為俊傑。大清從天邊的東北一路南下，只有一句話：想想袁崇煥挨那三千五百四十三刀吧！想想那三千五百四十三刀，洪承疇想開了，吳三桂想開了，我李承棟也想開了，那麼你呢？」

「你如果想進來就進來，我絕不投降。」商為舟淡然回應說。

「你的兵卒在哪裡？」

「在河裡。」

河水更紅了，還漂著一些屍首。河中飄起血腥味，令人窒息。李成棟望了望河面，一腳將那酒罈踢下河，又一刀斬斷橋上一根欄杆，一邊派一些士兵進城，一邊繼續問商為舟：「你也想下河嗎？」

「負國不忠，辱先不孝。」商為舟冷冷地笑了笑。「忠孝兩虧，生又如何？」

士兵進城沒有發現一個士兵，只抓下一個商為舟，趕來一些百姓。李成棟審問：「那麼，軍餉在何處？」

商為舟說：「有餉即戰，何至於此？」

「我們出錢！」李自槐不愧做了江日彩的女婿，這時突然擠到人前，響亮地對李成棟說。「求大人放了我們把總，我願意領薪水餉。」

其他兩三個人連忙附和，也表示願意出錢領薪水，請求清兵放了商為舟。

「既是這樣，我可以成全你們。」李成棟對眾人宣講。「太祖有日『人生之名，勝於殺人。』我們是仁義之師，寬大為懷，解民倒懸，並不想……」

「不！」商為舟突然從李成棟腰間奪過刀，飛快自刎。「我不能連累……父老……鄉……親……」

清兵進駐泰寧城，總體算是平靜，只死三個人。除了商為舟，還有一人自盡。江復組織撤退時，鑄鍋匠吳興綏要攜家小走，其妻蔡氏不肯，說：「你們快走吧，再拖就來不及！再拖下去，全家人被抓，不是更糟嗎？我一個女人家，小腳小步的，能跑到哪裡去？不要連累你們，你們快走吧！」吳興綏不忍心丟下妻子，硬要拉她一起走。蔡氏嘆了嘆，說：「好吧，我跟你們走！我渴了，先喝口水！」她轉身回廚房，解下裹腳布自縊。被殺是因為不肯剃髮。當時，商為舟自刎，清兵想見好就收，宣布只要肯剃髮表示歸順清朝，大家就可以相安無事。沒人出面表態，李成棟便要求不肯剃髮的向前走一步。沒想到，真有一人上前，那是個老朽的秀才。他抑揚頓挫說：「身體髮膚，受之父母，豈敢毀傷？」李成棟冷笑一聲，親自將他一刀劈了，那人頭在地上滾了幾滾，眼睛還睜了幾睜才閉上。李成棟高聲宣布：「還有誰不肯剃的，快上來！」沒人再上前……泰寧也改朝換代了，衙前八字牆上那對聯「大明千秋千秋千千秋，吾皇萬歲萬歲萬萬歲」只改換一個字，即「明」改為「清」，貼聖諭的地方變成新知縣釋出的告示：前朝官兵，只要三天內自首，一律不究；否則，嚴懲不貸，匿藏者同罪。布告一出，陸續有人從各鄉進城自首，剃完髮回家。

李春燁生前那好友傅冠，命運多桀。他官至禮部尚書兼東閣大學士，不小心批錯一張疏奏，惶恐引罪，放歸鄉里。等到南明小朝廷召回，以原官督師江西。他有個毛病：嗜酒。率軍至邵武時，從外地逃回泰寧的江亨龍聞訊，上門拜訪，希望能替他封個高官。他不僅擺酒宴，還請了歌妓助興。他喝了酒，性情更為豪放，無腔短曲，以手作板，開喉便唱。結果引起公憤：國難當頭，還縱酒作樂！為此彈劾，又讓他致仕。回家時，取道泰寧，到江亨龍家小住兩日。正在這時，清兵到了，將他堵在江亨龍的家城郊大馬絮。本來，江亨龍對他敬重有加。現在，看了新知縣的布告，他怕了，連忙編個藉口說：「有人告發了恩師，此非久留之地！」

「鼠子齧肉，所得幾何？」傅冠道。「以死報國，我心已決。」

傅冠馬上要自縊。江亨龍慌了：「恩師死則已，學生如何？」

傅冠怕連累江亨龍，只得同意自首。進城途中，正要上朝京橋時，他突然說：「此一去，必永訣，何不一醉方休？」

傅冠當即入坐橋邊酒店，開懷暢飲。不多時，他又想，落入清兵，必遭侮辱，不如就此了結。於是，他決定在此投河。

江亭龍嚇壞了，連忙招呼店主幫忙將傳冠捆了。店主不忍心，江亭龍說：「他反正要死，你不怕清兵把你家殺個精光嗎？」

店主也怕起來，馬上配合。傳冠掙扎，但他已經半醉。進了城，望見縣衙大門時才全然清醒，可是已經遲了，被捆得太死。他只能用俚語大罵一聲江亭龍「砍水口柴賣」，往街邊狠跺一腳……李成棟見泰寧城裡沒什麼太大異常，補充了糧餉，留下百餘兵卒，第三天就率大軍繼續南下建寧、寧化，急於赴汀州直取唐王，覆沒南明小朝廷。因為原來的營房被燒了，留下的清兵便駐進寬敞的五福堂和世德堂。卓碧玉和景翩翩帶家裡人擠到子孝堂，騰出四幢給清兵。

為了攏絡人心，新知縣嚴禁清兵騷擾百姓，還要求店鋪照常開張，該出城做農活什麼的也讓出城。不過，為了防止前朝殘兵餘勇滋事，新縣衙製作了通行牌，由士兵把關。如果不是從石輞寨不斷傳出恐怖的故事，留在泰寧城裡的人真會以為清兵是仁義之師，解民倒懸。陸續有些人從石輞寨死裡逃生，點點滴滴傳述著那昏天暗地的大屠殺。女人怕受辱失節，多半是自盡。有的解裹腳布掛枝，有的剪髮結環，更多是直接投崖。有的自己跳，有的抱了孩子跳，有的婆媳姑嫂七八個人結成串一起跳。有的女人從南面跳下，彈到北面懸崖，又彈回南面懸崖，如此幾回，落入谷底時像個摔破的西瓜，碎灑大片地方，又染紅大片地方。城裡的人看著那流淌了幾日還血汙的河水，嗅著仍然從遠方飄來的腥風，恐懼極了……子孝堂裡靜悄悄的。晚上還很熱，可是沒人敢出門納涼，大人和小孩都早早上床，生怕不小心驚動一牆之隔的臥虎。景翩翩無法早睡，仍然要看書。李自槐一反常態，坐立不安，隔一會兒就出門到廳上看一次刻漏，門開門關聲音再小也讓景翩翩入耳入腦。她很想出門問問怎麼回事，又想男人的事女人不便過多關心。不想，他突然來敲她的門。

李自槐說了一樁駭人的事。他說，那天撤出去的軍民，大都集中在虎頭寨，成立義軍，梅口一帶又有人參加。現在他們有三百多人，準備攻城。她擔心地問：「攻得了嗎？」

李自槐問：「妳害怕是嗎？」

景翩翩從懷中取出剪刀，說：「我隨時準備著哩！」

李自槐進而告訴景翩翩：他們想出一計，讓義軍悄悄換上出城農民的通行牌，每天一兩個，神不知鬼不覺，已經進來好多人。剛吃晚飯的時候，江復偷偷溜進來，派給他一個任務，要他在家守著刻漏，子時悄悄溜到父義堂放把火，發一個訊號，城外的就會進攻，城內有的去開城門，有的去堵世德堂，有的來堵五福堂，包括來救妳們。這樣的方案，敵人做夢都想不到，措手不及，我們一定能趁亂取勝。他答應了，怕睡過頭，所以經常出來看一下。他說：「我先給妳通個氣。到時候，妳如果還沒睡，不要驚慌，我們自有安排。」

景翩翩卻想到另一個大問題：「那樣一來，父義堂不是會燒掉嗎？」

「是啊，有什麼辦法呢？」

「你捨得嗎？」

「國難當頭，小家還有什麼捨得捨不得？」

景翩翩抬頭看了看李自槐那堅毅的神情，無話可說。他也不知道再說什麼好。她只得說：「那就早點歇息吧！」

「我不能睡！萬一誤了時辰怎麼辦？我不能上床，也不能看書，就暗摸摸坐著……」

「要不然這樣吧，你先睡，我來守刻漏。我反正睡不著，到時候叫你，你放心！」

這樣，李自槐當然放心。他最後交代說：「注意！妳不要怕，不要慌張！我們都安排妥了，妳不必太緊張！」

李自槐憨憨地回自己房間睡覺去了，景翩翩心裡還是不安。這不光是一個攻城的問題。這是燒五福堂啊！而李春燁在迴光返照的時候還交代說：「我這一生，能留下去的，只有這福堂。福堂，也是妳的。你們，好好愛護。」現在，怎麼能自己燒了它呢？難道，沒有其他辦法嗎？

景翩翩呆呆地想了很久，想不出個好辦法。李自槐那裡，她感到沒有商量的餘地，不然當時就說了。想找江復另想辦法，可是又不知到哪裡去找他，也不知還有誰是義軍。眼看著刻漏一層層淺下去，她越來越急。可是光急沒用，辦法急不出來。她感到不能再拖了，馬上到卓碧玉房間，把她叫醒。

卓碧玉一聽，嚇了一跳。這福堂上上下下的浮雕，還是她親手畫出來的啊！她更不肯毀。可是，反清復明，她也感到責無旁貸。那麼，怎樣才能兩全齊美呢？

兩個腦袋總比一個強。兩個女人商定：不燒五福堂，而燒附近的三賢祠，照樣發訊號給城裡城外義軍！照樣讓敵人驚慌失措！照樣讓義軍把他們堵在五福堂和世德堂！

亥時，兩個女人改著男裝，開始行動。她們一起潛至三賢祠，一起點火摺子，又一起跑回福堂。火焰衝騰起來，城裡城外的義軍立即分頭行動，五福堂和世德堂的清兵果然亂成一團……

然而，卓碧玉是三寸金蓮，景翩翩得攙著她，兩個人都跑不快，而三賢祠離五福堂又有數百步之遙，她們剛跑到五福堂南門口，就與幾個衝出來的清兵遭遇，只好掏剪刀拚命。結果，沒傷敵人丁點皮肉，兩個人就做了刀下鬼，兩股滾燙的鮮血直往福堂門楣「尚書第」三個大紅字上噴射……

差不多與此同時，江復和他的戰友潛伏到福堂，只等李自槐行動。久等不見裡頭有動靜，卻看到南方不遠處有火光，心想可能是什麼意外小事，還是照原計畫在此等候。又耐心等了片刻，不遠處有砲響，還不見裡面的火光，這才想肯定是計畫有變，連忙往來路北門趕去。而這時，景翩翩和卓碧玉正跑到南門。戰鬥分別在五福堂、世德堂和城門內外打響。城門上下，敵人可是有戒備的。早在三賢祠起火前把個時辰，兵卒發現城外不遠處有火光時隱時現，就懷疑是義軍偷襲，就想開砲，後來判定是鬼火。等真有敵情，他們及時發現，先發制人，殺完城門內側的義軍，全力對外。敵人雖然兵力不多，又被奇襲，可是占據要勢，而江復原來準備在城牆上用來對付敵人的石塊，這時候反過來對付義軍，義軍的雲梯根本靠不了城牆。好在五福堂和世德堂的敵人鬆懈了，讓義軍占了便宜，迅速過來增援……

天亮了，義軍勝利了！江復、李自槐等人四處尋找景翩翩和卓碧玉，不意發現她們已喋血五福堂南門。他們將卓碧玉安葬到李家墓地，而將景翩翩與商為舟安葬在鬻坳湖一塊公眾墓地，碑文分別寫著「大明詩人景翩翩之墓」、「大明將軍商為舟之墓」。

李成棟好不容易攻下汀州，卻傳來丟失泰寧城的消息，非常惱火，立斬唐王，反撲回來。在他的大軍面前，江復的義軍很快全軍覆滅。但李成棟覺得不解恨，又將城外水南街、金富街和前坊街燒成一片焦土，將城裡老少殺了近半，只是不知為什麼放過了與他同姓的李春燁的五福堂。

尾聲

41、詩妓墓今何在

景翩翩在天之靈，無拘無束與李春燁在一起。他們常回人間轉轉，到最多還是泰寧。翠綠與硃紅交織著的丹霞地貌，從福建崇安開始，經邵武、泰寧等地，長長地向廣東蜿蜒而去，在天國看來，比長城壯麗多了。泰寧靜靜地座落在這條彩色長城的東側，像漁網一樣密布著無數的盆地。大盆地分布著大城鎮，小盆地分布著小村莊。每一個盆地都似曾相似，而又別具一格，五里不同風，十里不同俗，相鄰鄉鎮話語也不盡相同，景象萬千。何況，這裡的丹巖滲透著他們的血與淚，這裡的碧水流淌著他們的愛與恨。

景翩翩噴灑在五福堂南門「尚書第」三個大紅字上的血跡漸漸被時光滌蕩，卻越來越多人知道她的真實身分。明末清初，大才子錢謙益編纂《列朝詩集》，有八不取，一不取元老大集，二不取道學體面，三不取遙和，四不取摹擬，五不取剽賊，六不取僻澀，七不取平調，八不取俗套，卻一口氣取了景翩翩詩作五十二首。景翩翩的詩不脛而走，名滿天下。在人們飯後茶餘閒談中，丁家後裔感到壓力越來越大，便於康熙年間將她的墓遷回建寧黃舟坊水月觀旁，讓當地文人士子憑弔，似乎也榮宗耀祖。

景翩翩玉殞香未消，一代又一代文人墨客著迷而來。人們在憑弔景翩翩之餘，每每要詛咒幾句丁長發（李春儀）。這樣，丁家後裔的榮耀感也就漸漸地變為恥辱感。於是，趁著風高夜黑，又將她的墓悄悄遷到誰也不知道的地方……

然而，這並不能阻止人們對於景翩翩的懷念。道光年間，縣令馬廷鼎尋景翩翩墓未果，心裡非常惆悵。彷彿那是他的祖宗，好像是他欠一筆什麼債，便慷慨解囊，在原址重立景翩翩的墓碑，聊以自慰。他還在這墓碑刻上自己一首詩：「玉骨沉淪瘞水東，幾經宿草亂蓬蓬。江干幻影三更月，寺外淒魂五夜風。豔骨錯投悲地老，詩腸枉繡問天公。古來美質多如此，無限深情數語中。」

詩名不遂紅顏朽，溪月年年對墓園。人們對景翩翩的懷念，像水月觀前的濉溪一樣，日日夜夜嘩嘩地奔流著，不盡地流，流過一代又一代人的心田……

後來，人們要在此建一個文化用品廠，便將水月觀連同景翩翩墓碑徹底毀了。所幸的是，三明還給她一塊更大的碑。三明本來是閩中一個小山村，二十世紀後期突然建成工業城市，轄區包括泰寧、建寧等地。三明市區防洪堤建成，在景牆上浮雕一組當地歷史人物，其中選了景翩翩，作為這座移民城市一道風景。

景翩翩的詩頑強地活著，像上清溪那空谷幽蘭，默默地吐露著芬芳。2004 年年末某日，燈紅酒綠的上海南京東路先施大廈十二樓，英文名叫：The Room With A Viev，意思是「看得見風景的房間」。那是一個「可變動的空的劇場」。因為那裡聚集了一大批藝術家，收藏了大批優秀藝術品，所以又被稱為「藝術的拘留所」，成為當今中國藝術界最時尚的地方。那裡經常舉辦先鋒畫展，也有前衛藝術演出。且說這日演出，來自天邊的「歐洲首都」布魯塞爾，由比利時駐滬總領事館主辦，演出的全是比利時實驗音樂，主題是表達西方人對於華人愛情的印象，傳唱人類血脈中共同的情感。比利時王子菲利浦及王妃瑪蒂爾德親臨現場，主要節目是：

——*Joy of a Snowflake*／雪花的快樂（根據〈雪花的快樂〉改編，徐志摩，20世紀）；

——*Remember*／記得（根據〈生查子〉改編，牛希濟，10世紀）；

——*Ten Thousand Miles*／萬里路（根據〈怨詞〉改編，景翩翩，17世紀）；

——*Last Night*／昨夜（根據〈昨夜〉改編，白萩，20世紀）；

——*Yellow Clay*／黃土（根據〈我儂詞〉改編，管道昇，13世紀）；

——*Like a Lilac*／就像一支紫丁香（根據〈雨巷〉改編，戴望舒，20世紀）；

——*Picking Fresh Flowers*／採鮮花（根據〈採鮮花〉改編，皇甫松，9世紀）；

——*Cling Close Together*／緊緊依偎在一起（根據〈合歡詩五首其二〉改編，楊方，4世紀）。

這些愛情詩被譯成英文，由比利時音樂家譜曲，並由該國歌手演唱，纏綿悱惻，裊裊傳入天國。景翩翩一句也聽不懂，但此情此景令她渾然震顫，不禁隨著樂聲起舞，喃喃地吟詠：

豈曰道路長，君懷自阻止。
妾心亦車輪，日日萬餘里。

景翩翩熱淚盈眶。餘音繞梁之際，她撲向「藝術的拘留所」，要為歌手 Karen Van Camp 小姐獻花。李春燁一直在她身旁，看得入神，聽得如痴如醉。發現她突然奔撲而去，連忙追上，在電梯邊拽住她：「激動什麼啊！別嚇著人了！」

「我……我……」景翩翩撲進李春燁懷裡直哭。

「莫哭啊，我長長的美人！到今天還有人欣賞妳的作品，妳要高興才是！」李春燁嘆了口氣，連忙吻住她那仍然像是調皮地微笑著的上唇。「妳的詩，長到人們的心裡頭去了，多值得高興啊！」

「可是，如果讓我那些年過好日子，我寧願不要那些詩！」

42、磚瓦也是有生命的

人，越臨近死亡越在乎身後事。李春燁就是這樣。以前，伍維屏替他樹牌坊還不領情。可是後來，被閹黨案一連累，名聲掃地，沒臉見人。塵埃落定，沒什麼大礙，哪想人們又把他看成貪官。我貪了嗎？他經常叩問自己。當然，難免有些灰色收入，不能說很乾淨。可是我到山東查陶朗先案，真的沒運銀子回家。說泰寧城門為此開了三天三夜，實在是太誇張！然而，我能一個個人去解釋嗎？人家會相信嗎？解釋不了，就不解釋了！人家愛怎麼說，就讓他們怎麼說去吧！我橫豎不聽就是，一點都傷害不到我！這麼想著，他深居簡出，把全部心思傾注到景翩翩身上。可是快死的時候，想像到身後一代又一代人們的議論，他又感到芒刺在背。李春燁臨死還沒忘跟葉祖洽、鄒應龍兩位狀元相比，覺得現在只能比的是墓。葉祖洽葬在南京，那墓如何沒見過，鄉親們不會去比。所能比的是鄒應龍的墓，它就在他老家門前的小山坡，迄今算是泰寧最豪華。倒不是鄒應龍有錢，那是因為宋理宗皇上特別器重，輟朝致哀，加封資政殿大學士、光祿大夫、太子少保，封開國公，賜食邑三千九百戶，食實封二百戶，並撥治喪專款，他子孫當然要厚葬。倘若天啟皇上健在，說不定我比他死得更隆重，可惜崇禎皇上弔唁也不會恩賜我一句。沒能建成「春草堂」，省了些錢，該也能把我的葬禮辦得像樣些，墓不能比他更差。為此，李春燁趁著清醒之時把三子李自槐單獨留在身邊，囑咐去請沈猶龍撰寫墓誌銘。

當時，沈猶龍已調離福建，改任兩廣（今廣東廣西）總督。見李自槐千里迢迢來報喪，念及「聖賢才」三兄弟僅剩自己一人，不禁黯然泣下。他噙著淚水為李春燁及其一品夫人江氏合葬墓撰寫墓誌銘，長達千餘字。沈猶龍贊曰：「公之品望，如泰山喬嶽；公之心事，如白日青天；公之風裁，如祥麟瑞鳳」；說他的文章日益精美，通國爭相傳讀，愛不釋手；說他被作為閹黨處理，那是因為被妒嫉者陷害，冤枉得很；說他由刑科都給事中連升七級出任湖廣大參是因為得罪魏閹而「左遷」（降職）……

李春燁和景翩翩之幽靈，雙雙回到人間，藉著月光參觀他的墓地。看了這墓誌銘，他覺得滿臉發燙。她看完，忍不住問：「這是真的嗎？」

「這也太……」李春燁長嘆一聲。「他以為墓誌銘立在山上就沒有別人看是嗎？以為看的人都沒長腦袋是嗎？」

康熙年間，李春燁死後第一部《泰寧縣志》修成。這可謂一部驚世駭俗的地方志書，它對清兵在石輞寨「屠殺萬人」及江豫、江復兄弟抗清的壯舉也勇於秉筆直書，對江日彩推舉後來被反奸計冤死的袁崇煥也敢先於朝廷置以「有知人之目」的褒揚，對於李春燁之父李純行樂施好助的雞毛蒜皮也專門立傳，而對於堂堂的從一品大官李春燁本人卻不立一字之傳。景翩翩大鳴不平：「你那些老鄉也太欺負人了！你堂堂一個尚書，難道連個節婦烈女都不如？甚至連我這個詩妓都不如？」

《建寧縣志》有景翩翩的一席之地。雖然像她的小妾身分，只是在〈丘墓〉末尾附錄，但是給了她一個很美、很貼切的稱呼：「詩妓」，稱道她「有十二金釵第一人之目」，並附了幾首憑弔她的詩文。相比之下，李春燁顯得更寒磣。

「唉——，算了……算了！無所謂！」李春燁嘴上輕描淡寫，心裡傷感不已。

乾隆年間，像紫禁城地磚一樣厚重的《明史》編成。李春燁趁著夜深人靜之時去翻看，只在〈欽定逆案〉中找到「兵部尚書李春曄」七個字。他想了想，嘆了嘆，很是無奈。景翩翩勸慰說：「多少人在上面連個名字都沒有，難道他們沒有活過？說不定，還活得更好！」

然而，民國期間泰寧編纂新縣志，李春燁聞訊，再也按捺不住。他想，好歹我是個進士，還是個尚書吧，怎麼能這樣千秋萬代蒙羞下去呢？李春燁託夢給族長李仕文，啟示他去找縣志主纂鄭豐稔通融通融。李仕文時任國民小學校長，知道這事的重要性，決心為族人做點好事。第二天他請鄭豐稔小酌，建議為李春燁立傳。鄭豐稔喝了不少酒，但腦子還清醒：「舊志不為李尚書立傳，實屬缺典，有欠公道，你不說我也想糾正這一歷史公案。」

鄭豐稔說話算數。李春燁的傳雖然只有兩三百字，但是重點突出，一是他查山東陶朗先案追繳贓銀百餘萬兩充軍餉，二是魏閹生祠遍天下而閩省獨無全賴他正義阻之。李春燁看了這篇傳記，捻著鬍鬚踱著步，沉吟道：「鄭先生文筆真是不錯！要是以前，肯定也能考個進士什麼的！」

「二白，你看這！」景翩翩獨自在看縣志後記，突然叫喊道。

原來，所附的修志捐助名單有這樣一行字：「李二白、李仕文合捐大洋伍拾元」。

「逆子！」李春燁兩眼直冒火星，抓起書就撕。「逆子！成事不足，敗事有餘！敗事有餘啊！我怎麼盡生敗事有餘的逆子！」

李春燁不再關心自己在人間的功名，但有時忍不住還是要到五福堂散散步。物是人非。那些成事不足的後代不值得一看，可這房子是自己手上蓋的。經歷百年的風風雨雨，它依然那麼直挺，依然那麼恢弘，依然那麼親切。

李春燁真希望兒孫們爭氣些，比自己更有出息，讓編縣志編國史的那幫孫子們老老實實、畢恭畢敬去寫。李春燁的子孫們也真希望「世代出高官」，因此將他的墓果然建得比鄒應龍墓更豪華，葬禮也非同一般。傳說入葬的時候，他們把一個從福州買來的林姓男孩和一個討飯的江西陳姓女孩騙進墳墓，吩咐他們伺候香火，卻突然封死墓門。民謠唱：「燈也烏，燭也烏，饅頭果子盡生枯。」指的就是這事。結果事與願違，傳說風水全讓那兩個小孩沾走，所以後來福州的林家和江西南昌的陳家都興旺，而泰寧李家卻衰敗下來，連整個泰寧的風水都敗下來，那第三頂狀元帽至今沒人能夠摘走。也有人說，李家風水衰敗下來的原因在於伍維屏，他為李春燁建了牌坊，好處沒得，反而受拜靴之辱，便請道士做法，在五福堂周圍挖四口井，鎮住了座爐阜青煙朝城東三澗的靈氣，還讓福堂的福氣隨著井水源源不斷地讓四方眾鄰挑走……才到清朝末年，除了父義堂、母慈堂之外，兄友堂、弟恭堂和子孝堂先後易主別姓，連天啟皇上親手製作的福堂木樣這傳家寶也早被變賣，不知所往。李春燁越看越氣惱，有天夜裡身著一品官服手持長劍闖入一位邱姓老頭的夢裡，景翩翩追在後頭拉都拉不住。這老頭不怕鬼，大膽發問：「何方人氏？」

「吾乃福堂主人李春燁！」李春燁理直氣壯。

邱老頭當然知道李春燁何許人也，索性斥責道：「你早已作古，為何來侵擾我？」

「明明是你侵占我的福堂，還敢倒打一耙？」李春燁大怒，揮起長劍……「你身為兵部尚書，何不金戈鐵馬力保大明江山？」邱老頭反而更不怕了，冷言相譏。「你家子孫如果爭氣，我如何住進福堂？」

李春燁聽呆了，什麼話也說不出。景翩翩在旁暗暗扯他的衣角，他不解何意。他思忖道：「江山社稷，你大清的也罷，我大明的也罷，爭來爭去，爭了幾十年，死了多少人，如今看來，那有什麼意義？一代代江山，還不如我一幢幢福堂久長。只要能大庇天下寒士俱歡顏，管他住邱姓也罷，住我李姓也罷！」

說著，李春燁拉了景翩翩轉身而去，再也不管五福堂裡住了誰。

後來，五福堂也成了破四舊的箭靶。中秋節前夕，月亮快圓了，照得普天下亮亮堂堂，一群風華正茂、血氣方剛的紅衛兵聚在學校操場上開會。這紅衛兵司令是李春燁的後裔，喊名五五。五五是泰寧俚語對傻子的泛稱。傳說五五在家裡排行第五，父母為他娶的老婆倒是頗有姿色，不甘心守這麼個傻子，公然引情夫到家裡床上。鄰里看不過去，笑問他：「你們晚上幾個人睡呀？」他說兩個。鄰里便教唆他半夜數一下。他知道床上多一個人睡覺意味著什麼，十分氣憤，半夜果真責問老婆：「我們床上怎麼多一個人？」老婆說沒有，他便摸黑掰著指頭數起來，一數是六隻腳。老婆說：「你數錯了吧？你再下床數數看。」他跳下床鋪再數一遍，發現是四隻腳，忙說：「是我數錯了！」五五家肯定是窮，不僅前有三代當長工，現在他的穿著還是補丁最多。他那身軍裝，是有個同學因父親突然被打成走資本主義道路的當權派而被取消當紅衛兵及穿軍裝的資格才讓給他。為了顯示階級覺悟很高，他很快認定五福堂屬於封建主義，決定明天一早採取革命行動，予以徹底砸爛。他們作了分工，誰帶鐵錘，誰帶鋼桿，誰帶火炬，誰帶汽油，以及誰驅趕居民，誰把居民的東西往外扔，誰點火，誰挖牆，誰砸匾等等，想得非常周到，安排得非常具體，只等天明。

從學校回家的路上，五五失足跌到臭水溝裡，一身溼漉漉。他要母親連夜洗了那身軍裝，在鍋裡烤乾。烤著軍裝的時候，他邊燒火邊想像：隨著太陽出來，成千上萬的革命群眾湧到福堂周圍來，一場義憤填膺的聲討之後，一聲令下，一把火點燃，一連五幢的福堂將很快在一片震天的革命歡呼聲中化為灰燼……

然而，就在天快亮的時候，有幾個人摸黑溜到福堂，在一幢幢大門那鏤刻著「尚書第」、「禮門」、「義路」、「曳履星辰」、「依光日月」、「柱國少保」、「都諫」、「四世一品」之類字樣的石匾上，蓋上黃泥漿，刷上白石灰，又用大紅油漆寫上「毛主席萬歲」五個大字。

天亮了，紅衛兵和革命群眾紛紛響應高音喇叭的號召，從四面八方湧到五福堂來。他們有的高舉著獵獵紅旗，有的高舉著熊熊火炬，有的則帶著打砸工具，一路上還揮舞著《毛主席語錄》，高唱著革命歌曲，群情激昂，震天動地。可是，當他們看到一幢幢門楣上那鮮紅的「毛主席萬歲」五個大字時，就像孫悟空看到觀音菩薩的緊箍咒，一個個立時傻了眼，沒一個人敢動五福堂半個指頭。五五昨晚邊烤軍裝邊遐想想太多，衣服焦了一大片，本來就惱火，現在手癢癢的沒地方發瀉，便遷怒於恩榮坊，馬上轉戰，帶人將那座高大的石牌坊砸了個稀爛。

當時，挖地三尺也沒查出究竟是誰偷偷刷上那五個大字。再後來，五福堂——尚書第被認定為中國南方保護最好的明代民居建築藝術珍品，列為國家重點文物保護單位，開始能為地方財政創造收入了，想要褒揚那幾個偷寫紅字的人，可是沒一個人站出來領功。於是，有人說：那肯定是石伯公做的，——只有石伯公會做這種事！

五福堂和世德堂合併為尚書第建築群，成為泰寧世界地質公園最重要的人文景觀，吸引著越來越多的海內外遊客。對此，李春燁和景翩翩喜出望外，深為欣慰。他們更經常出來，駕著白雲，俯瞰五福堂進進出出的遊人，十分愜意。他吻了吻她那調皮地微笑著的嘴唇，說：「三昧，我長長的美人！我——，妳看，我比那兩個狀元……」

「當然！」景翩翩說。「二白，你該安心了！」

李春燁和景翩翩不想驚擾遊人，轉到後門。那門楣的石匾刻著「尚書第」三個大字，本來是正門，可是由於「春草堂」沒能建成，遊客只走北面的後門，這正門反倒緊閉不開。即使在旅遊旺季，這條狹小而深長的巷子也是靜悄悄的。這天，卻老遠看見幾個逃課的孩子躲在這裡玩耍。他們到福堂的牆上刮什麼，取了放到地上，拌了拌，點著火，馬上有一些漂亮的煙火飛騰起來。景翩翩驚訝道：「真聰明！這麼小就會做煙火？」

「不准在這裡玩火！」李春燁則對著那幾個孩子大聲斥責。他怕的是火星高高地飛起，飛進五福堂裡頭。

三五步奔到那牆邊，李春燁發現那牆磚被風化了一片又一片，像被火燒傷的皮膚，疤痕不同程度地凹陷，更為明顯的是上面長著一層雪白的毛，晶晶瑩瑩。他恍然想起，那是硝土！只要是老房子，難免都會長。刮完又長，刮完又長，直到牆磚越來越薄……李春燁這才發現：磚瓦也是有生命的！

42、磚瓦也是有生命的

詩妓與尚書，明朝末路的繾綣歲月：

動盪亂世、才情愛戀、家國情懷、官場沉浮……從一段風流邂逅，看大明王朝的興亡

作　　者：馮敏飛
發 行 人：黃振庭
出 版 者：複刻文化事業有限公司
發 行 者：複刻文化事業有限公司
E-mail：sonbookservice@gmail.com
粉 絲 頁：https://www.facebook.com/sonbookss/
網　　址：https://sonbook.net/
地　　址：台北市中正區重慶南路一段 61 號 8 樓
8F., No.61, Sec. 1, Chongqing S. Rd., Zhongzheng Dist., Taipei City 100, Taiwan
電　　話：(02)2370-3310
傳　　真：(02)2388-1990
印　　刷：京峯數位服務有限公司
律師顧問：廣華律師事務所 張珮琦律師

定　　價：499 元
發行日期：2024 年 08 月第一版
◎本書以 POD 印製

國家圖書館出版品預行編目資料

詩妓與尚書，明朝末路的繾綣歲月：動盪亂世、才情愛戀、家國情懷、官場沉浮……從一段風流邂逅，看大明王朝的興亡 / 馮敏飛 著 . -- 第一版 . -- 臺北市：複刻文化事業有限公司, 2024.08
面；　公分
POD 版
ISBN 978-626-7514-42-9(平裝)
857.7　113011833

電子書購買

爽讀 APP

臉書